다매체 시대의 한국문학 I

한국문학연구학회

국학자료원

차례

안석영 만문만화(漫文漫畵)연구

신명직*

Ⅰ. 서 론

1. 연구목적과 연구사 검토

안석영의 '만문만화'는 1920년대 중반부터 1930년대 중반에 걸쳐 『조선 일보』, 『시대일보』, 『신문춘추』와 같은 신문·잡지에 주로 발표되었다. 희 화화된 '글'과 '그림'으로 구성된 이들 작품들은 당대 신문과 잡지에 실린 무수히 많은 문학 작품들에 관한 연구에도 불구하고, 거의 주목을 받지 못하였는데, 그것은 만문만화의 독특한 장르적 성격에 기인한 것이라 할 수 있다. 하지만 안석영의 '만문만화'는, 글이 지니는 '서사성'과 그림이 지니는 '직접성'을 통해, 근대가 일상의 영역으로 들어가기 시작한 20년 대말 30년대 초의 풍경을 적절하게 포착해내고 있다.

이들 작품에 대한 연구는 '만화 통사(通史)' 혹은 '만화'에 관한 일반론

──────────

* 게이오대학

을 다루는 가운데 단지 부분적으로 언급되는 정도여서, 아직 본격적으로 연구되고 있지 않다. 하지만 일찍이 안석영 작품의 역사적 성격과 미적특질에 관심을 갖기 시작한 이는 최열이다. 그는 80년대 후반부터 안석영과 김복진 등 20~30년대 민족미술 관련 화가들을 연구하면서, 안석영의 '만문만화' 장르에 대해 언급하기 시작하였다. 그렇기 때문에 그의 관심사 역시 '만문만화'의 미적특질을 밝히기 보다 주로 '일제하 미술운동사'에 그 초점이 맞추어졌다[1]. 안석영 작품에 대해서도 '만문만화'보다는 보다 운동성이 더욱 강조된 20년대 중반의 시사만평을 더 주목하였다. 이와는 달리 1920년대 3대 민간지, 즉 조선·동아시대일보의 만화에 특히 주목한 이는 『한국만화통사』를 쓴 손상익[2]이다. 그의 주된 관심사는 시사만화를 중심으로 당대 만화를 개괄하는 것이었지만, '만화' 장르와 '만문만화'의 차별성, 20~30년대 만문만화 작가들에 대한 개괄적인 정리 역시 그에 의해 시도되었다.

하지만 이들 글의 대부분은 일제하 시사만화 혹은 신문만화, 만화일반 등을 개괄하는 내용으로, 글과 그림 전반과 '신문' 매체와의 연관성을 보여주고 있긴 하지만, 안석영 '만문만화'에 관해 구체적으로 언급하거나, 혹은 그 미적특질을 밝혀내고 있진 못하다.

이 글은 이처럼 일제하 미술운동사와 만화사 속에서 부분적으로 언급된 안석영의 '만문만화'에 관한 연구를 참고하면서, 1920년대 후반과 30년대 전반 '식민지적 근대' 도시 경성의 여러 일상적 삶의 풍경을 그리고

---

1) 식민지 시대 '미술운동사' 관련으로는, 『한국근대미술의 역사』(열화당, 1997), 「1928~1932년간 미술논쟁 연구」, 『한국근대미술사학』(청년사, 1994), 『한국현대미술운동사』(돌베개, 1994), '민족만화운동' 관련으로는, 「1920년대 민족만화운동」(『역사비평』제2집, 1988봄), 「여명기의 작가들 - 한국만화의 탐구7」(『만화광장』, 1988.4), 『한국만화의 역사』(열화당, 1995) 등이 있다.
2) 손상익, 「1920년대 민간지에 나타난 신문만화의 역할 연구」, 중앙대 신문방송대학원 석사논문, 1997. 안석주의 '만문만화'를 비롯 최영수, 김규택, 임홍은 등의 만문만화를 개괄적으로 소개한 것은 『한국만화통사』(프레스빌, 1996).

있는 안석영 만문만화에 관한 꼼꼼한 읽기, 특히 그 장르적 특성과 제 형상화 특질에 관한 연구이다.

2. 연구방법

안석영 '만문만화'를 연구하기 위해, 제일 먼저 살펴보아야만 할 점은 그의 '대상'을 향한 '시선'이다. 대상을 향한 그의 시선에는 단순한 지각 작용인 '시각(vision)'이상의 것을 느낄 수 있는데, 그것은 바로 주체의 지향성이 담긴 '시선(regard)'이다. 그의 '시선'은 근대적 풍경을 단지 바라보기만 하는 '군중의 시선'과 다르다. '군중의 시선'이란 '개인성'을 상실한 '익명성'의 그것인데 반해, 그의 시선은 근대적 풍경에 일정한 태도를 견지한 채 자각 - 인식하고 있다[3]. '게으르고 유유히 걷는 방관자'의 시선이 아닌, '바쁘게 돌아다니면서 탐구하는 자'의 시선을 의미한다. 그런 의미에서 그의 시선은 M. 푸코가 언급한 바, 근대의 "순간적이고 유동하며 우연적인 것"을 단순히 수용하고 인지하는 것이 아니라, 자기자신과의 관련하에서 일정한 태도를 유지하는 '산책자'의 시선에 근접해 있다[4].

그의 이같은 시선이 머문 곳은 그러나 '넓고 큰 단위'가 아닌 '좁은 관찰공간'에서의 물질생활의 배경이다. 그의 만문만화가 실린 신문 잡보면(faits divers)의 일상사와 같은 작고 좁은 생활 공간 속에서의 일상을 그는 주목한다. 하지만 그는 일상사 속에 단지 파묻혀 있지만은 않다. F.브로델이 말한 것처럼, 일상사 속에서 반복되는 것들로부터 그는 하나의 보편적 현상, 곧 '일반성' 혹은 '구조'를 발견해낸다[5]. 그가 주목하고자 했던 계

---

3) 자신의 개인성을 잃어버린 '익명성'의 군중과, 군중에게 매혹당하면서도 군중과 거리를 두고 그들을 비판적 시선으로 바라보는 '진정한 산책자'를 벤야민은 구분한다(W. 벤야민, 반성완 역, 『벤야민의 문예이론』, 민음사, 1983, 139~140쪽).
4) M. 푸코, 「계몽이란 무엇인가」, 『푸코와 하버마스를 넘어서』, 교보문고, 1990, 263쪽.
5) F. 브로델, 『물질문명과 자본주의 I -1, 일상생활의 구조』, 주경철 역, 까치, 1995, 20쪽.

급계층의 이항대립적 성격 역시 이같은 일상사 속에서 찾아내고 있는데, 그의 정치적 견해가 나름의 설득력을 갖는 것도 그의 만문만화가 갖는 '현실과의 연관성' 때문이다.

그가 1920년대 말~30년대 초 경성의 반복되는 '일상사' 속에서 찾아낸 것은 '일상'에 내면화된 '식민지적 근대'의 이중적인 이미지이다. 그것은 M. 버먼이 이야기한 '환상'과 '절망'의 경험과 유사하다. '새로운' 근대가 펼쳐보이는 아름답고 꿈같은 현실 곧 '환상'과, 그 같은 '꿈'에 다가갈 수 없는 생활현실이 의미하는 '절망'의 경험이 바로 그것이다6).

안석영의 만문만화에 묘사된 근대 도시 경성의 일상사에서 발견되는 그같은 '환상과 절망'의 이중적 성격은, 특히 근대도시 경성의 '식민지'적 성격으로 인해 더욱 강해진다. '박람회와 백화점' 등은 근대로의 유혹을 강하게 재촉하지만, 새로운 소비를 창출하기 위한 '근대'의 기획에 화답할 '식민지' 조선사람들의 수요능력은 빈곤하기 그지없다. 화려한 쇼윈도우로 경성사람들을 유혹하다 못해, '박람회'를 열어 이른바 시골 '봇다리'들까지 유혹하지만, 넘치는 '근대'의 공급에 비해 턱없이 부족한 '식민지' 조선의 수요능력은 늘 빈사상태이다. 이같은 '근대'의 공급과 '식민지'적 수요 사이의 커다란 괴리는 결국 자본주의 일반의 위기로 치닫게 되고, 그같은 위기로 인해 고통받고 있는 경성사람들의 풍경을 안석영은 놓치지 않는다.

안석영은 특히 '식민지적 근대' 풍경 가운데, 특히 외압적이거나 혹은 내면화된 '식민지 규율 권력'7)에 주목한다. '순사'로 외화되는 외압적 규율과 내면화된 경제적 규율을 그는 형상화한 것이다. 문화주택 혹은 20년

---

6) M. 버먼은 "근대성 자체가 창조한 가치의 이름으로 근대 생활을 비난하는 것은 아이러니이고 모순이며 다음성적(多音性的)이고 변증법적"이라 하였다. (M.버먼, 『현대성의 경험』, 현대미학사, 1995, 22쪽)

7) 김진균·정근식, 「식민지 체제와 근대적 규율」, 『근대주체와 식민지 규율권력』, 1998, 문화과학사, 23~25쪽.

대말 30년대 초 세모 풍경이 이에 해당한다. 남촌과 북촌으로 이분화된 식민지형 근대도시 경성의 풍경과, 영화·음악·춤·스포츠와 같은 근대문화 속에서도 그는 그 속에 내재된 식민지형 규율을 찾아낸다. 근대적인 결혼 문화나 가족관계 역시 마찬가지다. 엘렌케이나 구리야가와(廚川白村)의 근대연애관이나, 콜론타이의 이른바 '붉은 연애'식 사랑법이 식민지적 현실에서 어떻게 변모되는지를 그는 예리하게 들춰낸다.

안석영의 만문만화는 또한 '관습적 기호'로서의 글과 '아이콘적 기호'로서의 그림의 '관계적 구성물'이기도 하지만[8], 보다 직접적이고 선동적인 신문'만화'가 식민권력의 탄압으로 인해 더 이상 발표되기 힘들어지게 되면서 생겨난 '사회역사'적 산물이기도 하다.

안석영 만화만화에서는 '그림'의 형상화 방식 또한 매우 특별한 의미를 지닌다. 표현하고자 하는 대상과 시선의 거리, 각도, 조명, 혹은 그림체나 선의 형태에 따라, 드러내고자 하는 의미망은 작품 속에 보다 분명하게 부각될 수도 있고, 그렇지 않을 수도 있다. 특히 대상과 시선의 거리는 그것이 '먼 거리'인가 '가까운 거리'인가에 따라 '이성적이며 객관적 성향'을 나타낼 수도 있고, '강렬하고 극단적인 감정'을 표현할 수도 있다[9]. 그림체에 따라 신체의 비율 혹은 특징이 결정되기도 한다. 그림체가 '생략체'인가 '세밀체'인가에 따라 대상의 감정과 행동 코드는 보다 강조되어 형상화되기도 한다[10].

대상과 배경 선, 효과 배경 등도 드러내고자 하는 것과 깊게 관련되어 있다. 대상인물의 배경을 어떠한 선 혹은 배경으로 처리하느냐에 따라, 대

---

8) I.M.ロトマン(大石雅彦 譯), 『映畵の記號論』의 「序論」부분, 平凡社, 1987.

9) 안수철, 『만화연출』, 글논그림밭, 1996, 95～107쪽.

10) 인물 묘사에 있어서, 성격창조와 감정, 행동의 표상을 四方田犬彦은 '등장인물의 코드', '감정의 코드', '행동의 코드'로 설명하고 있으며, 手塚治蟲의 『落盤』에서의 인물의 내면심리와 그림체의 연관성에 관해 논하기도 하였다(四方田犬彦, 『漫畵原論』, ちくま學藝文庫,1999, 243～253쪽)

상인물의 내면 심리가 당혹스러울 수도 있고, 꿈꾸듯 희망적일 수도 있고, 엄혹한 당대현실을 나타낼 수도 있다. S.매클루드는 이처럼 인간의 감정(마음 속 풍경)과 같은 '보이지 않는 내면세계'를 '보이는 세계'로 형상화해 내는 독특한 언어를 '시각은유 기호'로 설명한 바 있다[11]. W.칸딘스키역시 '선'의 종류에 따라 그것이 드러내는 감정이 서로 다르다 하였는데, '수평선'은 '차고 무한한 느낌'을, '수직선'은 '무한하고 따뜻한 느낌', '대각선'은 찬 느낌과 따뜻한 느낌이 함께 느껴진다고 설명한 바 있다[12]. 안석영 만문만화의 배경선은 대상인물의 이 같은 내면 심리를 드러내는 데 종종 사용된다. 이 글에서는 이같은 방법론들을 근거로 안석영 만문만화에 나타난 식민지 근대를 바라보는 시선과, 근대 주체, 식민지 근대도시 문화의 이중성 등에 대해 살펴본다.

Ⅱ. 안석영과 '만문만화' 장르

석영(夕影) 안석영은 연극배우, 무대장치 미술가, 서양화가, 미술평론가, 만문만화·만화 및 시·소설·희곡·시나리오 작가, 영화감독 등 다양한 장르의 예술활동을 해왔다. 문화통치가 시작된 1920년대 초반부터 왕성환 작품활동을 시작한 그는 식민 통치 초기엔 맑시스트로, 영화 제작에 전념했던 일제 말기엔 친일로 기운다.

만문만화는 '글'과 '그림'이 결합된 장르이다. 그것도 단순한 물리적 결합이 아닌, '글'과 '그림'이 결합하여 각각의 정체성과 독자성을 유지하면서도, 이들이 상호결합된 '유기적 전체'로서의 제3의 텍스트라고 할 수 있다. '그림'이 지닌 대상에 대한 지시적 성격과 '글'이 지닌 개념적·초감성적 성격[13]이 각각 자기기능을 유지하면서, 서로의 언어로 상호교환되는

---

11) S. 매클루드, 『만화의 이해』, 아름드리, 1996, 135~141쪽
12) W. 칸딘스키, 『점·선·면』, 열화당, 2000, 47~49쪽.

독특한 언어구조로 만문만화는 구성되어 있다. '글'이 갖는 '추상성'과 '그림'이 갖고 있는 '구상성'이 상호 침투하면서, 원시 상형문자에서 발견되는 '말하기'와 '보여주기'의 오묘한 결합을 만문만화에서도 발견할 수 있기 때문이다.

이를 M. 로트만은 '관습적인 기호'와 '아이콘적인 기호'로 설명한다. '코드'를 가진, 추상적이면서 '서사'기능을 가진 언어예술의 기호를 그는 '관습적 기호'로, '투영'의 법칙에 따르면서 쉽게 이해할 수 있는 조형예술의 기호를 '아이콘적 기호'라고 설명한 것이다. "아이콘적인 기호와 관습적인 기호의 세계란 단지 공존하고 있는 것이 아니라, 끊임없는 상호작용, 부단한 상호이행, 상호배제되"[14]는 것과 마찬가지로, 만문만화에서의 '글' 텍스트와 '그림' 텍스트 역시 끊임없이 상호이행, 상호배제된다.

안석영의 만문만화 작품 「흑묘·백묘 - 3」과 「거룩한 행렬(行列)」을 살펴보자. "쌩쌩한 도독고양이가 쥐 - 병아리 쪽제비 비웃 잉어 참새들을 암코양이들의 압헤 무러다 노흐면 백마리고 천마리고 그의 뒤를 짜른다"는 내용의 '글'과, 한 왕관을 쓴 부르주아지가 황금을 뿌려대자 그 앞으로 몰려드는 벌거벗은 여인들의 '그림'(그림290110)은 두 가지 언어가 서로 상호침투, 상호이행하는 경우이다. 왕관을 쓴 부르주아지의 모습을 한 '그림'언어는 '쌩쌩한 도독고양이'라는 '글'언어와 상호침투하고, 그가 황금을 뿌려대자 그 앞에 달려드는 여인들의 모습을 한 '그림' 언어는 도독고양이를 따르는 "암코양이"를 묘사한 '글'언어와 상호침투 교환되면서, 부르주아지를 향한 작가의 비판은 전혀 새로운 이미지와 조우하게 된다.

작품 「거룩한 행렬(行列)」은 이와 달리, '글'과 '그림'의 두 언어가 '상호배제'되면서 상호침투되는 경우이다. "아방궁에서 솟그늘로 옴기"는 "그들의 '거룩'한 행진"이라는 '글'언어와는 달리, 머플러를 길게 늘어뜨

---

13) 木股知史, 『イメージの圖像學 - 反轉する視線』, 白地社, 1992, 64~78쪽.
14) M.ロトマン(大石雅彦 譯), 『映畵の記號論』의 「序論」에서 부분 인용(平凡社, 1987).

그림3) 「거룩한行列」,『조선일보』, 1928. 4.13.

린 기생들을 이끌고 코트자락에 뚱뚱한 배를 감춘 채 걸어가는 이들의 '거룩'해 보이지 않는 희화체 '그림' 언어(그림 280413)는 상호 간섭 배제하면서, 새로운 반어적 이미지를 창출해 낸다. 마치 마르그리트의 "이것은 파이프가 아니다"라는 '글'과 파이프를 그려놓은 '그림'의 역설처럼15), 두 언어는 서로 배제하면서 관계하고, 또한 상호 침투 교환되면서 새로운 이미지, 새로운 언어로 기능하게 된 것이다16).

하지만 만문만화를 단지 '글'과 '그림'의 '관계적 구성물'로만 이해하는 것은, '만문만화'가 지니는 사회역사적 성격을 올바르게 이해한 것이 되지 못한다.17) 처음엔 '만화'를 그리던 안석영이 이후 '만문만화'로 돌아서게 된 것도, 당시 폭압적으로 쏟아지던 식민지 탄압을 피하기 위한 고육지책이라 할 수 있다. 보다 직접적 언설을 발화하는 '만화'장르의 '말풍선' 대신, '만문만화'의 서술문 그늘에 자신의 몸을 숨겼던 것이다. 이는 30년대 신문·잡지

그림4) 「흑묘백묘」 -3,
『조선일보』,1929.1.10.

---

15) M. Foucalt, 風﨑光一·靑水正 譯,『これはパイプではない』, 哲學書房, 1986.
16) '글'과 '그림'의 관계에 대해, S. 매클루드는 '글'을 의미(meaning)의 세계로, '그림'을 외형(resembling)의 세계로 설명하면서, 이 둘의 통일, 분리, 재통일의 과정이 곧 표현의 역사라 고 설명한 바 있다(『만화의 이해』, 아름드리, 1996).
17) 최유찬, 「문학의 장르」,『문학과 사회』, 실천문학사, 1996, 288~297쪽.

에서 '시사만화'가 거의 사라지고, '만문만화'가 주된 장르로 등장하였다
는 사실로서 재확인된다. '시사만화'가 허용되지 않던 사회역사적 조건과
의 타협으로서, 30년대 도시풍경을 중심으로 한 '만문만화'라는 장르가
생성·발전되어 갔음을 알 수 있다[18].

안석영에 이어 30년대『동아일보』를 중심으로 만문만화를 그리던 최영
수는 '만문만화' 대신, '만화만문'이란 용어도 함께 사용하였다. '글'이 보
다 강조될 경우엔 '만문만화', '그림'이 보다 강조될 때엔 '만화만문'란 용
어를 사용하였던 것이다. 하지만 둘 사이의 구분은 그다지 엄격하지 않았
고, 별다른 구분 없이 함께 섞어서 쓰는 경우가 많았다.

'만화만문'이란 용어를 처음으로 사용한 것은 일본의 오카모토 잇페이
(岡本一平)다. 그가 처음으로 만화만문을 그린 시기는 1913년으로, 1910
년에 있었던 메이지천황 암살기도 사건 이후 수많은 사회주의자와 무정
부주의자가 검거되고, 사회주의자 12명이 처형되는 이른바 '대역(大逆)사
건'이 일어난 직후이다. 거센 탄압의 광풍이 몰아치자 당시의 풍자만화
잡지의 풍자력도 떨어져 만화잡지의 휴폐간이 줄을 잇는 상황에서[19] 일
본의 '만화만문'이란 장르가 탄생한 것이다. "예리하고 풍자적이지만 심
하게 불쾌하지 않고, 잔혹하지 않"[20]은 곧, 글과 그림이 결합된 우회적인
세태풍자 장르가, 본격적인 사회비판이 힘들어진 사회역사적 배경을 토대

---

18) '만문만화'는 '글'과 '그림' 그리고 그 배경으로서의 '신문기사'가 각각의 텍스트 간
   에 상호관련된다. 만화와 신문기사의 '텍스트 상호관련성'에 대한 글로는 황지우의
   글이 있다(「권력에 대한 '웃음'」,『문화연구 어떻게 할 것인가』, 229~235쪽).
19) 1910년대 다이쇼(大正) 전반기에 휴폐간 되었던 만화 잡지로는 당시 최고의 인기를
   누리던 <大阪滑稽新聞>과 <東京パック>등도 포함되었다. (淸水勳,『圖說 - 漫畵の歷
   史』, 河出書房新社, 1999, 36~43쪽).
20) 소설가 나쓰메 쇼세키(夏目漱石)가 오카모토 잇페이(岡本一平)의 '만화만문'에 대한
   평(淸水 勳·湯本豪一,『漫畵と小說のはざまで』, 文藝春秋, 1994, 55쪽). 그림은 아이스
   크림 노점상간의 경쟁을 그린 「가두(街頭)소품~1」(1913.6.26.)이다(淸水勳編,『岡本
   一平 漫畵漫文集』, 岩波文庫, 19쪽).

그림5) 岡本一平,「街頭小品－1」,
『東京朝日新聞』,1913.6.26.

그림6) '만화만문' 社告
『조선일보』, 1930.12.7.

로 생성된 것이다.

일본에서는 1910년대와 20년대에 걸쳐 『요미우리 신문』의 곤도코이치(近藤浩一)와, 고단사(講談社) 잡지에 주로 기고하던 요시오카(吉岡鳥平) 등에 의해 '만화만문'은 비로소 한 시대를 공유하는 하나의 장르로서 자리잡아 가게 되었다. 1930년대의 식민지 조선도 마찬가지였다. 안석영이 『조선일보』의 학예부장을 하던 1930년에는 '만화만문'이 신춘문예의 한 부문으로 모집공고되기도 했다는 사실이 이를 잘 말해준다. 당시의 모집공고에는 "1930년을 회고하거나 1931년의 전망이거나 시사, 시대, 풍조를 소재로 하되, 글(文)은 1행 14자 50행 이내"라는 '만화만문'의 형식이 명시되어 있다. 단편소설, 시, 학생문예, 소년문예와 함께 '문예'의 한 장르로 분류되어 모집공고된 것이다. '만문만화'가 20년대 말과 1930년대를 경유하는 한 문예장르로서 분명하게 정착되었음을 알 수 있다.

Ⅲ. '식민지 근대'를 바라보는 시선

1. 근대의 유혹과 식민지의 한계

1) 박람회와 백화점 – '근대'의 유혹

백화점 쇼윈도우와 그 안에 진열된 진기한 상품들, 그리고 마네킹에서 산책자는 강한 근대의 체취를 느낀다. 몇 년에 한 번씩 돌아오는 박람회도 마찬가지다. 박람회를 알리는 대형 아치와 박람회장에 휘날리는 오색 종이에 경이의 시선을 보내기도 한다. 하지만 산책자는 근대화를 재촉하는 경이로운 것들에 단지 매료되어 있지만은 않다. 그의 시선은 종종 차갑고 비판적이다.

특히 근대로의 유혹을 강하게 재촉하는 것일수록 그의 시선은 보다 매서워진다. 박람회나 백화점의 경우가 바로 그러하다. 근대에의 '강한 유혹'을 느끼지만, 동시에 그는 그것이 지닌 식민지적 한계를 감지한다. 식민국 일본의 막대한 '공급'을 수용할 '소비지'로서, 피식민국 조선의 근대는 완성되어 갔기 때문이다. 식민국 일본이 공급하는 온갖(百) 상품(貨)을 진열해 놓은 '백화점'과, 수많은(博) 물건을 보여주면서(覽) 새로운 소비를 유혹하는 '박람회' 풍경이란 그 자체가 '식민지적 근대'의 표상이라 할 수 있다.

산책자는 '백화점 건물 자체가 '대형 유리'로 만들어진 곳에서 '소비자'를 부르는 강한 유혹의 손길을 발견한다. 작품 「폭로주의(暴露主義)의 상가가(商賈街)」를 살펴보자.

"商品이 밧갓트로 보혀야만 되"21)기 때문에 '백화점' 건물

그림7)「暴露主義의商賈街」,『조선일보』,1934.5.14.

은 철골과 '유리'로 만들어져 있다. 소비자의 시선을 끌기 위해, 상품을 진열창에 넣는 것이 아니라, 상품을 진열해 놓은 건물 전체를 '유리'로 만든 것이다. '소비' 창출의 전제조건이 상품을 보게 하고, 그 상품에 욕망을 갖게 하는 것이라면, 속이 들여다 보이는 백화점의 '유리창'은 '소비'를 유혹하기 위한 필수조건이 되는 셈이다.

'숍껄' 또한 마찬가지다. 식민지 소비자의 발길을 유도하기 위해서는 백화점 '숍껄'의 미모도 중요하다. 그림은 이들 '숍껄'의 이미지를 보다 강조해서 형상화하고 있다(그림340514 - 1). 4~5층 백화점 건물 크기 가득한 '유리창'에 그려진 '숍껄'의 이미지는 식민지 소비자를 향한 강한 유혹의 손길을 의미한다.

소비 창출을 위한 백화점의 '기획'은 물론 '대형 유리 진열창'이나 '숍껄'에서 끝나지 않는다. 보다 진기한 '근대'적 기기를 들여다 놓고 백화점은 보다 많은 소비창출을 기도한다. 그 가장 대표적인 것은 당시로선 최첨단 기기인 '승강기'이다.

그림8) 「昇降機의 魅力」,『조선일보』, 1933.10.29.

경성의 "다른 곳은 다- 홍정이 업서도", '백화점'만 번창하는 이유를 산책자는 '승강기'에서 찾아낸다. "백화점 승강긔 바람에 억개가 웃슥하니 백화점 출근"을 하는 "승강긔에 미친" 사람들[22]이 사서들고 나아오는 것은 "안사도 조흘 것 가튼 것" 뿐이다. 새로운 근대기기인 '승강기'를 앞세운 필요 소비 이상의 유혹이 성공했음을

21) 「暴露主義의 商賈街」, 『漫畵페-지』, 『조선일보』, 1934.5.14.
22) 「昇降機의 魅力」, 『晩秋風景』- 9, 『조선일보』, 1933.10.29.

알 수 있다. 그림 속의 백화점 앞에는 '승강기'23)를 타고 매장으로 향하려는 사람들과 '백화점 상층 식당'에 오르려는 연인들로 장사진을 이루고 있다(그림331029).

백화점이 이처럼 주로 식민지 조선의 수도 경성에 살고있는 사람들의 소비를 겨냥한 것이라면, 박람회는 도시를 벗어나 그 소비를 조선 전역으로 확대시키기 위한 근대적 기획이라 할 수 있다. 박람회가 시작되면 서울의 인구는 30만에서 "백만 혹은 2백만 명"으로 늘어난다. 시골 사람들은 논 팔고, 밭 팔고 서울로 올라와 근대가 만들어 낸 '인공도시'를 감상하고, 진기한 근대 상품에 새롭게 입맛을 들인 뒤, 새로운 근대의 소비자로 등록한다.

총독부가 개최한 두 번째 박람회24)가 아직 석달이나 남았는데도, 서울사람 시골사람 할 것 없이 야단법석이다. 그들은 자기 코가 떨어져 나가는 한이 있어도 모던걸과 모던보이, 그리고 버스를 구경하겠다고 벼른다25). 그들은 '모던걸과 모던보이'를 통해 양복과 양

그림9) 「博覽會狂」, 『漫文漫畵 - 都會風景』 - 4, 『조선일보』, 1929.6.8.

---

23) 일본은 1911년 시로키야(白木屋)백화점에 승강기를, 그리고 1914년 미쓰코시(三越)백화점에 에스컬레이터를 처음으로 설치하였다.(初田亨, 『百貨店の誕生』, ちくま學藝文庫, 84,136쪽)

24) 식민지 기간동안 박람회는 1915년 9월 11일부터 10월 31일까지 51일간 경복궁 뒷터에서, 1929년 9월12일부터 10월 31일까지 50일간, 1940년에 개최된 '施政30주년기념박람회'를 포함 모두 세차례였다(손정목, 『일제 강점기 도시사회상 연구』, 일지사, 1996, 202~211쪽).

25) 「博覽會狂」, 『漫文漫畵 - 都會風景』 - 4, 『조선일보』, 1929.6.8.

화와 양품의 유행을 배우지만, 그 순간 그들은 식민지 근대의 포로가 된다. 식민지 자본주의의 충실한 소비자가 된 것이다. 박람회를 통해, 식민국 일본 자본은 식민지 조선의 경성 사람들에게 근대 물품을 선전하기에 바쁘고, 경성 사람들은 또 다른 식민지 시골 '보짜리'들의 "눈물에 저진 쇠시 푼"을 노리기에 바쁘다.

그림 속의 박람회 건물들은 새로운 소비자를 맞아들이기 위해 팔을 벌린 채 웃고 있고, 입구엔 만국기가 휘날리고 있다. 지폐와 동전이 오색종이 대신 뿌려지는 박람회가 끝나면, 식민국 일본의 자본들은 두둑한 돈가방을 챙기고 본국으로 날아갈 채비를 한다(그림290608).

전 조선적인 수요를 창출하기 위한 박람회 주최측의 준비도 다양하다. 9월에 있을 박람회 포스터를 3개월 전인 6월부터 붙이고, '박람회 아치'[26]도 한 달 전부터 세우느라 부산하다. 하지만 박람회에서 무엇보다 눈에 띠는 것은 '마네킹껄'의 출현이다.

그림10) 「어느게 마네킹인지?」, 『조선일보』, 1929.9.8.

박람회가 '식민지 근대'로의 유혹을 위해 기획되었다는 사실은 '마네킹껄'을 보면 쉽게 알 수 있다. '마네킹껄'이 일본에서 수입되었다는 사실부터가 그렇다. 게다가 일본 '마네킹껄'이 서 있는 "경성부구 청사"라는 곳이 옛 한성부 청사 자리에 대신 세워진 '미쓰코시'백화점이란 사실을 상기해 본다면, 박람회 선전을 위해 일본에서 '마네킹껄'을 수입한 이유가 무엇인지 쉽게 알 수있다. 산책자는 일본에서 수입해 온 '마네킹껄'과 이를 보러 온 수많은 군중들을 바라보고 있다. 그

---

26) 「할일 업는 사람들」, 『일요만화』 - 1, 『조선일보』, 1929.8.25.

의 시선은 '마네킹썰'을 바라보는 군중들 시선 이면에 맞추어져 있다. 일
제의 "'마네킹썰'을 초청하야 이 땅에서 사람들을 모다 '마네킹'을 맨드러"
놓고 있는[27] 박람회 주최측을 그는 심히 못마땅해한다. 근대의 마술에 걸
려 '마네킹'이 되어버린 조선의 모던걸, 모던보이에 대해서도 물론 마찬
가지다.

2) 백화점과 박람회 – 식민지의 한계

식민지 조선에서의 수요창출을 위한 이같은 일제의 다양한 근대화 정
책은 그러나 항상 빈약한 수요의 벽에 부딪히고 만다. 특히 소비에 비해
생산이 절대적으로 빈약한 도시 경성의 경우, 그 기형성으로 인해 새로운
수요의 창출이란 사실 원천적인 한계를 가지고 있었다. 그런 이유로 도시
만이 아닌 식민지 조선의 전 국토를 대상으로 새로운 수요 창출을 꾀했지

만 그것 역시 절대적 빈곤의 벽을
넘지 못했다. 원인은 식민지 조선의
빈약한 생산 기반 때문이었다.

산책자는 박람회를 보러 끊임없이
올라오는 '봇다리'들을 보면서, 이미
한계점에 이른 서울의 수요와 새로
운 수요의 창출과정을 발견해 낸다.
하지만 그들은 금방 "주머니를 톡
톡" 털리우고, 곧장 "밋바닥 쑤러진
쏘모신짝을 끌고 울고" 돌아간다[28].
식민지 조선의 시골 또한 그다지 풍

그림11) 「閑散한카페 – 」, 『조선일보』,
1929.9.15.

---

27) 「어느게 마네킹인지?」, 『일요만화』, 1929.9.8.
28) 「봇다리時代 – 1932년 봇다리世上」, 『漫畵子가 豫想한 一九三二』, 『조선일보』,
   1932.1.28.

성한 수요의 원천이 못되기 때문이다. 이는 박람회를 어슬렁거리던 산책자의 눈을 통해 다시 한 번 확인된다.

박람회 경기를 노리고 시골에서 기생들은 서울로 원정을 온다. 화폐의 흐름을 가장 민감하게 파악하는 당대 '기생'들 다수의 서울 박람회 행은 당시의 박람회가 서울 사람들은 물론, 지방 사람들에게도 얼마나 많은 세인의 관심을 끌었는지, 그리고 얼마나 많은 소비가 기대되었는지를 알 수 있게 한다. 하지만 박람회에 대한 그 엄청난 기대와는 달리 실제 박람회 특수는 빈약하기 이를 데 없었다.

박람회를 노리고 시골에선 기생들이 떼를 지어 올라오는가 하면, 서울에선 카페 '외트레스'들이 '봇다리'들을 기다리고 있다. 산책자는 '축 박람회'라고 쓴 간판을 내걸고, 창마다 가득히 '봇다리'들을 기다리는 '외트레스'를 바라보고 (그림290915 - 5)있다. 하지만 '카페 - '는 "한산 대 한산 - "29)이다.

근대로의 유혹은 강하지만, 식민지 구조라는 태생적 한계는 늘 근대로 가는 조선의 발목을 붙잡고 늘어진다. 일본 자본의 대리인이라 할 수 있는 백화점은 '마네킹썰'을 내세운다, 아치를 세운다, 포스터를 부친다 야단이지만, 기생적 생산 이외엔 거의 자체적 생산구조를 갖고 있지 못한 식민지 근대화의 길이란, 계속해서 왜곡된 근대의 형상만을 만들어 낼 뿐이었다. 빈약한 소비구조 하에서 박람회를 통한 근대로의 길을 아무리 재촉한 들, 새로운 수요의 창출이란 실로 요원하기 때문이다.

이 같은 사실은 산책자가 박람회 기간에 식민지 조선의 서울, 경성을 산책하다 찾아낸 한 간판30)을 보면 보다 분명해진다. 박람회는 "조선 사

---

29) 「閑散한 카페 - 」, 『일요만화』, 『조선일보』, 1929.9.15.
30) 안석주는 파스큘라 시절과 카프시절 내내 함께 일 해 온 김복진과 함께 '경성 각 상점'의 '간판 품평회'를(「경성 각 상점, 간판품평회」, 『별건곤』 2권 1호, 1927.1.), 권구현과 함께 '진열창' 품평회를 한적이 있다(「경성 각 상회 진열창 품평회」, 『별건곤』 2권 2호, 1927.2.).

람의 상덤에 간판치장을 하게"했
는데, 그중 한 간판에는 "祝 博
覽會 00商店, 0000等 具備, 前共
進會 銀牌 受領, 電話建設 申請
中, 光化門"라고 쓰여 있다. 다
쓰러져 가는 기와집의 4 - 5배나
되는 크기의 간판이 내걸린 것이
다. 이를 본 산책자는 "난장이가
큰 갓만 쓰면 큰키로 보"이냐며
쓴 웃음을 짓는다. 다 쓰러져 가
는 점체(店體)에 커다란 간판을

그림12)「店體보다 看板이 三倍五倍」,『조선일보』, 1
929. 9. 8.

내건다고 수입이 늘지 않는 것과 마찬가지로, 아무리 박람회를 통해 수요
창출을 꾀해 본들, 식민지 구조하에서의 수요창출이란 그리 만만치 않다.
'난장이가 쓴 큰 갓'이란 '식민지적 근대'에 대한 아주 적절한 메타포라
할 수 있다.

2. 식민지 근대의 규율권력

1) 식민지 규율권력 – 순사

식민지적 근대질서를 유지·온존시키기 위해서는 일정한 규율 하에, 대
상화된 주체들이 그 규율에 내면적 방식 혹은 외압적 방식에 의해 길들여
지게 하지 않으면 안된다. 이 때 규율은 특정 부분에 국한되어 있지 않고,
모든 일상적 생활을 포괄한다. 이를테면 교육·문화·의료·노동을 비롯, 모든
구체적·일상적 부문에서 규율은 작동된다. 또한 규율은 아주 일상적이고 반
복적이어서, 그 존재는 쉽게 잊혀지고 규율은 자연스런 일상의 한 부분으로
내면화되고 만다. 하지만 서구와 달리 식민지 근대의 그것은 거의 모든 부

그림13) 「狂亂쌕테리아 - 흥,소리 고흔데」,
『서울行進』 - 1,『조선일보』, 1928.10.30.

문에서 외압적인 규율권력을 필요로 한다. 식민지 지배 자체가 물론 군사력이라고 하는 무력적 외압에 기초한 것이지만, 일제는 모든 구체적 일상조차 외압적 규율로 강제하기 위해 '순사'라는 규율권력을 배치한다. 산책자는 이같은 규율권력의 일단을 '모던'한 유흥이 넘치는 '카페'에서 발견하고 있다.

'딴스홀'은 일제시대에 금지품목이었다. 만주사변 직후 식민지 조선의 총독은 직접 서울의 신문기자들을 향해 "국가비상시에 딴스는 허가할 수 없다"고 말하기 까지 했다. 하지만 레코드회사 문화부장과 다방 마담, 기생, 여급, 영화배우들이 경성에 '딴스홀'을 허락해달라며 경무국장에게 보낸 공개탄원서에 의하면, 서구는 물론 일본에서도 '딴스홀'은 아무런 문제가 되지 않았다. 단지 식민지 조선의 수도 '경성'에서만이 '딴스홀'이 허가금지 대상이었다[31].

그렇기 때문에 '딴스'는 '딴스홀'이 아닌 '카페'에서 주로 이루어졌고, '카페'에서 '딴스'를 하던 사람들은 종종 순사에게 봉변을 당하곤 했다. '카페'에서 '(사교)딴스' 대신 '쩨스'가 유행하기 시작하였던 것도 그같은 이유에

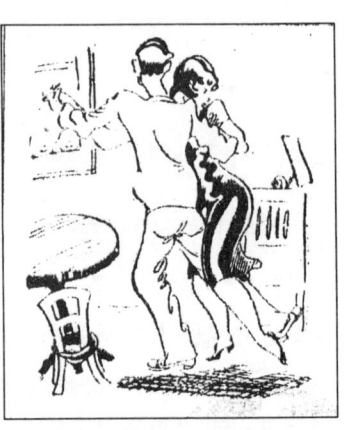

그림14) 「카페마다 딴스홀겸영」,
『조선일보』, 1931.6.26.

---

31) 「서울에 딴스홀을 許하라 - 경무국장에게 보내는 我等의 書」,『삼천리』, 1937.1.

서였다. 하지만 20년대 후반을 경과하여 30년대 초가 되면, 작품 「카페마다 짠스홀 겸영」(그림310626)에 묘사된 바와 같이 '짠스홀'의 허가는 여전히 전면 금지되었지만, '카페'에서의 '짠스'는 공공연하게 이루어져 '대류행'이었다.

카페의 조선인 여급 '아기꼬'는 '짠스'를 하면 순사에게 또 다시 봉변을 당한다며, 짠스를 하는 대신 '쌔스'나 하나 틀겠다고 한다[32]. 규율이 이미 내면화되어 있음을 알 수 있다. 하지만 30년대 초, 형식적으로는 '짠스'를 금지하지만 음성적으로는 '짠스'를 인정하고 있었는데[33], 이는 통제는 하지만 불만의 배출구만은 열어 놓겠다는 의도임을 알 수 있다. 조선 땅에 일본인 군속을 위한 '공창'제도를 만든 것 역시 식민 규율권력에 의해서였다[34].

이처럼 28년 작품 「광란 빡테리아」와 31년 작품 「카페마다 짠스홀 겸영」에서 '짠스'에 대한 허용치가 다르게 묘사된 것처럼, 두 작품의 그림 역시 차이가 있다. '짠스'를 추고 있는 한 쌍의 남녀를 그리고 있는 앞의 그림에서, '짠스'를 추고 있는 둘 사이의 거리는 뒷 쪽의 그림에 비해 훨씬 떨어져 있다(그림281030). '짠스홀'의 허가금지는 물론 카페에서의 '짠스'조차 금지되던 시절이라 대부분 '짠스' 대신 술을 마시고 있고, '짠스'를 추더라도 무척 조심스럽다. 반면에 '카페'에서의 '짠스'를 음성적이나마 묵인하던 때의 '짠스'풍경을 그린 그림에서 카페 테이블과 의자는 서로 묶여있다. '짠스'를 하는 두 남녀간의 거리도 훨씬 가깝고, 춤을 추는 남자와 여자의 다리도 서로 엉켜있다(그림310626). '카페'는 앉아서 술을 마시는 곳이 아니라 함께 '짠스'를 추는 곳이라는 메시지가 강하다.

보다 직접적으로 규율권력의 문제에 접근한 것은 「납량풍경(納涼風景)」-1이란 작품과 「종로서(鐘路署) 대대확장이전(大大擴張移轉)」이란 작품

---

32) 「狂亂빡테리아 - 홈,소리 고혼데」, 『서울行進』 - 1, 『조선일보』, 1928.10.30.
33) 「카페마다 짠스홀 겸영」, 『아이스크림』 - 3, 『조선일보』, 1931.6.26.
34) 손정목, 『일제 강점기 도시사회상 연구』, 앞의책, 442~447쪽.

그림15) 『納凉風景』-1, 『조선일보』, 1930.8.3.

이다.

여름철 무더위와 물 것 때문에 모깃불을 놓고 길거리에서 '돌벼게'를 베고 누운 사람들을 '싹금나리'는 '구두발길'질을 해대며 집안으로 쫓아낸다[35]. 산책자는 발길질을 해대는 '순사'의 발끝과 들어가라며 가리키는 손끝, 그리고 다른 한 손으로 붙잡고 있는 긴 칼을 주목하고 있다. 아무리 더워도 집 울타리를 넘어 길거리에 나와 눕지 말라는 엄격한 통제, 그리고 이를 벌하는 발길질의 폭력, 집 울타리 안쪽을 가리키는 명령의 손끝, 그리고 그 모든 행동을 뒷받침 해주는 긴 칼을 그는 주목한다(그림300803). '집 울타리'라는 경계를 넘어서는 것을 식민지 '순사'는 용납하지 않으며, 이를 위해 때론 폭력도 서슴치 않는다. '긴 칼'로 상징되는 식민지 규율권력 하에서의 모든 폭력은 용인된다.

근대도시 경성을 보다 강고하게 통제하기 위한 총 본산은 종로경찰서이다. 산책자는 더욱 크게 확장이전한 종로경찰서를 바라보면서, 보다 더 크고 보다 강화된 감시와 처벌에 의해서만 유지될 수 밖에 없는 식민지 규율을 재확인한다. 그림은 최초의 종로서와 다이쇼(大正) 4년

그림16) 「鐘路署大大擴張移轉」, 『조선일보』, 1929. 8.25.

---

35) 『納凉風景』- 1, 『조선일보』, 1930.8.3.

(1916년), 그리고 쇼와(昭和) 4년(1929년)의 종로서 모습을 함께 담고 있다(그림290825 - 5). 좌에서 우로, 그러니까 과거 최초의(현재 빠고다 공원 파출소 뒤) 종로서보다 다이쇼 4년의 종로서가, 그리고 다이쇼 4년의 종로서보다, "넷날 재판소 자리"로 옮긴 쇼와 4년의 재판소가 훨씬 더 크다36). 감시 및 처벌을 상징하는 '수갑'의 크기도 종로서의 크기에 비례해 점점 커져갔다. "문화정치 이래로"란 단서를 붙이긴 했지만, 그렇게 커진 종로서를 산책자는 바라보면서, "좀도적만 잡앗스면 이러케 번창"하지 않았을 것이라고 말한다. '소유질서' 유지보다, '식민지 질서' 유지를 위해 '규율권력'의 몸집을 점점 불려가지 않으면 안되었다는 것을 의미한다.

2) 경제적 규율-은행과 고리대금업

미디어에 의해 매개된 욕망은 소비자를 '백화점'과 '양품점'의 쇼윈도우로 달려가게 만들지만, 빈약한 식민지 조선의 소비자에겐 욕망의 대가를 지불할 능력이 부재하다. 소비는 늘 자신의 '지불능력'을 상회하여, 식민지 조선의 모던걸·모던보이들은 '과잉소비'를 하고 만다. 문제는 이러한 '과잉소비'를 보증하는 장치라 할 수 있는데, '은행'과 '고리대금업'이 바로 이에 해당한다. 이같은 장치에 의한 경제적 규율이 강제되는 풍경을 산책자는 '문화주택'에서 찾아낸다.

미디어 가운데 가장 영향력이 큰 영화를 통해 소개된 이른바 '문화주택'은 식민지 조선의 모던걸과 모던보이들의 마음을 송두리째 사로잡았다. 그들은 자신들의 '지불능력'과는 무관하게, "시외나 긔타 터 조흔 데다가 문화주택을 새장가티 짓고서 '스윗홈'을 삼"는다. 그같은 '스윗홈'이 가능한 것은 물론 '은행의 대부' 때문이다.

하지만 모던한 신혼부부는 "지은지도 몃달 못되여 은행에 문 돈은 문 돈대로" 날리고, 그 집은 "외국인의 수중"으로 넘어가고 만다. 영화에 의

---

36) 「鐘路署大大擴張移轉」, 『일요만화』, 『조선일보』, 1929.8.25.

그림17) 「文化住宅?蚊禍住宅?」, 『一日一畵』-8,
『조선일보』, 1930.4.14.

해 매개된 욕망에서 그는 식민지 근대의 환상, 즉 "하로사리 썬"한 욕망을 발견해낸다[37]. 이 같은 풍경을 압축해 보여주는 것은 '문화주택'에서 '문화(文化)'라는 문구 대신 집어넣은 '문화(蚊禍)'라는 표현이다. '하로사리썬'한 '모기(蚊)'가 화(禍)를 당했다는 의미이다.

이때 물론 '모기(蚊)'를 그물에 걸리게 해 잡아먹는 것은 '은행'이라고 하는 '거미(蜘蛛)'이다. 그림은 이를 보다 선명하게 보여준다(그림300414). 서로 입을 맞추고 있는 원앙새 같아 보이는 듯한 두 신혼부부는 푸른 초원 위에 그림같은 '문화(文化)주택'을 지어 놓았다. 하지만 문화주택은 은행이 쳐놓은 거미줄에 걸려 있고, 문화주택의 두 신혼부부는 거미줄에 걸린 '하로사리 썬'한 모기(蚊)의 형상을 하고 있다. 이때 은행이 쳐놓은 거미줄에는 '대부(貸付)'라는 글자가 쓰여져 있다. 은행의 '대부'란 '지불능력'을 상회한 소비를 부추키는 장치이기도 하지만, 그같은 소비를 감시하고 통제하는 장치이기도 하다. 유혹과 감시와 통제를 '거미줄'처럼 보이지 않게 은밀히 행하는 경제적 규율장치이다.

Ⅳ. 근대 주체의 형상화

1. 계급.계층의 형상화와 문체

대립하는 근대주체는 분명한 몇 가지 코드로 캐릭터화되기도 한다. 이

---

37) 「文化住宅? 蚊禍住宅?」, 『一日一畵』 - 8, 『조선일보』, 1930.4.14.

같은 현상은 부르주아를 형상화할 때 보다 두드러지는데, 특히 글보다는 그림에서 더욱 특징적으로 나타나고 있다. 안석영의 만문만화에서 부르주아의 캐릭터는 몇 가지 보편화된 신체 코드, 이를테면 머리가 벗겨지고, 배가 나오고, 얼굴과 다리는 살이 찐 정형화된 형태를 띠고 있지만, 모든 작품이 그러한 것은 아니다. 그는 자기만의 특징적인 캐릭터, 곧 독특한 신체코드를 갖고 있는데, 이는 '생략체'의 일반적 신체비율인 3등신의 변형 캐릭터라 할 수 있다.

그림18) 「쀼르조아」, 『조선일보』, 1928.12.26.

이같은 신체코드를 가진 작품들로는 「쀼르조아」(그림281226), 「웃키는 사람」(그림290208)등이 있다. 이들 작품의 '부르주아'는 벗겨진 머리, 튀어나온 배의 형상을 하고 있어, 여느 '부르주아'의 캐릭터와 크게 다를 바 없다. 하지만 이들 작품 속의 '쀼르조아'들을 좀 더 자세히 살펴보면, 상당히 특징적인 신체코드를 발견할 수 있는데, 아주 짧게 그려진 '다리'가 바로 그것이다.

일반적으로 '세밀체'가 아닌 '생략체'[38] 인물을 형상화할 때, 그 신체비율은 대개 3등신으로, 머리와 몸통과 다리의 비율이 대체로 1:1:1이다. 하지만 작품 「쀼르조아」의 대상인물의 머리와 몸통과 다리 비율은 대략

---

38) 최열은 '만화체'와 '극화체'라는 표현보다 '희화체'와 '사실체'라는 표현이 보다 적절하다고 하지만, 생략해서 그린 그림이 반드시 '희화화'를 전제로 하지 않은 경우도 많고, '사실체'란 개념은 너무 막연하기 때문에, '생략체'와 '세밀체'란 표현이 더 타당해 보인다. (최열, 「인물의 조형적 형상4 – 희화체와 사실체1」, 『만화광장』, 1986.12. 70~75쪽)

1:3:0.2정도이고, 작품 「웃키는 사람」의 경우는 1:2:1정도이다. 뚱뚱한 배와 대머리라는 관습화된 신체코드에서 '짧은 다리'라는 또다른 변형된 신체코드를 설정한 것이다. 이같은 '짧은 다리' 코드는 '움직이지 않는다'는 것, 즉 '일하지 않'는 부르주아를 상징한다. 움직이지 않기 때문에 다리가 '퇴화'된 희화화된 조형으로, 실재하는 인물의 사회적 삶의 특징을 반영해낸 것이다. 이같은 조형적 특징은 '글'과 결합하면서 보다 더 설득력을 갖게 된다.

엄청난 세찬에 파묻혀, 어찌해야 할 바를 모르는 상황을 '글'은 "굼벵이의 기지개가 나아오는" 것으로 묘사[39]하고 있다. 이 때 '굼벵이'란 실제의 '굼벵이'일 수도 있고, '쑤르조아'의 모습에 대한 비유일 수도 있다. 세찬 속에서 매미의 유충 '굼벵이'가 느리게 기어나오는 이미지를 형상화한 '글'은, '그림'속의 '쑤르조아'의 짧은 다리와 결합되면서, 느린 '굼벵이'의 느린 이미지에 움직이지 않아 퇴화된 다리를 지닌 '쑤루조아'의 나태한 이미지가 오버랩된다.

그림19) 「위대한 사탄」,
『조선일보』, 1928.2.10.

이처럼 '쑤르조아'의 신체코드를 캐릭터화한 또 다른 작품으로는 「위대한 '사탄'」이 있다. 이 작품의 가장 두드러진 신체코드는 거대한 몸집과 정삼각형의 캐릭터(그림280210)로, 그 중에서도 '정삼각형'의 캐릭터는 부르주아가 지닌 안정감 혹은 부유한 이미지를 연출해낸다.

그런데 일하지 않는 '쑤르조아'를 특징적으로 형상화한 이같은 '정삼각형'의 이미지는, 모던걸의 역동성을 형상화한 '역삼각형' 이미지와 좋은 대조를 이루고 있다.

---

39) 「쑤르조아」, 『歲暮苦』 - 5, 『조선일보』, 1928.12.26.

작품 「여자(女子) 험구(險
口)되는 쌔」(그림280410)
에서의 모던걸의 이미지가
바로 이에 해당한다. '모던
걸'과 '모던보이'의 발 끝
은 모두 날렵해서, 한편으
론 불안하지만 다른 한편
으론 경쾌하다. 남자는 발
뒤꿈치를 든 채 걷고 있고,

그림20) 「여자 險口되는 쌔」, 『조선일보』, 1928.4.10.

'모던걸'들은 하이힐을 신고 있다. '모던걸'들이 들고 있는 접혀 진 양산 역시,
이같은 역삼각형의 이미지를 강화시켜준다. 따라서 작품 「위대한 '사탄」에
서 부르주아의 정삼각형 이미지는 특히 모던걸의 역삼각형 이미지와 큰 대조
를 이룸으로써, 안정감 혹은 부유한 이미지의 조형성을 더욱 강화시킨다.

작품 「위대한 사탄」은 또다른 상반된 두 이미지의 대비를 통해 '부르주
아'적 삶의 양식을 특징적으로 형상화하고 있는데, 그것은 모던걸의 4배
에 달하는 '위대한 사탄'의 얼굴, 6~7배에 달하는 그의 발과 몸집이다.
이 '거대한 몸집'은 일하지 않아 살찐 자의 형상을 전형적으로 보여준다.

이들의 신체 코드나 감정코드, 혹은 행동코드[40]는 대상을 바라보는 '시
선의 거리'와도 밀접하게 연관되어 있다. '쑤르조아'를 형상화할 때 '먼거
리'나 '아주 먼거리'로 묘사한 경우는 거의 없으며, 대부분 '꽉찬 거리'이
거나 '중간 거리'로 형상화된다. '꽉찬 거리'란 칸(프레임)안에 대상이 꽉
차는 것으로, 사람의 경우 칸의 위아래로 머리에서 발끝까지 들어가는 것
을 말하며, '중간 거리'란 칸 안에 인물의 중간 부분까지, 즉 무릎이나 허
리 위를 담는 것으로 칸 안에서 인물이 차지하는 면적이 배경과 비슷하거

---

40) 인물 묘사에 있어서, 성격창조와 감정, 행동의 표상을 四方田犬彦은 '등장인물의 코
드', '감정의 코드', '행동의 코드'라고 이름붙인 바 있다. (四方田犬彦, 앞의 글, 142
쪽)

나 약간 큰 것을 말한다[41]. 일반적으로 '꽉찬 거리'는 신체의 전체를 강조하기 위해, '중간 거리'는 주로 신체 일부분 혹은 표정을 강조하기 위해 사용된다. 따라서 부르주아의 '신체'적 특성과 '표정'이 보다 강조되기 위해선 이같은 '꽉찬거리'나 '중간거리'가 당연히 사용될 수밖에 없다. 부르주아의 신체코드나 감정 및 행동코드에 어울리는 '시선의 거리'라 할 수 있다.

작품 「위대한 '사탄'」(그림280210)이나, 「쁘르조아」(그림281226), 혹은 「웃키는 사람」(그림290208), 「쁠도야지」(그림290606), 「고리대금업자」(그림281227)등에서 작품 속의 주된 대상인물인 '쁘르조아'들과의 시선의 '거리'를 생각해 보면, 이는 쉽게 이해될 수 있다. 이들 작품 어디에서나 '쁘르조아'들의 형상은 프레임 안에 전신이 들어찬 형태로 형상화되어 있기 때문이다. 벗겨진 '머리', 튀어나온 '배', 짧은 '다리', 혹은 거대한 '몸집' 등이, 프레임 안에 '꽉찬 거리'로 형상화된 것이다.

그림(21) 「高利貸金業者」, 『조선일보』,
1928.12.27.

하지만 이들 작품 가운데 「고리대금업자」(그림281227)의 경우는 '꽉찬 거리'가 아닌 '중간거리'로 형상화되어 있다. 프레임 안에 '고리대금업자'의 허리 윗부분이 주변의 주판, 장부책, 대형금고, 동전 혹은 지폐와 같은 배경과 함께, 거의 비슷한 비중으로 그려져 있다. 여기서 강조되고 있는 것은 바로 '고리대금업자'의 얼굴 표정이다. 안경 너머 가늘게 뜬 눈빛, 찌푸린 인상, 입에 문 붓자루 등이 누군

---

41) 안수철, 앞의 책, 98~99쪽.

가를 문책하는 듯한 대상인물의 '감정' 및 '행동'코드를 잘 살려내고 있다.

안석영은 이 작품 속 대상인물의 '감정코드'나 '행동 코드'를 보다 잘 살려내기 위해 '생략체'와 '세밀체'를 복합적으로 사용[42]하기도 한다. 고리대금업자의 '표정'은 그의 눈동자와 주름살까지 세세하게 묘사된 반면, 다른 신체 부위 이를테면 그의 손 마디마디의 경우 단지 5개의 선만이 그려져 있을 뿐이다. 얼굴 표정은 '세밀체'로 기타 신체부위는 '생략체'로 묘사된 것이다. '생략체'로 묘사된 다른 신체부위와 '세밀체'로 그려진 '얼굴표정'은 서로 대조되면서, 고리대금업자의 얼굴표정에 담긴 '감정코드'가 보다 강조되고 있음을 알 수 있다.

2. 모던걸.모던보이의 형상화

1) 패션과 노출

모던걸.모던보이가 다른 사람들과 구분되는 일차적 특징은 역시 '패션'이다. 패션에 의해 모던걸.모던보이는 비로소 전근대적 가치들과도 분명한 선을 긋는다. 패션은 역사적으로 유행의 변화를 거듭하는 가운데, 단순한 실용적 기능을 넘어 인간과 문화의 주요한 징후이자 그것을 이해할 수 있는 창구가 되어 왔다[43]. 모던걸.모던보이들의 패

그림22) 「털시대」, 『조선일보』, 1932. 11.24.

---

42) 四方田犬彦은 手塚治蟲의 『落盤』이라고 하는 작품에서 다섯가지의 문체가 사용되었다고 설명한다. 手塚治蟲가 즐겨쓰는 '만화의 문체'로는 '악의 문제'와 같은 내면심리를 형상화하기에 불충분하다고 느껴, 내면심리를 표현할 경우 '극화적 문체'를 사용했다고 한다. (四方田犬彦, 앞의책, 243~252쪽)
43) 막스 폰 뵌, 『패션의 역사』 - 2, 한길아트, 2000, 399~401쪽.

션 역시 전근대적인 관습과 규범을 넘어서는 것이었고, 따라서 당대의 많은 이들로부터 비판과 따가운 눈총을 받아온 것 또한 사실이다. 하지만 그들의 패션이 의미있는 것은 바로 그 지점, 곧 전근대적인 것으로부터 일탈한 근대적 감각의 영역을 새롭게 개척했다는 데 있다.

모던걸·모던보이의 패션에 대한 비판은 물론 그들이 입고 있는 옷, 특히 여름 옷과 겨울 옷에 집중된다. '옷'은 계절의 변화를 가장 시각적으로 예민하게 감지해낼 수 있는 '패션'일 뿐 아니라, 그 시대의 사회문화적 배경을 함께 살펴볼 수 있는 '패션'이기 때문이다. 먼저 모던걸·보이의 겨울 옷에 대해 살펴보도록 하자.

모던걸의 겨울철 패션 가운데 가장 인상적인 것은 무엇보다도 '여호털 목도리'이다. '도회'의 모던걸들은 '여우털'만이 아니라, '개털'이건 '쇠털'

그림23)
「狐鬼의出沒」,『조선일보』,
1933.10.25.

이건, 목에다 두를 수 있는 털이면 모두 "목에다 두르고 길로" 나온다[44]. 이를 바라보는 시선은 물론 곱지 않다. "구렝이도 털이 잇다면, 구렝이 가죽도 목에" 두르고 나왔을 것이라는 식으로 비아냥거린다. 이같은 비아냥은 특히 '솜옷'하나 제대로 걸쳐입지 못한 채, "오르르 썰고 까불며 쥐거름을 것는" 거지애들과 비교[45]되면서 더욱 증폭된다.

이들 모던걸에 대한 비판은 아주 직접적이다. "시체(모던) 녀자의 목아지가 무슨 갑시 잇"겠느냐는 둥, "여호가튼 맘", 혹은 "머리가 텅 비인데다가 모양을 낸다하니 시체 녀자들의 쏠이 천착하기 이를 데 업다"는 둥,

---

44) 「털시대」,『街頭風景』,『조선일보』, 1932.11.24.
45) 「狐鬼의 出沒」,『晚秋風景』- 5,『조선일보』, 1933.10.25.

비판은 거의 원색적이다. 그러나 이같은 비판은 단지 '털목도리'가 상징하는 '부유함' 때문만은 아니다. "배곱하 쩔면"서도 '여호털 목도리'만을 고집하는 '허영심' 즉 헛된 "첨단 녀성"의식에 대한 비판의 측면이 더 크다. 이를 그는 "머리가 텅 비인 '시체녀자'들의 꼴"이라 하였다.

이같은 이미지는 '그림'을 통해 보다 강하게 비판된다. 동일한 머리 스타일, 동일한 길이의 외투, 동일한 하이힐, 그리고 역시 동일한 여우털 목도리에 이르기까지 거리를 걷고 있는 7명 모던걸의 이미지는 조금도 다르지 않다(그림321124). 그들이 '여우털 목도리'를 두르고 거리로 나온 것은 '자발적 욕망'에 따른 선택이라 아니라, 광고 혹은 미디어가 만들어 낸 '강제된 욕망' 때문이다. "배곱하 쩔면"서도 값비싼 '여호털 목도리'를 두르고 길거리에 나서야만 '모던걸'의 대열에 낄 수 있다는, 매개된 거짓 욕망의 포로가 되어 있음을 알 수 있다.

또 다른 그림 속의 여우털을 두른 모던걸에 대한 비판은 '원근대비'를 통한 거지아이와의 대조(그림331025)를 통해 이뤄지고 있다. 모던걸은 크고 당당하게 '근경(近景)'으로 처리된 반면, 거지아이는 작고 왜소하게 '원경(遠景)'으로 묘사되어 있다. 여우털을 두른 '모던걸'의 화려한 모습은 '꽉찬 거리'로 화려한

그림24) 『1930년 녀름』-1, 『조선일보』,
1930.7.12.

외모 전체를 드러내 보여주지만, '솜옷'도 없이 추위에 떨고 있는 거지아이의 풍경은 '먼거리'로 처리되어 있어 더욱 초라하고 힘들어 보인다. 하지만 그림 속의 모던걸은 뒷 쪽 풍경엔 전혀 아랑곳하지 않는다.

모던걸·모던보이에 대한 이같은 비난은 물론 그들의 '여름 패션'에 대해서도 마찬가지다. 특히 여름철 모던걸들의 심한 '노출' 패션에 대해 대다

수 논객들은 엄청난 비난을 퍼부었는데, 안석영의 만문만화 역시 예외는 아니었다. 여름이 되자 모던걸과 모던보이는 자신의 '육톄미'를 맘껏 자랑하기 시작한다. 모던보이는 가슴팍을 다 열어제치고, 아랫도리도 거의 드러낸 채 게다를 신은 모습이다(그림300712). 모던걸의 패션도 만만치 않다. 가슴이 거의 드러난 상의에 치마 또한 아슬아슬하다.

이같은 노출 패션에 대해, "왜설죄(猥褻罪)"[46]라든가, "해괴망측하다"는 식의 직접적인 표현 이외에도, "포목전은 철시하라!" 혹은 "실 한 꾸레미와 인조견 한 필이면 삼대를 물릴 수도 잇"을 것, "의복 긴축 시위운동"을 벌여 보라는 등 비아냥이 쏟아진다[47]. 모던걸 모던보이의 '노출' 패션은, 당대의 일반적인 가치관 뿐 아니라, 맑시즘적 가치관에 근거하더라도 지나치게 '퇴폐적'이고 '감각적'이라는 작가의 비판적 시선이 노골적으로 드러나 있다.

그러나 이같은 '노출'패션이 비판적으로만 묘사되어 있는 것은 물론 아니다. 종종 이를 애정어린 시선으로 바라볼 때도 있는데, 이를테면 「춘풍 훈혜(春風薰兮) - 3」과 같은 작품이 그러하다.

그림25) 『春風薰兮』 - 3, 『조선일보』, 1930.2.26.

가게 앞에 늘어선 '장사치'들의 시선은 '노출' 시킨 모던걸의 다리에 씌워진 '엷은 양말'에 모아져 있다(그림300226). 상점원이 총출동하여, "상점 압헤 우뚝―하니 서서 빙그레―"하면서, 모던걸의 노출 패션에 '미소'를 보낸다[48]. '왜설죄'니 '해괴망측'하다느니, 비난을 쏟아부었지만, 그 비

---

46) 『1930년 녀름』 - 1, 『조선일보』, 1930.7.12.
47) 『女性宣傳時代가 오면』 - 3, 『조선일보』, 1930.1.14.
48) 『春風薰兮』 - 3, 『조선일보』, 1930.2.26.

난의 이면엔, 근대의 등장과 함께 나타난 '노출'의 일탈성에 대한 경탄이
숨어 있다. 이같은 태도는 모던걸·모던보이의 '노출패션'을 대하는 최학송
의 평가에도 잘 나타나 있다. 모던걸·모던보이를 '못된 껄', '못된 뽀이'라
고 부르는 사람들도 있지만, "혈색조흔 셜부가 드러날 만침 반짝거리는
엷은 양말에 금방에 발목이나 쩨지 안을짜? 보기에도 아심아심한 구두스
뒤로 몸을 고이고 스카트스 자락이 비칠스 듯 말스 듯한 정갱이를 지나는
외투에 단발, 혹은 미미가쑤시에다가 모자를 푹눌러쓴 모양은 멀리보아도
밉지 안코, 가까이 보아도 흉치" 않다49)는 것이다.

물론 모던걸의 '노출패션'을 바라보는 이같은 시선 속엔 남성중심적 시
각이 들어있는 것은 사실이다. 하지만 모던걸·모던보이의 '노출패션' 속엔
모든 것을 감추고 가려야만 한다는 '전근대적' 관습 혹은 규범으로부터의
일탈 의지가 들어있는 것 또한 사실이다. 서구에서 1912~3년 무렵, 이른
바 '벌거벗은 패션'이란 것이 유행했을 때, 이에 가장 반발하고 나선 쪽이
봉건적 규범의 수호세력이었던 성직자들이었다는 점50)을 상기해본다면,
'노출 패션' 속에 내재해 있는 '전근대적인 것'으로부터의 '일탈' 의지를
이해하기란 그리 어렵지 않다.

2) 모던걸과 기생성

모던걸은 그 '모던'한 직업에 걸맞는 다양한 이름으로 불려지기도 했는
데, 이를테면 '까이드껄', '뻐스껄', 혹은 '틱켙껄' 등이 그것이다. 하지만
모던한 직업이 아닌 단지 별칭으로 불리던 이름들에는 모던걸의 '기생적
성격'을 드러내는 이름들이 많다. "사나회의 집행이 대신으로, 산보를 즐

---

49) 최학송, 「쩨카단의 象徵」, 『모 - 던껄·모 - 던뽀 - 이 大論評』, 『별건곤』, 1927.12., 118~
   120쪽.
50) 막스 폰 뵌, 앞의 책, 361~7쪽. 노출이 심한 이른바 독일 등 유럽에서 '벌거벗은 패
   션'이 대유행하자, 1913년 1월 라이바흐의 후작 주교는 '여성 패션에서의 윤리와 교
   인다운 태도'를 유지해달라고 요청하기도 했다.

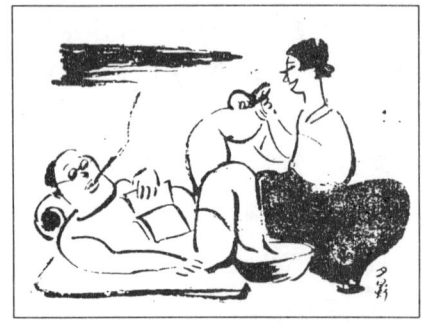

그림26) 「핸드ㆍ썰」, 『漫文漫畵 - 都會風景』- 1,
『조선일보』, 1929. 6.4.

기는 사나희의 겨드랑이를 부축하"는 '스틱썰', "사나희의 손을 대신하"는 '핸드.썰', '키스썰', '백의(白衣)썰' 등이 그것이다.

'스틱썰'이 일본 동경에서 새롭게 생겨난 직업부인을 말하는 것이라면, '핸드썰'은 조선 여성들 사이에 새롭게 등장한 직업을 가리킨다. 산보를 즐기는 '사나희'의 겨드랑이를 부축하는 정도가 아니라, '사나희'의 다리를 주무르거나, 발을 씻겨주는 (그림290604) '핸드썰'은 '스틱썰'에 비하면 자본주의적 성격보다 봉건적 성격이 강하다. 하지만 둘 다 "사나희의 겨드랭이 미테서 사라"간다는 점에선 마찬가지다[51]. 두 직업 모두 동일한 '기생성'을 갖고 있는 것이다.

'키스썰'이나, '마네킹썰' 혹은 '백의(白衣)썰' 역시 유산계층에 '기생'하여 살아간다는 점에선 '스틱썰'이나 '핸드썰'과 큰 차이가 없다. '키스썰'이란 박람회 때 "일금 오십전에 '키스'를 팔"다가 쫓겨난 '여간수'들(그림290922 - 2)을 말하고[52], '마네킹썰'과 '백의(白衣)썰'은 화려한 옷차림을 하고 본정통(本町通)을 오가는 '모던걸'들을 말한다. "머리ㅅ 속은 텡비여"

그림27) 「'키쓰썰'의出現」, 『日曜漫畵』,
『조선일보』, 1929.9.22.

---

51) 「핸드.썰」, 『漫文漫畵 - 都會風景』- 1. 『조선일보』, 1929.6.4.
52) 「'키쓰썰'의 出現」, 『日曜漫畵』, 『조선일보』, 1929.9.22.

도 '마네킹썰'은 가능하면 "제 밋천 드리고 다니"는 편이지만, 보다 젊은 '백의썰'들은 본정통에서 '아이스컵피'정도는 기본으로 얻어먹고 다닌다.

이들이 화사한 치마 저고리를 사고 손과 머리에 온갖 치장을 하는데 드는 비용은 당시 경성의 보통사람들이 생각하기엔 거의 천문학적인 숫자였다. "치마 한 감에 삼사십원 양말 한켜레에 삼사원, 분갑만 해도 아흠 분, 낮 분, 밤 분해서 사오원, 머리만 지지는 대도 일이원"이다. 이같은 엄청난 것을 모던걸들이 몸에 두를 수 있는 것은, 물론 "겨드랭이에 백어가 튼 팔뚝을 곳고서 쏭쏭한 사나희를 백화점으로 낙구어"드렸기 때문이다. 작품「어디서 그 돈이 생길가」를 살펴보자.

"조선의 대표적 도시에 굼벵이 보금자리가튼 쓰러진 초가집이 거진 반"이고, "대학 졸업생 거지 반이 취직을 못하야 거리로 방황하"는 상황이지만, 그럴수록 모던걸의 '사치'는 "나날이 놉하가"기만 한다53). '궁핍'한 식민지 조선의 풍경과, '사치'스런 모던걸의 모습을 대비시켜 놓은 것이다. 서로 모순된 이같은 풍경의 근저에 모던걸의 '기생'적 행태가 숨어 있음은 물론이다.

이같은 '기생적 성격'은 회화화되어 그림으로 형상화되어 있는 모던걸들의 모습에도 잘 반영되어 있다. 작품「어듸서 그 돈이 생길가」에 나오는 모던걸들의 모습 속에 특히 잘 살아있는 것은 등장인물의 '성격'과 '감정'코드54)이다. 즉

그림28)「어듸서 그 돈이 생길가」,『一日一畵』, 『조선일보』, 1930.4.8.

---

53)「어듸서 그 돈이 생길가」,『一日一畵』,『조선일보』, 1930.4.8.

면으로 묘사된, 높게 치켜올린 '코'에는, 자신의 화려한 치장과 고급스런 옷을 '과시'하거나 '자랑'하려는 '감정'이 잘 형상화되어 있으며, 정면을 향하고 있는 또 다른 모던걸의 뺨과 입술의 짙은 화장에는 이들의 '사치'스런 '성격'이 잘 드러나 있다(그림300408). 뿐만아니라 살짝 들춰진 치마 안쪽의 값비싼 '엷은 양말'이나 치마를 감아 쥔 손의 '커다란 보석'과 이에 전혀 어울리지 않는 초라한 초가집의 대비는, 사치스런 그들의 양태와 초라한 식민지 조선의 현실 사이의 괴리를 잘 설명해준다.

모던걸들의 기생적인 모습을 보여주는 또 다른 작품들로는 '스튜릿트썰'에 관해 묘사한 것들이 있다. 앞서 살펴본 「어듸서 그 돈이 생길가」라는 작품에서 '스튜릿트썰' 행세만을 해서는 그렇게 화사한 차림을 할 수 없다고 한 것으로 미루어, '스튜릿트썰'이란 추수기 시골지주를 노골적으로 유혹하던 작품 「금풍소슬 - 1」의 '모던걸'과는 차이가 있어 보이지만, 이들 역시 뭔가를 '구걸'하지 않고서는 살아가기 힘들다. 이들을 바라보는 작가의 시선이 곱지 않은 것도 이 때문이다. 작품 「이꼴저꼴 - 1」이라

든지 「공복의 동정녀」에서 '스튜릿트썰'은 종종 '거지'에 비유되기도 한다.

'스튜릿트썰'이 '거지'에 비유되고 있는 것은 그들이 갖춘 행색은 서로 다르지만 '돈'을 구걸하고 있다는 점에선 동일하기 때문이다. 하지만 거리를 오가며 누군가의 유혹을 기다리는 '스튜릿트썰'의 표정엔 어딘지 슬픔이 배어 있다. 어쩔 수 없이 "얼골에 그림을

그림29) 「空腹의童貞女」, 『조선일보』, 1934.11.9.

---

54) 四方田犬彦, 앞의 책, 142~145쪽 참고.

그리고 가두로 나"와, '사나희'에게 이끌리어 "전차를 박구어타"고 한 끼의 밥을 해결하러 가는 '스튜릿트썰'55)의 뒷 모습엔, 먹을 것을 해결하지 못해 거리로 나설 수밖에 없는 가난한 식민지의 딸이 느끼는 "애수와 울분"이 숨어 있기 때문이다. 여우목도리를 한 '스튜릿트썰'이 거지들에 둘러싸인 모습의 배경선은 그녀의 이같은 감정코드를 잘 보여준다. 짧고 강한 '수평선' 모양의 배경선은 '스튜릿트썰'의 긴장감 혹은 착잡함56)을 잘 반영하고 있기 때문이다(그림330216). 모던걸의 '기생성'이 '결과'라면, 식민지자본주의에 내재된 '뿌리깊은 빈곤'은 그 '원인'이 되는셈이다.

V. 근대 도시·문화의 형상화

1. 식민지적 근대 도시공간 '경성'

1) '경성'의 소비공간과 이중적 이미지

① 남촌과 북촌

이들 모던걸·모던보이와 서로 대립하는 계급계층간의 일상이 놓여져 있는 곳은 식민지적 근대 도시공간 '경성'이다. 안석영은 '경성'을 청계천 이북과 이남으로 나누어 '경성'의 이중적 면모를 살펴보고 있는데, 진고개 중심의 남촌 지역 상가는 근대적 상품과 화려한 건물, 네온사인으로 뒤덮인 최첨단의 근대도시로, 종로통 부근의 북촌 지역은

그림30) 『1930년 녀름』-3,
『조선일보』, 1929.9.22.

---

55) 「空腹의 童貞女」, 『오늘의 그 사람들』- 1, 『조선일보』, 1934.11.9.
56) W. 칸딘스키, 『점·선·면』, 열화당, 2000, 47~49쪽.

전근대적 잔재가 온존된 근대도시로 형상화되고 있다. 도쿄 긴자(銀座)를 헤매던(부라부라) 모던보이·모던걸인 '긴부라'와 마찬가지로, 경성의 혼마치(本町) 부근을 헤매던 '혼부라'들은 '혼마치'에서 어슬렁거리며 다닐 땐 언제나 '일본어'를 사용했다. 소비공간 '혼마치'를 지배하고 있었던 것은 '경성 속의 일본'인 남촌의 식민주의였던 것이다. 반면에 북촌 종로통을 그린 만문만화 「납량풍경 - 1」이나 「종로서 대대확장 이전」과 같은 작품에선 순사로 상징되는 공적 규율권력의 이미지가 강하다. 경성 '남촌'이 식민지하에서의 내면화된 '자기규율'이 통용되던 공간이라고 한다면, '북촌'은 이와 달리 식민지적 '강제 규율'이 관철되었던 공간이라 할 수 있다.

② 두 가지 이미지의 공존

식민지 수도 '경성'엔 근대와 전근대가 공존한다. 「過渡期? 망등期? - 꼴不見大會」[57]라는 그림에는, 갓쓰

그림31) 『漫畵로본 京城』 - 2,
『시대일보』, 1925.11.5.

고 구두신고, 혹은 갓쓰고 자전거타는 사람, 양장하고 고무신 신고, 도포자락 휘날리며 게다 신은 사람의 풍경(그림270742 - 별) 등 다양하다. 전근대적 패션이 그대로 유지된 채 새로운 패션이 이에 덧붙인 이같은 풍경엔 달리 말을 덧붙일 필요가 없다. 근대와 전근대가 공존하는 이같은 패션을 가장 쉽게 발견할 수 있는 곳은 '카페'이다. 특히 '카페'문화가 막 들어오기 시작한 20년대 중반 카페[58]

---

57) 「過渡期? 망등期? - 꼴不見大會」, 『별건곤』, 1927.7., 42~43쪽.

'웨트레쓰'의 경우, 전근대 패션과 근대 패션이 마구 뒤섞여 있다.

카페 '웨트레쓰'는 '조선 옷'에 '에프롱'을 두르고, '고무신'에 '히사시가미'59)를 한 채, "새빩안 술"을 마시며, '놀애'를 부른다60). '에프롱'과 '히사시가미'로 대변되는 '근대'에, '조선 옷'에 '고무신'을 한 '전근대'의 이미지(그림251105)가 겹쳐있다. 근대와 전근대가 뒤섞인 패션을 보고 있는 시선은, "이십세긔라는 현대가 술잔 속에서 한숨을 쉰"다며 한심해 한다.

하지만 이중적인 근대도시 경성의 이미지를 무엇보다 압축적으로 설명해낸 표현은 '환상'과 '절망'61)이다. '새로운' 근대가 펼쳐보이는 아름답고 꿈같은 도시로부터 받게 되는 첫 번째 경험은 물론 꿈 같은 현실 곧 '환상'이다. 하지만 그처럼 아름다운 '꿈'같은 현상이 눈 앞에 펼쳐져 있지만, 생활현실은 그곳으로 다가가기 힘들다. 다가갈 수 없는 생활현실이 주는 '절망'이야말로 또 다른 도시경험을 의미한다.

안석영의 만문만화는 이같은 근대도시 경성의 환상과 절망이라는 이중적 이미지를 여러 가지 형태로 포착해내고 있는데, 그 중에서도 경성의 '꿈'같은 이미지를 가장 잘 담아내고 있는 공간은 '아스팔트'이다. 근대도시를 탄생시킨 '근대 교통수단'의 소통공간이라 할 수 있는 '아스팔트 보도(鋪道)'와 그 곳을 지켜주는 '수은등(水銀燈)'의 이미지는 문자 그대로 "도회의 환상을 한 몸에 모아 가지고"있는 표상이기 때문이다.

'아스팔트 보도(鋪道)'를 따라가다 보면 '근대'로 표상되는 '도회'의 거

---

58) '카페'라는 신형술집이 일본 각지에서 유행한 것은 1927~29년경(戶川猪佐武, 『素顔の昭和 - 戰前編』, 角川文庫, 1981, 67~76쪽)이었고, 한반도에 도입된 것 역시 20년대 말로, 신문에 최초로 보도된 것은 1931년 가을(손정목, 앞의책, 469쪽)이었다고 하지만, 1925년 안석주의 『시대일보』 만문만화에는 그때 벌써 '카페'가 대도시 경성에서 성행하고 있었다고 밝히고 있다.

59) '히사시가미(庇髮)'란 앞머리와 옆머리를 앞쪽으로 모아서 묶은 머리 모양을 말한다. 일본 여배우 川上貞奴가 서양풍을 흉내내 시작한 것으로, 1905년경부터 일본 여학생들 사이에 크게 유행하였다. (『廣辭苑』, 岩波書店)

60) 『漫畵로 본 京城』 - 2, 『시대일보』, 1925.11.5.

그림32) 「아스팔트의딸-1」,
『조선일보』, 1934.1.1.

의 모든 것과 만날 수 있다. '아스팔트의 딸'인 그녀는 우선 "복잡하게 움직이는 동체(動體)들"인 근대 교통수단들과 "높히 소슨 '삘딩'"들과 마주치게 된다. 자동차와 전차가 뿜어내는 '소음(騷音)'도 그녀의 '근대적 감각'을 자극시킬 뿐이다. 또한 그녀는 '아스팔트 보도(步道)'를 지켜주는 "도회의 환상"인 '가로등'과 그 밑을 지나는 '사나희들'='모던보이'들을 만날 수 있고, 그 아스팔트의 끝에 다다르면 '근대 도회'의 전시창인 백화점 '쇼―윈도우'의 '유리창'과 마주치게 된다. '모던걸'은 그 유리창 앞에서 '구지비루'를 칠한다[62].

그림 속의 표정 역시 얼굴 그득 '미소'를 담고 있다. '아스팔트 보도(鋪道)' 위를 걷는 '아스팔트의 딸' 뒤편엔 영어로 '카페'라고 쓴 간판과 '가로등'이 보이고, 미소를 띠고 걷는 그녀의 발길엔 경쾌함이 배어 있다(그림340101). "경기구(輕氣球)를 탄" 듯한 도회의 이미지를 엿볼 수 있다. 모자를 쓴 채 고개를 숙인 한 신사의 얼굴에 겹쳐져 묘사된 전차 속 도회여인의 얼굴에도 역시 '미소'가 배어 있다(그림340512). 그녀는 차창 밖의 백화점 '파라솔' 풍경이 주는 '도회의 꿈'에 흠뻑 젖어있다.

---

61) "근대성 자체가 창조한 가치의 이름으로 근대 생활을 비난하는 것은 아이러니이고 모순이며 다음성적(多音性的)이고 변증법적"(M. 버먼, 『현대성의 경험』, 현대미학사, 1995, 22쪽)이라고 언급한 바 있는 M. 버먼의 이야기처럼, 식민지 근대도시 경성이 주는 이미지는 중층적이다.

62) 「아스팔트의 딸 - 1」, 『輕氣球를 탄 粉魂群』- 1, 『조선일보』, 1934.1.1.

하지만 그같은 '꿈'이 '실현'될 수 있는 것은 극소수 "은총(恩寵)바든 무리들"에 불과하다. "안해를 생각하고, 애들을 생각하"면, '테블 인간'의 '파라솔' 꿈은 말 그대로 단지 "애처러운 명상(瞑想)"에 지나지 않는다. "테블 우헤" 놓인 '빈 약병'에 꽂힌 "한 떨기의 꽃"처럼 '환상'은 아름답지만, 그 '환상'의 꽃에는 '뿌리'가 없다. 그래서 '임종(臨終)'을 앞둔 "뿌리를 이저버린" 그 꽃은, 식민지 근대 도시인의 '절망'적인 운명과 매우 흡사하다. 그같은 '절망'적인 도회인의 심경은, 창 밖에 펼쳐지는 "재글재글 끌른 타마유 길바닥의 고민(苦悶)"에 비유되기도 한다[63].

그림33) 「卓上花의哀歌 - 여름아스팔트의苦悶」, 『조선일보』, 1935.6.23.

창 밖으로 아스팔트 깔린 도회의 풍경을 바라보는 표정이, 거리를 걷는 여성 혹은 전차의 창밖을 바라다 보고 있는 여성에 비해 무척 어둡고 시무룩하다(그림350623). '근대의 꿈' 혹은 '근대 도시 아스팔트'의 환상을 아무리 현실에 옮기려 해도 그것이 실현불가능하다는 것을 인식하고 있기 때문이다. 30년대 근대도시 경성의 '꿈'은 그 실현을 방해하는 '식민지'라는 현실에 막혀 끝내 '절망'으로 변모되어 가고 있음을 알 수 있다.

2) 근대 공원의 형성 - '창경원'과 '한강인도교'

① 공원의 형성과 식민지적 근대 - '창경원'과 '남산공원'

서구에서의 근대공원은 중세 이후 영국의 왕후·귀족이 소유·독점사용하

---

63) 「卓上花의 哀歌 - 여름 아스팔트의 苦悶」, 『녀름의 幻想』, 『조선일보』, 1935.6.23.

던 수렵장이나 대규모 정원을 19세기 중반에 일반에게 공개한 것에서 비롯된다. 이 경향은 차차 유럽 전체로 확대되었다. 런던의 하이드 파크, 리젠트 파크, 파리의 부아 드 불로뉴, 퐁텐블로, 뷔트쇼몽, 빈의 프라터, 베를린의 티르가르텐 등이 그것이다.

안석영 만문만화 속에서도 이같은 '경성의 도시화 과정'과 '근대공원 형성'의 연관성을 살펴볼 수 있다. 먼저 도쿄, 교토, 베이징에 이어 아시아에서 네 번째로 동물원이 들어섰다는 '창경원'으로 봄놀이 온 모던걸·모던보이의 풍경부터 살펴보자.

창경원의 밤벚꽃놀이가 무르익자, 제일 먼저 창경원으로 달려가는 이들은 역시 모던걸과 모던보이다. 그들이 관심있는 것은 꽃이 아니라, 꽃을 보러온 사람들이다. 짧은 치마에 엷은 양말을 신은 다리를 쳐다보는 모던보이들, 단장을 거머쥐고 음험한 표정으로 뒤따라 오는 모던보이들에게 돌아서서 눈짓을 보내는 양산을 든 모던걸들64), 그리고 그러한 모습을 묵묵히 내려다 보며 걷는 도포 입은 노인의 모습 위로는, 벚꽃과 전등불이 나란히 늘어서 있다(그림300412).

그림34) 「다리!다리!눈눈눈! - 1930년 夜櫻레뷰 -」, 『조선일보』, 1930.4.15.

하지만 그같은 '밤벚꽃놀이'가 유달리 일본과 식민지 조선에서만 그렇게 요란했다는 것은 주의를 끄는 대목이 아닐 수 없다. 일본의 수도 도쿄에서 이같은 '벚꽃놀이'가 가장 요란한 곳은 '우에노(上野)'이다. 본래 그곳은 에도(江戶)시절부터 유명한 하나미(벚꽃

---

64) 「꽃구경이 사람구경」, 『一日一畵』 - 6, 『조선일보』, 1930.4.12.

구경)장소였는데, 그곳이 메이지 천황의 '근대'를 연출하기 위한 공간으로 바뀐 것은, 그 곳에 박람회장과 함께 동물원과 식물원, 그리고 경마장을 건설하는 과정에서 천황의 이미지를 연출하면서부터였다. 막부와의 마지막 전쟁을 치르면서 불타버린 우에노 벌판에 대대적인 공원을 조성하고, 벚꽃놀이와 함께, 일본 자본주의의 시작을 알리는 박람회를 개최하면서, 새롭게 천황의 이미지를 부각시키기 위해 노력하였던 것이다[65].

막부를 끝낸 뒤, 새로운 천황체제의 이미지 구축을 위해 우에노 동물원과 벚꽃놀이 연출이 필요했던 것처럼, 오래된 조선 왕조를 끝내고 새롭게 일본 천황체제의 시작을 도모하기 위해서는 창경궁의 창경원(공원)화는 반드시 필요했던 것이다. 1909년 동물원이 개설될 당시 순종을 참석케 해 자신의 궁전을 스스로 허무는 역할을 연출시킨 뒤, 1910년엔 이름도 '창경원'으로 바꾸고, 벚꽃나무를 대량으로 옮겨 심었을 뿐 아니라, 매년 봄 '밤벚꽃 놀이' 시기가 오면, 조선의 궁궐을 요란한 오락장으로 만드는 연출이 요구되었던 것이다.

벚꽃놀이를 하는 4월의 밤이 되면, 창경원엔 요란한 전등불이 걸리우고, 창경원 한 쪽엔 대규모 무대가 가설된다. 이같은 무대의 연출이 일본에서 의도한 것이라는 사실은, "나막신 친구의 고든 혀를 통하여 외치는 소리"로 확인된다(그림30415). "가리울 데만 얄팍하게 가리운 굴직굴직한 녀자들의 다리춤"을 보려는 사람들로 무대는 인산인해를 이루고, 창경궁 '어시호'의 봄은 "야앵(夜櫻)의 레뷰 - "와 "레뷰 - 썰의 다리"를 거치면서 '광란의 봄'으로 화한다[66]. 연출은 대 성공을 거둔 것이다.

남산 공원이 인근 일본인 상업지역 혼마치와 거주지인 용산에 인접해 있다는 사실은 작품 「이쓸저쓸 - 4」 속의 '자동차 드라이브' 풍경(그림330219)을 통해 확인된다. 이 작품에는 식민지 자본이 넘쳐나는 남촌에서

---

65) 吉見俊哉, 『都市のドラマトゥルギー :東京·盛り場の社會史』, 弘文堂, 1987, 118~132쪽.
66) 「다리! 다리! 눈 눈 눈! - 1930년 夜櫻레뷰 - 」, 『一日一畵』- 9, 『조선일보』, 1930.4.15.

'탕남탕녀'가 홍청대는 모습의 한 단면이 잘 드러나 있다. '자동차 드라이브'라는 것 자체가 당시로선 일반서민들이 흉내내기 힘든 풍경이기 때문에, 이들 드라이브를 하는 청춘남녀를 바라보는 작가의 시선은 무척이나 냉랭하다. "탕남탕녀의 발광", "지랄밧게 없"다든지, 혹은 "자동차 운전수의 핸들 잡은 손

그림35) 『이꼴저꼴』-4, 『조선일보』, 1933.2.19.

이 부르 썰린"다[67)는 등 표현이 거칠기 짝이 없다. 더 나아가 분노에 가까운 작가의 시선은 남산공원에 맞붙은 남산과 용산, 곧 홍청대는 '남촌'에 맞추어져 있다. '근대공원'과 식민성과의 연관을 짐작케 하는 대목이다.

② '한강 인도교' 건설과 근대 경험

한강에 인도교가 처음 가설된 것은 1917년이다. 중지도와 노량진 간의 '대교'와 중지도와 한강로 사이의 '소교'에, 각각 차도와 좌우보도를 가설하여, 비로소 '한강 인도교'가 건설된 것이다. 이같은 한강 인도교가 가설되면서, 경성은 바야흐로 주거지·소비지 중심의 도시에서 공업도시적 성격을 갖는 도시로 변모하게 되었

그림36) 『納凉風景』-2, 『조선일보』, 1930.8.4.

67) 『이꼴저꼴』-4, 『조선일보』, 1933.2.19.

는데, 그것은 도심과 공장들이 많이 들어 서게 된 영등포·노량진을 연결시키는 역할을 '한강 인도교'가 하게 되었기 때문이다.

이같은 한강 인도교가 처음 완성되자, 서울의 큰 명물로 장안의 화제가 되었음은 물론, 여름철 야간에는 장식 전등도 화려하게 켜져서 많은 '산책객'들을 불러 모았다. 나무나 돌이 아닌 철로 만든 그 긴 다리 위를 기차나 나룻배가 아니라 걸어서 다닐 수 있는 경험은 그야말로 근대적 과학기술에 의해 탄생된 새로운 근대적 경험이 아닐 수 없었다. 새로운 형태의 근대 공원이 탄생한 것이다.

한강이 돈 없는 서민들의 공원이란 사실은 왕복 버스 삯 "십전이면 (떠날 수 있는) 피서려행"이란 사실에서 확인할 수 있다. 봄철 창경원의 '밤 벚꽃놀이(花見=하나미)'만큼 경성 사람들에게 인기있는 것은 한 여름철 '한강의 연화대회(煙火=하나비)'이다. 그림 속의 한강인도교엔 엄청나게 몰려든 사람들로 철교가 활처럼 휘어져 묘사되어 있다(그림300804). 한강인도교가 건설되면서 한강인도교는 "서울의 조선인 이십오륙만 명의 피서지"[68]가 되어버렸다. 하늘에 치솟은 불꽃놀이를 함께 감상할 수 있는 근대적 경험이 가능한 도시공간이 형성된 것이다.

한강 인도교가 경성 시민들의 공원으로 기능하게 되었다는 사실은 「인도교(人道橋)에 진풍경」이란 작품에서도 찾아볼 수 있다. 혼자 살고 있는 주인공은 자기의 숙소로 돌아가려다 그냥 답답해서 '한강 인도교'로 '산보'를 나간다 (그림340719). 퇴근길에 전차 한번 타고 갈 수 있는 '산책 공간'이,

그림37) 「人道橋에 珍風景 – 상」, 『人生스켓취』 – 第3景, 1934.7.19.

---

68) 『納凉風景』 – 2, 『조선일보』, 1930.8.4.

바로 '한강 인도교'였다. "호주머니가 달"려 "시내에 드러가"지도 못하는 '인테리들' 혹은 '가난한 자'들로선 싼 비용에 손쉽게 '근대적 놀이(산책)'를 할 수 있는 '도시공간'이 형성된 것이다.

다른 공원들도 그렇지만 특히 연인들에게 가장 인기가 높았던 곳이 바로 '한강'이었다. 작품「한 구역(區域)에 팔십전」에서의 인텔리 출신 자동차(택시) 운전수의 옛 애인이 자동차에 올라탄 뒤, "조용하고 경치조코 놀기 조혼 데"로 가자며 '한강'과 '청량리'를 제안한다. 하지만 "한강은 번화해서 청량리로" 가자고[69] 한다. 연인들로 붐비는 '한강'을 벗어나 좀 한적한 '청량리'로 가자는 것이다. '한강'은 늘 그처럼 연인들로 붐볐다.

2. 근대문화의 형성과 '유행'

1) 서구문화의 대중화와 '유행'

"류행은 사회를 화석(化石)으로부터 구원하는 것"이다. 안석영이 처음으로 그린 1925년『시대일보』만문만화의 첫 문장이다. 전근대적인 것이 '화석'과 같이 굳어 있을 때, 이른바 '유행'은 그 화석에 균열을 내게 되고, 그 균열을 통해 '새로운 시대'의 싹이 터오른다는 뜻이다. 언제나 당대 논자들로부터 모던걸·모던보이들의 '유행'은 비난의 대상이었지만, 유행 그 자체는 '진보적'이란 뜻이 된다. 하지만 안석영은 정작 '유행'에 그다지 너그러운 편은 아니었다. 늘 호령하듯 '모던걸·모던보이'를 꾸짖고 있다. 먼저 그의 작품「만화로 본 경성 - 1」을 보자.

'서울 길거리'의 한 모던보이는 "금칠한 책을 거미발가튼 손으로 움키어 쥐고, 풀대님한 바지에 '레인코―트'를 닙고, '사쿠라'몽둥이"를 든 '괴이한 형상'을 하고 중얼대며 걸어가고 있다. 작가는 "길을 쪽바로 걸으라"

---

69)「한 區域에 八十錢」,『人生스켓취』- 第2景,『조선일보』, 1934.7.16.

고 나무라지만, '풀대님한 바지'에 '레인코—트'를 입고, '련애시' 문구를
외우며 비틀대는 모던보이의 '유행'[70]을 멈추게 할 순 없다. 모던걸의 짧
은 치마와 작은 양산의 '유행'도 그렇지만, 모던보이의 대모테 안경이나
'젬병모자'의 '유행' 또한 급속히 퍼져나갔다.

① '강제된 욕망'의 형성과 '영화'

안석영 만문만화에 나타난 20년대 말 30년대 초 경성에서의 영화 풍경
도 우미관, 단성사 등 4개 극장을 통한 영화의 대중화와 깊은 연관을 맺
고 있다. 만문만화 속 경성의 모던걸·모던보이들은 영화관에서 사랑을 나
누며, 이른바 '유행'을 공유하고 있다.

극장엔 '부인석'이 따로 마련되어 있어서 모던걸·모던보이가 함께 나란
히 앉아 사랑을 나눌 수는 없었다. 뿐만아니라 그 '부인석'도 극장이 만들
어진 초기에는 한산했으나, 점차 그 숫자가 늘기 시작했는데, 27~8년 무
렵에 이르면 "노부인, 여염집 부녀, 기생, 녀학생들"로 부인석은 거의 만
석을 이루게 되었고, 그 중 "성에
갓 눈 뜬 녀학생"이 부인석의 과
반수를 차지하게 되었다[71]. 작품
「사백팔십석—오년간 중학생 학
비」의 글과 그림 속의 '부인석'에
도 '단발'을 한 '녀학생'들로 가득
차있다(그림281106). 불량기 있어
보이는 남학생들은 "한달에 칠백
원"하는 학비로, "나 어린 아가씨
들을 마해(魔海)로 건네이"기 위

그림38) 「四百八十石 - 오년간 중학생 학비」,
『조선일보』, 1928.11.6.

70) 『漫畵로 본 京城』- 1, 『시대일보』, 1925.11.3.
71) 「劇場漫談」, 『별건곤』, 1927.3., 94~95쪽.

그림39)『晩秋風景』-1,『조선일보』, 1930.10.26.

해, 함께 극장에 가주길 소원한다72).

그러던 것이 29년 대공황을 지나면서 30년이 되면, 극장에서 "소위 십전쌍을 부르는데도, 한산 대한산"이다. 그것이 '부인석'일 경우엔 특히 더 하다. 하지만 "부인석에 녀자 한명"이라

도 나타나면, 극장은 곧 모던걸·모던보이들의 사랑의 공간으로 화한다. 영화는 보지 않고 뒤쪽 윗층 부인석 쪽의 모던걸들을 쳐다보느라 모두 목을 쪽 빼고 앉아있는 모던보이들73)의 모습에서 당시 극장 공간의 풍속(그림301026)을 충분히 읽어낼 수가 있다.

모던걸·모던보이에게 특히 20년대 후반 가장 큰 영향을 미친 서양 영화는 역시 프랑스 영화 '몬 파리'이다. '필넘에테이슌'이라는 프랑스 배우가 주연한 이 영화는 1929년 5월 24일부터 '단성사'에서 상영되었는데, "전편 화려한 천연색 (……) 센쮸얼한 근대적 흥미 (……) 세기말적 자극과 몽환"등으로 소개되어 '특별 대흥행'74)을 이루었다.

이같은 대흥행은 곧 그해 여름 '모던—껄'들의 패션

그림40) 단성사에서 상영된 영화 '몬 파리' 신문광고.(『조선일보』, 1929.5.27.)

---

72) 「四百八十石 - 오년간 중학생 학비」,『서울行進』- 5,『조선일보』, 1928.11.6.

73) 『晩秋風景』- 1,『조선일보』, 1930.10.26.

74) 단성사에서 상영된 영화 '몬 파리'에 관한 신문광고는, 우미관의 '곡예단' 광고 등과 함께 1929년 5월 27일 자『조선일보』에 게재되어 있다(그림290527 - 광).

에 영향을 주었다. "쏘일, 불란사, 은조사, 아사, 당황라, 등 거미줄 보다도 설핏한" 얇은 옷감 사이로 '모던—썰'들의 '몸둥아리'가 전부 내비쳐서 "큰길거리를 썰거버슨 몸으로" 나 다니는 것 같았다는 것이다(그림290727). 전세계적으로 "갈채를 밧엇"던 그 영화는 "먼저 일본에서! 다음으로는 조선에서" 대히트를 쳤다[75]. 프랑스와 일본과 경성이 '몬파리 패션'을 통해, '모던걸' 패션에 있어서만큼은 적어도 동일한 '근대'에 도달해 있는 것처럼 보여졌다.

그림41) 「몽파리 裸女」, 『조선일보』, 1929.7.27.

영화라는 미디어 매체는 그만큼 '서구문화'를 충실히 전달해 온 '근대'의 전도사이자, 일종의 '문화변동'을 촉진시킨켜 온 주체였다. 미디어의 한 매체로서 영화는 일종의 '체제(시스템)'화 되어, '근대'란 이름 하에 서구 자본주의를 문화적으로 완성시키는 '미디어크라시'의 임무를 충실히 수행해왔음을 알 수 있다.

'무랑후주' 혹은 '몬파리'의 서구 '영화세례'를 받은 경성의 모던걸·모던보이들은 그렇게 해야만이 스스로가 '최첨단'일 수 있다고 생각[76]하였다. 영화에서 볼 수 있는 '서구적' 문화로 자신을 치장할 때에야 비로소 가장 '근대적'일 수 있다고 그들은 생각한 것이다. 서구의 영화는 식민지 조선의 모던걸·모던보이들에게 서구문화의 유행, 곧 서구문화에 대한 욕망을 강제하는 기제였다.

---

75) 「몽파리裸女」, 『녀름風情』 - 2, 『조선일보』, 1929.7.27.
76) 「꼿구경이 사람구경」, 『一日一畵』 - 6, 『조선일보』, 1930.4.12.

② 근대 음악과 '짠스'의 대중화

프랑스 영화 '몽파리'는 '음악'으로도 경성의 모던걸·모던보이에게 널리 불려졌다. '유성기'의 보급과 더불어, 서양 음악은 일본 노래와 함께, 카페·료리점을 넘어, 일반 가정집에까지 널리 전파되었다. 집집마다 '유성기'를 틀어 놓고, 이같은 노래들을 합창하는 풍경을 그린 작품「여성 선전시대가 오면 - 6」과「집집마다 기미고히시」를 살펴보자.

모던걸들은 "다 쓰러져가는 초가집에서"도 '몽파리'라는 노래를 부르고, "조선 서울에 안저"있으면서도 '동경행진곡'을 힘차게 불러대며, '유부녀'가 되어서도 '기미고히시'라는 젊은 연인들의 노래를 부른다77). 서양과 일본 노래가 도시 경성을 뒤덮은 것이다. 그림은 노래 소리가 보다 멀리 퍼져나갈 수 있도록 하기 위해 '집웅'과 '담벼락'을 뚫어 '확성기'를 설치하고, '몬·파리', '동경 행진곡', '베니야노 무스메', '기미고히시'같은 서양 노래, 일본 노래를 밤새 큰 소리로 불러대고 있는 모습이다(그림300119).

그림42)『女性宣傳時代가오면』- 6, 『조선일보』, 1930.1.19.

물론 외국 영화만이 그 주제가가 레코드화된 것은 아니었다. 1927년에 대성공을 거둔 조선 극영화『낙화유수』의 주제가 '낙화유수' 역시 레코드로 나와 크게 히트를 쳤다. 노래 '낙화유수'는 경성에서 뿐만 아니라, 북으로 의주, 남으로는 진주·군산에 이르기까지 전국적으로 널리 불려졌다.

일명 '강남 달'이라고도 불렸던 노래 '낙화유수'는, 당시 '변사'(영화 해설자)로서 경성 장안에 이름이 자자했던 김서정78)(본명 김영환)이 작곡·작사

---

77)『女性宣傳時代가 오면』- 6,『조선일보』, 1930.1.19.

한 영화 <낙화유수>의 주제가로, 이정숙이 불렀다. 당시 조선영화 가운데 1926년 조선키네마에서 만든 춘사 나운규의 영화 『아리랑』의 주제가를 이상숙이 불러 유행시킨 것[79])을 제외하고는, 영화와 노래가 모두 크게 성공한 것은 영화 『낙화유수』의 주제가 뿐이었다[80].

노래는 "기생의 입에도 신사의 입에도, 숙녀의 입에서도, 초례청에 갓나가는 연지곤지 찍은 새악시의 입"에서도 –, 그리고 거지, 문사, 아편쟁이, 여관집 하인, 애기엄마의 입에 이르기까지, 전국 방방곡곡 남녀노소 모두에게 불려졌다. 하지만 이를 바라보는 작가의 시선은 그다지 탐탁한 편이 아니다. 남녀의 사랑노래를 "아직도 머리칼 노란 말도 바로 못하는 어린아해들이 손에 손을 익끌고 눈물 고힌 눈을 사르르— 감고서 읊조리는 것"에 개탄할 뿐[81]이다. '어린아해'들이 부를 만한 노래를 만들지 못하는 "시인 없는 조선"을 원망하고 있다. 안타까와 하는 그같은 표정은 그림에도 잘 표현되어 있다. 어린아이들의 눈높이에 자신의 시선을 맞추기 위해 길가에 털썩 주저앉아 조그만 '어린아해'들의 입모양을 쳐다보고 있는 작중 화자의 표정은 무척 어둡고 심각하

그림43) 「詩人업는 쌍 –제비싸라 江南갓다네」, 『조선일보』,1928.10.16.

---

78) 김서정은 '낙화유수' 이외에도, '세 동무', '강남제비', '봄노래'등을 작곡하였으나, '낙화유수'만큼 크게 유행하지는 못하였다.

79) '아리랑'은 노래, 영화, 연극, 무용, 댄스곡 등 다양한데, 노래는 김연실이 먼저 불렀으나, 영화 『아리랑』의 주제가는 이상숙이 부르게 되었다.(이서구, 「조선의 유행가」, 『춘추』,1941.4.)

80) 이영미, 앞의책, 263~5쪽.

81) 「詩人업는 쌍 –제비싸라 江南갓다네」, 『漫畵散步』- 4, 『조선일보』, 1928.10.16.

다(그림281016).

　조선의 '근대'가요가 입에서 입으로 전해져, 조선팔도 모든 계층에게 널리 불려지게 되는 20년대 후반에 이르면, 식민지 조선의 근대 문화도 차츰 정립돼, 나름의 정체성을 확립해 가게 된다.

　서양음악이 '대중화'하면서, 서구의 '춤'도 함께 유행하기 시작했는데, '째스—'곡에 맞춘 춤이나 '촬스톤—'과 같은 것이 그것이다. 미국에서 1910년대 이후 흑인들을 중심으로 크게 유행했던 '째스—'와 같은 서구음악과 이에 맞춰 추던 춤은 식민지 조선에 들어와 20년대말부터 이른바 '대중문화'의 형성과 더불어 크게 유행하기 시작했는데, 이는 '서구'문화라면 무조건 새롭고 '모던'한 것이라고 흠모해하던 당시 풍조와 무관하지 않다.

　'째스—' 뿐만 아니라 '촬스톤—'도 30년대 초 크게 유행했는데, 작품 「1931년이 오면—2」를 보면, 당시 모던걸·모던보이들에게 있어 "얼골의 선택, 육테미의 선택"보다 '촬스톤'을 얼마나 잘 추는가 하는 것이 바로 미의 척도였다는 것을 알 수 있다. 하지만 이같은 춤의 유행을 바라보는 작가의 시선은 그리 곱지 않다. 그림에서 보는 것처럼(그림301120) '촬스톤' 춤을 추는 모던걸·보이들은 앞으로 "집을 용수철 우헤 짓고, 용수철로 가구를 맨들"어야 할 것 같다고 말한다. 보다 리듬감있게 춤추기 위해선 '용수철 집'이 필요하다는 뜻도 되지만, 모던걸·모던보이의 음악소리와 춤 때문에 무척이나 시끄럽다는 불만도 그 안에 내포되어 있다. 그림 속의 모던

그림44) 『一九三—이 오면』-2,
『조선일보』, 1930.11.20.

걸은 짧은 치마에 상체를 벗어던진 채 춤을 추고 있다. '촬스톤'이 '천박
한' 춤이라는 작가의 시선을 보여주는 대목이다. 하지만 이들을 비난하는
보다 근본적인 이유는 모던걸·모던보이들의 비민중적인 태도이다. "굶주
린 헐벗고 쩌는 사람이 보힐 때도 '촬스톤'을 추는 것으로만 알"고 있는
그들[82]의 태도를 문제삼고 있다.

'짠스'나 '뿌릇스' 혹은 '월쓰'에 대한 작가의 태도 또한 마찬가지다. 생활
이 넉넉한 사람뿐 아니라, 돈 없는 사람들까지 당시 경성 사람들 대다수가
'짠스'나 '뿌릇스'에 빠져 타락과 광란에 휩싸여 있다고 보는 것이 그의 시
각이다. 안석영의 만문만화에서 '짠스'나 '뿌릇스'는 '촬스톤'에 비해 좀더
타락한 춤으로 간주되고 있다. 이는 그같은 춤을 주로 '카페―' 아니면 '료
리집' 같은 유흥시설에서 추고 있다는 사실과도 그리 무관하지 않다.

이같은 '짠스'는 그러나 '카페―'나 '료리점'에서 '가정'으로 번져, 돈이
없어 도배도 안하는 사람들이 "갑빗산 축음긔를 사다노코 비단양말을 헵
트리면서" 춤을 추기도 한다[83]. 방문, 벽 뿐만 아니라 장판, 창호문까지
모두 떨어지거나 찢어져 있다
(그림330218). 떨어져 나간 장
판 위에서 비싼 '비단양말'속의
발꿈치를 곧추세운 채 여자는
두 눈을 감고 있고, '사나희'는
여자의 허리를 껴안고서 춤에
열중해 있다. 펜선은 굵고 거칠
어서, 방안의 황량함을 살려내
기에 적절하다. '축음긔' 만이
그들의 춤에 어울리는 유일한

그림45)『이쓸저쓸』-2, 『조선일보』, 1933.2.18.

82) 『一九三一이 오면』- 2, 『조선일보』, 1930.11.20.
83) 『이쓸저쓸』- 2, 『조선일보』, 1933.2.18.

배경이다.

'생활'도 잊고 '짠스'에 충실할 정도로, 서구의 음악과 춤은 경성 사람들의 일상에 깊숙히 침투해 있다. '짠스', '뿔루스', '쌔쯔'와 같은 서양 춤은 대중화되었고, 그 대중화 속도에 비례해 서구문화는 일본을 경유해 급속도로 식민지 조선에 전파되기 시작했다. 미디어의 힘과 유행의 유혹은 자본주의 문화가 일궈낸 보다 많은 서구 문화상품의 소비를 식민지 조선에 강요하기 시작했던 것이다.

③ 근대적 '볼거리'와 '규율'로서의 스포츠

대한제국 말기 외국을 주로 드나들며 통역을 해오던 역관(譯官)들을 중심으로 1896년 '대한축구 구락부'가 만들어진 이래, 축구를 비롯한 다양한 스포츠들은 새로운 근대적 놀이로서 정착해가기 시작했다. '몸'보다는 '정신'을 더 중시했던 전근대적 이데올로기 하에서 늘 천대를 받아오던 '육체'가, 근대 문화의 유입과 함께 비로소 부각되기 시작한 것이다.

'스포츠'는 물론 남성들만의 전유물은 아니었다. 경성의 '모던걸'들도 "경성 그라운드에 무슨 운동"이 있다고 하면, '공사 자표'를 얻어내 반드시 보러간다. 모던걸들은 "스포—쓰에 대해서만 상식이 업스면 안된다"고 생각하고 있다. '스포—쓰'란 이미 하나의 '모던'한 문화로서 인식되고 있었고, 또한 '유행'되고 있었다.

경성의 '모던걸'은 '럭비'뿐만 아니라 '뻑싱'에도 푹 빠져들곤 하였다. "서울에 와서 다하(多賀)군을 괴롭게 하는 '단스추와—드'군의 그 노린내 나"는 육체를 흠모하기도[84] 한다. '스포츠' 연마를 통해, 건전한 육체에 건전한 정신을 깃들이게 하고, 규칙을 지키며, 자신의 몸을 단련시키는 것이 아니라, '스포츠'가 하나의 '근대적 볼거리'로서의 의미를 갖기 시작한 것이다. '권투'경기나 '복싱'경기를 보면서, 전근대 사회에선 전혀 볼 수 없

---

84) 「아스팔트의 딸」 - 2, 『輕氣球 탄 粉魂群』 - 2, 『조선일보』, 1934.1.3.

었던 벗겨진 원시성의 육체가 주는 충격을 그들은 마음껏 향유했다. "부녀들도 '링사이드'에서 손벽을 치"고, "노린내 나는 '벨리칸' 새털빗가튼 육체에 제 맘을 쩔쩔 매개"된 것이다(그림331119).

경성의 모던걸·모던보이들은 물론 '보는 것'으로서의 스포츠에만 만족해하지 않았다. "집안에서는 한 발자국이면 내려갈 부엌을, 내려가기에 춥다고 안ㅅ방 아래목에 옹송구리고 안저서, 애꾸진 오라범 댁만 부려먹는 그런" 모던걸들도 "큰길에 나아가 보면 댓듬 엽구리에 스

그림46) 「우리蹴球團들과루大蹴球團」,
『조선일보』, 1929.9.8.

켓을 끼고 가"거나, "사나희를 맛나가지고 전차를 타고 스켓장을 가"기 위해 '전신주(電信柱)'밑에서 기다리고 서있는 모습(그림340208)을 자주

그림47) 『都會點景』-2,
『조선일보』, 1934.2.8.

발견하게 된다. 남성의 전유물이었던 '운동'을 단지 '보는 것'만이 아니라 여성들도 직접 '행할 수' 있게 된 것이다.

'스켓'을 타고, '축구'를 하고, '권투'를 하며 '활개짓'하고 다니는 모던걸·모던보이들의 도시 경성은 "젊은이들의 도시"다. 따라서 '몸을 단련'시켜 힘차게 도회의 심장 위에서 그들이 춤출수 있도록 하기 위해서는 "스포츠를 보편화식혀"야만 한다는 것이 그의 주장이다.

근대가 일상 속으로 들어오기 전엔 여성들이 "굽놉흔 구두(스켓화)를 신고 좁은 치마자락을 허공에 날리며 톡기다툼질을

하는 것"이란 상상도 하기 힘든 일이었다. 여성도 신체를 단련시켜야 한다는 '육체'에 대한 새로운 관점을 스포츠는 던져준 셈이다.

"스포츠를 보편화식혀"야만 한다고 그가 말하는 또 다른 이유는 이른바 "스포츠 정신"85) 때문이다. 권투에서 "넉아웃을 당하야도 재기하랴는 그 정신", 뿐만 아니라 이른바 '페어플레이'로 대변되는 '규율과 원칙'을 지키려는 '스포츠 정신'은 근대적 인간을 형성하는데 있어서반드시 갖추어야 할 덕목이란 것이 스포츠를 바라보는 그의 시각이다. 계몽주의자로서의 안석영의 면모를 확인할 수 있는 대목이다.

하지만 모던걸·모던보이들의 그같은 '몸을 단련시키는 행위'는 결국 "가엽슨 발버둥"86)이란 수식어로 귀결되고 만다. 이미 '직업화·상업화'되어버린 '스포츠'가 횡행한 가운데, 도회의 그늘을 외면한 그들의 겉멋들린 행위란 일종의 "환락"에 지나지 않기 때문이다.

2) 서구문화를 향한 두 가지 시선

① '미'적 기준으로서의 '근대·서구'형 인간 - '백색'과 '유선형'

그림48) 『女性宣傳時代가오면 』
-4, 『조선일보』,1930.1.11.

이들 서구문화를 향한 시선은 물론 동일하지 않다. 서구형 미의 기준인 '백색'과 '유선형'은 '미적 기준'으로 인식되는 반면, 양키 문화 전반에 대한 거부감 또한 팽배해 있다. 이 가운데 전자에 해당하는 '하얀 것'은 '아름다움'과 동의어라 할 수 있는 반면, '검은 것'은 '아름다움'의 대척점에 위치한 '추한 것'을 의미한다. 사람으로 표현될 경우, '백인'은 아름다움의 상징으로, '흑인(늬그로)'은

85) 「스포츠의 普遍化」, 『筆馬를 타고』 - 8, 『조선일보』, 1933.11.19.
86) 『都會點景』 - 2, 『조선일보』, 1934.2.8.

아름답지 않는 것을 상징하는 대명사가 되어버렸다. 만문만화 「1931년이 오면-2」와 「여성선전시대가 오면-1」과 같은 작품에서 모던걸이 들고 있는 간판의 선전문구 속에서, '늬그로'는 가장 '추한 것'을 대표하며, '흰색' 곧 서양 백인은 아름다운 것으로 형상화되고 있다.

물론 때때로 '흰 색'은 '근대'의 부정적 측면을, '검은 색'은 근대의 긍정적 측면을 담는 색으로 묘사되기도 한다. 작품 「흑안(黑顔)과 백묘(白猫)」에서 '흰 색'은 부르주아 혹은 부르주아에 기생하여 사는 쪽으로, '검은 색'은 프롤레타리아를 표현하는 색으로 각각 상징되고 있기 때문이다. 그럼에도 불구하고, 긍정의 대상이든 부정의 대상이든 상관없이, '백색'이 '근대 미'의 척도라는 사실엔 의심의 여지가 없다. '서양녀배우' 같은 여자이든 '추파를 파러사는 녀자'이든, 그들 모두가 가장 '욕망'하고 있는 것은, 가장 근대적 인간, 곧 '서구 백인'에 가장 가까운 모습이다.

서구형 미인의 기준에 합당한 '백색'이 하나의 미적 기준이 되었듯이, 서구 과학기술이 나은 '속도' 역시, 경성 모던걸·보이에겐 또 다른 '미'의 기준이 되었다. 이때 근대'미'의 기준으로서의 '속도'를 조형적으로 형상화한 것은 '유선형'으로, 이같은 미적 기준을 사람에게 적용할 경우엔 '유선형' 인간으로 불리었다. 만문만화 「포탄과 현대의 애인」과 같은 작품에서, '빠름'으로 표상되는 '속도'를 생명으로 하는 '스포―츠맨'의 유선형 몸매에 대한 예찬을 늘어 놓기도 한다.

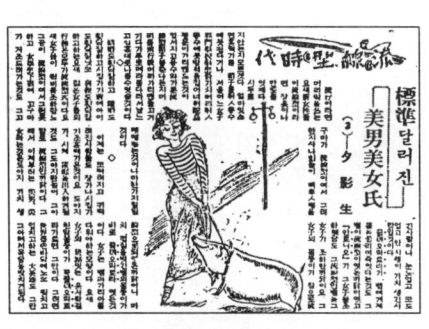

그림49) 「標準달러진 美男美女氏」, 『流線型時代』-3, 『조선일보』, 1935.2.5.

② 양키문화에 대한 거부

하지만 양키문화 전반에 대한 거부감 또한 강하다. "구미(歐美)의 대

그림50)「양키될번 댁－'오라잇'나라 사람 만세」,
『조선일보』, 1928. 10. 11.

학 방청석 한 귀퉁이에 안저서 졸다가 온 친구"들의 얼치기 양키문화 행태는 만문만화 「양키될번 댁—'오라잇'나라 사람 만세」라든가 「1931년이 오면 - 4」와 같은 작품에서 호되게 비판받고 있다. '어느 양식집'에서의 식사풍경도 그렇거니와, 결혼을 앞둔 이른바 얼치기 유학파들의 '문화주택' 선호 행태에 대한 비난이 그것이다. 서구문화에 넋을 빼앗긴 얼치기 서구 유학파 지식인들을 비판하고 있는 작품들 이외에, 식민지 조선을 방문한 양키들에 대한 보다 직접적인 거부반응을 보인 작품들도 있다. 작품 「양키 - 레뷰단의 가장행렬」 혹은 '세계 만유비행'차 조선에 들린 양키의 「세계만유(漫遊)비행」에 대한 비판이 이에 해당한다.

식민지적 근대 도시 '경성'의 일상은 이처럼 중층적이다. 소비공간이나 근대공원은 물론, 영화·음악·춤·스포츠·패션에 이르기까지 경성의 모든 근대문화는 이중적인데, 이같은 왜곡된 중층성은 전적으로 근대도시 '경성'의 식민지적 성격에 근거한다.

VI. 결론

이 논문은 1920년대 후반과 30년대 전반 '식민지적 근대' 도시 경성의 여러 일상적 삶의 풍경을 그리고 있는 안석영 만문만화에 관한 장르적 특성과 그 미적 특질에 관해 살펴본 것이다. 먼저 만문만화는 '글'과 '그림'이 결합된 장르라 할 수 있다. 하지만 만문만화를 단지 '글'과 '그림'의

'관계적 구성물'로만 이해하는 것은, '만문만화'가 지니는 사회역사적 성격을 올바르게 이해한 것이 되지 못한다. '시사만화'가 허용되지 않던 사회역사적 조건과의 타협으로서, 30년대 도시풍경을 중심으로 한 '만문만화'라는 장르가 생성·발전되어 갔다.

안석영의 만문만화에 담겨 있는 풍경은 1920년대 말, 30년대 초 '식민지 근대' 도시 경성의 풍경이다. 그는 특히 근대로의 유혹을 강하게 재촉하는 박람회나 백화점에서 근대에의 '강한 유혹'을 느끼지만, 동시에 그는 그것이 지닌 식민지적 한계를 감지하기도 한다. 식민지 조선에서의 수요창출을 위한 일제의 다양한 근대화 정책과, 그것이 부딪히고 만 빈약한 수요의 벽에 그의 관심은 모아진다. 뿐만 아니라, 식민지적 근대질서를 유지·온존시키기 위해 일정한 규율 하에, 대상화된 주체들이 그 규율에 내면적 방식 혹은 외압적 방식에 의해 길들여진 풍경을 그는 형상화해 낸다.

대립하는 근대주체는 분명한 몇 가지 코드로 캐릭터화되기도 한다. 이같은 현상은 부르주아를 형상화할 때 보다 두드러진다. 그는 또 다른 근대주체인 모던걸과 모던보이의 패션과, 특히 모던걸의 '기생성'을 문제삼는다.

이들 모던걸·모던보이와 서로 대립하는 계급계층간의 일상이 놓여져 있는 곳은 식민지적 근대 도시공간 '경성'이다. 식민지 수도 '경성'엔 근대와 전근대가 공존하기도 하는데, 그곳은 또한 '환상'과 '절망'이 함께 하는 공간이기도 하다. 이를 안석영은 '아스팔트'의 이미지로 형상화해내고 있다. 식민지적 근대 도시 '경성'의 일상은 이처럼 중층적이다. 소비공간이나 근대공원은 물론, 영화·음악·춤·스포츠·패션에 이르기까지 경성의 모든 근대문화는 이중적인데, 이같은 왜곡된 중층성은 전적으로 근대도시 '경성'의 식민지적 성격에 근거한다.

참고문헌

1. 일차자료

안석영,『안석영 문선』, 관동출판사, 1984.

_____,『안석영 창작소설선-인간궤도』(안병원 편), 푸른꿈, 1991.

_____,「제2회 고려미전을 보고서」,『조선일보』, 1924.10.27.

_____,「제5회 협전을 보고」,『동아일보』,1925.3.30.

_____·권구현,「경성 각 상회 진열창 품평회」,『별건곤』2권 2호, 1927.2.

_____,「미전을 보고」,『조선일보』, 1927.5.27.-30.

_____,「녹향전 인상기」,『조선일보』, 1927.5.26.-28.

_____,「동미전과 합평회」,『조선일보』, 1930.4.23.-26.

_____,「문사부대와 지원병-문화인도 입소 필요」,『삼천리』, 1940.12.

_____,「조선영화의 갈길-영화와 신체제」,『조광』, 1941.1.

『조선일보』,『조선중앙일보』,『시대일보』,『동아일보』,『매일신보』,『동광』,『개벽』,『여성』,『별건곤』,『어린이』,『학생』,『신문춘추』

2. 국내논저

강응자,「한국신문만화의 기능에 관한 연구」, 중앙대 석사논문, 1989.

권택영,『영화와 소설의 욕망이론』, 민음사, 1995.

김용락·김미림,『서사만화 개론』, 범우사, 1999.

김진송,『현대성의 형성-서울에 딴스홀을 許하라』, 현실문화연구, 1999.

김 현,「시사만화에 대한 단상」,『신문연구』, 1977년 봄.

박정순,『대중매체의 기호학』, 나남출판, 1995.

백준기,『만화미학탐문-만화텍스트의 기호적 구축을 위하여』, 공주문화대학 만화창작연구소, 1999.

손상익, 『한국만화통사(상)』, 프레스빌, 1996.

안수철, 『만화연출』, 글논그림밭, 1996.

오규원, 『한국만화의 현실』, 열화당, 1981.

위기철, 「대중적 양식으로서의 만화」, 『만화와 시대1』10월호, 1987.

이필선, 「순수 회화와의 접목을 위한 만화연구」, 경희대 석사논문, 1995.

이해창, 『한국시사만화사』, 일지사, 1982.

임청산, 『문학과 만화의 구성요소와 상관성 연구』, 대전대 박사논문, 1998.

정준영, 「만화」, 『대중매체의 이해와 활용』, 한나래, 1993.

조영복, 『한국 모더니즘 문학의 근대성과 일상성』, 다운샘, 1996.

3. 국외논저

E.H.곰브리치, 『서양미술사』, 예경, 1997.

H.르페브르, 『현대세계의 일상성』, 주류 · 일념, 1990.

S.맥클루드, 『만화의 이해』, 아름드리, 1996.

W.벤야민, 『벤야민의 문예이론』, 반성완, 민음사, 1983.

M.프라즈, 『문학과 미술의 대화』(임철규 역), 연세대학교 출판부, 1986.

S.피시맨, 『미술의 해석』, 학고재, 1999.

![ABSTRACT marker]
ABSTRACT

A Study on Ahn Seok-Young's Manmoon-Cartoon

Shin, Myoung-Jik

The purpose of this dissertation is to explain characteristic of genre and figuration of Manmoon-Cartoon that depicted everyday's scenes of citizens in Kyongseong(Seoul), 'a colonial modern city', from the latter of 1920s to the former of 1930s. In early 1920s when Korea began to be governed by Japan with 'cultural ruling policy', Seok Young(夕影) Ahn Seok-Ju stared his works as Marxist. He made a lot of works in play and fine arts, doing as an actor and art director. From the late 1920s, he had drawn many of Manmoon Cartoons on newspaper and magazine since he had took charge of Culture and Art Section editor in Chosunilbo. Throughout this paper, It is made clear that his cartoon has dual meanings connoted by 'everydayness' of colonial modernity. Moreover it showed 'colonial discipline' that was internalized or forced into colonial citizen's life on everyday.

There are same kind of mechanism that 'everydayness' of modernity were made of the combination of its peculiar graphic style : distance of subject and regard, drawing style, background, line and back ground effect. These make his works have aesthetic effect as follows. First, in genre characteristic of 'Manmoon-Cartoon', it is the third text like 'a organic whole' that combines 'writing' with 'picture', maintaining its own identity and independence. On the other hand, Manmoon-Cartoon can be said to be a product made of social and historical condition.

It means that a new genre was made to feature city's scenery of 1920s and 1930s when a critical cartoon couldn't be drawn, in order to dodging Japanese suppression.

Second, there are regard of seeing 'colony modernity', There were new 'department' and 'exhibition in modern city Kyongseong, that seduced Kyongseong citizens into 'modernization' with a lot of methods to make a new demand.

Third, there are figuration of 'modern subject' in his cartoon. It is thought that he tried to characterized for conflicting class.

Fourth, there are 'everydayness' and culture of Kyongseoung, the modern consuming city Kyongseong's new-builded modern space, modern culture made by 'forced desire' and modern charge of marriage culture and family relation.

On the other hand, various modern cultures like movie, music, dance and sports are a kind of missionary of western modern culture.

And he also characterized the charge of marriage culture and family relation in Kyongseong, with the point of commodification and remain of premodern family relation.

Finally, the image of 'everydayness' in Kyongseong, the colonial modern city are not simple as it was shown.

미지와의 조우 – '아랑형(阿郎型)' 여귀(女鬼)영화

백문임*

1. 머리말

'귀신'은 한국 근대 문학의 주인공이 아니다. 근대를 살아가는 인간들이 더이상 사후 세계라든가 초현실적인 현상들을 믿지 않게 된 것과 마찬가지로, 근대 문학은 계몽적 이성에 근거한 세계인식의 자장 안에 있다. 신과 영웅의 영토를 명철한 이성의 빛으로 정복한 근대 세계의 대낮과 같은 밝음 아래에는, 음습한 숲의 정령이나 미물들에 깃든 혼과 같은 것들이 숨어있을 공간이 없다. 우리가 여름밤의 납량특집으로 즐기는 숱한 '귀신'들의 이야기는 그래서, 근대 문학의 전개과정에서 한귀퉁이의 입지마저 지니지 못한 채 사라지고 잊혀진 이야기들이었다.

하지만 이는 근대 문학, 그중에서도 '본격' 근대 문학에 국한된 현상이라고 할 수 있다. 여기서 '본격'이라는 수사는 자기동일적인 작가를 창작

---

* 성공회대 강사

주체로 상정하고 작품의 내적 통일성을 중요한 미적 가치로 부각시키며 내용상으로는 근대 세계의 일상적 논리에서 벗어나지 않는 그러한 특정 양식의 근대 문학을 강조하기 위한 것이다. 근대 초기 '신소설'이라는 개념으로 기존의 소설들을 '구소설'로 폐기처분할 때, 그리고 다시 '근대문학'이라는 개념으로 '신소설'을 미완의 과도기로 설정할 때 이 '본격' 근대 문학은 문학의 지향태이자 규범으로 자리잡았고, 최근까지도 한국 문학연구는 이러한 '관념'으로부터 자유롭지 못했다. 물론 이같은 재단은 일반화의 위험을 지니고 있는 것이지만, 계몽적 이성의 통제 아래 작가와 작품 내 요소들이 유기적인 관련 속에 존재하는 특정한 문학 양식에서 벗어나는 이질적인 성격들에 우리가 그간 '전근대적'이라거나 '비문학적'이라는 레벨을 붙여왔던 것은 사실이다. 여기에서 초현실적인 존재가 등장하는 일련의 이야기들은 곧 '본격' 문학에 미달하는 미완의, 혹은 이미 폐기처분된 잔여물의 위치로 전락하는 신세를 벗어나지 못했다. 하지만 근대 문학에서 시선을 조금만 다른 재현물들로 돌릴 경우, 우리는 일찌기 폐기된 것처럼 여겨졌던 다양한 전(탈)근대적 가치들과 주인공들, 그리고 좀더 집단적인 주체들의 목소리와 시각이 반영된 형식적 코드들을 쉽게 접할 수 있다. 특히 이 글에서 주목하고자 하는 설화와 같은 구비문학이나 영화와 같은 대중문화 장르는 작가, 텍스트, 정전(正典)등과 같은 '미학적' 규범으로부터 비교적 자유롭고, 그렇기 때문에 기존 상징질서 및 대중적 무의식과의 삼투압 작용이 좀더 유동적으로 이루어지는 흥미로운 분야라고 할 수 있다.

2. 공포 영화의 형성과 하위 코드들

이 글은 근대적 양식의 하나로서 공포영화 중 여귀(女鬼)가 주인공으로 등장하는 '여귀영화'가 근대 이전의 '아랑형(阿郞型)' 전설과의 관련성 속에서 여귀의 이미지와 성격을 어떻게 형성하고 있는가를 살펴보려 한다.

1960년경부터 생산된 공포영화의 소재가 되는 괴상하고 기이한 이야기들은 멀리는 전설과 민담, 야담에서부터 가깝게는 당시 수입, 상영된 외국 공포, 무협, 액션 영화들에서 끌어온 것들이다. 좀더 정밀한 고증이 필요한 부분이지만, 60년대 중반 문화방송 라디오 프로인 「전설따라 삼천리」는 전국 각지에 떠도는 전설들을 채록하여 극으로 재구성해서 들려주던 인기프로로서, 당시 '공포영화'에 직접적인 영감을 주었을 것이라 추측된다. 물론 식민지 시대에도 「구미호」, 「녀의 괴(鬼)」 등 괴기담들이 꾸준히 창작되었으며, 이러한 이야기들은 영화의 소재면에서도 사극이나 「춘향전」, 「심청전」 등의 고전물과 더불어 지속적인 원천이 되었다. '본격' 근대문학의 범주에서는 배제되었으나 일련의 무협소설, 탐정소설이라는 하위문학 장르에도 이러한 괴기담들은 자양분을 제공하였다. '공포영화'는 이러한 괴기담의 '전통'을 끌어들이면서도, 가장 직접적으로는 동시대의 인기프로인 「전설따라 삼천리」에서 집대성한 전설들과 형식적 스타일을 전유했던 것으로 보인다.

이러한 추측의 근거는 「전설따라 삼천리」의 폭발적인 인기와, 텔레비전 방송국이 개국하면서 1977년부터 방영된 「전설의 고향」류의 괴기드라마의 소재가 많은 부분 공통된다는 점이 하나이고 다른 하나는 청각적 스타일을 비교해볼 때, 두 프로의 매개로서 '공포영화'라는 독특한 장르의 스타일이 중요한 기능을 했으리라는 점이다. 그중 후자, 즉 청각적 스타일의 문제는 흥미롭다. 당시 '공포영화'에는 나레이터가 자주 등장하는데, 작품의 초반과 중반의 장면 전환 때, 그리고 마지막 마무리 장면에 등장하여 작품의 배경설명이나 작중 상황에 대해 감정이입을 유도하는 논평을 하는 나레이터는 「전설따라 삼천리」라는 라디오 프로그램의 연행상황을 직접적으로 끌어온 것이라고 할 수 있다. 「월하의 공동묘지」(권철휘 감독, 1967년)의 첫장면에는 흉칙한 괴물형상의 나레이터가 등장하여 이렇게 말한다.

"히히히히, 놀라지 마십시오. 지금으로부터 사십년전 무성영화를 해설하던 하태봉이가 이렇게 변했습니다. 히히히히…… 그래도 예전엔 이 정도로 미남이었습니다. 그럼 지금으로부터 이영화의 해설을 담당하겠습니다."

이는 「전설따라 삼천리」라는 라디오 프로그램의 나레이터의 연원을 무성영화 시절 화면의 줄거리를 요약하거나 해설한 변사에게까지 끌어올린다는 점에서 주목을 요한다.

정리하자면 이 시기의 '공포영화'는 오랜 세월 전해오던 '괴기담'들이 「전설따라 삼천리」라는 인기프로그램을 통해 '청각적'인 방식으로 집대성된 대중문화적 토양에서 생겨난 '시각적' 양식이라고 말할 수 있다. 여기에 덧붙여 '공포영화'의 하위 코드를 이루는 것들로는 식민지 시대 때 유행했던 가정비극, 화류비극 등의 소위 '신파'적 이야기틀과 감상성, 그리고 동시대의 멜로 드라마의 코드, 나아가 당시 수입, 상영되었던 홍콩, 대만의 무협영화들과 서구 공포영화의 '흡혈' 모티프 등이 있다. 하지만, '공포영화'는 이렇게 기존의 문화적 유산을 전유하고 동시대의 코드들을 단순히 혼합한 잡종장르만은 아니다. 그것은 특정 관객들에게 호소하는 미학적 흡인력을 지니고 있으며, 기존의 '괴기담'들과는 공통되면서도 구별되는 세계관을 시각적으로 형상화하고 있고, 무엇보다도 동시대의 사회문화적 담론에 대한 반응을 구체화하고 있다. 이것은 '공포영화'의 주인공인 '여귀'의 형상에서 단적으로 드러난다.

3. 여귀(女鬼), 공포영화의 주인공이 되다

'공포영화'는 이땅에 영화제작의 역사가 시작된 후 1966년까지는 간헐적으로만 생산되다가 1967년부터는 매년 3~7편씩 꾸준히 만들어졌다. 그리고 1966년까지 그 주인공이 되는 괴물로는 여귀, 투명인간, 백사, 미친 과학자, 흡혈화, 불가사리, 달걀귀신, 과학에 의해 탄생한 괴물 등 다양한 존재들이 공존하다가 1967년 이후부터 '여귀'가 지배적으로 된다.[1]

이때 '여귀'는 우리가 지금 생각하고 있듯이 머리를 풀어헤치고 피를 흘리며 표독스런 눈초리를 하고 있거나, 길다란 손톱을 들어 상대를 위협하고 공중을 날아다니거나 재주를 넘기도 하며 벽과 같은 건물들을 그냥 지나칠 수 있는 신체를 가지고 있으며, 성격적으로는 생전의 자신을 죽음에 이르게 만든 원수를 잔인하게 징치하는 난폭성을 지니고 있다. 하지만 이것은 전통적인 괴기담의 여귀 형상과 성격을 그대로 답습한 결과는 아니다. 이것은 당시 '공포영화'가 '창조'해 낸 형상과 성격이라고까지 말할 수 있을 정도로, 이전의 여귀들과는 상이한 형상과 성격이다.

일단 '외모'의 문제를 보자면, 괴기담의 여귀들은 죽었을 당시의 외모 그대로 사람들 앞에 나타난다. 칼에 찔려 죽거나 돌에 눌려 죽거나 물에 빠져 죽거나 했던 당시의 상황을 그대로 보여주는 외모로 나타나는 것이다. 예컨대 계모형 소설 「김인향전」에서 사또 앞에 나타났던 인향의 원혼은 물에 빠질 당시의 외모(소매로 낯을 가림)를, 인함의 원혼은 자살할 당시의 외모(치마끈을 목에 검)를 하고 있다.[2] 그렇기 때문에 그녀들은 당시 입었던 옷을 그대로 입고 나타나며,신체가 부패하기 전의 모습으로 나타난다. 이것은 그녀들이 '출현'하는 대상이 주로 사또나 담대한 사람 등 그녀들의 원한을 능히 풀어줄 수 있는 '조력자'라는 점과 관련이 깊다. 그녀들은 자신들의 억울한 사연을 하소연할 대상에게 나타나는 것이기 때문에, 그 외모는 곧 자신들이 당한 억울한 죽음의 '증거물'이 된다. 실제로 괴기담에서 여귀들의 사연을 들은 사또나 담대한 사람은 그녀들이 지시한 범인을 색출하거나 범죄현장을 발견한 후 시체들의 '외모'를 보고, 지난밤 자신에게 나타난 귀신들과 그 시체가 바로 동일한 존재였음을 알

---

1) 이에 대한 상세한 통계는 이순진의 「한국 괴기영화의 변화과정에 대한 연구」(중앙대학교 영상예술학과 석사논문, 2001년)를 참조.
2) 「김인향전」, 김기동 편저, 『한국 고전문학 100』, 서문사, 1984년.

게 된다. 따라서 괴기담에서 여귀들의 흉칙한 외모는 곧 그녀들이 당한 억울한 사연의 증거물이지, 어떤 공포스런 효과를 '노리고' 연출된 외모는 아닌 것이다. '아랑형 전설'과 그에서 파생된 「장화홍련전」, 「김인향전」 등에서 여귀들을 보고 사또들이 놀라 기절하고 곧 죽어 버리는 것은, 비록 그녀들의 외모가 끔찍하고 흉칙해서이기는 하지만, 결코 그녀들의 '의도'에 의한 것은 아니었다. 사또들의 죽음으로 오히려 여귀들은 자신들의 사연을 하소연할 대상을 잃게 되는 '곤란한 지경'에 처하게 되는 것이다.

반면 '여귀영화'의 여귀들은 명백히 '공포효과'를 노린 외모를 하고 나타난다. 그녀들이 죽음에 이른 사연이 어떻든간에 그 외모는 위에서 말한 것과 같은(우리가 상상하는 것같은) 외모로 어느정도 '획일화'되어 있으며, 그것은 곧 사람들을 공포로 몰아넣기에 충분한 효과를 낳는다. 이는 괴기담의 여귀들과 달리 '여귀영화'의 여귀들은 어떤 세력가에게 나타나 자신의 원한을 풀어줄 것을 하소연하지 않고 '직접' 원수들을 응징한다는 점과 관련이 있다. 그녀들의 외모는 자신의 죽음에 대한 '증거'가 아니라, 복수의 대상들을 공포에 몰아넣기 위한 '장치'이거나, 나아가 그녀를 죽음에 이르게 만든 원수들의 죄책감과 두려움이 반영된 '무의식의 시각적 현현'에 가깝다. 공포를 느낄만한 사람들에게 이 여귀는 공포의 대상이 되는 것이다.

이러한 외모의 차이는 여귀들의 성격의 차이, 나아가 '괴기담'과 '여귀영화'의 위상의 차이에서 오는 것이기도 하다. '여귀영화'에 이르러 비로소 여귀는 '공포'의 대상이 되는데, 그것은 이전의 괴기담에서 여귀가 공포보다는 연민과 동정의 대상이었다는 점 때문에, 중요한 지점이다.

앞서도 언급했듯이 고전물의 영화화는 초창기부터 활발하게 이어져왔다. 가장 인기있는 레파토리는 「춘향전」으로, 총 17차례나 영화화되었을 뿐만 아니라 제작될 때마다 거의 흥행에 성공했고, 이후 영화산업의 토대를 마련할 정도로 기폭제 역할을 했다. 「장화홍련전」 역시 1924년부터 72

년까지 5차례 영화화된 인기 메뉴였는데, 이 작품은 초창기에는 '가정비극'으로서 '신파'적 정서에 호소하는 영화로 향유되다가 72년도에 와서야 '공포영화'로 위치지어진다. 이는 72년도의 「장화홍련전」이 60년대 들어 유행하기 시작한 '공포영화'의 코드를 적극적으로 포섭했다는 증거인데, 이것은 곧 작품 내에서 '여귀'의 등장이 갖는 의미를 이전보다 더 중요시하게 되었고 부각시켰다는 의미이기도 하다. 그렇다면 72년 이전의 「장화홍련전」들에서 '여귀'는 왜 '가정비극'과 '신파'적 정서라는 의미 뒤로 밀려나 있었던 것일까? 우리가 알고 있듯이, 「장화홍련전」에서 장화와 홍련이 여귀가 되어 나타난다는 것은 작품의 핵심적인 계기를 이룬다. 그러면 72년 이전까지 '여귀'의 존재감보다는 '가정비극'과 '신파'적 정서의 의미가 더 강하게 부각되었다는 것은 무엇을 말해주는 것일까?[3]

앞에서 잠깐 살펴보았듯이, 괴기담의 여귀들은 비록 그 외모가 끔찍하기는 하나 결코 '공포'스런 대상은 아니었다. 소설 「장화홍련전」에서 장화와 홍련은 물에 빠질 때의 외모로 나타나지만, 그녀들의 궁극적인 목적은 '복수'가 아니다. 그들이 귀신으로 나타나는 이유는 물론 사또에게 자신들의 억울한 죽음을 알리고 누명을 벗는 데 있지만(그리고 사또의 처분에 의해 그 뜻을 이루지만) 더 궁극적인 목적은 못다한 한을 푸는 데 있다. 즉 그녀들의 이야기는 계모와 그 아들 장쇠가 징벌에 처해 죽은 후에도 이어져서, 그녀들이 소생하거나 아버지의 세번째 부인의 쌍둥이 딸로 환생하여 부녀간의 정을 다시 잇고, 나아가 양가집 자제들과 결혼하여 대대손손 부귀영화를 누리는 것으로 끝난다. 그녀들의 궁극적인 목적은 원수를 갚는 데 있었던 것이 아니라 해한(解恨)에 있었던 것이다.[4]

---

3) 참고로, 구전담과 소설 「장화홍련전」은 '계모형 소설', '공안(公案)형 소설'로 지칭된다. '신파'나 '가정비극'이라는 수식은 영화의 마케팅에서 활용되었거나 영상자료원의 분류용으로 활용된 것이다.
4) 장화와 홍련이 이렇게 다시 태어나는 '재생담'은 후기 국문본에서 첨가된 것이다. 이 '재생담'의 유무에 따라 「장화홍련전」의 이본이 분류될 정도로 이는 중요한 문제인

여기에서 「장화홍련전」의 여귀들은 공포보다는 연민과 공감과 동정을 불러일으키는 대상이다. 그녀들은 '직접' 계모와 장쇠를 징치하지도 않고 (유교적 가족관념 내에서 비록 계모와 배다른 형제이지만 가족들에게 직접 복수한다는 것이 '금기'시되었으리라는 점도 염두에 두어야겠다) 사람들을 괴롭히지도 않는다.(그녀들로 인해 철산지방이 '흉읍'이 되긴 하지만, 그것은 사또들이 그녀들을 보고 놀라 죽기 때문이지 그녀들이 어떤 행위를 해서는 아니다) 다만 사또 앞에 나타나 눈물을 흘리며 하소연을 할 뿐이다. 계모라는 '외부인'과 결부된 가정문제의 주인공으로서, 그리고 재산권을 둘러싼 투쟁의 희생자라는 점에서, 그녀들은 가엾을 뿐 전혀 위협적이지 않은 것이다. 그렇기 때문에 이 작품은 72년 전까지 '가정비극'으로 소통되기에 충분한 조건을 지니고 있었던 셈이며, '신파'적 감정에 호소하여 관객의 눈물을 뽑아내는 코드를 이미 내장하고 있었던 셈이다. 이제 72년이 되어서야 이 작품에서 '여귀'의 존재감이 큰 비중을 차지하게 되며, 공포효과가 배가되었던 것이다.[5]

「장화홍련전」의 예에서 살펴보았듯이 소위 '전통적'인 여귀들은 공포의 대상이 아니었다고 말할 수 있다. 그녀들은 봉건적인 가족구조나 가부장제 내에서 희생당한 가엾은 약자들이지 서릿발같은 원한의 복수극을

데, 작품에 대한 해석에도 많은 차이를 낳을 수 있는 문제라는 생각이 든다. 이 '재생담'을 남성지배 - 가부장제의 재영토화로 해석하는 논의로는 조현설의 「남성지배와 「장화홍련전」의 여성형상」,(『민족문학사연구』 제15호, 도서출판 소명, 1999년)이 있다.
5) 영화 「장화홍련전」은 텍스트가 한편도 남아있지 않다. 그래서 이 작품이 '가정비극'에서 '공포영화'로 변모되었다는 이순진의 주장 역시 신문광고를 통해 마케팅이 어디에 초점을 맞추고 있는가 하는 점과 영상자료원에서 이 작품들을 어떻게 분류하고 있는가 등의 부차적인 자료들을 근거로 한다. 그러나 영ㅇ 화잡지에 소개된 줄거리와 시나리오들을 살펴보았을 때, 1962년도판 「대장화홍련전」(정창화 감독)에서부터 장화와 홍련의 원귀가벌이는 복수행위가 두드러지게 qrkr되기 시작했음을 알 수 있다. 한편, 현재 영상자료원에는 대표적인 공포영화 감독인 박윤교의 「장화홍련」 시나리오(각본 허진)가 남아있다. 명백히 공포영화로서 구상된 이 작품은 그러나 영화화되지는 않았다.

펼치는 능동적인 존재들이 결코 아니다. 그렇기 때문에 식민지 시대의 '신파'적 정조나 가족비극, 화류비극 등과 쉽게 결합할수 있었으며6), 동시대의 멜로드라마적 코드와 많은 부분을 공유할 수 있었던 것이다. 60년대 후반이 되기까지, 적어도 여귀들은 멜로드라마의 주인공이었지 '공포영화'의 주인공은 아니었다. 그렇다면 '왜' 이 시기에 들어 여귀들은 '공포영화'의 주인공으로, 이전과는 다른 존재감을 가지고 스크린 위에 등장했던 것일까. 여기에 대한 해답을 얻기 위해, 당시 '공포영화'의 중요한 모티프였던, 소위 '아랑형' 이야기의 문제로 우회해 보도록 하자.

4. '아랑형 전설'과 여귀영화

한국 여귀영화의 형성과 전개에서 가장 의미심장한 작품은 「월하의 공동묘지」(1967)이다. 이 작품은 여귀가 '신파'와 멜로드라마의 주인공에서 여귀영화의 주인공으로 등극하게 되는 분기점에 놓여있기 때문이다. 앞서 이야기했던 것처럼 식민지 시대 변사의 계승자를 자처하는 나레이터가 등장하고 여주인공이 여학생 출신으로서, 독립운동을 하다 옥에 갇힌 오

---

6) 「녀의 괴(鬼) - 강명화전」(고유상, 안동서관, 1927년)라는 작품의 예를 들자면, 여귀가 등장하는 서두를 제외하면 이 작품은 근대 초기의 낯익은 '화류비극'에 속한다고 말할 수 있다. 집안의 생계를 위해 기생이 된 강명화가 대부호의 외아들 장병천과의 이루지 못할 사랑을 비관하여 자살한다는 전체 줄거리는 기생과 젊은 남성의 사랑이 유교적 가족질서와 사회통념에 의해 받아들여지지 않는 데서 발생했던 당시의 흔한 화류계 이야기 중 하나인 것이다. 여기에서 헌신적이고 순종적인 기생 강명화의 고난과 죽음은 읽는 이의 동정을 불러일으키기에 충분하다. 자살한 그녀가 귀신으로 떠도는 이유는 그녀의 유언 즉 '장씨 선영에 묻어달라'는 소원이 받아들여지지 않은 것이 한이 되어서인데, 그녀의 처연한 외모에 사람들은 오싹함과 두려움을 느끼면서도, 그녀의 한많은 사연을 들으면서는 눈물을 감추지 못한다. 다시말해 여기에서 여귀는 '한많은 인생'의 표상으로서 '연민'의 대상이지 '공포'의 대상은 아닌 것이다.

빠와 애인의 뒷바라지를 위해 기생으로 전락했다는 점만 보더라도 이 작품은 이전 시기의 '신파'적 코드에 기댄 혼적이 역력하다. 주인공 명순이 찬모의 농간으로 간통누명을 쓰고 자살을 하기까지의 스토리와 인물 성격의 설정과 주된 정조 역시 근대 초기의 낯익은 가정비극류의 전형이라고 할 수 있다. 거기에 덧붙여 찬모의 농간으로부터 어린 자식을 보호하기 위해 명순의 귀신이 나타나는 장면들에서는 '모성의 멜로드라마' 코드까지 활용되고 있다. 한마디로 이 작품은, 명순의 귀신이 화려한 복수극을 펼치기 직전까지는, 마치 72년 이전의 「장화홍련전」처럼, '신파'와 멜로드라마, 가정비극의 낯익은 반복이라고 말할 수 있는 것이다.

그러나 이 작품은 명순을 죽음으로 몰아넣고 가정에 들어앉아 명순의 아이마저 살해하려고 하는 찬모와 그 모친, 그리고 음모에 가담했던 의사, 행랑아범 앞에 흉칙한 형상으로 나타나 복수극을 전개하는 여귀의 행위로 인해 '공포영화'의 틀을 마련하게 된다. 해원을 해줄 공권력이나 조력자가 부재한 상황에서(대중극 「사랑에 속고 돈에 울고」와 동일한 모티프인 '오빠'의 존재는 이 작품에서도 역시 무기력하게 나타나며, '의사'로 표상되는 근대과학 역시 명순에게 적대적이다) 명순은 '직접' 이들에게 복수를 행한다. 창문과 우물과 벽장과 연못가에서, 그리고 숲속에서 변신술을 동원하며 나타나는 이 여귀에 의해 악인들은 공포에 휩싸여 미쳐가거나 서로를 살해하는데, 여귀의 등장 장면은 '경악'의 효과를 노린 촬영기술에 힘입어 매우 충격적으로 그려진다. 전반부에서는 연민과 동정의 대상이 되던 명순은, 귀신이 되어 활약하는 후반부에 오면 명백히 '공포'의 대상이 된다.[7]

이후 여귀영화는 대부분 이 작품의 변주라고 말할 수 있는데, 그것은

---

7) 한국 '공포영화'에서 「월하의 공동묘지」가 차지하는 중요성에 대해서는 이순진의 앞의 논문 참조. 식민지 시대 대중극 「사랑에 속고 돈에 울고」와 이 작품의 관련성에 대해서는 졸고, 「'기생' 여주인공들의 비극과 귀환」(『타자비평』 창간호, 2001년)과 『춘향의 딸들 ; 한국 여성의 반쪽짜리 계보학』(책세상, 2001년) 참조.

① 여성의 '정조'와 관련된 문제를 반복한다는 점과 ② 직접' 복수극을 벌이는 흉칙한 여귀의 형상과 성격 면에서 그렇다.

②의 문제는 이 시기 여귀영화들이 토대하고 있는 '괴기담'이나 모티프가 대부분 소위 '아랑형 전설'의 범주에 속한다는 점과 관련해서 생각해 볼 수 있다. '아랑형 전설'은 억울하게 죽은 여인이 원귀가 되어 자신의 사연을 알리고자 이 세상에 재변을 끼치므로, 담대한 사람이 원귀를 만나 대화하고 설원해 줌으로써 그 영혼을 위로한다는 유형적 특징을 지닌 것으로, 여성의 '정조'와 관련된 다양한 전설과 소설들, 그리고 근대 문학과 대중문화에서 반복, 변형되는 서사유형을 통칭하는 개념으로 사용되고 있다. 여기에서 억울하게 죽은 사연이란 남성에 의해 겁탈을 당할 위기에서 거기에 저항하다 살해당한 것을 말하는데, '공포영화'에 오면 행복하게 살던(혹은 행복을 보장받은) 여성이 겁탈에 저항하거나 겁탈을 당한 후 살해당하거나 자결하는 것, 또는 「장화홍련전」이나 「사랑에 속고 돈에 울고」, 「월하의 공동묘지」처럼 정숙한 여성이 '간통'의 누명을 쓰고 죽음에 이르는 것, 남성에 의해 배신당해 죽는 것 등으로 변주된다.8)

---

8) '아랑형 전설'에 해당하는 전설은 매우 많은데, 밀양지방에 전해 내려오는 '아랑낭자 전설'의 대략은 『한국 구비문학 대계』(한국정신문화연구원)에 실린 몇편의 단편적인 기록들에 나타나 있고, 그것을 비교적 서두와 결말이 있는 서사로 재구성한 내용은 다음과 같다.

*아랑은 부친이 밀양태수로 부임하자 따라갔다가 고을 통인과 유모의 음모에 빠져 영남루에 야경을 보러 갔다가 통인 백가에게 욕을 당하게 된다. 달구경을 하던 중 유모는 사라지고 백가가 나타나 연정을 호소하다가 거절당하자 겁간하려고 젖통을 쥐자 칼로 잘라버리며 저항하다가 아랑은 백가의 칼에 죽어 낙동강섶에 버려진다. 태수는 딸이 야반도주한 것으로 믿고 양반가문의 불상사라 하여 사임하고 낙향한다. 그후 신관이 올 때마다 그날로 변사하므로 자원자를 구하던 중 이상사란 이가 자진 부임하게 된다. 도임하던 날 밤 혼자 불을 밝히고 있는데 산발한 여인이 유방에 피를 흘리며 목에 칼을 꽂은 채 나타나 신원을 호소한다. 다음날 통인을 문책해 자백을 받은 후 참형에 처하고 시신을 수습해 목에 칼을 뽑고 잘 매장해 주었다. 그후 다시는 원귀가 나타나는 일이 없어졌다. (손진태, 『한국 민족설화의 연구』(을유문화사, 1947년) 중 '아랑형 전설' 요약)

하지만 표면적으로 보았을 때 '아랑형 전설'과 이 시기 여귀영화 사이에는 미묘한 불일치와 균열들이 있다. 다양한 '아랑형 전설'에서 초기 유형은 아랑의 신분을 관기로 설정하고 있는 반면 후기로 갈수록 그녀는 양반의 딸이나 사또의 딸로 나타나는데, 이러한 신분 상승 과정은 아랑사건에서 '정절'이라는 유교적 덕목이 부각되는 것과 궤를 같이 한다. 원형에 가까운 전설의 경우 "어느 고을"의 "기생"이 주인공으로 등장하지만 후대로 올수록 그 배경이 영남 일읍으로 구체화되고 영남루와 아랑각 등의 증거물과 결부된 지명전설로 변화되면서 아랑을 밀양태수의 딸로 설정하는 식으로 변모된 것이다. 한 연구자는 이러한 신분 상승의 이유를 "정절이라는 가치를 부여함으로써 남성중심사회의 윤리규범에 맞추어 본 전설을 차츰 윤색해 나간 것"이라고 주장하는데,9) 이는 「춘향전」의 전승과정에서 일어난 변화와 동일한 변화라는 점에서 흥미를 끈다. 주지하다시피 「춘향전」은 춘향의 신분을 기생으로 설정하는 판본('기생계')과 양반의 서녀 혹은 양반집 딸로 설정하는 판본('비기생계')으로 크게 나뉘고, 후대로 내려올수록 전자에서 후자로 변모되는 양상을 보인다. 춘향이 기생일 경우 변학도의 명령을 거부하는 그녀의 행위는 한 인간으로서의 주체적인 권리(자기가 원하는 대상을 사랑할 권리)를 지켜내는 적극적인 행위가 되지만, 양반신분일 경우엔 봉건적 질서를 추종하고 수호하는 소극적인 행위로 축소된다. 전자의 경우 '정절'은 의무로 주어져 지키지 않으면 안되는 것이 아니고, '권리로서 쟁취하여' 능동적으로 수호하고자 하는 자발적인 수절이 되는 것이다.10) 마찬가지로, 남성의 성적 위협을 거부하다가 죽음에 이른 아랑의 행위는, 그녀가 기생일 경우 주체적인 자신의 의사표명이라는 의미를 지니지만, 양반일 경우엔 후대의 지명전설들처럼 '정절'을 지킨다는 소극적인 의미만을 갖게 된다. 후대로 내려올수록 아랑은 '정절'

---

9) 김대숙, 「아랑형 전설 연구」, 이화여자대학교 교육대학원 석사논문, 1981년.
10) 성현경, 「'남원고사'본 춘향전의 구조와 의미」(김병국 외 편, 『춘향전 어떻게 읽을 것인가』, 서광학술자료사, 1993년) 참조.

의 화신으로 추앙되며, 이러한 신분상승과 숭배에 개입한 것은 지배질서에 대한 민중 구전자들의 열망과 동시에 지배층인 지식인 남성들의 동일화 논리가 아니었을까 여겨진다.[11]

반면 '아랑형 전설'의 모티프에 기대고 있는 여귀영화의 경우, 일부는 '정절'의 화신 아랑과 같은 '열녀 귀신'을 재생산해 내기도 하지만,[12] 대

---

11) 이 부분에 대해서는 좀더 정밀한 탐구가 필요하다. 춘향이 기생에서 양반의 서녀로 변형된 것에는 자신들이 사랑하는 여주인공의 신분을 상승시킴으로써 대리만족을 추구하려는 민중들의 소망이 개입되었을 수도 있고, 지배질서에 저항하는 하층여성을 지배계층 내로 흡수, 전유함으로써 그 도발성과 전복성을 '거세'하려는 남성 - 가부장의 욕망이 투영되었을 수도 있다. 어떤 시각을 취하느냐에 따라 이러한 구전담들의 역사적인 의미가 달라질 수 있는 중요한 문제라고 할 수 있는데, 주지하다시피 당시 민중들이 이 이야기들을 어떤 태도로 향유했는가에 대해서는 문자를 통해 담론화되어 있지 않다는 난점 때문에 이 문제는 연구자들의 '해석'에 일정부분 달려있지 않은가 하는 생각이 든다. 현재 남아있는 문헌들만 하더라도 대부분 지식인 남성들에 의해 기록된 것이기 때문에, 그들이 '청취한' 이야기들을 어떤 식으로 '기록했는지'에 대해서는 고전문학 연구자들 역시 '추측' 차원의 가설만을 제시하고 있다.

12) 대표적인 경우가 「원녀」(이유섭 감독, 1973년)와 「누나의 한」(이유섭 감독, 1971)으로, 여기에서 여귀들은 처녀귀신이거나 장화처럼 '낙태'누명을 쓰고 죽은 귀신이지만 하나같이 가부장 질서의 보존과 재생산을 위해 헌신적으로 봉사하는 '착한 귀신', '열녀귀신'으로 그려진다. 「원녀」의 여귀는 사랑하는 남자의 시아버지를 구하기 위해 노심초사하지만 자기 힘으로는 그 일을 이루어내지 못하고, 남자가 암행어사가 되어 돌아와 아버지를 구해내도록 조력하는 정도의 능력을 지닌다. 게다가 그녀는 악한 사또에 의해 사당에 갇혀 고초를 겪으며, 훗날 암행어사가 되어 돌아온 남자에 의해 극적으로 구출된다는 점에서 '춘향'의 '열녀'적인 면모를 계승하고 있기도 하다. 「누이의 한」에서 계모의 모함으로 죽은 달래의 귀신은 남동생들을 위해 밥상도 차리고 기생노릇을 하며 돈을 벌기도 한다. 그녀 역시 초현실적인 능력을 발휘하여 화려한 복수를 펼치는 것이 아니라, 남동생이 과거에 급제하여 암행어사가 되어 돌아올 때까지 한을 풀지 못한다. 이 두 작품은 '아랑형 전설'의 아랑이 '열녀'로 부각되며 공권력에 의지해 해원을 하는 것과 동일한 궤에 놓여 있다고 할 수 있다. 한편 이들 영화들과 1972년도판 영화 「장화홍련전」에도 나타나는 이른바 '암행어사 모티프'는, 수난받는 열녀가 암행어사라는 극적인 해방자에 의해 구원받는 「춘향전」의 영향력이 실로 막강한 것이었음을 보여주기도 한다. 춘향 역시 '귀신'이었다는 전설을 염두에 두고 이 부분을 생각해본 졸고, 『춘향의 딸들 : 한국 여성의 반쪽짜리

부분은 가부장제 자체를 위협하는 강력하고 도발적인 귀신들을 창조해내고 있다. 그녀들은 아랑처럼 '정조'의 문제 때문에 죽음에 이르게 되지만, 아랑처럼 온순하고 가엾은 귀신으로 나타나 해원을 갈구하는 것이 아니라 '직접' 복수의 행위를 한다. 여기에서 파생되는 '정조'의 문제는 '아랑형 전설'들의 경우와 어느 지점에서는 일치하고 어느 지점에서는 그것을 전복할 정도로 대립적이다. 「흡혈귀 야녀」(김인수 감독, 1981년)와 「미녀공동묘지」(김인수 감독, 1985년)에서는 겁간으로, 「여곡성」(이혁수 감독, 1986년)과 「한녀」(이유섭 감독, 1981년), 「망령의 웨딩드레스」(박윤교 감독, 1981년)에서는 남성의 배신으로, 「살인마」(이용민 감독, 1965년)와 「원한의 공동묘지」(김인수 감독, 1983), 「누나의 한」(이유섭 감독, 1971년)에서는 「월하의 공동묘지」에서처럼 시어머니나 계모, 식모, 연적 등에 의해 '훼절' 모함을 받아 죽음에 이르는 여성들은 타살당하기도 하지만 '정조를 지키지 못했다(는 모함)' 때문에 자살하기도 한다. 그녀들이 자살을 한 이유는 가부장적 습속 때문이기도 하지만 여성의 '정조'라는 것이 곧 '목숨'을 의미하던 사회에서 정조를 잃은 신체로는 더이상 살아갈 수 없는 자신의 상황을 절망적으로 받아들였기 때문이라고도 할 수 있다. 그렇기 때문에 그녀들이 무덤에서 부활하여 자신을 죽음에 이르게 만든 원수들을 처단해 나가는 이 복수극은, 단순히 자신의 신체와 명예를 훼손했을 뿐만 아니라 자신의 존재 자체를 말살했던 대상에 대한 복수라는 점에서 훨씬 더 '처절'한 것이다.

이 복수의 내용 중 핵심은 '너희 집안의 씨를 말리겠다'는 것인데, 이것은 자신의 존재를 말살했던 대상이 단순히 어느 한 개인이 아니라 가부장제의 메커니즘임을 간파한 것이라는 점에서 의미심장하다. '정조'를 곧 '목숨'과 바꿀 수밖에 없게 만든 메커니즘 자체에 대한 복수극. 그것이 '아랑형 전설'류와 이 시기 여귀영화가 구별되는 지점이자 흥미를 유발하

계보학』을 참조.

는 지점이다. 공권력을 지닌 인물 앞에 나타나 해원을 갈구하던 '열녀 귀신'과, 자기자신 직접 원수의 집안 '씨'를 말리기 위해 잔혹한 복수극을 펼치는 근대의 귀신은 전근대와 근대의 변화된 인식을 분명 반영하는 차이를 보여준다.

하지만 이것은 텍스트의 '표면'의 이데올로기만을 읽어냈을 때 도달하는 결론일 뿐이다. 좀더 무의식적인 차원으로 들어간다면, 전근대의 '열녀 귀신'들이 모두 봉건적 가부장제의 수호자라고 말할 수는 없다. 그녀들은 분명 귀신이 되어서조차 가부장제 이데올로기의 대변자 역할을 하고 있지만, 좀더 무의식 차원으로 접근해 들어간다면, '정조'의 문제로 죽음에 이른 여성들이 영원히 사라지는 것이 아니라 '귀신'이라는 형식으로 다시 나타나게 된다는 사실은 징후적인 독해를 요청하기 때문이다. 다시말해 이데올로기의 '표면'이 드러내지 않고 있는 다른 목소리와 가치들을 독해할 필요가 있다는 말인데, 이에 대해서는 서구 공포영화 이론이 일찍이 괴물이나 혼령 등 공포영화의 주인공들을 (프로이트를 빌어) '억압된 것의 귀환'이라 명명한 것이 시사점을 제공해 준다. 드라큘라 백작이 근대 계몽주의가 억압한 리비도를 상징하거나 19세기 부르주아가 억압했던 자본주의의 미래에 대한 메타포이듯이,[13] 이미 죽었으나 사라지지 않고 지속적으로 나타나는 아랑의 귀신 역시 쉽게 사라지지 않고 자꾸만 귀환하는 어떤 가치들에 대한 두려움을 가시화한 것이라고 할 수 있다. 후대 사람들은 그녀를 단지 '열녀'라는 현세적 가치의 수호자로 한정지음으로써 그 두려움을 소거하려 했지만, '괴담'이나 '공포영화'와 같은 환상적인 장르들이 흥미로운 것은, 아무리 계몽의 불을 밝게 밝혀도 사라지지 않는

---

13) 전자의 해석은 서영채(「드라큘라와 계몽의 변증법」,『상상』, 1994년 봄호)가, 후자는 프랑코 모레티(「공포의 변증법」, 조형준 역,『세계의 문학』, 1997년 여름호)가 내리고 있는 것이다. 어느 경우이건 브람 스토커의『드라큘라』(1879년)에서 드라큘라 백작은 당시의 지배체계가 억압했던 가치들이 투사된 메타포라는 데에 일치된 견해를 보이고 있다.

신화가 갖는 두려움, 죽었어도 사라지지 않는 여성들이 나타내는 가부장제의 균열, 그런 것들을 지시하기 때문이다. 따라서 '열녀 귀신'에서 중요한 것은 '귀신이지만 결국 열녀다(탈영토화되어도 결국 재영토화된다)'라는 표면적인 사실이 아니라, '열녀인데도 계속 귀신으로 나타난다(재영토화의 포즈를 취하지만 지속적으로 탈영토화된다)'라는 점이다. 결국, '아랑형 전설'의 여귀들과 여귀영화의 여귀들은 가부장제가 지속되는 한 지속적으로 출몰해왔던(할) 존재라는 점에서, 동일하다고 말할 수 있다. 다만 여성에 대한 가부장들의 '두려움'과 '불안'이 근대 들어 더욱 증폭되었기 때문에(거꾸로 말하자면, 근대 들어 여성의 사회적 존재감이 커졌기 때문에), 여귀영화의 여귀들이 더욱 난폭하고 공포스러운 존재로 그려진다는 차이가 있을 뿐이다.

'아랑형 전설'이나 「춘향전」과 같은 구비 전승 문학에서 하층여성들의 신분상승 과정, 특히 '정조'와 관련된 문제의 해결과정은 따라서 일면적으로만 해석되기는 어려운 다층적인 층위들을 지니고 있다. 특히 '여귀'라는 흥미로운 캐릭터의 생명력은 가부장제라는 거대한 이데올로기 체계가 당시 여성들에게도 모순없이 주입, 재생산된 것이 아니라는 점을 증거해주는 것이라 할 수 있다.

5. 여귀의 형상과 근대의 불안

여귀영화들의 대부분은 근대 이전의 시기를 배경으로 하고 있다. 그것은 유교적 지배질서가 공고화된 조선시대인 경우도 있지만, 시공간이 불명확한 그저 '옛날'로 그려지는 경우도 있다. 그러나 비록 전근대적인 옷차림과 일상 속에서 그려지기는 하지만, 여기에서 여귀들의 형상과 성격은 명백하게 '근대'적 관점이 투영된 것이다. 이 영화들이 생산되고 향유되던 60년대 후반부터 80년대 중반, 즉 전국민이 근대화라는 지상과제를 향해 총력매진

하던 시기의 시각이 고스란히 거기에 녹아들어가 있다는 점에서 그렇다. 그것은 여귀들의 형상과 성격이 갖는 공포스러움이, '근대 여성'에 대한 공포스러움을 명백히 지시하고 있다는 말로도 설명될 수 있다.

앞서도 잠깐 언급했지만, 우선은 여귀들의 '외모'가 갖는 의미가 이전의 괴기담과는 달라졌다는 점이 그 하나의 예이다. 자신들의 억울한 죽음을 '증거'하기 위해 죽을 당시의 모습 그대로 나타나는 괴기담의 여귀들과 달리 '공포영화'의 여귀들은 '공포' 효과를 의식한 외모를 하고 나타난다. 머리를 풀고 피를 철철 흘리며 때로 흡혈귀의 송곳니와 야수의 손톱을 드러내는 그녀들의 외모는 자신들이 죽을 당시의 정황을 '반영'한 것이 아니라 오히려 자신의 내면, 즉 분노와 억울함을 '표현'한 것에 가깝다. 괴기담에는 나타나지 않는 표독스런 표정과 눈초리 역시 영화라는 시각적 장르의 특성을 활용한 내면의 표현법이라 할 수 있다.14) 로빈 우드는 근대 공포영화의 괴물이 주로 여성의 은유로, 그리고 매우 흉측한 외형을 띠고 나타나는 것은 그들이 합리화된 사회적 가치들의 재생산 과정에서 억압되었던 가치와 소망들이 귀환하는 형식이기 때문이라고 설명한다. 그들이 끔찍하고 위협적인 이미지로만 귀환하는 이유는, 억압된 소망은 현재 사회적 가치들의 재생산을 위협할 만큼 매혹적인 것이기 때문이다. 이

---

14) 이와 관련하여 여귀의 전형적인 옷차림으로 인식되어 있는 '소복'은 최근에 형성된 시각적 '관습'일 가능성이 높다. 괴기담에서는 물론이고 공포영화에서도 여귀들이 '소복'을 입고 나타나는 경우는 그리 많지 않다. 옷자락을 휘날리면 날아다니는 귀신의 역동성과 유현미를 강조하기 위해 오히려 긴 옷자락이 달린 드레스 형식의 옷을 입고 나타나는 경우가 더 많다. 그러하다면 여귀의 옷차림으로서 '소복'이란 「전설의 고향」이라는 TV 드라마에서 형성된 관습이 아닐까 추측할 수 있다. 「전설의 고향」은 흑백 텔레비전 시절에 초현실적인 존재들의 공포감을 증폭시키기 위한 시각적 표현방식을 고안해 낸 흔적이 있는데, 이순진은 「전설의 고향」의 단골 PD였던 최상식과의 인터뷰에서 '저승사자'의 외모가 철저히 자기자신에 의해 고안된 것이라는 증언을 얻어낸 바 있다. 이 인터뷰에서 최상식은 흑백화면에서 저승사자를 그럴듯하게 묘사하기 위해 검은 도포와 갓, 검게 칠한 입술, 그리고 그와 대조적으로 하얗게 분을 바른 얼굴을 고안했다고 말한다.

매혹적이고 위협적인 대상들은 '끔찍함'이라는 라벨이 붙은 채 매장되지만, 동시에 그것은 기괴하고 뒤틀린 형상으로나마 지속적으로 부활한다. 이드(id)의 창조물인 이들 귀신, 괴물들은 억압의 산물일 뿐만 아니라 억압에 대한 저항자이기도 한 것이다. 여기에서 이 '억압된 것'에 섹슈얼리티가 결부된다는 것은 그래서 자연스러워 보인다. 일부일처제와 가족으로 건설된 사회에서 남아도는 억압된 성 에너지는, 공포영화라는, 통상적으로 저급하고 통속적인 장르로 취급되는 비무장지대에서 활발하게 표상의 옷을 입어 컴백하고 있는 것이다.[15] 이런 관점에서 보자면 한국 여귀영화의 여귀들이 구현하고 있는 흉측함과 더불어 또하나의 특성인 '섹시함' 역시, 여성의 섹슈얼리티를 '위험한 것'으로 인식하는 근대적 시각의 산물이기도 하다.

또한 그녀들의 탁월한 인식능력('너희 집안의 씨를 말리겠다')과 육체적 능력은, 카메라의 시선을 그녀들과 같은 위치에 둘 때 발생하는 공포의 효과와 결부되면서, 공포영화 특유의 두려움과 쾌감을 동시에 생산해 낸다. 공포영화를 즐기는 계층이 사회적, 성적으로 억압된 청소년이나 여성들이라는 서구의 사례는 이 경우에도 적용될 수 있을 것인데, 현실세계의 약자인 여성이 탁월한 능력을 발휘하여 복수하는 데에서 서사적, 시각적 쾌감을 느낄 수 있는 관객들은 한국의 경우에도 청소년이나 여성들, 그리고 주변부 계층의 약자들이었으리라 추측되기 때문이다.[16] '억압된 것의

---

15) 로빈 우드, 이순진 역, 『베트남에서 레이건까지 - 할리우드 영화읽기 ; 성의 정치학』, 시각과 언어, 1994년.

16) 서구 공포영화가 주로 도시 주변부 계층이나 여성들, 청소년들의 향유물이었던 것처럼, 70년대 이후 한국 '공포영화'도 대도시에서 개봉하기보다는 도시 변두리의 2급 극장 5곳에서 동시개봉하는 독특한 배급방식을 통해 향유되었다. 당시 2급 극장의 영화관람 문화에 대해 연구가 진척된다면 '공포영화'의 독자적인 미학에 대한 연구도 새로운 국면을 맞아 전개되리라 생각된다. 90년대 소위 '마니아 문화'가 일련의 비주류 문화의 모태가 되었던 것처럼, 당시 '공포영화'를 둘러싸고 어떤 하위문화가 형성되지 않았을까 하는 추측이 가능하다. 물론, 당시 주류 비평담론에서 이들

귀환'이라는 프로이트의 공식이 공포영화를 설명하는 데 있어서 유독 즐겨 차용되는 이유도 여기에 있다.[17]

한편 여귀들이 고양이와 같은 '자연물'과 친화력을 보이는 것 역시 여성에 대한 또다른 근대적인 시각과 관련이 있다. 「살인마」(이용민 감독, 1965년), 「원한의 공동묘지」(김인수 감독, 1983년), 「이조괴담」(신상옥 감독, 1970년) 등에서 원한에 차 죽음에 이르는 여성들은 고양이에게 자신의 육체를 의탁하는데, 이들은 한결같이 "고양이가 사람의 피를 먹으면 그 사람의 원수를 갚아준다"는 믿음을 내보이며 기꺼이 고양이에게 자신의 피를 마시게 한다. 이 고양이는 이후 그녀의 귀신으로 변신하거나 그녀를 도와 '활약'을 하게 되는데, 여귀들이 지니는 유연한 몸동작[18]과 예지력, 혹은 '귀기'라 말할 수 있는 묘한 요염함은 이 고양이의 이미지와 연결된다. 사실 여성을 동식물 등의 '자연물'과의 유비관계 속에서 이미지화하는 경향은 철저히 '근대'의 산물이다. 한편으로는 근대 계몽의 빛

'공포영화'는 '저급한 미완의 상품'으로 취급되어 진지한 분석의 대상조차 되지 않았다.

17) 물론 이때 '억압된 것'에는 사회적 약자만이 해당되는 것이 아니라 지배적 가치체계나 보수적 정서가 포함되는 경우도 자주 있다. 서구의 경우 대표적인 사례가 「13일의 금요일」 시리즈나 브라이언 드 팔마의 공포영화들로, 이 영화들에서는 6~70년대 자유주의의 확산과 더불어 신장된 페미니즘과 청소년의 섹슈얼리티에 대한 보수적인 거부감이 폭력적으로 드러나고 있다. 여름 캠프에서 문란한 쾌락을 즐기는 청소년들과, 자신의 섹슈얼리티를 발현하는 여성들에 대한 두려움은 이 영화들에서 그들을 잔인하게 살해, 응징하는 사이코 - 살인마의 형상으로 집약된다. 레이건 시기 미국의 공포영화들에서 주된 희생자가 청소년들과 여성들인 이유도 이와 관련된다.

18) 괴기담 이외에도 이 시기 '공포영화'의 원천으로는 홍콩, 대만의 무협영화를 생각해 볼 수 있다. 특히 80년대 공포영화의 여귀들이 보여주는 덤블링이나 이들을 퇴치하려는 남성 무사들과의 결투 씬 등의 시각적인 특성을 눈여겨 보면 당시 유행했다는 무협영화들의 흔적이 나타난다. 이에 대해서는 아직 연구된 바가 없는데, 당시 개봉되었던 외국 영화들과 한국 영화의 영향관계를 살펴본다면 좀더 명확한 결론이 내려지리라 생각된다.

으로 '자연'을 정복해야 한다는(전근대의 무지몽매를 낱낱이 밝혀야 한다는) 근대주의적 시각의 산물이고, 다른 한편으로는 근대 산업화 과정에서 '타락'하는 생활세계를 '남성성'과 동일시하고 그에 대한 대안으로 '근대 이전의 낙원', 파편화되지 않은 합일과 공동체적 삶을 '여성성'과 동일시하는 유토피아적 시각의 산물이다.19) 한국의 여귀영화에서 여귀는 유토피아적 가치의 구현자라기보다는 과학과 계몽적 이성에 의해 미처 식민화되지 않은 전근대적 심연의 구현자라는 점에서, 전자의 시각이 반영된 근대의 산물이라고 할 수 있다.

그렇다면 여귀영화의 여귀는 위협적인 근대여성에 대한 두려움과 동시에 전근대적 심연에 대한 불안이 혼융된, 매우 복합적인 문화적 산물이라고 말할 수 있다. 시시각각 빌딩이 들어서는 도심의 한복판을 활보하는 도발적이고 섹슈얼한 여성에 대한 두려움과, 전근대의 깊은 산중과 규중 심처에 출몰하는 알지못할 어둠에 대한 불안. 그것이 이 '여귀'의 형상을 만들어낸 것이다.

---

19) 리타 펠스키, 『근대성과 페미니즘』, 김영찬 외 역, 거름, 1998년.

참고문헌

고유상, 『녀의 괴(鬼) ─ 강명화전』, 안동서관, 1927년.

김대숙, 「아랑형 전설 연구」, 이화여자대학교 교육대학원 석사논문, 1981년.

문화방송 편, 『전설따라 삼천리』, 동서문화원, 1966년.

백문임, 「'기생' 여주인공들의 비극과 귀환」, 『타자비평』 창간호, 2001년.

백문임, 『춘향의 딸들 : 한국 여성의 반쪽짜리 계보학』, 책세상, 2001년.

서영채, 「드라큘라와 계몽의 변증법」, 『상상』, 1994년 봄호

손진태, 『한국 민족설화의 연구』, 을유문화사, 1947년.

이순진, 「한국 공포영화의 변화과정에 대한 연구」, 중앙대학교 영상예술학
　　　과 석사논문, 2001년.

조현설, 「남성지배와 '장화홍련전'의 여성형상」, 『민족문학사연구』 제15
　　　호, 도서출판 소명, 1999년.

한국정신문화연구원, 『한국구비문학대계』, 1984년.

로빈 우드, 이순진 역, 『베트남에서 레이건까지─할리우드 영화읽기』, 시
　　　각과 언어, 1994년.

리타 펠스키, 김영찬&심진경 역, 『근대성과 페미니즘』, 거름, 1998년.

마이클 라이언&더글라스 켈너, 백문임&조만영 역, 『카메라 폴리티카』(下),
　　　시각과 언어, 1997년.

프랑코 모레티, 조형준 역, 「공포의 변증법」, 『세계의 문학』, 1997년 여름호

▬▬▬▬
ABSTRACT

Close Encounter : 'Horror Films' on 'A‐rang(阿郎)' prototype narrative

Baek, moon-im

'The Ghost-Maid film' is a part of the horror films in 1960's~1980's. Berfore 1967, the hero or heroine of the mystery film genre were monsters, mad scientists and aliens from another planet. Since 1967, however, the year that *A public cemetery under the moonlight*(directed by Kwon, chul-hwi) was screened, ghost-maid emerged as the popular heroine in the horror films. I call this kind of mystery film 'ghost-maid film'. Ghost-maid is a popular form of heroine in many East-Asian traditional tales. In such tale, she is the ghost of a young girl who was put to death unfairly by the patriarchical system. She returns from hell and satisfies her grudge with the assistance of bureaucratic power. But she is not a horrible monster, but a piteous victim of patriarchical system. She appears as gruesome and hideous monster, but she is not shocking or frightening character. Rather, she is a 'proof' of violence or murder. These 'ghost-maid' tales are reproduced continually in many melodramatic fictions and films. Since *A public cemetery under the moonlight*, 'ghost-maid' characters have become furious and violent. They resurrect with vengeance.

This change is prominent in 'ghost-maid' films on 'A-rang(阿郎)'

prototype narrative. 'A-rang' is a girl who resisted to a rape and killed brutally. She returns from hell and revenges the killer. This story is orally transmitted and settled down in numerous fictions. Most fictions and films transcodes 'A-rang' in the Confucian ideas as a virtuous woman('烈女'). The 'ghost-maid film' since 1967, however, transcodes her as a horrible monster or vampire. It becomes the metaphor of modern discontent and anxiety for woman who is repressed in the modern society as pre-modern or savage. The horrible image of woman in 'ghost-maid film' represent the fatal value of the repressed.

다매체 시대의 희곡의 이해

김　항*

1. 서론

　본 논문에서는 현재의 다매체 시대 속에서 희곡을 어떻게 이해할 것인가를 고찰하려 한다. 1900년 초기만 해도 희곡(연극)은 소설 못지 않게 중요하게 여겨지던 장르였다. 『매일신보』에서는 신문사 사업의 하나로 희곡을 연재하고, 1912년 11월 16일자 신문에서 서양극 형태의 희곡으로서는 처음으로 지면에 발표되는 작품인 「병자삼인」을 홍보하는 글을 싣고 있기도 하다.[1] 우리 희곡은 「병자삼인」 이후 꾸준히 발표되었으며 1930년대에는 연극전용극장(동양극장)이 생기고 다수의 극단이 형성되면서 대중의 인기를 얻는다. 그런데 1960년대에 들어서면 대중 매체, 특히 라디오, 텔레비전, 영화가 새롭게 부각되면서 연극은 대중성을 상실[2]하기 시

---

* 연세대 박사과정
1) 유민영, 『한국근대연극사』, 단국대 출판부, 1997. 247~248쪽.

작한다. 대중에게 파급효과가 큰 매체들이 보급됨에 따라 상대적으로 희곡(공연) 텍스트에 대한 관심은 줄어든 것이다. 복제 기술과 다수의 대중 매체가 발달할수록 '유일무이한 현존성', 즉 아우라(Aura)[3]를 지닌 희곡(공연) 텍스트가 위축되었다고 볼 수 있다. 1970년대[4]에만 해도 지적인 욕구에 가득찬 대학생들과 일반 대중들이 연극의 지적(知的), 사상적, 사회적 내용을 추종하며 (소)극장을 찾기도 했지만, 21세기 초입에 들어선 현재에는 소수의 희곡(공연) 향유자들만이 희곡에 관심을 기울이고 있다.

그렇다면 다수의 매체를 통해 공적, 간접적, 일방적으로 많은 사회정보와 사상(事象)을 전달받고 있는 불특정 다수 가운데에서, 소수의 연극 향유자들이 적극적으로 희곡 텍스트를 읽고 공연 텍스트를 보는 이유는 뭘까? 소수이지만 끊이지 않고 극장을 찾는 관객, 희곡을 연구하는 연구자들은 희곡(공연)의 어떠한 특징에 매료되는 것일까?

본 논문의 연구 목적인 '다매체 시대 속에서 희곡을 어떻게 이해할 것인가'는 바로 위의 문제의식에서 비롯된 것이라 할 수 있다. 본 논문에서는 '희곡(연극)이 왜 대중성을 상실하고 있는가, 또는 희곡(연극)이 다른 매체들과 함께 대중성을 얻으려면 어떻게 해야 할 것인가' 등에 대한 연구는 차후로 미루고, 다소 소외된 듯하지만 여전히 고전적인 매체로 자리잡고 있는 희곡의 특징을 살펴보고자 한다. 매체로서의 희곡(공연)의 특징, 즉 다른 매체들과 달리 문학의 한 장르이면서도 공연을 대상으로 하는 희곡의 이중성에 대해 면밀히 살펴보려는 것이다. 따라서 본 논문에서는 '희곡(공연)을 어떻게 읽을 것인가'와 더불어 '어떻게 볼 것인가'에 치

---

2) 윤석진, 「1960년대 멜로드라마 연구 - 연극·방송극·영화를 대상으로」, 한양대 대학원 박사학위논문, 2000. 163~165쪽 참조.

3) 발터 벤야민, 「기술복제시대의 예술작품」, 『발터 벤야민의 문예이론』, 반성완 편역, 민음사, 1998. 202쪽.

4) 문예진흥 편집실, 「1979년도 국내연극공연 실태」, 『문예진흥』제7권 제5호, 한국문화예술진흥원, 1980.

중하려 한다. 희곡은 영화나 텔레비전 대본과 달리 문학 작품으로서도 연구 대상이 될 수 있는 완결된 형태를 지닌다. 그리고 그 희곡이 공연되었을 때에도 역시 연구 대상이 될 수 있다. 본 논문은 문학 텍스트로서의 희곡을 실제 공연을 보는 듯이 이해하는 것에 대한 연구라 할 수 있다.

2. 희곡의 이중성과 연극기호학

희곡(공연) 텍스트에 대한 이해는 관객들의 주관적 인상에서 비롯되는 것이기보다는 희곡 텍스트의 무대 상의 신호에 따라 반응하는 것이므로, 공연을 구성하는 제반 무대 매체들에 대한 고찰과 그들의 조직에 대한 분석5)을 통해 이루어진다고 할 수 있다. 그리고 여러 가지 대중 매체들과 구별되는 희곡을 이해하기 위해서는 희곡 텍스트와 공연 텍스트 간의 관계를 먼저 살펴 보아야 한다.

희곡은 인쇄된 문학 작품이면서도 공연 대본이기도 한 이중성을 지니고 있다. 그래서 희곡을 문학적 측면에서만, 또는 연극적 측면에서만 이해하기보다는 희곡의 독자적 영역과 공연대본으로서의 희곡 사이에 존재하는 차이점을 살펴야 한다. 문학과 연극 사이의 양자택일은 진정한 희곡에 대한 이해라고 할 수 없는 것이다.6) 즉 희곡 텍스트와 공연 텍스트 간의 관계는 어느 한쪽이 우월하다고 말할 수 있는 관계가 아니라 상호 교섭성 (상호 텍스트성 intertextuality)을 구축하는 호혜적인 제약들의 통합체7)로 이해해야 하는 것이다. 따라서 희곡은 대사의 행들로 이루어진 하나의 문학 작품으로서가 아니라 관객의 감각적 지각에 호소하는 무대 매체들의 조직으로 읽혀져야 한다. 그리고 극의 부수적인 요소로 여겨졌던 시청각

5) 강태경, 『희곡의 연출적 독서』, 서울:도서출판 만남, 2000. 3쪽.
6) Bently, Eric, *The Life of Drama*. New York:Atheneum, 1964. 149쪽.
7) 케어 엘람, 『연극과 희곡의 기호학』, 이기한 · 이재명 옮김, 평민사, 1998. 246쪽.

적 요소들은 이제 극작가의 고유한 표현 도구이자 그가 전달하고자 하는 의미 그 자체로 재평가되어야 할 것이다. 물론 이 모든 것은 극의 궁극적인 주제와의 관련 하에 이루어져야 한다.[8] 희곡 텍스트는 실제적인 무대를 제공하지는 않지만, 지시문[9]을 통해 드러나는 무대 매체로 신호(stage signal)를 보내고 있다. 이러한 신호는 가상적인 무대 위의 배우를 포함한 모든 무대 예술가들에게 전해지며, 이것은 다시 공연이라는 하나의 실체로 집약되고 최종적으로 관객(연구자)에게 전달된다. 이러한 극장적 커뮤니케이션이 이루어지는 경로를 이해하기 위해서는 희곡 해석자들이 각 과정의 담당자인 작가, 배우, 관객이 되어 보아야 한다. 결국 희곡 텍스트에 대한 모든 연구는 어떤 표현 도구를 활용하여 다음 과정과의 의미 교환을 성취할 수 있는가 하는 문제를 살펴보는 데서 출발해야 할 것이다.[10]

그리고 위와 같은 측면에서 희곡을 이해하기 위해서는 것은 연극기호학을 방법론으로 삼는 것이 유효하다고 할 수 있다. 혹자들은 연극기호학의 기계론적인 도식성과 난해성을 문제 삼으며, 기호학이 방법론으로서 어느 정도의 성과를 낼 수 있는지 의문을 제기하고 있기도 하다. 하지만 연극기호학은 앞서 언급한 대로 극작가뿐만 아니라 연출가, 배우, 관객의 입장에서 희곡 텍스트를 해석하는 방법론이다. 연극기호학은 희곡과 공연을 분석할 때에 기호들의 형태적 구성, 무대 종사자들, 관객에 의한 의미 작용 과정 등의 역동적 관계에 역점을 두는 방법론[11]인 것이다. 그리고

---

8) 강태경, 앞의 책, 19쪽.
9) 로만 잉가든(Roman Ingarden)은 희곡을 주텍스트와 부텍스트로 나누는데, 전자는 배우들이 무대 위에서 실제로 말하는 대사를 말하고 후자는 무대지시문을 말한다. 주텍스트는 공연관객들이 의미의 산출자로서 얻을 수 있는 텍스트의 유일한 부분이고, 부텍스트는 기타의 비언어적인 기호체계로 나타난다.
10) J. L, Styan, Drama, Stage, and Audience. New York:Cambridge University Press, 1975. 6~7쪽.(강태경. 위의 책. 4쪽에서 재인용.)
11) 빠트리스 파비스, 『연극학 사전』, 신현숙·윤학로 옮김, 현대미학사, 1993. 285쪽.

연극기호학의 또 다른 장점은 '기능론'적인 측면을 중시하는 것에 있다. 아리스토텔레스의 『시학』에서 발전된 유형론은 인상 비평적인 시각에서 진행된 것으로, 희곡 텍스트를 이해하는 데 있어 기계적인 현실 반영에 머무르는 한계를 지니고 있었다. 그런데 이러한 유형론의 한계가 '기능론' 중심의 기호학으로 극복될 수 있었던 것이다. '기능론' 중심의 기호학이 대안적인 방법론이 될 수 있는 이유는, 작품 내적 현실과 작품 외적 현실이 다르다는 점을 분명히 함으로써 작품을 해석하는 데 새로운 시각을 제공하고 작중인물이나 무대 매체가 고정된 실체가 아니라 실제 공연 상황에 따라 유동적일 수 있다는 점을 분명히 하고 있기 때문이다. 텍스트를 구성하는 요소들의 '기능'을 중시하는 형식주의적 방법으로서의 기호학은, 상연의 코드와 해석자의 문화적 코드의 변화에 따라 텍스트의 진리체계를 새롭게 읽어낼 수 있는 장점이 있는 것이다.12)

따라서 희곡 텍스트를 이해하는 것은 무대 매체, 즉 오브제(무대장식)·의상·음악·조명과 배우를 각각의 의미와 이미지를 지닌 무대 공간의 기호로 인식하는 것이라 할 수 있다. 본 논문에서는 위에 언급한 희곡에 대한 이해를 돕기 위해 희곡 작품을 예로 들어 분석하려 한다. 예로 들 작품은 최인훈 희곡 「옛날 옛적에 훠어이 훠이」13)와 「둥둥 樂浪둥」14)이다. 최인훈은 1970년 11월에 예술극장에서 「어디서 무엇이 되어 만나랴」를 무대에 올리면서, 희곡 작가로 주목받기 시작한다. 그러나 그가 본격적으로 희곡작가로 활동한 것은 1976년에 「옛날 옛적에 훠어이 훠이」를 쓰면서부터라고 할 수 있다. 「옛날 옛적에 훠어이 훠이」는 1976년 세실극장에서 극단 산하에 의해 초연되었고 1987년 뉴욕의 극단 아시안 레파토리에 의해 공연되었으며 1996년에는 예술의 전당에서 기획하는 오늘의 작

---

12) 김만수, 「희곡 연구방법론 재검토」, 『한국극예술연구』제11집, 한국극예술학회, 2000. 106~110쪽.
13) 최인훈, 「옛날 옛적에 훠어이 훠이」, 『세계의 문학』창간호, 민음사, 1976.
14) 최인훈, 「둥둥 樂浪둥」, 『세계의 문학』봄호, 제3권 제1호, 민음사, 1978.

가 시리즈 '최인훈 연극제'에서도 공연15)되었다. 「둥둥 樂浪둥」은 1980년 국립극장에서 허규 연출로 국립극단에 의해 초연되었고 1996년에 「옛날 옛적에 훠어이 훠이」와 함께 최인훈 연극제에서 공연된 작품이다. 최인훈 희곡들은 1970년대에 발표되고 다수의 극단에 의해 꾸준히 공연되어 왔지만, 시적인 지문, 압축된 대사 등으로 인해 문학적인 측면이 강조16)되기도 하는 작품이다. 공연 텍스트에 대한 이해보다는 희곡 문학 텍스트를 중심으로 강조되어 온 작품이 최인훈 작품이었다. 최인훈 희곡에 대한 연구서는 17편 정도 되는 소논문과, 24편 정도 되는 석사학위논문, 3편 정도 되는 최인훈 관련 박사학위논문이 있지만, 최인훈 희곡의 문학적인 면과 더불어 연극적인 요소에 대한 연구가 진행된 것은 1990년에 들어서면서부터이다. 최인훈 희곡에 대한 초기 연구서들이 최인훈 희곡의 설화적 요소, 즉 문학적 측면을 중심으로 연구한 것은 의의있는 작업이었지만 1990에대 들어서도 여전히 설화적 측면에 치중해 작품을 연구하는 것은 소모적인 작업이라고 할 수 있다. '아기장수 설화', '호동 설화', '온달 설화', '문둥이 설화', '은혜갚은 까치 설화', '심청전' 등 극텍스트 이전 설화에 치중한 초기 연구 내용을 바탕으로 이제는 최인훈 희곡 텍스트가 지닌 무대 매체에 대한 연구, 즉 공연 텍스트로서의 최인훈 희곡에 대한 연구가 활발해져야 할 것이다.17) 그리고 본 논문에서는 최인훈 희곡만을 대상으로 했지만, 공연 텍스트로서의 희곡에 대한 연구는 다른 희곡을 통해서도 가능하다고 여기고 있음을 밝혀둔다. 최인훈 희곡 텍스트를 예로 든 것은 져스트에 시각적인 요소와 청각적인 요소가 주요하게 사용되고 있어, 앞

---

15) 이상란, 「최인훈 <옛날 옛적에 훠어이 훠이>의 극작술 연구」, 『한국연극학』제13호, 한국연극학회, 1999. 103~106쪽.

16) 이상일, 「극시인의 탄생」, 『옛날 옛적에 훠어이 훠이』최인훈 전집 10, 문학과지성사, 1979. 371쪽.

17) 졸고, 「최인훈 희곡 <둥둥 樂浪둥> 구조 연구」, 연세대 대학원 석사학위논문, 2002, 5쪽 참조.

서 언급한 감각적 지각에 호소하는 무대 매체들에 대한 연구의 적절한 예가 될 수 있다고 판단했기 때문이다.

3. 최인훈 희곡을 예로 든 공간에 대한 이해

작품의 무대 공간을 살펴보기 위해서는 각각의 작품에 대한 '공간 어휘 일람표'를 작성하는 것이 유효하다. 지시문이나 대사를 통해 드러나는 장소, 시간, 시·청각적 기호, 오브제의 목록을 작성했을 때 막이나 장면에 따른 공간에 대한 이해가 명확해질 수 있기 때문이다.

무대는 희곡 텍스트의 허구적 공간이 현실화되는 장소이자 어떤 실제 장소의 도상적(圖像的)인 모방이며 외부 세계의 현실성의 상징이 될 수 있다. 무대는 인간이 살고 있는 사회 안에서의 갈등으로부터 만들어지는 이미지라고 할 수 있기 때문이다. 이 점에서 무대는 사회 - 문화적 공간들의 상징으로 작용할 수 있다. 그런데 이러한 공간은 '무대 밖의 공간'과의 대립에 의해서만 가능해진다. 무대 밖의 공간은 항상 상상적이며 오직 등장인물들의 담화 속에서만 존재한다. 무대 밖의 공간에 대한 정보는 무대의 지평을 넓히고 여러 전망을 첨가시키는 것이다. 그러므로 무대 공간에 깊이가 형성되는 것은 바로 무대 밖 공간에 의해서라고 할 수 있다.[18]

1. 「옛날 옛적에 훠어이 훠이] 공간의 특징」

먼저 「옛날 옛적에 훠어이 훠이」의 공간어휘 일람표를 작성해 보자.

---

18) 신현숙, 『희곡의 구조』, 문학과지성사, 1990. 119~121쪽.

「옛날 옛적에 훠어이 훠이」의 공간어휘 일람표

	첫째 마당	둘째 마당	셋째 마당	넷째 마당
장소 지시 기호	오막살이/ 마루한장 사립문 아랫목/ 방 도토리골/ 관가	같은 무대/ 방문/ 부엌 도토리골/ 산	같은 무대/ 개울가/ 방 안/ 열린 문/ 사립문/ 부엌 뒤꼍/ 방문	닫혀 있는 방문 뒷마당/ 사립문
시간 지시 기호	겨울/ 눈(雪)	허기진 봄(낮)/ 밤	저녁놀/ 밤	이튿날 새벽 화창한 봄날
청각 기호	바람 소리 부엉이 소리 나뭇가지에 눈이 떨어지는 것 같은 소리 늑대우는 소리	아기우는 소리 용마우는 소리 늑대우는 소리	포교들 노랫소리/ 바람 소리 새소리/ 문고리 혼드는 소리 덜커덩 소리/다람쥐 소리 말의 울음 소리 부엉이 소리 늑대우는 소리/바람 소리	새소리 말이 우는 소리 (용마 탄 아기) 마을 사람들이 춤출 때의 장단
시각 기호	흐릿한 등잔불		핏빛조명/ 그늘진 하늘(구름) 다시 밝아짐 시뻘건노을이 보랏빛으로 아내와 남편의 얼굴에만 조명/ 완전한 어둠/ 방안의 불빛 조명이 나갔다 들어옴/ 그림자 방안의 등잔불이 꺼짐 달빛/달빛이 흐려지다 구름에 가리워져 어두워짐/ 희미한달빛	조명이 꺼지고 말과 애기·남편· 아내 머리 위에만 조명 무대 다시 밝아짐
오브제	바느질감/ 등잔대 화로/ 바늘 찌개그릇/ 부젓가락재/씨앗조 부대/ 지게/ 신 사발/ 개다리 소반 숟갈/ 나물죽 밥상 소금장사의 목	도토리묵/질항아리 간장/그릇 두 개와 숟가락 두 개 술밥/ 지팡이 걸레짝 같은 옷 납작한 보따리 물 한 모금	괭이/ 양식/ 닭/ 도토리 아기인형/ 방문고리 망태기/ 소쿠리/ 짚 누더기옷	누더기옷 불룩한 보따리 사발/ 지게/ 괭이/ 목을맨 인형(아내) 띠/ 대들보 진달래꽃 묶음 용마 탄 아기인형 꽃

「옛날 옛적에 훠어이 훠이」 공간어휘 일람표에서 장소와 시간을 지시하는 지시문을 먼저 살펴보면, 이 작품은 어느해 겨울에서 그 다음 봄까지 산속 한 오두막에서 벌어지는 사건을 그린 것이라 할 수 있다.

네 개 마당의 장소 지시문은 전환없이 모두 '오두막'이다. 오두막이 극 텍스트 전체의 공간이라고 할 수 있는 것이다. 그리고 무대 안 공간은 '오 두막 방 안'과 '방 밖'으로 분리된다. 그런데 장소지시문을 보면 '오두막 방 안'과 '방 밖'이라는 공간 외에 대사, 청각적인 요소를 통해 알 수 있는 '무대 밖 공간'이 있다. 이는 관가, 도토리골, 산속, 개울가이다. 이러한 공 간에 대한 정보를 통해 「옛날 옛적에 훠어이 훠이」의 공간은 무대 안 공 간은 낮은 곳에, 무대 밖 공간은 높은 곳에 위치해 있다는 것을 알 수 있 다. 관가는 신분이 높은 사람이 있는 곳이고 도토리골은 지리적으로 높이 있으며, 개울가 역시 오두막에서 보면 동네로 내려오는 길목에 위치해 있 다. 이렇게 수직성이 축이 된 높은 곳과 낮은 곳이라는 분류 기준을 사 회 - 역사적 차원에 적용하면, '지배 계층 대 피 - 지배 계층' 혹은 '유산 계층 대 무산 계층'이라는 대립되는 사회적 공간이 구성될 수 있다.

'방 안'은 전체 무대 공간과 분리되어 있는 공간이면서도 '방 밖'과 대립 적인 관계에 있다. 그리고 방 안은 방 밖과 '문'으로 연결되어 있으며 방 밖 또한 사립문으로 무대 밖과 연결되어 있다. 여기서의 '문'은 무대 공간을 가 르는 중요한 경계선이다. 이 경계선은 두 공간이 대립적인 관계라 할지라도 소통할 수 있는 '수단'이 되기 때문이다. '문'은 공간에서 연속성의 단절을 구체적으로 보여주는 것으로 두 개의 존재 양식을 갈라놓고 구분시키는 경 계선이다. 동시에 이 두 세계의 교섭을 가능하게 하고 한 세계(공간)에서 다 른 세계(공간)로의 전이가 가능한 역설적인 장소이다.

'방 안 공간'은 첫째 마당에서는 등장인물 '아내'와 '남편'의 공간이었 지만 둘째 마당부터는 아기가 누워 있는 공간이다. 그런데 이 아기는 인 형이라는 오브제와 '확성기로 메아리처럼'이라는 지시문이 있는 청각적 기호로 표현된다. 아기장수가 누워 있는 공간은, 과거에도 흉년이 들면 아 기장수가 태어났었다는 반복성과 역사적 시간을 거슬러 올라가 원초적 시간을 재현한다는 점에서 신화적 공간이라고 할 수 있다. 비현실적인 공 간이라고 할 수 있는 것이다. 그러나 아기인형 오브제가 있는 공간은 신

화적 공간이면서 민중의 내면 세계라고 할 수 있다. 이에 비해 방 밖 등장
인물들의 공간은 역사적 공간이라고 할 수 있다.

　신화적 공간에서의 아기는 밖으로 나오고 싶어하지만 방 밖 공간, 역사
적 공간의 '아내'는 아기가 장수라는 사실이 알려질까 봐 문을 막고 있다.
'방 안 공간'과 '방 밖 공간'은 대립하고 있는 것이다. 그리고 '확성기로
메아리처럼'이라는 지시문이 붙은 아기의 대사는 억눌린민중들의 마음을
드러내는 것이라 할 수 있다. 과거에도 그랬고 현재도 배고픈, 착취 당하
며 억압받는 민중의 마음을 아기장수가 대변하고 있는 것이다. '방 안'은
고립된 공간, 폐쇄된 공간이지만 신화적 공간으로 작용하면서 억눌린 백
성들의 억압받는 운명에 대한 저항을 드러내는 것이라 할 수 있다.

　'방 밖 공간'은 역사적인 공간이라고 했다. 이 공간은 시간, 청각, 시각
적인 기호로 다성음적인 의미체계를 지니는 것이 특징이다. '오두막 방
밖'에서 두드러진 기호인 청각기호와 시각기호는 자연의 소리와 색깔을
모방하고 있다. 청각기호로는 바람 소리, 부엉이 소리, 나뭇가지에 눈이
떨어지는 것 같은 소리, 늑대우는 소리, 다람쥐 소리, 새소리 등 자연의
소리인 것이다. 그런데 둘째 마당에서 아기 우는 소리, 용마 우는 소리,
늑대 우는 소리가 들리면서 사건이 변화된다. 이 소리 때문에 셋째 마당
에서 관가의 무리들이 용마를 잡고 아기장수를 색출하려 무대 밖에서 청
각적인 요소로 존재를 드러내기 시작하기 때문이다.

　무대 안의 시각적인 기호를 살펴 보면, 도표에서 알 수 있듯이 둘째 마
당에서는 시각을 지시하는 지시문이 없다. 그런데 셋째 마당에서는 핏빛
조명, 그늘진 하늘, 시뻘건 노을이 보랏빛으로, 아내와 남편의 얼굴에만
조명, 방안의 불빛, 그림자, 달빛 등의 시각적 지시문이 있어, 이 텍스트의
갈등이 극대화된 절정에 달했음을 알려준다. 물론 시각적인 기호를 이렇
게 해석할 수 있는 것은 무대에 등장한 등장인물, 즉 아내와 남편의 극도
로 긴장된 극행동을 통해서이다.

　셋째 마당의 시각적, 청각적 요소들은 인물들에겐 공포스러운 기호로

작용한다. 청각적인 요소 중 첫째 마당과 셋째 마당에서 강조되고 있는 '바람 소리'는 특히 예삿소리로 들리지 않는다. 바람 소리는 눈에 보이지는 않지만 느껴질 수 있는 요소이다. 새소리 등과 같이 감상할 수 있는 소리가 아니라 피부로 느낄 수 있고 심하게 불 때는 인간들의 행동을 방해할 수도 있는 요소인 것이다. 그리고 극텍스트에서 인물들이 바람 소리에 깜짝 놀라는 것은 바람 소리가 눈에 보이지 않는 외적인 억압을 상징하기 때문이라고 할 수 있다.

그리고 셋째 마당에서 인물들이 아기의 정체를 알게 된 뒤 공포심에 가득 차 있을 때에 청각적인 요소는 이들을 자극하는 요소로 작용한다. 인물들이 다람쥐 소리, 부엉이 소리에도 깜짝깜짝 놀라는 것은 공포스런 상황에서 무언가 이들을 억압하는 요소가 있음을 뜻한다. 용마의 울음소리 역시 백성들에겐 공포의 소리다. 용마가 운다는 건 아기장수가 근처에 있다는 것을 뜻하는데 아기장수가 태어난 마을은 완전히 쑥대밭이 되기에, 백성들은 용마의 출현을 기뻐하기보다 걱정스러워한다. 그리고 이 용마가 아기를 깨워, 아기는 용마가 울 때마다 반응을 하고 용마가 자신의 말임을 명확히 한다. 이때 극도로 공포심에 사로잡힌 '남편'은 아기를 죽이게 된다. 용마의 울음 소리는 남편에게 공포를 자극해 제 자식을 살인하는 동기가 되고 있다.

한편, 시각적인 지시문 역시 공포를 느끼는 인물들의 내적인 심리를 가시화하고 있다. 셋째 마당에서의 인물들의 갈등은 대사보다는 지문에서의 시각적인 기호로 드러난다. 아내가 자신의 아기가 움직이는 모습을 보고 깜짝 놀라는 장면은 '엉덩방아를 찧으며 마당으로 굴러 떨어지고 난 뒤 핏빛 조명으로 심리가 묘사된다. 붉은빛의 이미지, 특히 핏빛은 이 텍스트에서는 극도의 공포의 색깔로 분석될 수 있다. 정지된 듯한 공포의 시간에 구름은 어두움을 몰고 와 인물들을 자극한다. 그리고 귀를 막는 남편의 행위는 서서히 아기장수를 거부하기 시작했음을 뜻한다.

시간이 흘러 포졸들이 산에서 마을로 내려오고 있음을 알게 되자 아내와 남편은 극도로 공포스러워 한다. 이들의 심리상태의 변화에 따라 조명의 빛깔도 점점 강렬해지고 있다. 아기의 정체를 처음 발견한 아내에게 비추었던 조명 빛깔, 핏빛은 다시 노을의 색깔로 반복되고 있으며 여전히 남편과 아내는 내적인 갈등을 하고 있다.

그리고 무대 극텍스트에 등장하는 오브제들은 무대가 피지배자들의 역사적 공간임을 알 수 있게 한다. 극텍스트의 오브제들인 바느질감, 지게, 신, 사발, 개다리 소반, 숟갈, 방문고리, 소쿠리, 짚, 사발, 대들보 등은 빈한한 삶을 사는 양민들의 도구적 기능의 오브제들이라고 할 수 있다. 이러한 오브제들은 무대를 역사 속, 이조 시대의 어느 가난한 집을 복원하고 있다.

'무대 밖 공간'에 있던 지배자들은 노래를 부르며 점점 마을로 들이닥치고 있다. 결말부에서 아기와 아내와 남편이 하늘로 올라가는 것은 포졸들, 지배 세력으로부터 도망치기 위해서라고 할 수 있다. 이들 가족은 포졸들에게 쫓겨 하늘로 올라가 무대는 비게 된다. 그러나 무대는 무대 밖에 있던 인물들, 포졸들에 의해 잠식당한다. 포졸들이 와서 방 안과 방 밖을 차지하게 되는 것이다. 이는 인물들이 극이 진행됨에 따라 점차적으로 공간을 빼앗기는 비극적인 상황이라고 할 수 있다. 즉 반대자들이 무대 밖에서 점점 무대 안으로 다가오면서 무대 위의 인물들이 무대 밖, 하늘로 쫓겨나는 것이다.

이처럼 「옛날 옛적에 훠어이 훠이」의 무대 공간은 방 안과, 방 밖, 그리고 무대 밖의 공간으로 나뉘어짐을 알 수 있었고 각각의 공간은 신화적인 공간, 억압받는 민중들의 역사적인 공간, 지배자의 공간이었음을 알 수 있었다.

2. 「둥둥 樂浪둥」 공간의 특징

그러면 이제는 「둥둥 樂浪둥」의 공간어휘 일람표를 작성해 보자.

「둥둥 樂浪둥」의 공간어휘 일람표

	장소 지시 기호	시간 지시 기호	청각 기호	시각 기호	오브제
1막	야영 군막 안	봄밤 국내성 에 닿기 전날밤	말이 우는 소리/ 많은 사람들이 웅성거리는 소리/ 웃는 소리/ 말발굽 소리/ 부엉이 소리/ 새가 나뭇가지에 부딪히는 소리/ 모닥불 불티가 탁탁 튀는 소리/ 왁자지껄한 사람들의 흥겨운 소리/ 낙랑공주의 날카롭게 웃는 소리/ 까마귀 소리		호동의 투구 찢어진 북
2막	제단 앞		행군악 소리/ 대취타와 같은 가락/호동만세 소리/ 둥둥둥 북소리/ 말들 울음소리/ 말발굽 소리 물결 소리/ 북소리/ 멀리서 울리는 북소리/ 북소리 웅성임		칼 주몽탈
3막	왕자의방	밤			
4막	왕자의방 상상속의 낙랑성		상상 속의 배따라기나팔 소리 들리지 않는 낙랑의 북소리		의자/상상속의 호랑이 붕어들/버들가지/정자/ 돛단배/계단/모란꽃 낙랑성 연못가
5막	뜰		나팔 소리 (9번)		
6막	별궁		매미소리 (10번) 날카롭게 웃는 소리	구름(3번), 그늘(6번) 핏빛 노을	마실 것/ 잔/ 창든병정 활과 살
7막	왕자의방 상상속의 낙랑의숲		발자국 소리	그림자	상상속의 활/ 곰가죽 돛배/낙랑성/활/산나리꽃/ 호랑이/낙랑의 연못 (실제)의자/휘장/침대
8막				호동을비추 는 빛/ 왕비를 비추는 빛	(낙랑의 부처)
9막				얼굴들만 비추는 조명	금부처
10막	왕자의방		아우성치는 소리, 창칼이 부딪고, 말들이 우는 소리	불길	
11막	제단		나팔 소리/ 악대 음악연주소리 검은 북소리/ 각설이타령(노래) 천둥소리/ 후둑후둑 비소리 풍년가/ 북소리 풍년이 왔네 우렁찬 노랫소리		주몽탈/흰북/검은북/북채/ 왕자의흰옷/난장이의칼/ 사닥다리/왕자의머리/왕 비의머리/바람/왕자의관/ 왕비의치마/난장이도끼

「둥둥 낙랑둥」의 장소는 '천막 안→국내성 제단→호동의 방(2)→뜰(숲 속)→별궁→왕자의 방→지시 없음→호동의 방→국내성 제단'으로 지시되어 있다. 「둥둥 낙랑둥」은 「옛날 옛적에 훠어이 훠이」와는 달리 '무대 안 공간'과 '무대 밖 공간'이 대립하고 있지 않다. '무대 밖 공간'보다는 '항상 상상적이며 오직 등장인물들의 담화 속에서만 존재하는' 드라마 공간이 강조되고 있다. 이 텍스트에는 '지금 - 여기' 고구려에서 사건이 전개되기 전에 '예전에 - 다른 곳', 즉 낙랑성에서 있었던 사건이 드러나는 드라마 공간이 존재한다. 그리고 「둥둥 낙랑둥」의 공간에서 두드러지는 점은 '극중 극' 공간이 설정되어 있는 것이다.

'왕자의 방'은 호동이 내적인 갈등을 하는 공간이면서도 왕비와의 역할 극이 진행되는 공간이다. 그리고 이 공간은 사랑놀이를 하는 공간이면서도 '예전에 - 다른 곳', 즉 낙랑성에서 있었던 사건이 재연되는, 드라마 공간이 실연되는 공간이기도 하다. 이 공간으로 인해 '지금 - 여기'라는 무대 공간의 갈등이 다층적으로 형성됨을 알 수 있다.

그리고 「둥둥 낙랑둥」의 또 하나의 극중 극 공간은 '국내성 제단'에서의 '굿'하는 공간이다. 어미무당이기도 한 왕비가 주몽의 신내림을 받아 극행동을 할 때 무대 안의 등장인물들이 관객이 되어 왕비의 극행동을 지켜보고 있는 것이다. 이러한 '극중 극'으로 「둥둥 낙랑둥」은 두 층위의 관객(객석에 앉아 있는 실제 관객과 무대 위 배우들의 허구적 관객)을 갖게 된다.

4막과 7막의 '왕자의 방'에서의 역할놀이는 공간상의 한계가 없이 무대 전체가 '극중 극' 공간이 되는 경우이며, 2막과 11막의 '국내성 제단'에서의 '굿'은 무대 한쪽에 위치한 허구적 관객에 의해 경계가 생기면서 극중 극 공간이 형성되는 것이라 할 수 있다. 그리고 이러한 네 개 장면의 극중 극은 「둥둥 낙랑둥」에서 테마 구조를 부가 지시함으로써 의미 형성 관계를 강화하는 기능을 한다고 볼 수 있다.19) '역할놀이'는 '예전에 - 다른 곳', 즉 극텍스트가 시작되기 이전에 낙랑성에서의 사건이 전개됨으로써 텍스트 내의 호동의 내적 갈등과 고구려 - 낙랑국 간의 갈등을 부가적으로 설명해 준다. 그리고 '굿'의 경우는 주몽 이데올로기가 텍스트 내에서 어떠한 영향력을 발휘하는지 보여주는 기능을 한다. 주몽은 텍스트 내부를 지배하면서 호동을 억압하는 이데올로기로 작용하는 것이다.

「둥둥 낙랑둥」은 제목이 의성어인 것에서도 알 수 있듯이 극 전체에서 청각적인 요소가 두드러진다. '특정한 지시문이 없는 공간'의 경우 시각과 청각적인 요소로 그 공간을 드러내는데, 이때의 공간은 내적 갈등, 다시 말해 본능, 자아, 초자아가 충돌하고 대립하는 프로이트적 무대의 형상소가 될 수도 있다.[20]

그리고 이처럼 '오브제, 시각·청각적 요소의 적극적인 활용, 극중 극 공간 설정'이라는 특징을 지닌 「둥둥 낙랑둥」 공간에서 우리는 고대 그리스 비극 공간과의 유사점을 발견할 수 있다. 고대 그리스 비극에서는 '과거의 공간, 꿈·신화의 공간'을 '먼 공간'으로 구현했다고 한다. 그러나 고대 그리스 비극은 삼일치 법칙에 따라 극행동과 시간과 장소에 제약이 있었기 때문에, 무대 안에서 재현하지 못하고 회상하는 형식의 대사로, 무대 밖 공간의 사건을 '먼 공간'으로 설정해 재연했던 것이다. 따라서 「둥둥 낙랑둥」은 고대 그리스 비극 공간에서 드러나는 '과거의 공간, 꿈·신화의 공간'을 삼일치 법칙의 제약 없이 무대 안에서, 또는 무대 밖에서 재현했다고 볼 수 있다.

'공간 어휘 일람표'에서 드러나는 지시기호를 오브제, 시각, 청각적 요소 순으로 살펴보자.

1막에서 사용되는 오브제는 '호동의 투구'와 '찢어진 낙랑의 북'이며, 2막에서는 '칼과 주몽탈'이며 4막과 7막에서는 상상 속의 무대 소도구들이고, 11막에서는 '주몽탈, 흰북, 검은 북, 북채, 왕자의 흰옷, 난장이의 칼,

---

19) 신현숙, 위의 책, 137~138쪽.
20) 신현숙, 위의 책, 142쪽.

사닥다리, 왕자의 머리, 왕비의 머리, 바랑, 왕자의 관, 왕비의 치마, 난쟁이 도끼'이다.

1막에서의 '찢어진 북'은 호동의 꿈에 나타난 낙랑공주가 손에 쥐고 나타나는 오브제이다. 호동은 낙랑공주를 살리지 못해 가책을 느끼다가 국내성으로 돌아오는 것이 늦어진 상태였다. 그런데 국내성으로 들어가기 바로 전날 야영지에서 호동은 찢어진 북을 보게 된다. 낙랑공주가 들고 있던 '찢어진 북'은 호동의 죄의식을 자극한다. 그리고 이 자명고는 낙랑국을 지켜주던 북이었기에, 그 북이 찢어졌다는 것은 낙랑국이 패망했다는 것을 상징하는 것이라 할 수 있다. 또한 이 장면에서 '호동의 투구'는 낙랑성의 패망과 대비되는 고구려의 힘, 승리를 상징한다. 결국 호동은 '찢어진 북'을 통해 낙랑의 패망을 실감하고 그때 죽은 낙랑공주를 떠올리며 죄의식을 느끼고 있는 것이다. 2막에서의 '칼과 주몽탈'은 '호동의 투구'에서 이어지는 고구려의 힘을 상징하는 것으로, 주몽의 소도구라는 면에서 이 인물이 고구려의 힘으로 작용하고 있음을 알 수 있다.

4막과 7막의 상상 속 낙랑성 소도구들은 호동과 왕비 역할놀이의 가상적인 세계(공간)를 설정한다. '상상 속의 호랑이, 붕어들, 버들가지, 정자, 돛단배, 계단, 모란꽃, 낙랑성 연못가, 상상 속의 활, 곰가죽, 돛배, 낙랑성, 산나리꽃 등'은 호동과 왕비에 의해 '예전에 – 다른 곳'에 존재하는 드라마 공간, 낙랑성의 무대 장치가 발화로 표현된 것이라 할 수 있다. 이를 통해 낙랑성이 서정적이고 아름다운 자연 경관을 지니고 있었음을 알 수 있다. 이러한 상상 속 소도구를 지닌 낙랑성은 극 전체의 배경인 고구려와 대비되는 공간이면서, 호동과 왕비가 사랑놀이 역할극을 하는 '꿈 같은' 공간이기도 하다.

11막에서는 '주몽탈, 흰북, 검은북, 북채, 왕자의 흰옷, 난장이의 칼, 사닥다리, 왕자의 머리, 왕비의 머리, 바랑, 왕자의 관, 왕비의 치마, 난장이 도끼'가 오브제로 사용된다. 이 막에서의 '흰북'과 '검은북'은 각각 고구려와 낙랑국을 상징하는 것이다. 이 굿의 공간은 흰옷 입은 왕자, 즉 죄가 없는 호동이 고구려를 저버렸다는 누명을 쓴 채 두 개의 북 중에 하나를 선택해야만 하는, 흑백논리를 강요하는 주몽의 이데올로기가 드러난 공간이다. 그리고 주몽탈은 '흰북'을 지배하는 힘이고, 9막에서 사용되는 금부처는 '검은북'을 지배하는 힘이라고 할 수 있다. 이 '흰북/검은북', '주몽탈/금부처' 소도구는 텍스트 내부의 갈등 구조를 무대 위에 형상화 한 것으로 고구려 - 낙랑국 간의 갈등관계를 구체적으로 드러낸 것이라 할 수 있다. 그리고 '왕자의 머리'와 '왕비의 머리'는 호동과 왕비의 영혼을 오브제로 처리한 것이며 '왕자의 관'과 '왕비의 치마'는 이들의 지위와 역할을 뜻하는 것이라 할 수 있다. 그런데 여기서 '난장이 도끼'는 난쟁이의 힘을 상징한다기보다는 주몽의 사주로 호동이 참수를 당했다는 것을 드러내는 소도구라 할 수 있다. '바랑'과 '사다리'는 하늘사자 백골의 소도구로, 그가 호동과 왕비의 영혼을 구원해서 공간적인 이동, 하늘로 수직적인 이동을 한다는 것을 보여주는 것이라 할 수 있다. 이처럼 11막에서 각각의 의미체계를 지닌 오브제들은 무대 위에 널려 있음으로 인해 결말 공간의 의미를 시각적으로 보여주고 있는 것이다.

「둥둥 낙랑둥」의 청각기호는 8막과 9막을 제외한 나머지 장에서 매우 두드러지는 요소이다. 1막에서는 '말이 우는 소리, 많은 사람들이 웅성거리는 소리, 웃는 소리, 말발굽 소리, 부엉이 소리, 새가 나뭇가지에 부딪히는 소리, 모닥불 불티가 탁탁 튀는 소리, 와자지껄한 사람들의 흥겨운 소리, 까마귀 소리' 등이 청각적인 기호로 드러난다. 이러한 기호들은 이 공간이 야영장이라는 것과 이들이 승리감에 취해 여유 있는 모습을 보이고 있다는 것을 드러낸다. 그러나 이때 호동과 부장에게 들리는 '까마귀 소리'는 국내성에서 무슨 일이 일어날지도 모른다는, 마냥 승리감에 도취되어 있을 수만은 없다는 경각심을 불러일으킨다. 2막의 '행군악 소리, 대취타와 같은 가락, 호동 만세 소리, 둥둥둥 북소리, 말들 울음소리, 말발굽 소리, 물결 소리, 북소리, 멀리서 울리는 북소리, 북소리 웅성임'이라는 청각적인 요소는 국내성의 환호의 분위기를 연출한다. 여기서 고구려의 '둥둥둥 북소리'는 고구려의 힘을 과시하는 것이라 할 수 있다. 그런데 1막과 2막에서 청각적인 요소로 드러나는 승리한 고구려의 분위기는 무대 안 호동의 발화와는 상반되는 분위기이다. 호동은 무대 안에서 찢어진 북을 들고 나타난 공주 때문에 내적인 갈등에 빠져 있었는데, 낙랑공주와 똑같이 생긴 왕비의 등장으로 인해 그 죄의식이 더욱 커져가고 있기 때문이다. 따라서 1막과 2막의 청각적인 요소는 호동의 갈등, 번민과 대비되는 효과를 창출한다.

4막은 호동과 왕비가 왕자의 방에서 상상 속의 낙랑성을 사는 공간으로, 역시 '상상 속의 배따라기, 들리지 않는 낙랑의 북소리'가 들린다. 이 소리들은 관객에게도 들리지 않고 무대 위의 호동과 낙랑에게만 들리는 소리이다. 관객에게는 고구려의 우렁찬 '나팔 소리'만이 들린다. 이들은 상상 속에서 낙랑성을 살지만 현실에는 고구려의 '나팔 소리'만이 존재하는 것이다. 이러한 고구려의 힘은 5막에서 '나팔 소리'가 아홉 번(9) 울리는 것으로 극대화된다.

한편, 10막에서는 '아우성치는 소리, 창칼이 부딪고, 말들이 우는 소리'가 들린다. 고구려 내부의 갈등이 소리로도 드러나기 시작하는 것이다. 이 기호는 호동이 위기에 몰리자, 그의 부장이 호동을 위해 모반을 일으켰다가 제압 당하는 장면을 청각적인 기호로 표현한 것이다. 10막의 청각적 기호는 단순한 효과음이 아닌 무대 밖에서 일어나는 사건을 무대에 알려주는, 하나의 극행동을 지니고 있는 기호라고 할 수 있겠다. 11막의 '나팔 소리, 악대 음악연주소리, 검은북 소리, 각설이타령(노래), 천둥소리, 후둑후둑 비소리, 풍년가, 북소리, 풍년이 왔네 우렁찬 노랫소리'는 결말부에서 효과음 기능을 하는 소리들이다. 11막에서 청각적인 요소는 오브제와 어우러져 결말부의 무대 안 극행동을 돕는 기호로 작용한다. 그리고 '검은북 소리'는 본 텍스트의 제목인 '둥둥 낙랑둥'을 소리로 나타낸 것이라고 할 수 있다. 제목의 '둥둥'이라는 의성어는 바로 호동이 낙랑의 검은북을 칠 때 나는 소리, 청각적 기호라고 볼 수 있는 것이다.

공간 어휘 일람표를 보면 장소지시기호, 시간지시기호, 청각기호 없이 조명 지시 기호만 있는 8막과 9막에 집중하게 된다. 8막은 특정한 공간과 시간이 설정되어 있지 않은 채 조명이 호동과 왕비를 번갈아가며 비추고 있다. 이 공간은 근친상간 이후 괴로워하는 호동과 진실을 추구하는 왕비의 내면이 빛으로만 처리되고 있는 추상적인 내적 공간이라고 할 수 있겠다. 이 공간은 앞서 언급한 본능, 자아, 초자아가 충돌하고 대립하는 프로이트적 무대의 형상소, 심리적인 공간이다. 호동과 왕비는 본능적으로 근친상간을 저질렀지만, 그 행위는 사회제도와 대립되는 행위이기에 죄의식에 괴로워한다. 그리고 왕비가 진실을 밝히기를 원할 때 호동은 내적으로 갈등하며 진실을 밝히기를 꺼린다. 왕비는 호동에게 진실을 밝히라고 요구하다가, 그녀 역시 호동과의 관계를 지속하기 위해 진실을 묻어버리려한다. 이들의 대화는 관객에게는 주고받는 듯이 여겨지지만 각자의 '자아'를 향한 발화라고 할 수 있다. 이들은 무대 위에 함께 등장해 있지만 조명이 이들을 따로따로 비춤으로써, 이들은 자신들의 자아 - 초자아와 갈등하고 있다는 것을 형상화한다. 빛 속에서 이들이 포옹하는 것은 발화된 대사가 아닌 등장인물 무의식 간의 결합이라고 볼 수 있다.

그리고 9막의 시각적인 기호는 8막과는 다른 기능으로 작용한다. 9막의 공간 역시 장소지시, 시간지시, 청각지시기호 없이 시각적인 기호만이 작용하고 있는 공간이다. 그런데 이 공간은 내면적인 심리의 공간이 아니라, 호동의 반대 세력이 무대에 전면적으로 드러나는 공간이다. 그리고 특이하게도 조명이 얼굴만 비추고 있고 극행동 주체들의 이름 역시 '얼굴1~11'이라는 숫자로 부여되고 있어, 이 공간이 집단 이데올로기를 상징적으로 표현하고 있음을 알 수 있다. 얼굴들은 호동이 낙랑의 귀신을 방에 모셔놓고 고구려가 망하기를 빌고 있었다며 정치적인 누명을 씌운다. 얼굴만 보이는 기호는 호동에게 누명을 씌우는 반대자가 개인이 아닌 고구려 내부의 집단이라는 것을 표현하고 있는 것이다.

이처럼 「둥둥 낙랑둥」 공간은 역할극과 굿이 행해지는 극중 극 공간이 특징이다. 그리고 오브제, 청각적, 시각적 지시문들은 각 장면의 이미지를 만들어내는 데 효과적으로 사용되고 있다. 시각적인 지시문은 때론 비현실적인 내적 공간, 집단 이데올로기를 형상화하기도 했다. 굿 공간은 주몽신이 이제 관행화된 힘으로 작용하는 것을 보여줌으로써, 주몽 이데올로기에 대한 비판적 인식을 고취시키는 의미 체계를 지닌다.

4. 결론

서론에서 제기한 대로 본론에서 최인훈 희곡 「옛날 옛적에 훠어이 훠이」와 「둥둥 樂浪둥」을 대상으로 희곡 텍스트를 구성하는 제반 무대 매체들에 대한 고찰과 그들의 조직에 대해 분석해 보았다. 무대 매체 하나하나가 기호로 작용하고 있음을 알 수 있었고 희곡 텍스트를 읽거나 공연 텍스트를 볼 때에 이 기호들을 읽어내는 것이 작품을 이해하는 데 필수적임을 알 수 있었다.

희곡을 문학 텍스트로서 뿐만 아니라 공연 텍스트로 읽는 것은 희곡의 공간, 즉 하나의 희곡이 무대화 되었을 때 무대 위에, 그리고 무대 밖에 존재하는 모든 매체들을 입체적으로 이해하는 것이라 할 수 있다. 「옛날 옛적에 훠어이 훠이」의 경우에는 공간이 크게 '무대 안'과 '무대 밖'으로 나눠지고, '무대 안'도 '방 안'과 '방 밖'으로 나눠지는 특징을 지닌다. 이 희곡에서는 등장인물들 간의 갈등이 격렬하게 그려지는 대신 공간의 대립이 발생한다. 인물들이 하나의 무대 위에서 대사로 갈등하는 것이 아니라, '무대 밖'과 '무대 안'에서 갈등하고 있는 것이다. 그리고 무대 안에 있던 아기장수, 아내와 남편이 무대 안으로 밀려 들어오는 지배세력에게, 공포에 떠는 백성들에게 쫓겨나는 장면은 「옛날 옛적에 훠어이 훠이」의 비극적인 결말을 잘 가시화하는 것이라 할 수 있다.

그런데 「둥둥 낙랑둥」은 「옛날 옛적에 훠어이 훠이」와 달리 무대 구분이 뚜렷하게 이루어지고 있지 않다. 이야기 전개에 따라 무대 매체가 효과음을 내거나 각 장면의 이미지를 강조하도록 지시하고 있다. 시각적인 지시문은 때론 비현실적인 내적 공간, 집단 이데올로기를 형상화하기도 했다. 그리고 굿 공간은 주몽신이 관행화된 힘으로 작용하는 것을 보여줌으로써, 주몽 이데올로기에 대한 비판적 인식을 고취시키는 의의를 지니기도 한다.

그러나 무엇보다 이 두 작품의 각기 다른 특징은 희곡의 상호교섭성의 정도 차이에 있다. 「옛날 옛적에 훠어이 훠이」는 갈등세력이 무대 밖에 존재하면서도 무대 안에 공포와 긴장감이 조성되는, 무대 상에서 갈등이 확연히 드러나지만, 「둥둥 낙랑둥」에서는 무대상에서 모든 갈등관계가 드러나지 않는다. 「둥둥 낙랑둥」에서는 갈등 세력이 무대 위에 모습을 드러내긴 하지만 내적인 갈등 관계에 대해 이해하고 있지 않으면 단순하게 나라 간의, 사랑으로 인한 갈등이라고 이해하게 되는 것이다. 따라서 「둥둥 낙랑둥」의 경우는 무대 매체에 대한 분석 외에 심층구조를 따로 분석하고 이해하는 것이 필요하다고 할 수 있겠다. 「둥둥 낙랑둥」의 경우 문학 텍스트로서의 면모를 좀더 자세히 연구하면서 무대 위에 가시화되는 공연 텍스트로서의 특징을 드러내야만 온전한 작품 이해가 가능한 것이다.

이를 통해 우리는 무대 매체 간의 신호를 간과한 희곡에 대한 이해는 작품을 온전하게 이해하는 방법이 아니지만, 무대 매체만큼이나 내적 구조를 분석하는 것이 중요함을 알 수 있다. 이 두 작품의 공간 이해를 통해, 우리는 각각의 희곡 작품에는 문학적인 측면과 연극적인 측면 간의 상호 교섭성이 다르게 작용하고 있음을 알 수 있으며, 이러한 희곡의 상호 교섭성은 다른 매체들과 구별되는 희곡만의 고유한 특징이라고 할 수 있겠다.

참고문헌

최인훈, 「옛날 옛적에 훠어이 훠이」, 『세계의 문학』창간호, 민음사, 1976.

_____, 「둥둥 樂浪둥」, 『세계의 문학』봄호, 제3권 제1호, 민음사, 1978.

_____, 『문학과 이데올로기』, 문학과지성사, 1994.

강태경, 『희곡의 연출적 독서』, 도서출판 만남, 2000.

김만수, 『희곡 읽기의 방법론』, 태학사, 1996.

_____, 「희곡 연구방법론 재검토」, 『한국극예술연구』제11집, 한국극예술학회, 2000.

김성희, 『한국 희곡과 기호학』, 집문당, 1993.

김종회, 「관념의 문학, 그 곤고한 지적 편력」, 『작가세계』4, 1990년 봄호, 세계사, 1990.

문예진흥 편집실, 「1979년도 국내연극공연 실태」, 『문예진흥』제7권 제5호, 한국문화예술진흥원, 1980.

발터 벤야민, 「기술복제시대의 예술작품」, 『발터 벤야민의 문예이론』, 반성완 편역, 민음사, 1998.

신현숙, 『희곡의 구조』, 문학과지성사, 1990.

마틴 에슬린, 『드라마의 해부』, 원재길 옮김, 청하, 1993.

케어 엘람, 『연극과 희곡의 기호학』, 이기한 · 이재명 옮김, 평민사, 1998.

유민영, 「70년대 연극의 「사적전개」」, 『한국연극』9월호, 한국연극협회, 1984.

_____, 『한국근대연극사』, 단국대 출판부, 1997.

윤석진, 「1960년대 멜로드라마 연구 - 연극 · 방송극 · 영화를 대상으로」, 한양대 대학원 박사학위논문, 2000.

이상란, 「최인훈 「옛날 옛적에 훠어이 훠이」의 극작술 연구」, 『한국연극학』 제13호, 한국연극학회, 1999.

이상일, 「극시인의 탄생」, 『옛날 옛적에 훠어이 훠이』 최인훈 전집 10, 문
학과지성사, 1979.

졸고, 「최인훈의 「옛날옛적에 훠어이 훠이」 연구 - 극텍스트의 비극적 구조
분석」, 연세대 교육대학원 석사학위논문, 1998.

____, 「최인훈 희곡 「둥둥 樂浪둥」 구조 연구」, 연세대 대학원 석사학위
논문, 2002.

빠트리스 파비스, 『연극학사전』, 신현숙 · 윤학로 옮김, 현대미학사. 1993.

Bently, Eric, The Life of Drama, New York:Atheneum, 1964.

www.Naver.com (검색) 두산세계대백과 Encyber

Understanding Theatrical Drama in the Multimedia Era

Kim, Hyang

This study focuses on how to understand theatrical drama in the age of multimedia. Theatrical drama was as important genre as novel in the early 20th century. But theatrical drama begins to lose its popularity at the nascent of the mass media, especially radios, televisions and movies. In that case, what are characteristics of theatrical drama that keeping it alive though losing its mass appeal? Our study will focus on characteristics of drama that appeal to a small number of people, instead of regaining the mass appeal of theatrical drama.

Theatrical drama is two-faced: a written script and a performance piece. Consequently, we need to comprehend from both textual and performance perspectives when we study theatrical drama. Scriptural text and performance text cannot be considered in comparison to each other that offer better understanding, but they are on complex of reciprocal constraints. Comprehension of theatrical drama text does not come from the audiences subject mind, but it follows to the stage signals. And the understanding is possible through reflection on the stage signals and analysis of the stage system.

For the purpose of our study, we examine Choe, In-hoon's play to explain the dual faces of theatrical drama. This study tries to explain the inter-textuality of theatrical drama throughout spatial analysis of Choe's Redeemer and Doong-doong Nak-rang-doong. As a result, we should know about characteristics of theatrical drama having aura that cannot be imitated.

근대희곡의 극작술 연구 - 김정진 희곡을 중심으로

양세라*

1. 글을 시작하며 - 극작술 연구

김정진의 집중적인 극작활동이 이루어진 1920년대는 한국 근대 희곡 사에서 희곡이 형성·발전되어 가는 시기였다. 공연으로서의 연극은 존재하나 문학으로서의 희곡 전통이 없던 우리의 경우 이 시기에 이르러 '희곡이 문학의 한 장르로 정착'[1]되어 가고, 희곡에 대한 인식이 사회적으로 널리 파급되었다. 연극사적으로 볼 때 이 시기는 창작희곡 수가 급속히 증가하는데, 극작가들 외에도 시인이나 소설가들까지 희곡을 창작했었다. 여기에서 시대적 요구와 사회적 한계에 의해 선택된 글쓰기 양식으로서의 희곡문학에 대한 의미를 발견할 수 있다. 이러한 사실은 한국 근대문학의 시작이 개화기 논설을 담는 그릇으로 시작되어 계몽주의적 성격을 지닌 것이 대다수였다고 보는 연구 관점과 같은 맥락에 있다.[2] 즉 희곡의 경우 극작가뿐만

---

* 연세대 박사과정
1) 유민영, 『한국현대희곡사』, 홍성사, 1998. 119쪽.

아니라 당대 시인, 소설가 등이 희곡에 지대한 관심을 쏟은 바 있는데, 그들의 그러한 관심은 모두 희곡과 연극이 지닌 사회적 영향력 때문이었다.

따라서 한국 근대희곡 문학을 평가할 때, 장르개념 규정에 있어서 보다 유연한 인식이 필요한 것이다. 본 연구에서는 근대 한국의 극적 패러다임이 어떤 사회·역사적 배경에서 출발하게 되었는지를 중요한 관점으로 삼는다. 개화기 이후 서사 양식의 대표인 소설 문학에서 보이는 자주적 근대성의 기표는 1920년대 이후 새로운 방법으로 표현되고자 하는 현상이 등장하기 시작한다. 일반적으로 문학 장르 가운데 수용자와 가장 밀접하게 연결되는 희곡은 그 장르적 특성이 어두운 현실을 재현하려는 시대 요구와 맞아떨어진 것이라 할 수 있다. 그러나 당시대인들이 이야기하고자 하는 욕망과 그럴 수 없는 사회적 억압이 충돌하는 그 사이에서 근대 희곡 극작술이 탄생했음에 주목해야 한다. 따라서 당시 지식인과 문인들이 자신의 활동영역을 벗어나 다른 방식으로 표현하고자 한 이유가 여기에 있음을 배제할 수 없다3).

학생극운동의 선구적인 움직임과 양식적인 측면에서도 낭만주의, 사실주의, 자연주의 등 서구의 문예사조, 그리고 미술과 영화 등에 영향을 끼

---

2) 한말 서사 문학 양식에 나타나는 계몽성은 한국적 근대의 한 속성을 반영하는 것이며, 그 자체가 한말 개화기 문학이 지닌 근대성의 한 지표임을 의미한다. 이 문제에 대해 김영민의『한국근대소설사』(솔, 1997. 482쪽)에서는 다음과 같이 중요한 이론을 내세운다. "우리의 근대적 서사 양식들은 형식이나 내용면에서 모두 당시 우리나라의 상황을 반영하며 탄생하고 성장한 문학이다." 그러한 관점에서 소설창작법을 전통적인 것에서 찾아 개화기의 사회문화적 특색을 담은 <서사적 논설>은 독자적인 한국의 근대문학양식이 된다. 이와 같은 맥락에서 근대기 희곡문학의 양식에 대한 관점 역시 변화되어야 한다. 즉 당시대의 사회문화적인 요구에 의해 전통공연의 관습 위에 서구의 희곡문학 양식이 선택, 수용되어 정착된 근대문학양식이라는 인식이 필요하다.
3) 동시대에도 무당굿놀이나 꼭두각시놀음, 탈춤 등의 전통극이 존재했지만 일반인들이나 당대 지식인들은 전통극의 주요 표현 수단인 '소리'나 '사설', '재담'이 문학이 된다고는 생각하지 않은 것으로 보인다. 그러나 연극의 사회적 효과를 체험한 근대문학 초창기의 문인들은 연극이 유발시키는 정서충동을 교화나 계몽으로 이용하고자 했다.

쳤던 표현주의 사조까지 다양하게 일본으로부터 유입되면서 당시의 작품 들에 영향을 준다. 또한 그 이론적 배경이 아직 미약한 상황이었지만 프롤 레타리아극이 등장하여 사회주의를 전하기도 한다. 이렇게 당시 우리 희곡 은 어떤 한 경향이나 유파로 나눌 수 있는 근거나 특징이 보이는 것은 아니 다. 따라서 무엇보다 극적 관습과 당시 문화적 배경에 대한 이해가 우리 희 곡을 읽는데 더욱 중요한 요인이 될 것이다. 이렇게 희곡창작의 배경과 장 르 선택의 의지를 파악하는 일은 당시 극작술을 이해하는 핵심이 된다.

문학으로 인식되고 희곡창작의 선택이 시작되는 때, 전문극작가에 속하 는 김정진은 이 시기 단연 돋보이는 존재였다. 왜냐하면 1920년대를 정점 으로 새로운 극작술을 요구하며 등장한 작가였기 때문이다. 즉, 일본의 억 압에 의해 평가 절하된 전통극의 가치와 유교적 통념에 의한 지식인들의 전통 극에 대한 거리두기, 그리고 신파극에 대한 의식적 극복의 태도를 갖고 극작을 한 작가였기 때문이다.

2. 김정진의 극작활동과 관련한 생애와 작품 그리고 공연연보

그간 김정진에 대한 연구는 희곡연구에서 간단히 약력 정도를 언급한 글들만이 보인다. 즉, 김정진에 대한 전기비평은 이루어지지 않고 있는 상 태이다. 기존의 연구서들에 보이는 작가에 대한 언급은 대개가 『조선문학 전집4)』에 나와 있는 약력을 인용하여 서술한 수준이다. 김정진은 1886년

---

4) 그 내용은 다음과 같다. "略歷(약력) - 出生地 京城府 桂洞町. 故 金井鎭(明治十九年 四月 十四日 生) 一, 동경 고등상업학교 2년 수학(修學). 一, 大正六年으로부터 同9년 까지 시마무라 호오끼쓰(島村抱月)씨)문하생으로 극문학 연구. 一, 大正9년 이후 동 아, 시대, 각 신문기자와 동경 보지신문사(報知新聞社) 조선특파원과 경성일보(京城日 報) 특파원을 지나 昭和8년 조선방송협회 제2 과장에 취임하여 재직중 소화 11년 12 월 31일에 逝去(서거) 一,작품으로 희곡『十五分間¹)』과『꿈』『殘雪』『冷笑』『藥水風景』 외에 장편『毒瓦斯(독와사)』등이 有함. (『현대조선문학전집』, 조선일보사, 1938, 230쪽

출생하여, 1917년 시마무라 호오끼쓰의 문하생으로 극문학을 연구했다[5]. 그가 일본 극작가인 시마무라 호오끼쓰의 문하생이었다는 사실은 현철과 김우진 외에 그의 작품이 일본으로부터 수용된 서구 근대극과의 연관성이 있음을 입증해 준다. 즉, 당시 일본에 정착된 자연주의·사실주의 극에 영향을 받은 것이라 할 수 있다. 1922년 김정진은 민중극단의 소속작가로 활동했던 기록이 있으며, 1930년 사망했다. 그는 민중극단의 전문 극작가로 그 위치를 점하고 있지만, 실제로 민중극단의 공연 목록에는 그의 작품이 공연된 기록이 없다. 기록에 의하면, 김정진이 민중극단의 소속작가로 있던 기간은 그가 본격적으로 극작을 한 기간과도 동떨어진 시기이다. 즉 「사인의 심리」라는 역술극[6]을 발표한 이후이기는 하지만 작품을 발표한 1924년 이전의 일이었다[7]. 오히려 민중극단의 소속작가로 있던 이 시기에 그는 연극이론과 관련된 글들을 주로 발표했다.

이렇게 민중극단과 관련한 그의 극작활동상 진공상태와 같은 시기는, 그가 새로운 연극이 필요한 당대 극작에 대한 새로운 인식을 지녔던 것에 그 원인이 있다. 1923년 1월,『개벽』지에 발표한 「연극의 기원과 희랍극의 고찰」에는 당시 조선극계에 대한 그의 비판적 목소리가 들어있다. 이 글

인용.) 이외에도 운정 김정진에 관한 단서를 제공해 주는 것은 권영민의『근대문인사전』(上 , 아세아출판사, 1993.)이 있다.
5) 작가에 대한 언급으로는 현철의 회고담 "조선극계도 이미 25년"(『조광』1권2호)이 있다.
6) 『동아일보』, 1920. 6. 7~6. 15까지 연재. 譯述.
7) 1922. 1. 17. 이때 창단한 윤백남의 민중극단의 공연 작(각본: 조일제, 김운정, 윤백남. 무대감독: 윤백남)을 살펴보면 모두 윤백남의 독주로 일관되어 있다. 「등대직」(윤배남, 비극), 「기연」(同, 인정극), 「환회」(同, 정극), 「주먹이냐」(희극). 「대위의 딸」(푸쉬킨, 윤백남 각색), 「사랑의 싹」(同번안), 「억 무정」(위고, 同각색), 「영겁의 처」(同번안), 「제야의 종소리」(同), 「진시황」(하우프트만. 同각색), 「파멸」(同) (이상의 공연기록은 민병욱의『희곡사연표』를 기초로 발췌, 정리한 것임을 밝힌다.) 이 공연기록에 의하면 분명히 각본의 임무는 김정진이 맡고 있지만 윤백남이 민중극단의 모든 공연 창작각본에서 번안각본까지 도맡고 있는 것이다. 따라서 김정진과 윤백남의 연극에 대한 견해차이가 있었을 가능성이 있다.

은 전체적으로 김정진이 현대극의 원조 격으로 본 희랍극을 고찰하는 데에 있지만, 그것을 고찰하는 이유는 조선의 극계에 반성적으로 영향을 주려한 의도가 있다. 이 부분에서 그가 느낀 조선연극의 문제점은 연극이 사회운동의 한 추종물로 전락하여 도구화되는 것과 유희물로써 가치가 매겨지는 양극단 상황이었다. 공연 빈도수와는 상관없이 연극에 대한 충분한 지식과 수양을 가지고 진실 되게 극운동을 계속해야 한다고 말함으로써 새로운 연극이론과 극작술 형성의 필요성을 지적했다. 따라서 김정진이 희랍극을 대상으로 연극 기원과 동기를 고찰하는 과정을 밟는 것은 새로운 극운동에 대한 다른 대안의 제시였다.[8]

> 지금 조선에서는 사회운동의 한 추종물로 연극을 인식하는 사람은 多하나, 사회운동의 선구자로서의 연극을 이해함은 극히 少할뿐아니라, 현재 연극이라고 상연하는 것을 보면 此를 지도하는 책임자나 또는 배우들은 일종의 유희적 기분에 심취할 뿐이요, 극의 사명을 전달하는 기관이 업다. (중략) 다만 충분한 지식과 수양을 가지고 진실되이 극의 운동을 계속하기 바란다[9].

그가 연극공연 현장을 체험하면서 공연을 위한 창작극이나 공연각본을 발표한 것이 보이지 않는 것은 바로 새로운 극작술을 적극적으로 수용하고 이해하던 시기였기 때문으로 보인다. 당시 조선은 소인극(素人劇)운동의 시대라 불릴 정도로 연극운동의 보편화가 이루어진 시기였지만, 극장이라는 근대적 공간에서 공연의 다수는 신파극 일색이었다. 따라서 현실의 반영으로서 서구 근대극을 배운 그로서는 당시의 분위기가 자신이 생

---

8) 김정진이 1924년 민중극단의 작가활동을 청산한 이유가 바로 여기에 있다. 즉 중앙극장에서의 그들의 공연이 실패로 끝나면서 여러 가지 이유로 신파극단으로 전락하고 말았기 때문으로 보인다. 즉 김정진 역시 당대의 공연상황에서 신파극이 우위를 점하고 있는 현실에 강한 회의를 느낀 것이다. 김기란, 앞의 책 참조.
9) 「연극의 기원과 희랍극의 고찰」, 『개벽』, 1923. 1. 34쪽 인용.

각한 '새 주의와 새 사상을 전달하기 위한 연극'의 극작이 가능한 상황이 아니라는 비판적인 판단이 앞섰던 것이다. 결국 그는 민중극단에서 극작가로서 활동을 했다기보다는, 그 기간동안 당대 조선의 연극상황을 체험하고 습작의 기간으로 활용했던 것이다. 그의 이러한 심정은 이후 발표한 평론들에도 발견된다. 1923년 12월,『개벽』에 발표한 「극계일년의 개평」에는 당시 조선극단의 극심한 재정난과 그로 인한 극단들의 파산 등을 기술했다.

> 전문 지식을 가진 지도자들이 얼마쯤 성의 잇게 각본도 선택하고, 직접으로 무대를 감독하는 등, 여러 가지의 참된 운동의 서막이 열리엇스나 금년에는 이러한 운동이 도로혀 중도에 좌절되야 버리고 말엇다. 작년까지 생명을 겨우 유지 하야오던 예술좌(藝術座)와 윤백남군의 민중극단(民衆劇團)도 今春 이후로는 그 형적까지 묘연하게 되고 .... (생략)10)

이 글에는 여러 가지 문제점들이 지적되었다. 그 가운데 재정문제에만 신경을 써 결국 각본도, 무대감독도 이른바 지도자라는 이름을 가진 이들이 주도하는 연극계의 상황이 문제로 지적되었다. 여기서 민중극단의 윤백남을 구체적으로 지적하기도 했지만, 특별히 그를 비판하기보다는 당시 조선극계의 전반적인 문제를 지적했던 것이다11). 이러한 모든 문제들의 원인은 다각도에서 찾을 수 있다. 이 글은 그 가운데 경제적인 원인이 치명적이었음을 알려준다.

---

10) 「극계일년의 개평」,『개벽』1923. 12. 54쪽 인용.
11) 당시 연극인들의 중요한 과제는 신파극 극복이었다. 추상적인 현실인식과 감상적인 연극인 신파극이 식민지 현실을 은폐하는 수단으로 보았기 때문이다. 그런데 이러한 비판에 앞장섰던 윤백남은 신파극에 함몰되는 아이러니한 상황에 직면한다. 이러한 상황을 직접 목격했을 김정진은 새로운 연극적 가치를 현실을 반영하는 것에서 찾았고, 이후 그와 김우진과 같은 유학지식인들이 서구 근대극을 이러한 가치실현의 모범으로 선택한다.

1923년 7,8월경에 그는 身病을 앓고 있었으며, 이후로 김정진은 연극이론보다는 각본 평, 즉 희곡 작품론에 가까운 글들을 발표했다. 그리고 1924년 그는 염상섭과『폐허이후』의 동인으로 활동했다[12].「기적불때」가 경향적인 성격을 지닌 것은 그가 활동한 동인지의 성격과도 무관하지 않은 것으로 보이며, 이는 극작가 김정진 역시 다른 문인들과 시대적 고민이 다르지 않았음을 보여주는 사실이다. 계속해서 같은 시기에 그는 현철이 주관하는『개벽』지에「십오분간」을 발표한 이후 본격적인 극작시기에 접어들었다. 특히『개벽』지에 많은 작품을 발표했는데, 이러한 사실은 현철이 그 곳의 주관으로 있던 사실과 무관하지 않다. 1938년 雲汀 사후(死後)에 조선일보사에서 편 희곡집에 실린『약수풍경』이 출판되기까지 (습작시기로 본「사인의 심리」연재기간을 제외하고) 운정은 10년간의 희곡 창작활동 시기를 갖는다. 그리고 1927년부터 운정은 주로 대중소설의 성격이 짙은 소설 창작을 함께 했다. 김정진이 소설창작으로 까지 창작의 영역을 넓힌 확실한 이유는 알 수 없지만, 경제적인 이유로 그러했을 가능성은 생각해 볼 수 있다.

김정진의 극작은 먼저 국제문제인 "파리강화회담" 기사를 역술하여 극화한 것에서 시작한다. 그리고 이후 첫 작품「15분간」을 발표하기 전까지 오히려 그는 극평과 연극이론에 대한 글들을 주로 발표했다. 김정진은「15분간」이후 모두 11편의 극작품을 발표했다. 1927년「조선지광」에「라, 라라 아빠빠」라는 단편 소설을 발표한 후에 그는 소설에도 관심을 두어 주로 대중적인 성격이 짙은 통속 소설들을 발표한다[13]. 이렇게 김정진이 발

---

12) 이 사실은『폐허』지 폐간이후 다시 복간된『폐허이후』(1924. 1.)의 편집후기 성격을 띤 '同人記'에서 확인된다.

13) 민병욱은 김정진 희곡의 내재적 연구를 위해 그의 희곡문학의 전체적 특징을 연극비평 →희곡문학→희곡문학과 서사문학(소설)으로 도식화 한다. 그리고 갈래선택에서 그 중 심영역에 희곡문학이 있는데 이에 대한 김정진의 희곡문학에 대한 갈래선택 의지의 문 제가 제기됨을 지적한다. 민병욱,『희곡문학론』, 민지사, 1991. 253쪽 참고

표한 희곡을 발표 연대별로 정리하면 다음과 같다.

1. 「四人의 心理」(동아일보, 1920. 6. 7~ 6. 15. 譯述)

2. 「十五分間」(『개벽』5권 1호, 1924. 1.)

3. 「汽笛불때」(『廢墟以後』1권 1호, 1924. 1.)

4. 「그립은 밤」(『개벽』5권 2호, 1924. 2.)

5. 「꿈」(1924.)[14]

6. 「轉變(전변)」(『생장』1권1호, 1925.1)

7. 「개(犬)」(『신조선』1927. 2.)[15]

8. 「잔설(殘雪)」(『조선지광』66호, 1927. 4.)

9. 「그사람들」(『현대평론』1927. 4.)

10. 「찬우슴」(『개벽』1934. 12.)[16]

11. 「藥水風景(약수풍경)」(『현대조선문학전집』,조선일보,1938.)

당시 김정진 희곡의 작품 발표 이후에 계속된 공연 기록을 살펴보면, 먼저 기록이 발견되는 「잔설」은 1927년 3월 민중극단의 다른 이름으로 모인 "조선극우회"에 의해 공연되었다. 그 뒤 10년 후에는 「15분간」이 "화랑원"에 의해 1938년 2월 11일부터 14일까지 동아일보사 주최로 열린 제1회 연극경연대회 입상했다[17]. 이후 「15분간」은 97년도에 다시 공연되는데, 이 작품은 '97신춘단막극 공연'에 참가했다. 그 사이와 이후, 김정진 작품이 공연된 기록은 발견할 수 없었다. 공연 후 공연과 관련된 분석적

---

14) 『현대조선문학전집』(조선일보사, 1938.)의 작품 목록에 기록된 이 작품은 그 제목만 전할 뿐 작품의 출처를 확인 할 수 없었다. 이 작품에 대한 확인은 다음 연구로 미룬다.

15) 이 작품은 민병욱의 회곡사연표를 토대로 김정진 희곡발표에 대한 정리를 하는 과정에서 발굴한 작품이다. 석사학위 논문에 그 원문을 실었다. 졸고, 앞의 책.

16) 『현대조선문학전집』(7권, 조선일보사, 1938.)에 기록된 작품 목록에는 『찬우슴』이 아닌 『冷笑』라는 제목으로 기록되어 같은 작품으로 본다.

17) 보도기사, <동아일보> 1938. 2. 3~ 2. 16(2. 20.)

인 연구나 평론이 없었다는 사실은 단순히 공연기록에 대한 나열이 아닌 작품에 대한 연구나 공연 의의를 접할 수 없음을 의미한다.

김정진 희곡 연구를 통해 무대상연시 연극적 상상력을 가능케 하는 극작법을 찾고, 그의 작품들이 공연되었던 기록을 살피는 것은 작품이 공연되었던 시기에 그 작품의 공연 의의를 얻는 과정이 된다. 이는 구멍 뚫린 텍스트로서 희곡텍스트가 무대위에 상연되면서 완결된 형태의 텍스트로 거듭나는 넓은 의미의 텍스트 가능성을 찾는 일이 될 것이다. 따라서 공연을 통해 다시 살아난다는 희곡텍스트의 여백을 채울 수 있는 가능성을 앞선 공연 기록을 통해 얻는다.[18] 이때 당대의 역사적 사실만을 지식으로서 습득하는 것이 아니라 작품들 속에서 우리의 삶을 조명해 볼 수 있다. 그리고 이 과정을 거쳐야만 근대희곡의 현재성을 얻을 수 있을 것이며, 여기에서 바로 우리 시대의 역사적 질문과 대답이 수용된 근대희곡의 가치가 올바르게 매겨질 것이다[19].

3. 희곡장르에 대한 새로운 인식 – 세계에 대한 인식의 변화[20]

---

18) 공연작업에 대한 사적 기록을 정리하는 것은 그 시대맥락을 이해하는 과정으로 김정진의 작품이 현대에 공연될 때에 작품에 대한 풍부한 해석과 무대공연 시 발휘될 연극적 상상력을 밝히는 작업이 될 것이다. 그때 밝혀지는 극작술이 한국희곡문학의 특징이기도 하다.

19) 실제로 무대에 올려지면서 이러한 드라마트루그로서의 작업이 이루어졌던 그 실례가 있다. 「김정진의 <15분간>」, 『신춘단막극 공연'을 위한 분석세미나』(이상란, 한국연극연출가협회, 1997.4. 5. 제10호.)가 그 예이다. 이렇게 문학 작품인 희곡은 그 장르의 특성상 공연을 염두에 두고 읽는 작업이 절실히 요구된다. 따라서 희곡문학의 연구는 단순히 문학작품의 구조적인 분석과 주제 찾기에서 머무는 것이 아니라, 이 작업이 결국에는 구체적으로 공연을 염두에 둔 연극적 상상력을 부여하는 과정이 되어야 한다.

20) 한국문학사에서 근대의 출발이 가능했던 것은 근대 문학 선각자들이 과거에 안주하지 않고 새로운 시대를 열기 위해 삶에 대한 새로운 대응 방식을 선택하는 것에서 발견할 수 있다. 기득권의 표현수단인 한자를 포기하고 한글로 이루어진 언문일

운정(雲丁)은 당시 지식인들이나 연극인들이 구극(舊劇)을 대표로 행해진 조선 연극을 부정하던 것과는 달리 조선연극을 무조건 부정하지 않았다. 그리고 근대라는 이름아래 수용한 서구극의 시각에 서서 조선의 연극과 희곡을 인식하지 않았다. 그는 먼저, 면면히 이어져 온 조선 연극의 맥이 끊어진 것에 대해 진단했다. 즉, 조선사회는 유교정신의 인습적인 사고에 의해 연극이라는 것에 대한 그릇된 인식이 만연하게 되어 조선연극을 풍속을 해치는 것으로 인식하는 폐단이 생겼음을 지적했다. 이러한 조선연극에 자극을 주어 조선극계에 새로운 인식이 생기게 되는데, 즉 1920년대 극계는 서구극의 영향을 받는다는 것이다.

> 희랍극의 계통을 受한 구미에서는 연극의 발달이 절정에까지 달하얏고 조선에는 中古에 극의 형식을 무던이 형성하얏든『산희(山戱)』즉 속칭 산두장패(山頭匠牌)와『야희(野戱)』(現에 호남지방에서 혹간(或看)하는 들놀이)등의 극적유희까지 그 종적이 묘연하게 되어, 조선극의 고적(古蹟)은 장차 가고 (可考)할 여지도 업게 되어 감은 실로 애석할 事이다. 이와가티 영원한 創始史를 가진 조선극이 畢竟 華한 황금대를 전개치 못하고 침침한 암흑중에서 쇠퇴(衰頹)한 운명을 면치 못한 것은 여러 가지의 원인이 잇슬것이나, 나는 그중에 유교전성의 폐해가 조선연극에는 무엇보다도 제일 큰 타격이엇다고 추상한다. (…중략) 신공기에 석기어 불어들오는 현대의 사조는 다시 연극운동의 도화선을 조선내에도 전하얏다. 전기한 바와 가티 조선 고대에도 연극의 기록이 존재하얏스나, 근시에 즉 십수년전부터 유입한 연극의 계통은 전혀 고조선극과는 하등의 연결이 업고 다만 그 도화선으로 인하야 과거의 극적(劇跡)을 먹구(究覓)케하는 충동과 기회를 줄쑨이다[21].

치의 소설문학을 창작한 것이 대표적인 예이다(김영민, 앞의 책). 즉 새로운 근대 문학의 길을 열기 위한 이러한 모습은 1920년대 많은 지식 문인들이 당대의 새로운 문학 장르로 희곡을 선택하여 표현하는 태도에서도 발견된다.

21) 김정진, 「演劇의 起源과 希臘劇의 考察」,『개벽』, 1923. 1.

김정진은 조선극계 역시 연극의 기록이 존재하였으며, 계통상 조선연극과 아무런 관련이 없지만, 서구극(현대의 사조)의 영향을 받은 사실에 주목한다. 따라서 1920년대를 전후로 한 당대 극은 과거 극과는 다르다는 인식을 가졌다[22]. 즉 공연 위주의 연극형태가 그 흔적도 없게 된 것은 희곡양식이 부재하였음을 시인하는 대목이다. 문자화 된 희곡의 전통이 없던 시기에 서구 희곡 양식 수용은 새로운 연극의 대안이 된다. 조선연극계를 부인하지 않고, 그 위에 새로운 흐름(신공기)인 서구극의 영향에 주목했던 김정진의 당대 극계에 대한 판단은 객관적이고 정확한 것이었다. 즉 김정진은 조선이라는 같은 이름 아래 있지만, 이전의 사회와 당대는 다른 사회적 흐름을 갖고 있다는 인식 아래, 극 역시 그러한 현실을 반영하기 위해서는 변화될 필요가 있다고 생각했던 것이다. 극에 대한 이와 같은 인식은 그가 당대 조선의 현실모순은 새로운 사상을 통해 해결되며, 그 사상은 '현실을 재현하는' 무대를 통해 이루어져야 한다는 인식과 연결된다. 따라서 그의 희곡에 대한 인식은 새로운 사상을 얻기 위해 서구극의 영향을 받아들이는 것으로, 여기에서 김정진 극작(劇作)이 시작된다.[23]

> 광의로서의 연극의 기원을 굴구(掘究)하랴면 구태여 희랍에
> 서부터 그 기원을 尋할 필요가 업슬 것이오, 어느 종족이나
> 또 어느 민족을 물론하고 장구한 역사를 전하며 상당한 사

---

22) 구체적으로 다르다는 것의 변별점은 바로 문학양식으로서의 각본과 공연을 위한 대본으로서의 구실을 갖는 희곡이라는 장르의 인식에서 비롯된다. 즉 전통적으로 전승체계에 의존한 전통극이나, 話術에 의존한 일본의 신파극과는 다른 것이다.

23) 우리 문학사에서 희곡 장르가 형성되기 시작한 근대기 극작법 성취 문제는 당시 연극 환경과 연관지어 생각해야 한다. 당시 무대 상황은 판소리의 분창을 시도하는 창극 운동과 전통극 공연이 풍속을 어지럽힌다는 고의적인 일본의 방해로 그 설자리를 잃어갔다. 여기에 일본에 의해 이식된 신파극의 등장은 새로운 연극 형태로 실내극장의 공연시대를 열었으며 1920년대에 들어오면 이러한 신파극을 극복하기 위한 유학파 지식인을 중심으로 한 근대극 운동이 시작된다. 여기에 대안으로 등장한 것이 서구연극이었다.

회생활을 구성하얏다하면 거개 극적의 기원을 가젓슬 것이
나, (… 중략) 그러나 현대극의 요소라든지 현대극의 발달한
계통을 회고하면, 희랍극사를 가장 원조라 할 수 밧게 업
다[24].

그가 희랍극을 고찰하는 이유는 조선 극계에 영향을 준 서구극(그의 글
에서는 현대극이라고 칭한다)의 원조로서 희랍극을 보았기 때문이다. 그
리고 조선의 극 역시 세계연극사의 근원인 희랍극의 이해 안에서 이루어
질 수 있다는 인식에서 그의 글은 시작한다. 즉 연극공연의 차원에서 보
편주의에 근거를 두고 서구극의 영향을 받아들였던 것이다. 김정진이 연
극 관련 글과 평론들을 발표하는 시기는 그의 극작이 아직 이루어지지 않
던 때였다. 이러한 사실은 김정진의 극작술 형성에 큰 영향을 주었음을
알려 주는 사실이다[25].

1) 현실인식의 극작법 - 세계관의 변화 현철의 「玄堂獨吠」

이러한 운정(雲汀)의 희곡에 대한 인식은 동시대 연극인 현철에게도 뚜
렷하게 발견된다. 현철도 일본 유학시절에 김정진이 극작을 배운 바 있는
시마무라 호오쓰키(島村抱月)에게서 극문학 수업을 받았다. 시마무라는
서구 근대연극인 자연주의 연극과 자연주의 문학에 영향 받아 일본에서
도 자연주의연극을 실현하려 했던 연극인이다. 또한 그의 극단인 '예술좌'

---

24) 앞의 글. 36쪽 인용.
25) 민병욱(앞의 글. 134쪽 참고.)은 당시의 이러한 상황을 '보편주의에 근거를 둔 서구
극의 수입은 궁극적으로 창작극의 시기로 가기 위한 기초 단계'로 본다. 즉 "번역
극 시기→ 모작시기→ 창작극시기" 혹은 "서구근대극 수입 시가→ 근대극의 번역,
소개, 비평, 연구 시기→ 창작극시기"의 단계가 그것이다. 문제는 서구근대극의 수
입 내용인데, 그 내용은 "연극자체의 신성미" 혹은 "연극 자체의 형성"으로 민병욱
은 이것이 서구 근대극을 형식미학의 측면에서 수용한 것으로 본다. 그러나 당시
서구극을 신성시하며 받아들인 시대적 의미와 충돌이 갖는 의의를 규명하지 않는
다면 단순히 서구희곡 장르의 이식현상으로 밖에 이해할 수 없다.

와 함께 당시 조선에서 공연을 하기도 했다. 따라서 이 영향은 그대로 이들의 극작과 연극 활동에 새로운 인식을 갖는 계기가 되었을 것이다.

이와 같은 1920년대 희곡장르에 대한 인식의 변화를 보여주는 대표적인 글은 현철의 "현당독폐"이다. "현당독폐(玄堂獨吠)26)"는 크게 「소설의 개요」와 「희곡의 개요」를 다룬 글로 당시 가장 전문적 희곡론이었다고 할 수 있다27). 여기서 "희곡 개요는 그 각색의 작법과 성격의 묘사와 대화의 방식에" 상이한 소설과의 차이를 통해서 희곡 자체의 특성을 밝히는 방식으로 서술했다. 글 전체 구도는 소설과 희곡의 작법 개요와 두 장르의 차이에 대한 서술에 있다. 따라서 그의 글은 이 시대 희곡 장르를 전문적으로 인식하기 시작했다는 데 그 중요성을 갖는다.

> 現在所謂新派라고 하는 것은(중략) 이는 演劇이아니고 遊戲에 不過한것이다. 戲曲上價値는勿論이고 文藝上으로도秋毫半點의關係가업는것이요 所謂구파(舊派)라고 하야 春香이니沈淸이니하는것은 實質上이나形式上으로 決코戲曲이라고하며 演劇이라고 할수업스니 春香傳沈淸傳의自體가 文學上小說로써는 勿論價値가 잇다고 하겟지마는 戲曲으로서는 價値를認定할수업스니 이는 戲曲的모든 條件이缺陷된까닭이다. 다못唱夫가 小說朗讀을 가조(歌調)로 變한 것에서 不過한 것이다28).

---

26) 현철의 글 「현당독폐(玄堂獨吠)」는 『개벽』에 1920년 6월부터 1921년 2월까지 연재되며, 그 가운데 희곡에 대한 부분은 1920년 11월부터 1921년 1월까지의 글이 해당된다.

27) 전대(1910년대) 희곡에 대한 글은 이광수의 "文學이란 何오"를 통해 살필 수 있다. 이 글은 전문적인 희곡론이기 보다는 문학일반론 속에서 희곡론을 다룬다. 그리고 문학에 대한 공리적인 문학관에 기초한 이광수는 장르의 변별의식을 기본적으로 효용론적 관점을 전제로 하여 극을 이해한다. 따라서 극에 대한 그의 인식은 상대론적 특성을 단순 비교하고 극자체의 구조법칙에 관해서는 언급하지 않는다. 즉 그의 극에 대한 인식은 교양의 차원에 있음을 알 수 있다.

28) "일근래이래(逸近來以來)로 우리 조선(朝鮮)에도 모든문예(文藝)의 발흥(發興)이 지(指)를 굴(屈)하기 미변(未遑)하나 개중(個中)에도 적적무간(寂寂無聞)의 암상(暗狀)에 잠재(潛在)한것은 극문호(劇文豪)에 심(甚)한것이업다" 극문학에 가까운 우리 연극의 현실을 지적한 부분이다. 현철, 「현당독폐」,『개벽』, 1920. 11. 122쪽 인용.

이 글은 구체적으로 희곡에 대한 일반적 교양수준을 넘어선 전문적 지식과 극작법에 대한 최초의 글이다. 현철은 대본조차 없이 화술을 근거로 한 당시 조선극계를 좌우했던 자칭 구파(舊派)나 신파(新派)가 극이 아닌 유희에 불과하며, 이러한 연극 상황을 갖는 조선에는 극이 없다는 단정을 내렸다. 따라서 연극의 조건으로 문학적 희곡이 필요함을 지적하며, 그러한 극적 전통이 없는 조선에서 서구 연극 수용이 필요하다고 본 것이다. 결국 희곡의 유무와 상관없이 조선의 연극 전통을 인정했던 김정진의 시각과는 차이를 보이는데, 이는 현철이 문학적 측면의 희곡양식에 중심을 두고 전통 극을 바라보았기 때문이다.29)

이러한 조선 연극현실에 대한 현철의 판단과 비교해 볼 때, 김정진의 생각은 그보다 조선연극 현실에 대한 상대적 판단을 통해 구체적으로 지적되었다는 차이점을 갖는다. 이상으로 김정진과 동시대 연극인 현철의 글을 통해 당대 공연현실과 희곡 장르의 필요성을 충족하기 위해 서구 근대희곡 양식이 수용되었음을 살폈다. 즉, 단순히 공연을 보기 위한 연극이 아닌, 문자화된 희곡이 실현되어 연극의 이차원적 인식이 가능해 진다. 이

---

29) 동시대 연극인들이 신파극을 극복의 대상으로 본 것과 조금 다른 시각에서 지금의 연구자들은 신파극의 공연성이 미친 영향을 간과하지 않는다. 현대적인 양식의 희곡을 논의하는데 있어 1910년대 들어와서 나타난 간단한 형태의 각본과 화술극을 무시할 수 없는 이유는 그것들이 희곡의 성립에 직접적인 밑받침과 계기가 되었기 때문이다. 서연호는 공연방식을 통해 각본 성립의 가능성을 타진한다. 민속 재담극의 전승체계와는 달리, 신파 화술극은 각기 작품나름의 무대공간을 전제로 하는 연극성과 아울러 급격하게 변화하는 시대와 현실에 기반을 둔 문학성, 언어성을 나름대로 구비하고 있었기에, 그러한 행동체계를 성실하게 문자로 옮기면 곧 희곡작품이나 각본 및 공연대본이 될 수 있는 제반 요건을 내포한다. 실제로 1910년대의 연극계에 화술극과 각본에 의한 무대공연이 공존할 수 있었던 것은 이러한 사실을 입증한다. 다음으로 중요시 해야 할 것은 구어체 대화의 문제로, 1910년대의 신파극에 와서 구어체 대화가 문학의 언어, 즉 본격적인 연극대사로 발달하기 시작하였다는 사실은 우리 희곡의 성립과 발전에 중요한 계기와 발단이 된 것이다. 따라서 그의 입장은 서구극의 잘짜여진 극(well made play)형태를 취하는 신파극의 특성이 우리 연극계, 특히 희곡의 성립에 준 영향이 컸다고 보는 입장이다(서연호,『한국근대희곡사』, 고대출판부, 1997). 결국 우리가 취해야 할 관점은 자의적인 선택의도에 의해 택해진 희곡 양식이 서구의 근대극이라면, 신파극은 배제할 수 없는 한국 공연사의 한 콘텍스트가 되었다는 사실을 인정하는 것이다.

제 구체적으로 현철의 글 「현당독폐」와의 관련을 통해 희곡 작법을 살펴 당시의 극작술이 요구하는 사항을 검토한다.

> (…) 희곡은 반듯이 3막이나 5막에 더 넘을 수 업고 또 반 일이나 일일동안에 연진(演盡)하도록 마련을 하지안을수업다. 희곡은 관람자의 생리상태상 아모래도 하로안에 연진하도록 하지 안을 수 업다. (중략) 이런 까닭에 희곡의 마련은 대개 협소의 마련을 적게 사용하는 것이다. 그러나 무대의배경이 라던지 배우의 동작이 幾許의 마련을 확대하는 일이 업지는 아니하나 여하튼 희곡가는 비교적 소규모의 작중에서 명백 하고 또한 유력한 인상을 관람자에게 제공코자 가장 고심하 는 바이다. (…)30)

이 글에서 희곡은 제한된 시간과 공간이 요구되며, 이는 곧 극구성(마련) 과 관련을 맺는다. 그리고 이러한 희곡의 구성은 명백하고 유력한 인상을 주는 소규모의 조직으로 이루어진다는 것이다. 희곡에 대한 위와 같은 입장 의 서술은 김정진과 현철이 자신들의 글에서 보여준 서구극의 영향과 관련 있다. 특히 현철은 희랍극의 삼일치를 지킨 정통극을 다뤘다. 현철의 글은 「희곡의 개요」라는 주제를 갖지만, 그의 글은 극작술과 관련 깊다.

희곡이 창작되는 원리를 서술한 이 글은 김정진 희곡을 포함한 근대기 희곡의 극작술을 살피는 중요한 사항이다. 또한 보편적 의미의 서구극을 지향하는 현철의 글은 김정진이 연극의 전범으로 본 희랍극의 이해와 닿 기 때문에 운정(雲汀) 희곡 극작술의 한 전범으로써 살펴보려 한다. 이때 새로운 연극공연의 희곡창작 원리를 서구 근대극에 둔 그의 극작술은 현 실을 재현하는 연극의 '극적 환상'31)을 통해 표현하려 했던 선택이었다.

---

30) 이 글은 구체적으로 1.인물묘사 즉 인물의 형상화 2.희곡의 조성된 구조원리(극 구 성) 3.극의 분류(비극과 희극) 4.삼일치법에 대한 크게 네 가지로 구분되는 사항에 대해 서술한다. 이 글의 서술 방향은 극작을 위한 지침서로 흐른다. 즉 위에서 정 리한 희곡 구조원리 4가지를 중심으로 한 서술은 단순히 희곡 개요 소개에서 그치 지 않음을 보여준다. 현철, 앞의 글 참고.

물론 '김정진'이라는 작가 개인이 당대 조선 연극계에서 얻은 체험을 바탕으로 삼은 개별적 극작술의 특징 역시 놓칠 수 없는 사항이다. 그의 작품과 연극에 대한 사상, 같은 시기 발표된 현철의 희곡 개요를 통해 근대기 희곡 장르의 선택을 이해할 수 있다. 한편 근대기 희곡 장르에 대해 이해할 때, 남겨진 연극 공연 전통의 영향과 의도적으로 이식되어 당시 연극 무대를 장악했던 신파극적 요소들의 차용을 배제할 수 없다. 그러나 식민지 지배 아래 새로운 것에 대한 갈망이 '일본화'되는 것에 대한 시대적 자괴감을 극복해야 하는 것은 그 시대 예술인들의 또 다른 과제였을 것이다. 따라서 본격적으로 서구극 이론이 소개되면서 신파극을 극복하려는 사회적 명제는 근대극으로써의 서구극 이론에 영향을 받은 극작법이 등장하게 된 중요한 요인이다.

2) 검열제도 - 사회적 억압 기호

"금무단상연(禁無斷上演)"이라는 각본의 附記사항

극 텍스트의 개념은 넓은 의미의 텍스트 개념이다. 이는 문학적 텍스트 개념과 공연 텍스트 개념을 모두 포함한다. 즉, 희곡 작품에 대한 올바른 이해는 모든 작품 구성요소들의 유기적·종합적 분석을 통해 다층위로 이루어진 희곡의 구조를 파악하려는 태도가 갖춰질 때 가능하다. 왜냐하면 희곡텍스트 안에는 비언어적 요소들(지문으로 나타나는 사회분위기와 인물들의 행동, 극적 장치)에 의한 당대 사회의 담화 층위가 존재하는

---

31) 연극은 다른 사람들과 함께 경험을 공유한다는 환상(illusion)을 만들어낸다. 관객은 연극이 살아있는 현실이라는 것을 배우들과 암암리에 약속하고 관극한다. 즉 어떤 삶이 무대 위에서 펼쳐지고 있다는 환상을 배우들과 함께 공유하는 것이다. 연극이 갖고 있는 거대한 환상이란 삶이 우리들 앞에서 처음으로 펼쳐지고 있으며, 배우들은 그들 자신이 아닌 다른 사람이라는 것이다. 이런 환상을 가능하게 해주는 것이 바로 극장이다. 극장 안에서 관객들은 의혹을 뒤로 미루고 연극의 마술과 환상에 빠져든다. MS배랭거, 이재명 역,『연극이해의 길』, 평민사, 1992

문학으로, 드러나지 않고 영향력을 행사하는 의미가 존재하기 때문이다. 이렇게 볼 때 근대희곡 공연 사실 유무는 작품성을 판단할 만한 지배적 요소가 될 수 없다. 왜냐하면 이 시대는 공연의 자유가 억압받던 사회구조였음을 배제할 수 없기 때문이다.

이러한 연구방법은 희곡작품의 연극적 상상력을 중요시하는 분석 태도로, 대사에 의해 진행되어 겉으로 드러나는 사건이나, 갈등, 인물뿐만 아니라 실제로 혹은 상상적으로 무대화될 경우 비언어적인 요소로 숨겨지는 지문의 기호와 상징 역시 작품 전체 의사소통 체계에 능동적으로 참여하는 것이다. 희곡을 정확히 또는 깊이 읽어낸다 했을 때 이러한 요소들의 관계를 종합적으로 이해하는 태도가 필요하다. 왜냐하면 희곡 작품의 다양한 층위를 드러낼 수 있으며, 보다 정밀한 의미파악과 시대표상을 읽을 수 있기 때문이다. 그리고 그것은 곧 공연으로 연장된다.

그러한 연구과정의 하나로 김정진의 각 작품 표지에 항상 "禁無斷上演"이라는 기록을 당시 사회 기표로 읽을 수 있다. 물론 희곡에서만 그 의미가 존재하는 것은 아니나, 희곡문학의 연극성이 갖는 직접적 전달의 효과를 우려한 일제의 보이지 않는 억압 기호로 읽히기 때문이다. 당시 연극관행의 하나로 일제 문화정치라는 기만 아래에서 검열을 피할 수 없는 상황이었고, 그러한 상황을 의식한 작가의 기록이었거나 검열 당국이 요구한 사항이었을 것으로 볼 수 있다. 따라서 이 기록은 당시의 연극상황과 사회상황을 알게 해 주는 김정진 희곡작품들을 둘러싼 커다란 맥락의 한 기호인 것이다. 당시 희곡작품 뿐만이 아니라 모든 문학작품을 대할 때 텍스트를 둘러싼 문맥을 읽지 않으면 그 작품의 의미를 파악하는 것은 작가가 의도하지 않아도 단조로운 것에서 그칠 것이다. 특히 희곡은 공연을 염두에 두고 씌어진 것이므로 어떤 작품보다도 경제적인 언어와 구조로 그 단조로움은 더하다. 따라서 텍스트를 둘러싸고 있는 맥락을 읽고 상호간의 긴장을 잡아내는 것이 희곡 읽기에는 필요한 작업이다. 그런 의미에서 "금무단상연"이라는 공연과 관련된 기록은 희곡이 갖는 긴장의 요소로 볼 수 있다.

운정(雲汀)의 극작시기에 일제는 그들의 통치를 선진문화라는 명분으로 합리화시키고, 피지배층의 의식을 일본인들과 동화시키기 위하여 1905년 11월 통감부(統監府) 설치 이후 우리 전통문화를 은근히 탄압, 금지시키는 한편 신파극을 포함한 그들의 문화를 이 땅에 이식시키는 데 온갖 방법을 동원한다. 그 가운데 하나가 공연물에 대한 검열이며, 신파극의 정책적 수용이다. 즉, 당시 신파극 수용은 새로운 문화에 대한 욕구와 동경심이 크게 작용하는 반면 식민지 지배를 위한 반민족적인 문화라는 배타적 갈등 가운데서, 일제 지배층의 비호와 지원 아래 과도기적으로 이루어진 것이다. 이렇게 그들은 식민지의 창작, 연극 활동을 조직적으로 탄압했다.32).

이러한 검열은 3.1운동 이후 더욱 강화되는데, 희곡과 연극에 대한 검열과 탄압 역시 근대극 초창기에 이어서 더욱 치밀하고 엄격해진다. 검열에서 한번 각하된 대본은 재심의 기회가 주어지지 않아서 공연이 불가능했다. 따라서 이러한 사회·연극상황이라는 맥락을 염두에 둔다면, 이 기록은 직접적인 제재가 표현된 것은 아니었으나, 사회적 억압기호로 당시 검열을 통과하기 위해 부기해야만 하는 관례적인 사용의 변형으로 파악된다. "禁無斷上演"이라고 극작품에 부기했다는 사실은, 단순히 희곡작품의 내용을 통해서만이 아니라, 당시대를 읽는 기호로 작용하므로 무대 공연

---

32) 일본작품의 공연을 권장, 지원하면서 한편으로 민족적인 의지를 담은 우리 작품에 대한 통제와 탄압을 관장하는 기관은 당시 경시청(警視廳)이었다. 1910년 8월 조선총독부 설치 이후 공연대본의 검열은 각도청의 경찰부 보안과에서, 공연취체는 지역별로 경찰서 보안계와 고등경찰에서 담당하고, 이러한 업무의 정책적 지휘는 총독부 경무국에서 총괄하였다. 그 내용은 다음과 같은 기사로 공공연히 보도 된다.
'연희각본 취조(演戲脚本 取調) - 근일(近日) 각 연극장(演劇場)에서 연희ᄒ난 조건(條件)이 음담패행(淫談悖行)에 불과ᄒ야 남녀의 불미(不美)한 행위(行爲)가 층생(層生)ᄒ야 풍속경찰(風俗警察)에 관계가 有함으로 경시청에서 각 연극장 연희원료(演戲原料)를 취조(取調)ᄒ야 인허(認許)ᄒ온 後 시행(施行)케 ᄒ다더라' 「대한민보(大韓民報)」, 1909. 7. 9
'연극규칙(演劇規則) - 내부경무국(內部警務局)에서 각 연극장 창부(昌夫)를 단속(團束)ᄒ기 위ᄒ야 해규칙(該規則)을 제정(製定)ᄒ기로 협의(協議)ᄒ다더라' <대한매일신보(大韓每日申報)」, 1909. 7. 13

시에 사회적 기호인 검열제도의 형상화도 따를 수 있도록 극작술 연구에 필요한 사항이다.

3) 극의 마련[33]상의 통일 - 폐쇄된 세계

희곡이란 장르 인식이 "지금 우리 조선민족에게 참으로 살어야겟다는 굿세인 사상을 자각케 하기 위하야 무대상에 폭로된 자기생활의 참상을 그 실사를 시시로 접촉케 하는 동시에 그 암흑면에서 신광명을 발견하야 어쩌한 생적 진로를 개척케 하는 것이 가장 급무라고 생각한다."[34]고 말한 김정진은 예술적 의미에서보다 실질적 의미에서 우리 조선 사회에는 무엇보다도 연극운동이 가장 급무라는 인식에서 희곡장르를 선택한다. 즉, 사회에 대한 인식이 먼저 앞서고 식민지 사회에 대한 문제적 상황인식이 김정진 희곡의 구성원리가 되는 것이다. 이러한 구성원리 선택은 의식적인 선택이었으며 "우리 조선 전민족의 다가튼 적면 아니 치욕이다. 우리의 현상을 = 자유업고 돈업고 활기업는 이 참혹한 비극의 1막을 무대에 상연케[35]"하기 위한 것이었다.

김정진의 희곡에서 극구성이 이루어지는 극작술과 무대 밖의 상황 전달을 위해 택한 극작술은 상호간 단단한 구성력을 갖는다. 그리고 그의 작품들을 살펴본 결과 그의 극작술 특징인 무대지시문의 활용과 인물형상화 등은 희곡구조와 상호보완적으로 그 연결이 긴밀하게 연관성을 유지하고 있음을 발견했다. 이러한 김정진 희곡은 모두 폐쇄희곡의 성격을 갖는다. 당시 1920년대를 향한 극작가 김정진의 의식은 행위들(주동적 활동과 반동적

---

33) 극의 '마련'이라는 용어는 구성이라는 의미와 상통하는 것으로 현철의 「현당독폐」에서 얻은 우리말로써, 그 의미의 타당성이 보여 본 논문에서 '구성'에 견줄만한 용어로 선택하여 사용함을 밝힌다.

34) 「사상운동과 연극」, 『동명』, 1.1.

35) 「사상운동과 연극」, 『동명』, 1924. 1. 1. 20쪽.

활동)과 인물들(주 인물과 반대인물)로 뚜렷하게 구체화되고, 적대 파(派)들의 명백하고 첨예화된 대립이 있는 세계였던 식민지 사회를 드러내는 것에 있었다[36]. 뿐만 아니라 그의 문제의식은 경제적 문제 상황 즉, 자본주의 폐해와 그로 인한 세계정치 문제와 구주대전(일차세계대전)이라는 세계대전이 가져온 현대인의 비참한 삶에서 비롯된다.

공장의 기계 부속품보다 못한 인간 가치에 갈등하는 「기적불때」와 근대적 농업정책이라는 일환으로 행해지는 일제의 토지조사와 산미증산계획 등으로 수탈당하는 농민들을 그린 「그사람들」과 「전변」이 여기에 해당되는 작품들이다. 이 작품들에서는 비극적 상황에 처한 프롤레타리아들의 삶이 형상화 된다. 이러한 문제들 역시 인물 형상화를 통해 상징적(식민지 사회 계층을 유형화한 인물들)으로 드러나며, 이들은 모두 비극적 상황에 처한다. 그리고 기득권 계층은 근대화에 물든 근대인(신여성, 지식인, 문인 등)으로 형상화 되어 희극적 조소의 대상으로 비하된다. 「15분간」, 「개」, 「약수풍경」과 같은 작품이 대표적이다. 그럼에도 그들 역시 때로 광인(狂人), 술에 취해 삶을 포기하는 무력한 인간으로 형상화 된다[37].

당대 노동자나 농민들은 비극적 상황에서 갈등하는 현실로 등장한다.

---

36) 이러한 의식은 폐쇄희곡의 특징과 맞닿는 부분이 있다. 즉 "적대자간에 생기는 외적 투쟁과 명백하고 개괄적으로 나타나는 적수의 양심과 정열의 내적인 갈등 - 이것이 폐쇄형식 희곡의 기본적인 사건이다. 투쟁, 즉 잘 알려지고 윤곽이 드러난 적수들 사이의 일정한 법칙에 따른 대결, 이것이 극적 사건의 기본틀"이라는 것이다. (송윤섭 역, V.클로츠,『현대희곡론 - 개방희곡과 폐쇄희곡 - 』, 탑출판사, 1981.) 이러한 생각은 식민지 사회를 비극적인 상황으로 본 당시대인들의 시대인식이 문학을 통해 세계관으로 형성되어 나타나는 것을 보여준다. 즉 의도하진 않았지만 당대 사회문화적인 맥락에서 살펴볼 때 폐쇄희곡적 특징은 근대희곡의 극적 패러다임을 형성하고 있다.
37) 물질만능주의나 자유연애의 허상에 매달려 결혼하는 「찬우슴」의 '양관 마마'와 「잔설」에서 신여성인 딸을 부잣집 첩으로 시집보내고 제정신으로 살지 못하는 '한소사'와 같은 인물들이 여기에 해당한다. 그들은 현실의 문제를 해결하지 못하고 기생하며 생존하는 타락한 인물들로 그려진다. 이때 성취된 김정진의 인물 형상화 방법이나 대사전달 방법에 대해서는 지면관계상 자세히 논하지 못한다. 졸고, 앞의 책을 참고하기 바란다.

그러나 당대 현실은 일제식민지 사회로 비판적 의미를 띠며 '있는 그대로 재현'한다는 데 한계가 따르는 시기였다. 따라서 그러한 극적 한계를 극복하는 청각기호를 이용한 극작술은 이 작품들에 와서 구체적으로 이 인물들이 처한 사회상황의 상징적인 기호로 작용한다. 「기적불때」와 「그사람들」에 나타나는 '기적소리'나 '아이고라샤'하는 철도 역사소리 등은 식민자본주의를 상징적으로 드러내준다. 뿐만 아니라 식민지라는 사회상황은 직접적인 무대화를 통한 현실재현이 불가능했기에 상징화된 인물의 등장 등 다른 상징적 기호를 통해 형상화 된다. 즉 근대기 여러 군상들의 삶을 재현하되 곳곳에 은폐되고 감추어진 상징들로 가득 차 있다. 그리고 이는 진실을 알고 있는 보고자들의 등장을 통해 폭로되기도 한다.

그의 희곡들은 이러한 문제의식에서 비롯되어 현실을 구조적으로 연결시키고 무대에 형상화시키는 극작법을 성취했다. 그리고 단막극으로 일관하는 극형식은 어떤 극작 규범이나 전범이 있어 그것에서 영향을 받았다거나 혹은 선택의지가 있었다기 보다는 극적관습과 관련이 있는 것으로 볼 수 있다. 즉 연극 공연 시 실내에서 막을 중심으로 극의 구성이 이루어지는 공연습관에 익숙하지 않았던 극적 상황과 연관이 있다. 희곡이 연행 무대를 의식하지 않고 쓰일 수 없다고 볼 때, 전통 극이 장면을 중심으로 연행되는 특징이 있으며, 인물들을 중심으로 극의 흐름을 파악하는 연행 관습은 무시될 수 없다. 따라서 작가가 의식적 글쓰기에 앞선 당대 공연의 무의식적·관습적 극작법으로 볼 수 있다. 이상을 종합하면, 선험적 공연 양식을 따르며, 의식적으로 택한 서구 근대 극작술을 차용한 것이 김정진의 극작법이라 할 수 있다. 이에 대해서는 인물 형상화와 대화 호흡과 리듬이 전통극 맥을 따르고 있다는 것에서도 발견할 수 있다. 예컨대, 유형화된 등장인물과 대사가 판소리의 '아니리'처럼 장황한 서사적 전달의 기능을 하는 것 등이다.

김정진 희곡 분석을 통해 얻은 근대희곡의 극작술에 대해서는 다음과 같이 정리할 수 있다. '극작술의 변화 = 세계관의 변화'라고 할 때, 우리의 경우 외부 압력에 의해 받은 강요된 세계관의 변화를 배제할 수 없다. 당시 현실을 재현하는 목적을 갖는 극 양식에서 현실을 그대로 재현하는 데 한계를 극복하는 구실이 된 이러한 특징은 흔히 은폐된 사건진행이라는 폐쇄희곡의 특징에 해당한다. 이러한 특징은 세계대전이라는 전쟁 상황에서 전개되는 「그립은밤」에서 등장인물들이 전하는 전쟁상황과 「찬 우슴」에서 '박훈'이라는 인물을 둘러싸고 벌어지는 일련의 사건들이 대화로 전달되는 것에서 확인할 수 있다. 여기에서 '은폐된 사건진행'이란 직접 가시적으로 무대 위에서 연출되지 않고, 무대 뒤로 추방된 연극의 진행과정에 나타나는 모든 사건들을 의미한다. 이것은 '使者의 報告' 형식으로 나타나는데, 보통 서사적 방법으로 중개된다. 사자는 연극적 '현지점' 및 '현시점'과 분리되어 일어난 일들, 즉 시간상 경과되고, 공간상 무대에서 멀리 떨어져 일어난 사건들에 관하여 보고한다.[38]

4. 나오며

운정 희곡을 분석하면서 근대희곡 극작술 형성 배경을 이해할 수 있는 여러 요소들을 발견했다. 예컨대, 근대적 인쇄술의 보급으로 신문의 발달 및 문학을 전달하는 도구로서 다양한 매체(잡지, 문예지, 영화)의 등장은 이 시기 문학 양식 형성에 중요한 영향을 미쳤다. 발표 매체의 변화는 한국 근대문학사에서 문학 양식의 변화를 가져왔을 뿐만 아니라, 문체 변화까지도 가져온 중요한 요인이었다. 특히 연극에 대한 공연방식 변화를 주장한 글들에서 보이는 새로운 극에 대한 요구는 근대기(개화기로 대표되는) 공적 담론을 형성하였다[39]. 이렇게 연극이나 희곡에 대한 장르를 계몽성과 공리적

---

38) 사건진행 장소에는 속하지 않지만, 사건진행 시간에 속한 사건들인 이 은폐된 사건 진행을 공개적인 사건진행으로 받아들이는 가능성은 폐쇄형식의 희곡에 흔히 나오며, 특징적이다. V.클로츠, 송윤섭 역,『현대희곡론 - 개방희곡과 폐쇄희곡 - 』, 탑출판사, 1981. 참고

수단으로 인식한 것은 매체 변화와도 관련이 있음을 배제할 수 없다. 그리고 전문적 문예지나 영화·연극 전문 잡지가 등장하면서 그 변화는 또 다른 방향으로 바뀐다. 이러한 요인들로 외국 작품들이 수용되면서 겪는 새로운 희곡 창작법은 그대로 세계의 변화를 보여주는 것이다.

이상에서 살펴 본 김정진 희곡작품 분석을 통해 근대희곡의 극작술에 대한 근거를 얻을 수 있었다. 즉, 이는 '폐쇄적 희곡양식의 선택 = 극적 환상'이라는 약속 안에서 억압된 것들에 대해 말할 수 있다는 시대적 담보로 이는 검열제도와 맞물려 있다. 그것은 새로운 것에 대한 환상, 현실 인식, 이에 따른 좌절감과 비애, 이들을 자유롭게 토로하지 못했던 시대에서 선택된 극작술이었다. 희곡이나 연극은 작가, 작품, 사회(독서와 관극을 통한)의 상호연관성 속에서 그 의미나 행위가 완성된다. 연극적 상상력을 위한, 혹은 상연을 위한 희곡(대본)은 시·공간적으로 어떤 독자층(관객층)과 구체적 접촉과 반응을 통해서만 사회적 의미와 역할을 발현하게 되는 것이므로, 하우저의 견해처럼 작품의 사회적 연구를 필요로 한다. 이렇게 우리의 근대적 희곡양식들은 형식이나 내용 면에서 모두 당시 조선의 상황을 반영하며 탄생하고 성장한 문학이다. 따라서 희곡 양식의 수용과 형성은 한국 근대연극(희곡)사의 시대적 필연성을 반영하고 있다.

---

39) 1907년 황성신문 논설(11월 19일), 1908년의 매일신보 논설(7월 12일)과 1909년의 서북학회월보(10월)의 글들이 해당된다.

참고문헌

권순종, 『한국희곡의 지속과 변화』, 중문출판사, 1993.

권영민, 『한국근대문인대사전』, 아세아문화사, 1991.

김기란, 「근대기 희곡장르의 형성과 정착과정 연구 - 극작법을 중심으로 - 」, 연세대학교 석사논문, 1996.

김미도, 「1920년대 리얼리즘 연극 연구」, 고려대학교 박사학위논문, 1988.

김송달, 『바로보는한국근현대100년사』, 거름, 1998.

민병욱, 「김정진의 「15분간」 연구」, 『국어국문학』제26집, 부산대 국어국문학과, 1989.

――――, 「김정진의 「15분간」과 희곡문학사적 위치」, 『한국근대희곡론』, 부산대학교출판부, 1997.

――――, 『희곡문학론』, 민지사, 1993.

――――, 『한국 희곡사 연표』, 국학자료원, 1994.

서연호, 『한국근대희곡사』, 고려대학교출판부, 1997.

신현숙, 『희곡의 구조』, 문학과지성사, 1992.

양승국, 『희곡의 이해』, 태학사, 1996.

유민영, 『한국현대희곡사』, 홍성사, 1984.

――――, 『한국근대연극사』, 단국대학교출판부, 1997.

――――, 『한국극장사』, 한길사, 1982.

이두현, 『한국신극사연구』, 서울대학교 출판부, 1990.

이미원, 「김운정 희곡 연구」, 경희대 문리과대학 국어국문학과 논문집 18집, 1989.

이종대, 「1920년대 희곡의 세계인식연구」, 《국어국문학121》, 1998

천승걸, 『극과 극적 요소』, 서울대학교 출판부, 1984.

현 철, 「현당독폐(玄堂獨吠)」(『개벽』, 1920. 6~1921. 2.)

레이조스에그리, 『희곡작법』, 김선 역, 청하, 1992.

M.S.배랭거, 『연극 이해의 길』, 이재명 역, 평민사, 1991.

베르나르트 아스무트, 『드라마분석론』, 송진 역, 한남대학교 출판부, 1995.

볼커 클로츠, 『현대희곡론』, 송윤엽 역, 탑출판사, 1984.

페터 쏜디, 『현대드라마의 이론』, 송동준 역, 탐구당, 1984.

하인즈 가이거/헤르만 하르만, 『드라마 작품을 통해 본 예술과 현실인식』, 임호일 역, 지성의 샘, 1996.

A STUDY On The DRAMATURGY in Kim Jung-Jin' DRAMAS

Yang Sei-Ra

The aim of this paper is to study on dramaturgy in Kim jung-jin' dramas. This paper aims to know his dramaturgic meaning in connection with the dramatic and the literature situations of the day. Ultimately, this study is on the starting point of describing the proceed of cognition and transformation of the play in Korean literature through studing the Korea's modern play.

In 1920s, students studing abroad started to show their interests in a new literature genre with studing the drama of western literature form. At that time, the drama was so popular to intellectuals that it was chosen as the form of writing and the creation of drama became generalised. In the process a special group of playwrights was formed, which examplifies that there was a new recognition toward the drama. It was Kim jung-jin who was regarded as a noteworthy playwright. His dramas, which have been published during about 10 years in Korea as a journalist after taking a lesson in drama in Japan, are at the height of the time when the paly was regarded as a new literature style.

His recognition of reality and view to the drama which have already mentioned above has been figured in detail by his dramaturgy. We can ascertain the truth through analysing his plays, As revealed at 「HYUN DANG DOK PAE」written by Hyun chul of kim jung-jin's contemporary theater person, his dramaturgy is conformed under the recognition of the drama whose meaning was obtained in the process of accepting western dramas. Moreover, he had his own characteristics which were gained in the theatrical world of theos days. It is an example of his art of play play writing that using the symbol of auditory sense in describing characters, the time of the drama and the flow of the plots. this dramatic system corresponds to his distinctive art of play writing. The additional note of 'prohibition of illegally staging plays' on his each drama has meaning of symbolizing the society of the day. The characteristics of his dramaturgy are related to staging a play, especially, as a element of stimulating theatrical imagination.

This paper makes a study of how his dramaturgy mentioned a relation of tention with the theme of the play which represents his recognition of society as well as how he showed his cognition toward the society as a person of the day.

해방직후의 민족문학

이덕화*

1. 해방직후의 민족문학
2. 해방직후 소설의 내용
3. 해방직후 소설의 특징

1. 해방직후의 민족문학

　민족이란 개념은 근대 자본주의가 출현되면서 생성된 개념이다. 처음 서양에서 자본주의 체제가 들어서면서 봉건주의 세계관과 그에 따른 경제구조가 붕괴, 내적인 위기 의식이 확대되었다. 또 제국주의에의 욕망으로 식민지가 생성되면서 내적 위기가 차츰 식민지국에까지 확대, 민족의식이 주체적인 국가 개념으로 자리 잡게 된다. 즉 전통적인 생활양식이나 지배양식으로는 자기를 보존할 수 없을 만큼의 위기를 몰고 오는 자극이 있을 때 민족의식은 그 민족의 응집력이 되는 것이다.[1]

　우리 민족은 36년 동안의 식민지국으로서 주체성의 상실과 함께 민족의 뿌리인, 말과 글까지 말살당하는 위기마저 경험하였다. 이로 인해 해방직후의 새로운 나라 건설에 대한 민족의 여망은 각별한 것이었다. 그러나

---

* 평택대 교수

1) 이현식, 「다시 생각해보는 민족과 민족문학」, 『한국문학과 민족주의』, 한국문학연구회, 제50차 학술심포지움, 151~152쪽.

해방 직후의 민족 현실이란 민족의 주체적 생존 뿐만 아니라 모든 것이 미증유 상태였다. 뜻밖의 기쁨과 함께 온 혼란은 잃어버린 주체 찾는 일보다 자신이 서야 할 자리가 더 위급했다. 친일문제에 대해 어떤 누구도 떳떳할 수 없었던 민족 지도자급 인사들은 자신의 정체성에 대한 혼란으로 위기위식을 느끼고 있었다.

'준비되지 않은 해방'은 새나라 건설에 대한 우리 민족의 지도자끼리 혹은 우리 민족의 내적 합의가 이루어지지 않은 것을 의미한다. 그것은 결국 지도들끼리의 정통성 싸움, 혹은 헤게모니 싸움으로 확산될 위험을 내포하고 있었다. 또 그 당시의 해방정국이 워낙이 급박한 상황이었기 때문에, 해방의 의미에 대한 숙고라든가, 새나라 건설의 본질적 의미를 따지고 있을 계제가 없었다. 그러기에 거기에는 자성이 스며들 여지가 없었다.[2] 해방직후의 다양한 정치세력이 노골화되어가면서, 미, 소 양대 세력의 통치권 속에서 헤게모니를 잡는 세력만이 설득력을 가지게 되었다. 이러한 상황은 문학계도 마찬가지였다.

그 당시 민족주의는 아직 선명하지 않은 새로운 국가를 대신해 민족적 정체성을 확인하는 이데올르기였다. 남의 제국주의의 지배를 받지 않는 우리만의 새로운 나라를 세울 것인지, 다시 제국주의의 식민지로 전락할 것인지, 투명하지 않은 현실 속에서 민족주의는 단 하나의 기대 이데올르기였다.

민족문학을 우리 민족이 처한 특수한 역사적 현실에 대한 인식을 바탕으로 한 문학적 형상화라고 한다면, 그 당시 해방직후의 문학 역시 민족

---

2) 신형기는 「북한문학과 민족주의」라는 글에서 '해방의 이야기는 구원의 이야기가 되었고 곧 지도자를 경배하는 이야기가 되었다. 이로써 지도자를 제외한 사람들의 내면이라는 공간은 이 역사에서 지워졌다'라고 비판하며 결국 해방문학은 대중들의 나르시즘을 붇돋는 문학에 지나지 않았다고 했다. 물론 이글은 북한문학을 집중적으로 분석한 글이지만, 남한도 이와 다를 바 없었다.
신형기, 「북한문학과 민족주의」, 『한국문학과 민죽주의』 한국문학연구회 제50차 학술심포지움 발표문, 102쪽.

이데올르기를 둘러 싼 이데올르기 논쟁이었다.[3] 좌우측 민족문학 모두 정치적 추수를 좌초하며, 정치적 예속에서 벗어나지 못했다. 그 당시의 좌우익을 대표하는 문인들의 대부분이 문인보국회에서 활동함으로써 대일 협력의 혐의에 자유롭지 못했고, 스스로 민족주의로 자처하면서 그 혐의에서 자유롭고자 했다. 이것은 곧 문학의 정치적 예속을 낳았고, 자신들이 속한 단체만이 헤게모니를 획득해야만 했다. 이것은 곧 정치 계몽 문학으로 떨어지고 자기 동일성의 논리에 빠져버리는 자가 당착적인 문학이 되고 말았다. 자신들이 주장한 이데올르기만이 진리라는, 자기만의 논리로 주위를 재단하고 타자를 억압하는 민족문학론이었다. 타자의 문학담론을 지배하고 배제하는 문학론이었다.

민족문학론은 민족현실에 대한 올바르고 충실한 깨우침을 통해서만 가능한 것이다. 이것은 이데올르기의 틀을 깨려는 부단한 노력에 의해서만 가능한 것이다. 그러나 문학인들은 급박한 현실적 대응에 급급한 나머지 해방직후 민족 현실에 심도있는 현실인식을 통해 올바른 현실반영에는 문제가 많았다.

해방직후의 '민족문학'은 이념적 대립에서 오는 차이일 뿐만 아니라 역시 정치적인 추수관계에 의한 대립양상으로 나타난다. 해방 바로 직후에는 좌익측의 민족문학론이 문학통전을 통하여 많은 문학인들의 공감대를 형성하여, 작품활동으로 이어졌다. 그러나 정판사 사건 이후 좌익측 문인들이 월북하기 시작하자 우익측 문인들의 활동이 활발해진다.

해방직후의 소설 역시 역사적 당위성에 의해서든, 민족의 정체성을 드러내는 민족 순수의 문학이든 결국 민족문학으로 귀결될 수밖에 없다. 대부분의 문인들이 '문학건설본부'에서 '조선문학가동맹'으로 흡수 통합되면서 민족문학의 당위성을 인정했다고 할 수 있다. 결국 작품 활동은 민

---

3) 신형기, 『해방직후의 문학운동연구』, 연세대 박사논문, 1987.
  권영민·민현기, 「해방직후의 민족문학론」, 『문학과 지성』, 1988. 가을호 .

족문학을 내용으로하는 작품내용이 될 수 밖에 없었다.

민족문학으로서의 내용은 반제를 소재로 한 일본의 제국주의의 청산·귀속재산처리문제, 반봉건을 소재로 한 토지 혁명의 내용, 노동자들의 혁명성, 새나라 건설의 당위성, 소시민의식의 배격, 새롭게 대두되는 팟쇼정권에 대한 경고 등이다. 또 해방직후의 기쁨과 환희는 대부분의 작품에서 다루고 있으며, 전재민, 이재민의 귀향과 관련된 기대와 좌절을 그린 작품 또한 많은 부분을 차지한다. 이 작품들에서 제시하는 해방의 기쁨과 환희, 전재민의 기대와 좌절을 형상화한 작품이나 농민들나 노동자들의 기대와 좌절을 형상화한 작품은 궤와 같이 하기 때문에 따로 이 연구에서는 다루지 않겠다.

2. 해방직후 소설의 내용

1) 자기반성에 의한 자기검열

일본 제국주의 하에서 대일협력은 한마디로 단죄할 수 없는 것이다. 일본 제국주의 하의 36년 동안을 먹고 살아야 한다는 것, 또 가족을 부양해야 된다는 것은 당위적 의식을 가지기 이전의 절실한 현실의 문제이다. 우리 민족에게 가족은 어떤 다른 이데올르기보다 상위의 개념이다. 그런 가족의 부양문제를 놓고 쉽게 자신의 철학대로 삶의 당위성을 따라 살기는 힘들다. 지식인의 대일 협력은 결국 산다는 문제와 직결되어 있다. 그렇기에 해방직후 남한에서의 자기비판이나 친일의 문제가 산뜻하게 해결될 수 없었던 것이다.[4] 그러함에도 불구하고 자기비판의 문제는 자기 자신을 소외시킨 자신 속에 내재해 있는 타자의식, 일본 제국주의 의식을

---

[4] 친일 매판지주들이나 악질 친일 분자들의 단죄가 이루어지지 않은 것은 해방 직후의 정치적인 야합에 의한 것으로, 이것은 우리 남한의 민주주의 진행을 역으로 거스르게 하는 반민주적인 행위로 필자는 생각한다.

단죄하지 않으면, 새로 해방된 국가에서 새로운 의식을 감당할 수 없는 것이다. 어떤 형태로든 자기 비판은 거쳐야 하는 것이다.

　체면으로 죽고, 체면으로 사는 우리 민족의 자기 비판은 가면을 쓰거나, 술을 먹거나 해야만 가능한 것이다. 맨 얼굴로는 안되는 것이다. 가면의 형식이 필요한 것이다. 그게 바로 소설의 형식을 빌어서 자기비판 내지, 자기반성을 하는 것이다. 그것은 자기 이야기일 수도 있고 아닐 수도 있기 때문이다. 또 '우리 민족 누구나 다'라는 함의도 포함되어 있다. 소설은 전형적 상황의 전형적 인물을 형상화한 것이기 때문이다. 물론 거기에는 올바로 형상화되었냐는 문제가 따르는 것이지만.

　맨 얼굴로 시작한 「문학자의 자기비판」[5]을 보자. 좌담회 형식을 빌어서 시작한 자기비판은 처음부터 주최측에서 전제를 달고 있다. 즉 8.15 이후 '자기비판'이나 '자기반성'에 대해 많이 논의는 되었으나, 일반론이든가, 전체의 방향에 대해서만 그저 추상적으로 문제되고 있다. 이번에는 작가로서 '나' 혹은 평론가로서 '나' 개인개인의 '자기비판' 혹은 '자기반성'에 대해서 말씀해 달라는 주문이었다. 여기에 참석한 문인은 김남천, 이태준, 한설야, 이기영, 김사량, 이원조, 한효, 임화였다. 여기에 참석한 대부분이 대일 협력에 자유롭지 못한 문인들이었다. 그러나 결국 개인개인의 자기비판은 김사량 한사람 뿐이었다. 다른 문인들은 대부분 남의 이야기를 혹은 전제에서 지적한 대로 일반론, 혹은 당위적인 차원에서 추상적인 차원에 머무르는 논의만이 진행되었을 뿐이다. 자기비판이 가장 엄격하게 이루어져야 할 좌익문단의 지도자가 이럴 때에야, 자기비판이라는 것이 한갓 시대의 통과의례만의 의미를 지닐 수밖에 없다.

　소설에서도 대부분의 소설들이 부분적으로 자기비판 내지, 지식인에 대한 비판 등의 내용을 형상화한 작품은 많지만 정식으로 자기비판의 형식

---

5) 『인민예술』 2호. 1946.10.

을 띤 소설은 채만식의 「민족의 죄인」 뿐이다.

이 작품은 부모의 재산 덕분에 대일협력을 하지 않아도 되었던 신문기자 출신과 그럴 수 없었던 동료 신문기자, 자의적이든 아니든 대일협력을 한 작가이면서 작중화자가 대일협력의 문제에 대해 변명과 비판을 함께 하고 있다. 대일협력에 대해 비판적인 자세를 가지고 있는 신문기자 윤이 대일협력의 대열에 끼인 주인공을 포함한 문인들을 강력히 비판하고 있다. 또 일본제국주의 하에서도 직업을 버릴 수 없었던 것으로 대일협력의 혐의를 쓰고 있는 김은 작중화자보다는 죄가 가벼우므로 대일협력한 문인들이 가족의 부양문제라든가, 일본 제국주의의 요청에 어찌할 수 없이 끌려들어간 상황논리를 내세워 적극 작중화자의의 입장을 변호하고 있다.

김의 적극적인 변명에도 주인공의 마음이 편치않은 것은 자신 속에 있는 아직도 해결되지 못한 타자의식 때문이다. 그것은 자신 속에 내재해 있는 '망국민족의 퇴영적인 타성'이 있기 때문이다. 친일 악질교사를 규탄하는 데모에 상급학교 입학시험을 준비한다는 핑계로 참석하지 않은 조카를 호되게 꾸짖고 빨리 데모에 참석하라고 돌려보내는 '나'의 태도는 바로 자신 속의 타자의식을 다시 비판함으로써 자신을 새롭게 정비, 자기 정체성을 회복하려는 심리를 보여준다.

이태준의 자서전적인 소설인 「해방전후」에서는 「민족의 죄인」에서처럼 준열한 자기비판을 거쳐 자기 정체성을 획득하는 것과는 달리, 주인공 현은 적극적으로 새나라의 건설에 동참함으로써 일본제국주의 하의 자신의 잘못된 대일 협력을 은폐하려는 기만적 태도를 보여 준다. 그 의도 아래에는 대일협력은, 자기만의 잘못도, 또 어쩔 수 없는 상황에서 어찌할 수 없는 것으로 내면화되어 있다. 그 당시의 올바른 민족 건설에 적극적으로 참여함으로써 자신의 잘못에 대한 보상을 하려는 것이다. 실지 「해방전후」에서의 현실인식은 객관적인 상황을 좌익측의 정치적 입장에서 정리해 주고 있다. 그러나 이런 기만적 태도는 지식인의 허위의식에 의해서 자신의 변명에 지나지 않으며, 상황이 바뀌면 똑같은 행동양식을 반복하게 되는 문제가 있다.

김동인의 「망국인기」와 「추춧돌」, 「속 망국인기」는 자신에 대한 비도 반성도 없는 자기 변명으로 일관된 작품이다. 「망국인기」와 「속 망국인기」에서는 일제말 전력 증강을 목적으로 일제 당국이 부탁한 유신 지사들의 전기를 쓰는 일에 협력하고 국민사상 선도에 앞장서는 작가단의 창단에 참여하는 대일협력에 대해서, 이것은 조선어 박멸의 위기에서 조선어를 지키기 위한 방편의 하나였다고 역설한다. 대일 협력의 행적의 책임이 한 개인보다는 국가적 책임에 두어야 한다는 것이다. 즉 동인의 자서전적 성격을 띈 「망국일기」에서는 대일협력에 대한 자기변명을, 「주춧돌」에서는 한서방이라는 인물에 자신의 심리를 투영시켜 자기 합리화를 하고 있다. 또 이광수를 모델로 하는 「반역자」에서는 추호도 조선을 반역할 의사가 없었으며, 반역행위 뒤의 내면적 진실을 보아야 한다는 역설을 하는가하면, 반역자라고 독립되는 조국의 기쁨을 함께 할 권리가 없는가고 묻는다.

자기 비판의 문제는 결국 대일 협력이나 일본제국주의 하의 잘못이 자기 자신의 잘못이 아니라, 민족전체의 '망국인의 타성'에 의한 것이라는 변명과, 어쩔수 없는 상황논리로 빠진다든가, 혹은 개인보다는 국가적 책임하에 두어야 한다는 자기합리화를 위한 논리적 변명에 지나지 안았다. 이것은 대일협력에 자유롭지 않은 자들이 해방정국에서 또다시 부상되면서 대일협력의 문제가 자연적 희석되었고, 통과제의의 의미만 가진다.

2) 새나라 건설에 대한 전망

해방직후 새나라에 대한 전망은 우익 문학단체에서 새나라에 대한 어떤 구체적인 제시를 한 것은 없으나, 좌익 문학단체에서는 분명히 반제국주의적 반봉건적 민주주의라고 못박고 있다.

우리의 혁명단계는 프로레타리아 단계가 아니라 민주주의
혁명단계에 처해 있다. 따라서 건설될 신문화는 사회주의 혹
은 프로레타리아적인 문화가 아니라 반제국주의 반봉건적인
민주주의적 민족문화요, 무산계급의 반자본주의적 문화가 아
니다.[6]

반제국주의적 반봉건적인 민주주의적 민족문화를 건설한 나라는 바로
반제국주의 반봉건적 민주주의라야 한다. 프로레타리아 민주주의도 프
로레타리아 혁명단계도 아니라는 것이다. 그러나 실제 작품 속에 드러나는
것은 반제국주의적, 반봉건적인 내용보다는 프로레타리아의 계급성에 집
중되어 있는 내용이 많다. 이것은 '조선문학가동맹'에서부터 프로레타리
아의 당파성이 아니라 프로레타리아 영도성을 주장하면서 그 내용을 구
체적으로 제시하지 않았기 때문에 대부분의 작가들은 작품 속에 프로레
타리아의 계급성에 초점을 맞추어 작품화하고 있는 것이다.

대부분의 작품에서 인민공화국에 대한 낙관적 전망을 제시하고 있다.
이 또한 '조선문학가동맹'이 내건 진보적 리얼리즘의 내적 계기로서의 혁
명적 계기를 노동자의 계급성에 맞추어 과도한 집착과 정열을 드러내려
는 의도 때문이다.

김남천의 『8.15』는 해방정국을 맞이해 다양한 계층적 특성을 비교함으
로써 노동자 계층의 참신하고 근면한 인간상을 드러낸다. 또 이를 바탕으
로 새나라 건설은 노동자 빈농민을 위한 인민공화국이 되어야 한다는 당
위성을 서술하고 있다.

이태준의 「해방전후」에서는 '문학건설본부'가 인민(이 태준은 '대중'이
라는 표현을 쓰고 있다)의 편에 서서 적극적인 지지를 하는 것에 새로
다가 올 자유와 독립은 인민의 자유와 독립이 되어야 하기 때문에 당연하
다고 서술하고 있다. 이러한 인민 통일전선이 당위성을 가지고 있음에도

---

6) 「조선민족문화 건설의 노선(잠정안)」, 『해방일보』, 1946.2.9~10.

불구하고 남한의 정국이 혼란스러웠던 것은 결국 인민의 계급성에 과도하게 집착하는 일부 극좌 행동과 매판, 친일 지주와 미군정의 결탁 때문이라는 인식을 보여준다.

이태준의 「해방전후」는 좌익측의 '문학건설본부' 측의 입장에 서서, '조선프로레타리아문학동맹' 측에서 내거는 과도한 노동자의 계급성에 집중하는 현상과 우익측의 친일지주와 미군정의 결탁에 의해 야기되는 남한의 혼란상 둘 다 비판하고 있다. 즉 그는 매판 친일, 지주를 제외한 인민통일전술에 의한 계급통합을 내세웠음에도 불구하고, 좌익단체에서는 적기(소련기)를 찬양하는 극좌적 행동이 속출했다고 비판한다.

대부분의 새나라 건설의 당위성을 서술한 작품에서 '친일매판지주'에 대한 비판은 하고 있으나 극좌적 행동에 대한 비판은 「해방전후」와 또 좌익단체에서 공산당을 너무 우상화하기 때문에 좌익단체의 행동이 극좌적으로 흐른다는 것을 비판한 지하련의 「도정」에서나 찾아 볼 수 있다.

안회남의 「불」에서는 우리 고유의 전통풍습인 음력정월 대보름의 불놀이라는 상징을 통해서 역사적 변혁기에 낡은 질서는 붕괴되어야 하고 새로운 질서가 이룩되어야 한다는 것을 보여준다. 불놀이가 가지고 있는 죽음과 재생이라는 상징적 의미를 통해서 해방이라고 하는 역사적 변혁기에 일제잔재는 청산되어야 하고 능동적이고 주체적인 새로운 세계가 도래되어야 함을 암시한다. 즉 이서방이라고 하는 주체적이고 창조적 인물과 해방을 맞은 우리 민족의 새로운 세계에 대한 능동적 변혁의지가 불의 원초적 상징과 내적 연관을 맺으므로 창조적 전망이 드러난다.

엄홍섭의 「발전」에서도 해방정국에서의 민족의 상황을 상당히 고무적으로 보고 있다. 일본에서의 귀순객들에게 민족으로서의 인간적인 애정을 최대한 베풀며 우리 민족의 장래를 낙관적으로 그리고 있다. 그러나 전제는 친일파, 민족반역자들의 소탕이다. 그들이 날뛰다가는 결국 새정부가 들어서면, 인민재판에서 엄혹한 처단을 받게 된다는 것이다.

채만식의 「歷路」는 해방정국의 혼란된 정치적 상황을 채만식의 비극적 세계관을 통해서 희망없는 절망적인 상황으로 그려내고 있다. 이 작품 역시 「민족의 죄인」과 같이 작가를 화자로 한 '나'와 김군이 부산행 열차 속에서 좌익 청년, 우익 인사, 시골 농민, 월급쟁이 들과의 정치토론을 통해서 해방정국 상황을 진단하려고 하나 결국 비극적 인식에 도달한다. 화자는 우리의 새나라 건설은 러시아와 미국의 손에 달려 있다는 것과 정치지도자들의 정치 입신을 위해 백성들이 굶어죽어도 백성의 생활고에는 아랑곳 없이 싸워대는 정당 싸움에 결국 죽어나는 것은 백성이고, 결국 한 정당의 두령은 있어도 민족의 지도자가 될 민족지도자는 없다는 결론을 맺는다.

이 작품에서는 채만식은 비극적 세계관에 의해서, 결국 민족에 대한 부정적 생각과 강대국의 역학에 의해서 우리의 해방정국의 상황이 결코 밝은 것만이 아니라는 것을 보여준다.

채만식의 「도야지」 역시 해방 후 외세 의존적이고 역사에 대한 무지한 인물 및 그에 부합되는 인물이 만들어내는 혼란된 정치풍토를 아들 문태석의 입을 통해 비판하고 있는 작품이다.

이동규의 「小春」에서는 주인공 금순이 해방이 되어 명진이 준 '소련노동자의 생활'이라는 책을 읽고 '조선 사람이 다 잘 살기 좋은 나라 만들기'에 대한 관심과 명진이에 대한 관심이 상동관계를 가지며 조급하고 끓는 열정으로 불타오른다. 명진은 금순에게 새나라 만들기는 너무 조급하게 굴지말고 참고 기다리고, 분명한 목표를 세우고 한발짝 한발짝 순서를 밟아 나가야 한다고 충고한다. 새나라에 대한 여망을 매개로 두 이성 간의 사랑이 아름답게 제시되는 작품이다.

해방직후 새나라 건설에 대한 소설은 초창기의 소설들은 대부분의 새롭게 건설되어야 할 나라에 대한 당위성을 그렸다고 하면, 차츰 시간이 갈수록 정당간의 갈등과, 또 외세의존적인 정치풍토에 의해서 어떤 전망을 그릴 수 없는 혼란으로 그려진다. 그러나 노동자의 계급적 관점에 선 작품들은 노동자의 단결에 의해서 전망을 획득하는 것으로 그려진다.

3) 일본 제국주의 청산문제

일본제국주의 청산문제는 지식인의 자기비판의 문제와 마찬가지로 새로운 변혁의 세계를 지향하는 새로이 건설될 사회를 위해서 한번 쯤 논의의 대상이 되어야 한다. 지식인의 자기비판의 문제는 지식인의 의식의 차원에서 다뤄져야 할 문제지만, 일본제국주의 청산의 문제는 의식의 차원이든 물질적 차원이든 어느 한부분 관련되지 않은 곳이 없다. 즉 귀속재산 처리문제, 토지문제, 악질 친일분자들의 처리 문제 등으로부터, 36년간 알게 모르게 의식화된 제국주의적 근성 등은 꼭 한번 쯤은 변혁 사회에 걸맞게 해결되어야 하는 문제이다. 그러나 해방 직후의 상황에서는 그렇게 바람직한 방향으로 해결되지 않았다.

일본 제국주의 청산문제를 귀속재산처리문제와 결부해 탁월하게 해방 직후의 현실을 재현한 작품은 황순원의 「술이야기」이다. 이 작품은 황순원이 월남하기 전 평양에서 쓰여진 작품이기 때문에 남한의 현실과 비교될 수 없지만, 이 시기 작품 중 귀속재산처리 문제를 제도의 차원이 아니라, 북한이나 남한이 똑같이 고려의 대상으로 삼아야 하는 의식의 차원에서 가장 탁월하게 그려내고 있다.

이 작품은 일본인 소유의 양조장을 자기의 소유를 만들려는 주임 서기 준호가 제국주의적 개인 영웅주의에서 헤어나지 못함으로써, 조합소유를 주장하는 건섭과의 대결에서 스스로 허물어지고 마는 비극적 운명을 탁월하게 형상화한 작품이다. 준호는 제국주의적 청산을 부르짖는 혁명적인 분위기 속에서도 제국주의적 잔재인 개인의 영웅주의 의식이 청산되지 못함으로써 결국 파멸의 길을 걸을 수 밖에 없는 낡은 의식을 청산해야 할 인물이다. 긍정적 인물인 건섭을 통하여 부정적 인물 준호의 의식을 드러내는 간접화 수법을 통해, 준호의 변모과정을 통하여 드러내는 비인간적인 면모를 폭로시킴으로써, 그 몰락의 필연성을 부각시키는데 성공하고 있다.

채만식의 「맹순사」는 일본제국주의 하에서의 청산되지 못한 친일 인물들을 통하여 해방직후의 혼란상을 풍자하고 있다. 채만식의 대부분의 작품이 그러하지만, 이 작품에서도 부정적 인물을 정면으로 내세워, 부정적 현실을 이중 풍자하는 수법을 보여준다.

일제 시대 큰 뇌물을 받아먹을 능력이 없어 받아먹지 못했던, 맹순사는 스스로를 '청백순서'로 자처하는 인물로 해방을 맞아, 맞아죽을 것이 겁나 도망갔다. 그러나 살길이 없자 다시 복귀한 경찰서는 일제 치하의 살인강도가 경찰이 되고, 동네 행패꾼이 경찰로 행세하는 현실이다. 오히려 맹순사는 자신의 생명을 위협하는 현실로부터 탈피하기 위해 사직원을 쓴다. 채만식은 이 작품을 통해서 청산되어야 할 일제의 잔재가 해결되지 않는 해방직후의 혼란된 상황을 풍자의 대상으로 삼고 있다.

안회남의 「말」7)은 상징을 통하여 일본잔재청산에 관한 내용을 소재로 형상화한 작품이다. 「말」은 일본군대의 군용마가 해방이 되면서 사라지지 않고 널려있는 모습을 통하여, 없어져야할 일본 잔재가 그대로 있음을 상징하고 있다. 「말」은 패망한 일본제국주의 모습에다, 36년 동안 알게모르게 영향을 입은 우리 민족의 경제적 정치적 문화적 일제 잔재의 흔적을 이중으로 상징하고 있다. 일본잔재의 상징으로 군데군데 상처가 나고 털이 벗겨진 말과 한 민족의 상징으로 소를 대비시켜 농촌에 말이 웬말이냐며, 말이 없어지기를 바란다. 이 작품은 새나라 건설을 위해 해결해야할 구체적 사안으로 일본잔재 청산의 문제가 구체적 현실이 매개되지 않은 낭만적 관념을 상징적으로 처리하고 있다. 즉 상징으로서의 말이 사라져야 하는 당위성만 서술될 뿐 현실적인 매개과정이 제시되어 있지 않다.

위에서 본대로 일제잔재 청산의 문제는 당위적 차원에서 논의 될 수 있는 문제지만 실제 구체적 현실 속에서 찾아 작품 속에 매개한다는 것은 어려운 문제다. 가장 구체적으로 제시된 것이 친일 관료들이나, 매판 인사들의 문제이다. 채만식의 「맹순사」에서 제시된대로 미군정이 식민통

---

7) 안회남, 「말」, 「불」, 『불』, 슬기소설선, 1987.

치체제를 그대로 해방정국에 적용한 사례다. 그러나 이것 또한 대일 협력에 자유로운 자가 없었기 때문에, 쉽사리 이 문제를 노출시킬 수 없었다. 결국 「술이야기」에서 처럼 일제잔재 청산의 문제는 자신 속에 있는 알게 모르게 오염된 제국주의적 근성을 비판하거나, 「불」에서처럼 당위적인 차원에서 상징적으로 암시할 수 밖에 없었다.

4) 토지개혁에 관한 농촌문학

인구의 80%를 차지한 농민은 해방전 토지조사사업 이후 계약에 의해 소작권이 형성됨에 따라, 생존을 위한 80~90% 소작료도 감수하며 일제 독점자본의 가혹한 수탈을 견디어 왔다. 그들에게 해방은 바로 토지 소유, 혹은 소작료 감소에 의한 생존권 획득의 의미를 가진다고 할 수 있다. 이에 각 정치 단체는 각기 토지문제의 해결을 우선으로 했다.

해방 직후 45년 12월 말까지는 그대로 농민들의 토지에 대한 꿈은 그대로 현실적 계기로 작용한다. 그런 작품들은 이근영의 「고구마」 등이 있으나, 46년 후반기 이후의 작품들은 대부분 토지개혁에 관한 농민들의 기대와 실망과 좌절을 형상화한 작품들이 더 많다. 즉 채만식의 「논이야기」, 최정희의 「풍류잡히는 마을」, 「우물치는 풍경」, 「점례」, 황순원의 「집」, 「황소들」, 안회남의 「농민의 비애」 등이다. 또 3.1병작제 실시, 미곡수집령에 의한 극도에 달한 궁핍화현상, 최정희의 「풍류잡히는 마을」, 「점례」, 안회남의 「농민의 비애」 등이다. 미군정에 의해 인민위원회가 무력화되면서 비합법적인 폭동을 형상화한 작품으로 안회남의 「폭풍의 역사」, 박찬모의 「어머니」, 황순원의 「황소들」 등이 있다.

A.토지 개혁에 대한 기대

좌익문학운동은 대략 3단계로 분류할 수 있는데, 1단계는 '문건'과 '예맹'의 대립기이고, 2단계는 문맹결성단계, 3단계는 인민항쟁에 입각한 창작방침, 대중공작, 그리고 구국문학기이다.

진보적 리얼리즘은 2단계에서 구체화되는데, 진보적 리얼리즘의 계기인 혁명적 로맨티시즘은 해방직후 비평과 작품 속에서 두가지 의미로 수용되었다. 변혁에의 기대가 현실적으로 가능했던 45년 말, 46년 초까지는 낙관적이었음에 비해 공산주의의 탄압이 강화됨으로써 신전술로 전환하는 46년 중반 이후에는 강력한 정치성을 띈 무기로서의 문학을 주장했다고 할 수 있다. 인민항쟁에 입각한 창작방침, 대중공작 등이 그러한 맥락에서 이해 될 수 있다. 그러나 후기의 정치성을 띈 문학은 현실 대응자세의 문제로 오히려 부작용을 낳은 결과가 되었다. 자본주의 체제에의 편입을 강력히 시사하는 남한에 상반된 체제의 지배양식이 수용될 리 없었다. 그런 객관적 상황이 불리해진 가운데, 진보적 리얼리즘의 창작방법론에 의해서 그런 상황을 극복하기 위해서는 영웅적 인간형의 창조가 불가피했다고 할 수 있다.

45년 12월에 창작된 이근영의 「고구마」는 해방직후의 건설기, 변혁기의 기대가 현실적으로 가능했던 창조적 역동성이 그대로 반영된 시기의 작품으로, 해방 직후의 새로운 낙관적 분위기를 토대로 긍정적 인물에 의한 낙관적 전망을 보여준다. 이 낙관적 전망은 결국 진보적 리얼리즘 창작방법론을 채택한 작가들의 농민이나 노동자의 승리에 의한 낙관적 신념을 작품을 통해서 보여주는 것이다.

「고구마」는 '고구마'를 중심으로 한 지주 - 소작관계를 집중적으로 서술한 작품이다. '고구마'를 중심으로 주인공 박노인이 주체적인 의식으로 각성하는 과정을 그린 소설이다. 박노인이 현실적이고 개인주의적이기 때문에 열심히 노력해도 못사는 까닭을 끊임없이 반문하고, 지식인 매개자인 김선달네 아들을 통해서 해결하려고 하나, '논밭만 가지면 된다'는 답변에 희의적이다. 그러나 강주사에게 강제로 도조를 빼앗긴 후부터는 '농민이 토지를 가져야 한다'는 절박성을 인식한다.

박노인에게 있어서 의식각성의 추동력은 자신의 성격적 특질 들, 비판성, 역동성, 능동성에 의해 지주의 계급적 이데올르기에 영합하지 않는 것이다. 이 당시의 대부분의 농민 소설에서 농촌의 혁명적 분위기가 차츰 사라져감에 따라 농민들은 체념 혹은 지배 이데올르기에 적응하려는 노력들을 보인다. 그러나 박노인은 구체적 생산관계 속에서 자신이 주체임을 자각해 나간다. 이것은 진보적 리얼리즘의 혁명적 계기로서의 농민의 혁명성을 획득해나가는 농민의 전형을 보여준기 위한 작품으로 제시한 작품이라 할 수 있다.

「고구마」와는 발표된 시기는 다르지만, 모성의 감정을 끌어올리면서 혁명적 계기를 마련하는 박찬모의 「어머니」는 10월 인민항쟁의 과정을 핍진하게 형상화한 작품이다. 공출부진의 이유로 폭력화하는 지주와 경찰의 비인간적인 횡포, 이에 맞서 싸우는 농민들의 농기구 무장, 경찰서 점령, 지주집 방화살인 등, 더 이상 체념과 포기 등의 낡은 방식으로 살아갈 수 없는 농민들의 삶의 혁명적 계기, 죽음을 각오하고라도 봉기할 수 밖에 없는 필연성을 세부적인 묘사를 통하여 제시하고 있다.

주인공 어머니는 공출을 강요당하던 아들 칠성이 경찰과 정주사의 폭력에 맞서 싸우다 결국 10월 인민항쟁8)이라는 집단 항쟁으로 발전, 경찰서 습격 도중 아들의 죽음에 정신을 잃고 경찰서로 달려가 농민들의 경찰서 점거 성공을 하게 하는 혁명적 계기를 제공한다. 즉 '어머니'라는 모성의 힘을 통하여 집단을 봉기시키는 계기로서 작용함으로써, 좀더 감동의 힘을 확대해 나간다. 그러나 혁명적 계기로서 작용하는 모성의 힘이 핏줄이라는 혈연관계를 통하여 감동은 불러 일으킬 수는 있지만, 인민항쟁의 본질적 계기를 둘러싸고 있는 복잡다단한 역학관계는 사장된 채, 어머니

---

8) 1946년에 일어난 인민항쟁은 해방직후의 정치,경제 및 사회분야에 있어서의 미군정 정책의 실패를 뚜렷하게 부각시킨 사건이었다. 봉기의 진압과 인민위원회의 붕괴는 모두 특히 국립 경찰의 운명의 전환점을 부각시켰다.
부르스 커밍스, 『한국전쟁의 기원』, 일월총서, 438쪽

와 아들이라는 단편적인 관계로 의미를 축소시키게 된다.

또 10월 인민항쟁을 그린 소설로는 황순원의 「황소들」9)이 있다. 이것은 위의 두 작품과는 달리 낙관적 전망을 암시적 수법으로 제시한다. 이 작품 역시 미곡 공출의 가혹한 집행, 물가 상승, 고리대 등으로 파탄된 농촌의 봉기를 집중적으로 형상화하고 있다. 이런 이야기는 바우의 회상을 통하여 드러난다. 암시수법을 통하여 드러내는 농민의 승리도 주인공 바우의 회상을 통하여 드러난다. 마을 사람에게서 들은 황소와 호랑이 싸움 이야기 - 황소는 이리저리 놀리다가 결국은 결정적인 순간에 호랑이를 연달아 끈질기게 받아 호랑이 창자를 다치고 만다는 이야기를 통해서 농민의 승리를 전망하고 있다.

위의 작품에서 암시수법으로 드러나는 낙관적 전망이나 안회남의 '농민의 비애'에서 드러나는 노루를 잡는 환상은 모두 현실의 벽을 극복할 수 없다는 좌절감의 표현이라 할 수 있다. 현실을 통해서 극복할 수 없는 벽을 자기 최면을 통해 기대를 가져보는 것이다. 불안한 위기 속에서 타협 아니면 좌절, 그렇지 않으면 거짓 신념으로나마 환상을 가지고 살아가야 하기 때문이다. 농민문학에서 나타나는 영웅적 주인공에 의한 낙관적 전망은 현실에 대한 비극적 인식을 바탕으로 한 이념적 지향을 보여주는 거짓 유토피아를 드러낸 것이다.

B. 토지개혁에의 좌절

해방 초기 남한에서의 농민들의 기대에 찬 토지혁명은 이루어지지 않았다. 대부분의 농민들은 해방 전 일본제국주의 농업 지배와 달라진 것이 없다는 인식이다. 이런 인식은 대부분의 농민 소설의 공통적인 내용이다. 차츰 친일 인사들과 결탁한 미군정의 농업정책은 농민들을 더 궁핍으로 내몰았고, 농민들은 지주의 횡포에 적응, 혹은 타협하지 않으면 안되었다.

---

9) 황순원, 『문학』 4, 1947.7.

안회남의 「농민의 비애」, 채만식의 「논이야기」, 최정희의 「풍류잡히는 마을」, 「우물치는 풍경」, 「점례」 등의 작품에서는 바로 이러한 농민들의 좌절을 통한 보수성에로의 회귀를 보여주는 구조를 보인다.

안회남의 「농민의 비애」는 미군정이 1945년 자유시장정책에서 1946년 일제 때의 식민지적 공출제도를 부활함으로써 쌀파동과 급격한 물가상승으로 인한 농민들의 비참한 생활상을 형상화한 작품이다.

서대응 노인의 궁핍화된 삶을 매개로 전개되는 농민들의 궁핍화되어가는 과정은 해방 직후 미군정의 식민지적 공출제도 부활에 의한 쌀파동과 쌀배급제와의 상호연관 속에 서술되어진다. 극도의 궁핍화 속에서 실심한 서대응 노인은 자살하게 되고. 농민들은 면소유의 창고 안에 남아있던 쌀마저 어디론가 실어나가는 것을 본 농민들의 집단 투쟁으로 이어진다. 농민들의 집단 투쟁도 관청의 권유와 위협에 결국 무산되고 서대응 노인은 배고픔을 채우려는 노루 잡는 환상에 사로잡히고, 노루조차 노루 사냥꾼에게 맞아 쓰러진다.

이 작품은 서대응 노인의 가족경제사를 통해 어떻게 궁핍화 되어가는가에 대한 구체적 제시가 생략된 채, 단지 궁핍화 그 자체에 대해 초점이 맞추어져 있다. 즉 농민들의 궁핍화 과정이 객관적 상황의 발전과정과의 유기적 연관성상에서 제시되지 않는다.

위에서 서술한대로 객관적 상황의 악화는 농민들에게 꿈과 희망을 포기한 채 삶을 좌절하게 한다. 노루를 잡아먹겠다는 환상은 정상적인 삶의 소통구조를 상실한 농민의 '밥'에 대한 절망의 표현이다. 또 노루마저 호랑이에게 먹힌다는 것은 농민의 삶에 대한 최소한의 희망조차 억압당한다는 것이다. 또 한편으로는 노루에 대한 환상과 무기력한 서대응 노인의 죽음은 농민들의 무기력함과 현실타개 능력의 부재를 드러낸다.

최정희의 「풍류잡히는 마을」 역시 비유수법을 통해, 소작농민들의 좌절당한 삶을 그려놓은 작품이다. 지주와 소작관계 즉 서홍수와 목수영감과의 상동관계를 가지고 있는 족제비와 닭이라는 억압하고, 억압을 당하는 관계를 통하여 농촌의 현실을 폭로하고 있다. 미군정의 토지정책에 발빠르게 대응하는 지주인 서홍수와 일제 하의 상황과 전혀 나아지지 않은 목수영감의 극심한 궁핍감은 양극화현상을 보이며 목수영감을 비롯한 동네 소작농들은 토지를 떼일까봐 전전긍긍하며 서홍수네의 수족이 되어 노예적 삶을 자청한다. 족제비의 폭력앞에 무력하게 당하는 닭의 운명은 바로 경제적 취약성으로 변화 앞에 무력한 농민들의 모습인 것이다. 그들이 할 수 있는 것은 해방의 기대로부터 좌절된 분노만을 터뜨릴 뿐이다. 목수 영감 아들의 서홍수 환갑잔치상을 뒤집음을 통하여 현실적 대안이 없는 그들의 좌절된 삶을 보여줄 뿐이다.

「우물치는 풍경」 역시 비슷한 구도의 작품이다. 이 작품은 해방 이후 토지를 강매하고 상경하여 정계진출을 위해 서울을 들낙거리는 지주인 최주사와 그의 땅을 부치던 소작농들민간의 갈등을 그린 작품이다. 모든 재산을 동원해 땅을 산 소작농민은 다행이지만 그렇지 못한 대부분의 소작농민은 땅이 팔리게 되자 경작권을 박탈당하게 된 상황 속에서, 우물치는 배경을 중심으로 소작농민들의 처녀 총각들이 결혼조차 할 수 없는 궁핍의 내용이 회화적으로 제시된다. 그러나 그러한 궁핍이 최주사의 토지 강매에 의한 것임에도 소작농민들은 그들의 숙명만을 탓하고 무력하게 하루 하루를 살아갈 뿐이다. 「점례」에서는 지주와 소작농민간의 회화화된 상황을 더욱 더 극화시킨 작품이다.

최정희 세작품 모두 지주와 소작농간의 갈등을 심화시킨 것은 해방이라는 상황이 매개되어 있다. 미군정의 삼분병작제로 인한 지주의 불안감은 지주로 하여금 토지를 강매하게끔 부추긴 주요요인이었으며, 친일 경찰을 동원해 인민위원회 등, 농민들의 집단 움직임을 미연에 방지해, 일체의 단체 행동이 금지되어 일방적으로 지주의 유리한 현실로 발전되었다. 소작농민들의 해방의 기대에 못미치는 궁핍한 현실로 인한 좌절을 겪으면서 그들은 체념적인 삶을 선택한 것이다.

최정희의 해방직후의 대부분의 작품은 화자인 '나'에 의해서 고발되는 형식으로 쓰여진 품으로 소작농민의 편에 서서 지주에 대해 울분하고 흥분하는 화자로 작품의 생경함 목소리가 그대로 드러난다.[10] 이것은 객관적 현실의 복잡한 유기적인 관계 속에서 현실을 파악하는 것이 아니라, 자신의 주관적 세계관에 의해서 재단된 현실을 통해서 자신 의 옳다고 생각하는 믿음을 전달하기 때문이다.

채만식의 「논이야기」도 자신의 이익에 따라 현실을 판단하는 한 농민의 농촌 현실에 대한 절망을 통하여, 국가라는 것이 국민에게 어떤 의미를 가지는가를 새삼 질문함으로써, 독립이나 해방의 의미가 무색화되는 해방정국에 대한 비판을 그린 작품이다.

「논이야기」는 해방 직후의 토지에 대한 농민의 기대가 좌절됨을 통하여, 어느 시대인들 나라가 백성을 위하여 해준 것이 무엇이냐는 나라의 허구성을 질문하고 있다. 이러한 좌절의 반복을 통하여 나라에 대한 신뢰감은 상실되고, 동시에 정치적인 집단 전체에 대한 불신과 배신감을 심화시킨다. 이는 곧 그의 작품에서 냉소적 태도로 나타나고, 해방 직후 일체의 문학단체에 가입하지 않고 낙향해서 작품활동만을 주력하게 하는 원인이 된다.

낙관적 전망이 드러나지 않는 이러한 경향의 작품들의 대부분은 객관적 현실에 매몰되어 작가에 의해서 주관적으로 재단된 현실을 그릴 뿐, 복잡다단한 삶의 양상들의 유기적인 연관관계 속에서 파악하지 못한 결함을 보여준다. 이러한 경향은 해방직후의 변혁적 분위기에 의해서 민족문학이라는 틀 속에서 각자 나름대로의 민족문학을 생각하였기 때문이다. 낙관적 전망을 보여주는 작품은 노동자, 농민의 진보적, 혁명적 특성에 초점을 맞추었는가 하면, 비극적 전망을 보여주는 작품은 노동자, 농민의 보수적, 노예적 특성에 초점을 맞추어서 작품을 형상화하였기 때문에 양극

---

10) 최정희는 해방직후 '덕소에 살면서 가난하고 우매한 농삿군들과 살아오는 사이에 쓰여진 작품들이라' 말 속에서 실제 덕소에서 겪은 농촌의 풍경을 작품화한 것 같다.
최정희, 『풍류잡히는 마을』, 아문각, 1949. 221쪽.

단의 작품 경향으로 드러난다.

5) 노동자의식을 통해서 보여준 낙관적 전망

노동소설은 노동자의 역사적 역할에 대한 확고한 인식 아래 객관적 현실의 내적인 계기와 변혁주체인 노동자들의 의식과의 유기적인 관계 속에서 낙관적 전망을 그려야 한다.[11] 그러나 해방직후 객관적 현실은 노동자의 역사적 역할을 수행하기에 어려운 상황이었고, 이러한 상황으로 인해 객관적 현실의 내적인 계기와 노동자들의 역할이 상호 유기적인 관계 속에서 형상화되어야 함에도, 노동자의 역사적 역할만을 강조하는 낙관적 전망을 그린 소설들이 대부분었다. 구체적 현실이 매개되지 않은 낙관적 전망은 추상적일 수 밖에 없는데, 이것은 해방직후의 현실에서 오는 한계이다.

해방초기 노동운동은 '공장관리운동'으로 시작해서 '민주노조와 어용노조'와의 갈등으로 발전한다. 공장관리운동은 단순한 생존권 보장의 의미 뿐아니라 90% 이상되는 외래, 매판자본가의 척결이라는 의미를 띄는 새로운 건설과도기의 변혁운동이었다. 그러나 미군정 법령 33호, 조선내 소재 일본인 재산 취득에 관한 건에서는 노동운동 제약법령, 등 각종 악법 등으로 노동운동 자체를 인정하지 않았고 극심한 탄압으로 근본적으로 사회변혁운동을 부정하였다.[12] 여기에서 민주노조와 어용노조와의 갈등이 형성된다.

노동소설은 이동규 「오빠와 애인」, 「小春」, 등 홍구의 「석류」 등, 김영석의 「전차운전수」, 「폭풍」 등이 있다.

신건설 2호에 발표된 「오빠와 애인」[13]은 공장관리를 둘러싸고, 해방된

---

11) 임진영, 『8.15직후 단편소설연구』, 연세대 석사논문, 1988.
12) 김태승, 「미군정기 노동운동과 전평의 운동노선」, 『해방전후사의 인식3』, 327~332쪽.
13) 「오빠와 애인」, 『신건설』 2호, 1945.12.

이제 노동자들의 인간적인 삶을 위해 공장자주관리를 맡아서야 한다는 변혁 열망과 이를 가로막고 있는 미군정에 의해서 파견된 인물과의 세력 간의 갈등을 그린 작품이다.

해방후 일본이 소유했던 각종생산 공장을 비롯한 재산은 토지와 함께 국유화하여 자립적 민족경제를 건설해야 한다는 것이 민족통일전선 측의 지배적인 생각이었다. 그러나 미군정은 '재한국일본인 재산의 권리 귀속에 관한 건'을 공포하여 일본인 재산을 귀속재산으로 접수하는 동시에 노동자의 자주관리운동을 부정하고 이를 대신할 관리를 파견했다. 이들 관리들은 대부분이 식민지 시대의 기득권을 행사한 친일인사나 친일관료들이었다. 이들은 노동자들의 주체적인 의식을 부정하고, 일제 식민지지배 방식을 그대로 답습해 노동자들을 억압하는 정책을 썼다.

「오빠와 애인」에서는 주인공 재순이와 오빠 재덕, 애인인 병찬이는 서로 '가난한 사람들의 나라, 좋은 국가'를 만들자는데는 원칙적으로 동의한다. 그러나 직공으로 일하는 오빠 재덕은 노동자의 편에 서서 공장관리 위원회의 관리를 끝까지 고수하려고 하나, 사무직원인 애인 병찬은 미군정에서 내려보낸 닥터 김에 매수되어 노동자를 설득하려 다니다가 오히려 매를 맞아 병원에 입원을 하게 된다. 그러나 곧 자신의 잘못을 뉘우친다. 재순은 두사람 사이에서 갈등하다 병찬의 뉘우침으로 화해를 암시한다.

화자인 재순의 눈으로 그려진 재덕을 비롯한 노동자들의 자주적인 공장관리를 반대하는 세력과 대항해 나가는 구체적인 전개과정을 통하여 재덕의 노동자로서의 꿋꿋한 영웅적인 모습을 잘 형상화하고 있다. 또 역사적 발전의 내적 계기로서의 노동자들의 변혁적 의지와 단결력, 부동하는 지식인 병찬이 매수되는 과정, 객관적 현실의 반영으로서의 미군정 관리들의 부정적인 모습 등, 상호유기적인 관계 속에서 총체적으로 주제를 드러내려고 했다.

김영석의 「폭풍」에서는 해방이라고 하는 객관적 현실을 매개로 노동자의 계급의식이 어떻게 각성되어가는가와 그 의식이 어떻게 실천행동으로 이어지는가를 그리고 있다. 미련하고 꿋꿋하여 벽창호로 소문난 이우식이 해방을 맞은 혼란 속에서도 민족이라는 동질성을 통하여 동포에 대한 애정 어린 시선으로 자신이 해야 할일을 하나씩 풀어나간다. 즉 해방전과 다름없는 노동자에 대한 억압적 현실에 노동자의 단결로 극복하려는 상황속에서 대한노총으로 인한 노동자의 분열과 갈등이 형성된다. 공장장의 성희롱, 작업연장, 대한노총의 결성 등, 결국 분회의 개최로 작업연장 반대, 파업을 결의하나 자본가와 결탁한 어용단체인 대한노총으로 인한 분열, 경찰에 의한 검거 등이 잇따른다. 이를 결국 노동자의 폭풍 같은 단결력으로 극복할 수 있다는 전망을 보여준다.

위의 다른 작품에서 마찬가지로 노동자소설의 한 특징이라 할 수 있는 이 작품에서도 역시 굽히지 않는 노동자 의식을 통하여 낙관적 전망을 보여준다. 그러나 분명하지 않은 현실적 매개로 인해서 작품의 의도가 뚜렷하지 않다. 또 분회조직에 참가한 노동자와 대한 노총의 대결양상이 이념을 떠나서 악성적인 루머의 대결로 비쳐질 정도로 서로에게 비인간적인 욕설로 오히려 타락한 현실을 보여준다. 자기 동일성만이 진리인양 다른 타자의 논리를 전혀 고려되지 않는 경직된 현실을 보여준다. 이러한 경직된 현실을 통해서 보여주는 것은 결국 거짓 낙관적 전망, 혹은 또 다른 분열을 내포한 임시적인 전망일 뿐이다.

6) 지식인의 소시민의식 비판

지식인의 소시민의식은 자신 안의 타자의 목소리를 통해서 끊임없이 머뭇거리고, 망설이기 때문에 섣불리 행동으로 옮기지 못하게 한다. 단순 노동에 종사하는 노동자들이나 농민들과는 달리 지식인들은 직접적으로나 간접적으로 인생의 다양한 체험을 통하여 진리는 절대적인 것이 아니라는 것을 알기 때문이다. 그러나 해방직후의 상황은 지식인 계급이건, 노동자계급이건, 누구나 타자의 목소리에 귀를 기울이기보다는 그 당시의 상황논리를 따라가기에 급급했다. 노동자계급에선 그들의 단순한 특징으로 인해서 그 당시의 상황논리가 진리로 받아들여졌던 것이고, 자식인 계급에선 일제하의 자신의 소시민 의식으로 인한 대일협력문제에 관해서 자유로울 수 있는 자는 거의 없었기 때문이다. 그러나 지하련은 비교적 그 문제에 관해서는 자유로울 수밖에 없었다.

지하련은 1940년 12월 단편 「결별」로 등단한 해방직후만 해도 거의 알려지지 않은 신인작가였다. 또 여성작가였다. 세 번째는 임화의 부인이었다. 이 세가지 요인은 해방 직후의 상황에선 모든 본인이 하고 싶은 이야기를 다 할 수 있는 조건을 구비한 조건이었다. 신인이고 여자이기 때문에 대일협력문제에 대해서는 자유로울 수밖에 없었고, '조선문학가건설'에서 '조선문학가동맹'으로 이어지는 좌익 문학단체의 주도권을 쥐고 있는 임화의 부인이었다는 것이 용감 할 수있는 또 다른 요인이었다. 「도정」이 바로 그런 작품이었다.

지하련의 해방전의 작품은 차분한 여성화자의 시선을 통하여 대외명분을 중시하는 남편들의 허위의식을 날카롭게 지적하고 있다. 그런 해방전의 날카로운 비판력을 「도정」에서는 지식인의 소시민, 남자 화자의 시선을 통해서 해방직후의 너도나도 할 것 없이 자기비판없이 당에 몰려들어 한자리하겠다는 머리는 없고 가슴만 있는 행동인들을 비판하고 있다. 화자는 자신 속에 끊임없이 행동을 머뭇거리게 하는 소시민 의식을 자성하고 반성하면서도 왜곡된 방향으로 전개되는 상황으로 선뜻 당에 몰입하지 못한다. 그리고는 자신의 계급란에 '소부르조아'라고 하는 것만 기입하고 간부를 맡아달라는 최고간부의 말을 뒤로 한 채, 당을 나온다.

이 작품은 여성작가의 차분한 시선으로 화자의 소시민의식을 끊임없이 비판하고 자성하면서 현실을 직시하는 작품으로 해방직후의 어떤 작품보다 객관적 현실과 심미적 거리를 가진 훌륭한 작품이다. 소시민의식을 가진 지식인 전형을 통하여 객관적 현실이 상호유기적인 관계를 가지면서 소시민 의식, 머뭇거리고 망설이는 특징을 통하여 현실과의 객관적 거리를 확보하고 있다.

전홍준의 「새벽」은 대외명분을 내세워 자신의 이기적 욕심만을 채우는 지식인과 묵묵히 실천을 통하여 민주주의 노선을 걷고 있는 노동자들을 대비적으로 지식인을 비판하고 있다. 일류명사가 주간으로 있는 일류출판사라고 해서 취직한 화자는 편집장의 직원들에 대한 전횡적 횡포에 대해 실망을 한다. 직원들에 대한 배려보다는 오히려 자신의 이익만을 위해서 철저히 직원들을 이용하는 횡포에 화자는 동료들과 파업을 단행하기로 하고 경영자측에 알린다. 주간을 통해서 파업을 철회하라는 억압적인 위기의 순간에 기자단들이 공장 노동자측과의 파업을 함께 연대하기로 함으로 결국 경영자 측을 굴복시킨다. 지식인이 노동자 연대를 통하여 파업에 성공한 낙관적 전망을 보여주는 작품이다.

안회남의 「폭풍의 역사」 역시, 주인공 현구의 소시민의식이 객관적 현실에 따라 차츰 능동적이고 적극적인 의식으로 극복, 농민봉기를 노동자의 의식으로 비판 서술된다. 이 작품에서는 해방직후의 혼란된 상황을 전형적으로 그려나가면서, 농민과 소시민의 행동양식의 대비를 통해서 역사를 변혁하는 힘은 소시민 계급에 있는 것이 아니라, 농민 즉 민중의 힘에 있음을 작가는 의도하지 않았지만 소시민인 현구의 무력하고 자신에로의 함몰을 통해서 보여준다.

화자의 소시민의식은 스스로에 의해서 사건이 발생할 때마다 반성과 비판을 거치면서 차츰 능동적이고 적극적인 자세로 상황과 대결하지만, 이미 상황은 관권과 폭력이 난무하는 상황으로 바뀌어 무력한 소시민으로는 어찌할 수 없는 방향으로 흘러간다. 즉 미군정의 힘과 친일 잔재 세력이 결탁되어 그 당시의 민족적 대 과제였던 새나라 건설과는 정반대인 일제의 억압적인 상황이 그대로 재연된다. 결국 쌀폭동으로 인한 농민봉기가 일어날 수밖에 없었고 상황은 더욱 더 비극적 상황으로 발전한다.

이 작품은 화자 현구가 객관적 현실을 매개로 자신의 소시민의식의 비판과 자성을 통하여 극복, 그로 인해 객관적 현실을 올바로 인식하는 계기로 작용한다. 이 작품에서 노동자적 영웅의 정신적 고양이 담긴 낙관적 전망은 드러나지 않지만 소시민의 머뭇거리고 망설이는 동안 현실은 얼마나 엉뚱한 방향으로 전개된다는 것을 보여줌을 통하여 낙관적 전망의 이상의 효과를 보여준다.

7) 신식민지적 현실의 갈등

8.15직후 남한에서의 일본잔재의 청산은 친일인사들이 미군정과 결탁함으로써, 실제 현실에서의 징벌의 의미보다는 자기비판 내지 반성의 의미 이상이 되지 못했다. 이 점은 미군정에 대한 태도를 규정하는 중요한 의미를 가진다. 일본잔재의 청산이 선명하게 이루어지지 못함으로써, 또다시 친일지주라든가, 친일인사들은 다시 미군정의 하수임을 자처하고 새로운 권력과 결탁했다. 그들은 자신들의 징벌을 면하기 위해서는 오히려 더 적극적으로 미군정의 세력을 등에 업을 수밖에 없었다.

또 1946년 7월에 발표한 박헌영의 신전술에서는 조선공산당은 미군정과 친일파, 민족반역자들 때문에 남조선의 정치, 경제적 파탄이 잇따르고 있다는 점 등을 밝히면서 적극 미제국주의의 실체를 벗겨 투쟁에 나설 것을 역설하고 있다.14) 이런 대외적 인식에 의해서인지 미군정에 의한 왜곡된 신식민지적 상황을 비판한 작품이 많았다.

「논이야기」에서 국가의 허구성을 질문한 채만식은 해방직후 혼란을 통해서, 미래에 대해서 극히 비극적 인식을 보여준다. 이 비극적 인식은 곧 해방 직후 객관적현실에 대한 전망의 부재 혹은 절망의 다름 아니다. 객관적 현실에 대한 부재 혹은 절망은 채만식의 끈질긴 세계에 대한 본질적인 질문과 관련된 것이다. 채만식은 그러니까 해방직후의 혼란된 혹은 비

---

14) 김남식, 『남로당연구』, 돌베개,1984.

극적 현실을 포기하지 않고 풍자형식을 통해 끈질긴 본질적인 질문을 한 것이라고 할 수 있다. 신식민지적 상황에 대해서도 「맹순사」, 「미스터방」, 「도야지」, 「낙조」 등에서 신식민지의 모순을 포착하는 가장 확실한 풍자 기법으로 서술하고 있다.

「미스터방」에서는 몇마디 영어실력으로 새로운 미군정 관료의 통역관으로 자신의 이득을 챙기는 '미스터방'을 통해서, 해방직후의 혼란을 불러일으키는 장본인은 결국 미군정의 혼미한 정책에 영합해 더욱 더 미궁의 혼란 속으로 빠트리는 친미인사들임을 '미스터방'을 풍자로 보여주고 있다.

「도야지」에서 문영환은 해방 후 고무공장과 일산주택을 손에 넣을 정도로 기회주의 인물로 경찰과는 표리일체의 인물이며, 집과 밖에서는 표리부동의 인격을 보여주는 모순된 인물이다. 국회의원 선거를 앞두고 열을 올리고 있는 문영환을 통하여, 문영환으로 대표되는 기성정치인의 외세의존적이고 반민족적인 의식을 비판하고 있다. 또 제헌국회 의원선거(1948)를 둘러싼 무질서와 혼란, 타락된 모습을 아들 문태석을 통하여 신랄히 비판하고 있다.

「낙조」는 해방공간에서 일제에 아부했던 인물의 몰락 및 민족 전체의 정신적 타락을 비판하고 있는 작품이다. 주인공은 나약한 소시민의 대표 유형으로 역사 및 국제정세에 대한 인식 부족으로 뚜렷한 신념과 전망을 가지지 못하고, 대일 협력에 가담한 인물이다. 해방 직후에 주인공은 자신의 소시민적 결백증으로 상처를 받아, 미군에게 몸을 파는 윤락녀로 변한 친한 집의 딸로부터 자신은 물론 지도자들은 '민족적 정신적매음을 했다'라는 자기와 다를 것이 없다는 비판을 듣게 된다. 작가는 민족전체가 올바른 민족정신을 가지지 못함으로 인해 신식민지적 상황을 불러일으키고 있음을 비판하고 있다. 또 이북이든 이남이든 외세에 의존하지 않는 독립만이 진정한 독립임을 강조하고 있다.

채만식은 「맹순사」나 「미스터방」을 통해서 부정적 인물에 의한 현실을 풍자하는 수법으로 현실에 대한 비극적 인식을 보여주었으나, 「도야지」, 「낙조」에 와서는 부정적 인물과 긍정적 인물의 대비를 통하여 긍정적인 인물에 의한 올바른 현실인식을 심어주려는 낙관적 전망을 보여준다.

채만식의 작품 외에도 이근영의 「탁류 속을 가는 박교수」에는 해방정국의 현실에서 차츰 혼란 속으로 빠져드는 일본제국주의나 다름 없는 신식민지적 혼탁한 상황을 형상화했는가하면, 염상섭의 「양과자갑」에서는 몇마디 영어와 미군들에게 웃음과 몸을 팔아 엄청난 재산을 불려가는 신식민지 상황을 회화적으로 보여주고 있다.

신식민지 상황을 소재로 한 소설에는 일본제국주의 하의 친일의식이 바로 미군들에게 그대로 이어지는 연속적인 의미에서 제국주의의 연관성 상에서 작품을 형상화했는가 하면, 김영수의 「혈맥」과 이태준의 「해방전후」에서는 모스크바의 삼상회의를 기점으로 한 찬탁과 반탁의 대립관계를 찬탁은 민족주의적 관점으로 반탁은 반민족적인 행위로 대립시켜 형상화하고 있다.

3. 해방직후 소설의 특징

해방직후의 소설들은 민족문학으로서 그 당시의 객관적 상황을 반영한 리얼리즘 소설이 대부분이었다. 카프 시대의 소설들도 현실을 반영한 소설들이 있었지만, 이기영의 『고향』 등의 몇몇 작품을 제외하고는 그 당대의 객관적 삶을 반영했다기보다는 작가의 관념적 추상적 현실을 주로 형상화했다고 할 수 있다. 해방직후의 소설들은 대부분의 소설들이 그 당대의 객관적 삶을 그대로 매개해 작품을 형상화했다. 그 당대의 객관적 삶이란 해방의 환희, 귀향, 귀속재산 처리문제를 둘러싼 논쟁, 새나라에 대한 희망, 등 소설 속에 그대로 반영되어 나타난다.

그리고 '문학건설본부'와 같은 문학조직에 의한 이론 논쟁이 활발했었기 때문인지 작가들이 그 당대의 정치적인 이념들을 반영하려고 노력했다. 그러나 대부분 자신들의 문학적 입지점(이것은 그들의 정치적 입지점이다)을 분명히 하려는 강한 의지에 의해서 작품의 내용이 너무 주관적인 결론, 즉 자신들의 노동자적 당파성이나, 인민 민족문학의 당위성을 설파하는 내용으로 주제의 심화가 되어 있지 않다. 이것은 곧 자신들의 위기의식을 극복하기 위하여 자신들의 분명한 문학적 입지점을 획득하려는 의지에 의한 것이라는 생각이 든다. 이는 중견작가, 채만식, 염상섭, 황순원,박영준, 안회남, 이태준, 등의 경우보다 신인작가 김영석, 전홍준, 김학철의 경우가 더욱 그렇다.

이것은 대부분의 소설가가 속해 있는 지식인 계층의 성향과 관련된 것이다. 지식인이 가지고 있는 계급적 성향이 우유부단한 계층이다 보니, 일본 제국주의에서 살아남기 위한 한 방편으로 일본 제국주의에 협력하지 않을 수 없었고, 그것에 대한 자성이나 비판없이 의기의식만 팽배한 또 해방직후에는 정치적인 입지점이 분명한 단체의 가입을 통해서 자신의 문학적 입지점을 분명히 해야했다. 이는 결국 정치의식의 과잉으로 표출되어 나타난다.[15]

그러다 보니 해방직후의 소설은 주체의식이 노골화되는 현상, 작가의 목소리가 그대로 노출되는 작가 개입이 빈번히 일어나는 작품들이 많았다. 또 주체의식을 자기 동일화하기 위한 계몽문학으로서, 객관적 현실이나, 작품의 현실과는 동떨어진 낙관적 전망을 보여주는 작품이 농촌 소설이나 노동자 소설에서 많이 나타난다. 한편으로 낙관적 전망을 보여주지 않는 [조선문학가동맹]에 가입하지 않은 작가의 노동자소설이나 농촌소설의 대부분, 당대의 현실에 너무 매몰되어 비관적 전망을 보여주는 작품들도 많다.

---

15) 조남현은 해방직후 소설에 나타난 선택적 행위는 해방직후 한국인들은 '사회가 무서워서' 정치적 선택행위를 택할 수 밖에 없었는데, 이런 경향으로 소설에서도 작 중 주요인물이 선택적 행위를 하는 것으로 해석한다.
조남현 「해방직후의 선택적 행위」, 『해방공간의 문학운동과 문학의 현실인식』 한울 총서75. 122~123쪽.

두 경향의 작품 모두 당대의 위기의식의 표출이라는 관점에서는 공통점이다. 위기의식의 표출은 주체의식의 노골화되는 현상이나, 그 당대의 현실을 객관적 거리감을 가지고 바라 볼 수 없다는 점을 통해서 그대로 드러난다. 소설이라는 양식이 그 당대의 미적인 반영물이라고 할 때, 그 당대는 누구나 작가의 주체의식, 곧 작가의 정치의식이 그대로 생경하게 작품에 반영된다. 이것은 곧 누구나 목소리를 높이지 않으면 해방의 진정한 의미인 참 자유를 누릴 수 없다는 위기의식이다.

이러한 위기의식은 양식을 통해서도 드러난다. 해방직후 소설의 몇몇 중편을 제외한 대부분이 단편소설이라는데서도 증명이 된다. 해방직후 남한의 소설을 단편양식과 관련해서 고찰한 임진영은 해방직후 소설의 지배양식이 단편인 것은 8.15가 민족문학사의 일정한 단절된 경험을 드러내는 '총체성에의 전망'을 드러낼 수 없는 상황이었기 때문이라고 고찰했다.16) 이것은 북한에 비해 남한의 상황은 여러 관점의 작품에서 드러난대로 진정한 의미의 독립도 해방도 아니라는 인식과 함께 위기의 상황으로 인식되었기 때문이다.

---

16) 임진영, 『8.15직후 단편소설연구』, 연세대 석사논문, 1988.

참고문헌

권영민 · 민현기, 「해방직후의 민족문학론」, 『문학과 지성』, 1988. 가을호

김남식, 『남로당연구』, 돌베개, 1984.

김태승, 「미군정기 노동운동과 전평의 운동노선」, 『해방전후사의 인식3』, 한길사, 1980.

부르스 커밍스, 『한국전쟁의 기원』, 일월총서, 1986.

신형기, 『해방직후의 문학운동연구』, 연세대 박사논문, 1987.

송건호 외, 『해방전후사의 인식』, 한길사, 1980.

이우용 편저, 『해방공간의 문학연구』1,2, 태학사, 1990.

이현식, 「다시 생각해보는 민족과 민족문학」, 『한국문학과 민족주의』, 한국문학연구회, 제50차 학술심포지움.

임진영, 『8.15직후 단편소설연구』, 연세대 석사학위논문, 1988.

The National Literature after the 1945 Liberation

Lee Duk-Hwa

After the 1945 Liberation, national literature shows not only the ideological difference, but also the antagonism by political association relationships. Right after the Liberation, leftist national literature appealed on many literati and led to dynamic writing activities. However, as the leftist writers began to cross the 38 line to the north after JUNG PAN SA case, the rightest writers became active.

Novels after the Liberation should also be concluded as national literature by its historical position that should be and as pure national literature that reveals the identity of a Korean nation. Its contents are about anti-imperialism, problems of personal properties, land revolution, revolutionary workers, reason to make a new nation, rejection of petty bourgeois, warning against fascist, and so on. Most of writings shows joy of liberation, expectations and frustration concerned by the sufferers as well.

There were many works that directly tells subjectivity or reveals writers' opinions. Also, there were writings that shows positive sights by enlightenment literature in rural novels and workers novels. But in 'Chosun literature association', the positive effect is not shown buried too much by the reality of the era. Tastes of intellectuals makes different currency. Those intellectuals were somehow indecisive and that fact led to make them cooperate to Japanese imperialism, and again, show their political positions by registering some kinds of political associations after the Liberation. This is at last shown as excess of political sense.

「글쓰기」 과목의 목표 설정과 학습 방안

정희모*

1. 들어가며

「글쓰기」(작문) 과목은 최근 많은 대학에서 교양과목으로서 새롭게 자리 매김하고 있다. 이전에 「대학국어」가 맡았던 교양교육으로서 국어교육이 최근에는 대부분 「글쓰기」 과목으로 대체되고 있는 것이다. 따라서이 글은 교양과목으로서 새롭게 자리 매김하고 있는 「글쓰기」(「작문」) 과목의 목표와 그 구성 내용에 관해 그 의미를 따져보고자 한 것이다. 주지하다시피 지금까지 많은 대학에서는 교양과목으로서 「대학국어」를 가르쳐 왔다. 그렇지만 자국어 교육의 중요성을 고려하여 으레 많은 대학이 필수과목으로 상정하여 왔던 「대학국어」는 그 형식과 내용에서 고등학교국어교육과 차별화된 특성을 보여주지 못했다. 많은 논문에서 지적하고있듯이 대학의 교양국어는 그 범위와 내용이 불분명하고 전문성의 심도

---

* 연세대 대우교수.

도 미약하며, 이에 대한 연구도 활발하지 못했다.[1] 대부분의 교과 내용은 고등학교 국어교육의 읽기 단원과 문학 단원의 내용들을 반복하고 있으며, 교수 방법도 기존의 강의 방식을 답습한 경우가 많았다.

최근에 많은 대학이 기존의 「대학국어」 체제에서 「대학작문」의 체제로 바꾸고 있는 현상도 이런 과목의 정체성 상실에서 비롯되었다. 「대학국어」 체제만 고수하든, 아니면 「대학국어」와 「대학작문」을 병행하든 최근의 추세는 「대학작문」이나 「글쓰기」 과목으로서의 전환을 꾀하고 있다.[2] 물론 이런 현상은 최근 대학에 불고 있는 실용화 교육의 바람과 무관하지만은 않을 것이다. 하지만 그것보다 더 큰 문제는 가르치는 사람이나 배우는 사람 모두 국어교육의 목표와 의의에 대해 뚜렷한 인식을 지니지 못하거나, 아니면 기존의 국어교육에 대한 안일한 태도를 바꾸지 못하고 있는 점이다. 말하자면 '무엇을', '왜' 가르치고 배우는지에 대한 교수자와 학습

---

1) 대학 국어 교육의 문제점을 지적한 논문은 아래와 같다.
   이철수, 『국어교육의 연구』, 인하대학교 출판부, 1994.
   김동준, 「대학국어의 특성과 당면 과제」, 『새국어 교육』, 제43,44호, 한국 국어 교육 학회, 1988.
   김연수, 「대학 교양국어 교육의 문제점과 교육목표 설정의 방향」, 『개신어문연구』 13호, 1996.
   송현호, 「대학 교양 국어국문학 교육의 현황과 개선방안」 『국어국문학』, 114호
2) 필자가 강의하고 있는 연세대학교에서도 이런 내용의 과목 개편이 있었다. 연세대학교는 기존의 교양과목, 「글과 삶」, 「말과 삶」을 2000학년도부터 글쓰기로 통합하여 개편 시행해오고 있다. 교양, 문화 상식 중심으로 읽기(독본) 교육에 치중했던 「글과 삶」, 어법, 표현력 중심으로 쓰기 교육에 치중했던 「말과 삶」이 하나로 통합되어 사고, 표현력 중심의 「글쓰기」 과목으로 개편된 것이다. 그런데 이런 통합과 개편은 교육 구성원의 합의에 의한 것이라기보다는 대학의 급격한 학제 개편과 맞물려 진행된 것이어서 과목 자체의 성격 규명에 대한 논의 과정이 없었다. 과목의 성격이나 목표에 대한 연구가 없었던 사실은 결국 기존의 독본과 작문을 단순히 통합하는 강의를 하게 만들었고, 이에 따라 과목의 필요성에 대한 학생들의 높은 인식에도 불구하고(2000년 6월 「글쓰기」 수강 학생에 대한 앙케이트), 강사 스스로 과목의 성격과 정체성에 대한 뚜렷한 정립을 할 수가 없었던 것이다. 이 때문에 연세대학교에서는 교양과목으로서 「글쓰기」의 목표 설정과 교과 내용, 커리큘럼의 확보를 위해 한 학기 2~3회의 강사 세미나와 연 2~3회의 심포지움을 실시해 오고 있다.

자간의 뚜렷하게 합의된 인식 체계가 결여되어 있다는 데 문제의 본질이 있다.[3]

이런 점은 최근의 「글쓰기」과목에서도 나타난다. 최근 각 대학이 작문 교육을 강화하는 것은 앞서 말한 대로 학문의 실용화 경향과 밀접히 관련되어 있다. 물론 「글쓰기」과목이 순수하게 실용적인 어법, 문장 교육만을 치중한다면 교육의 목표는 의외로 간단할 수가 있다. 하지만 많은 대학이 「글쓰기」를 통한 인문적 교육의 필요성을 부정하고 있지 않다. 뿐만 아니라 대학 교육이 요구하는 실용화의 목표는 단순히 어법에 맞는 문장만을 지적하는 것은 아닐 것이다.

더구나 이보다 더 큰 문제는 이런 교육의 목표에 대해 대학 구성원 내부의 합의된 결정 사항이 부재한다는 점이다. 「글쓰기」과목의 주된 목표가 문장 교육에 한정되는가? 아니면 독서를 통한 논리력, 비판적 사고력의 함양에 있는가? 그것도 아니면 더 나아가 사고력 함양과 그것을 이용한 표현 능력의 향상에 있는가?

뿐만 아니라 과목의 교과 내용에도 합의되지 않은 문제는 남아 있다. 「글쓰기」과목의 교과 내용이 설득을 위주로 하는 글, 즉 논리적 글에 중심을 두는가? 아니면 문학적인 글, 정서적인 글에 중점을 두는가? 이도 저도 아니면 이력서나 보고서와 같은 실용적 문장에 중점을 두는가? 대학에서의 교양 과목이 전공과 달라서 지속적인 연계 수업이 아니라 일회성의 수업이 많음을 볼 때 한, 두 학기 동안 다룰 수 있는 내용으로 한정될 수밖에 없으며, 그렇기에 과목의 목표 설정이나 교과 내용의 결정은 무엇보다 중요한 것이다. 「글쓰기」과목 역시 학습의 목표나 교과 내용의 설정이 뚜렷이 이루어지지 않는다면, 「대학국어」와 같이 과목의 모호한 정체성을 되살리지 못할 가능성이 많다. 이 글은 이러한 측면에서 첫째 교양교육으

---

3) 김연수, 「대학 교양국어 교육의 문제점과 교육목표 설정의 방향」, 『개신어문연구』 13호, 1996, 467쪽.

로서 글쓰기 과목의 성격, 글쓰기 과목의 구체적 목표, 효과적인 내용 구성에 대해 언급해 보고자 한다.

2. 교양과목의 특성과 「글쓰기」

미래학자 드러커(P. Drucker)는 지난 99년에 발표한 논문에서 2020년경이면 현존하는 대학의 80%가 문을 닫게 된다고 말하고 있다. 드러커는 이어서 발표한 논문에서 미국의 경우, 60여만 명의 교수 중 10여만 명만 자신의 지위를 유지할 수 있을 것으로 보았다. 프랑스 사회학자로 우리에게 잘 알려진 리오타르(J. Lyotard)도 근대적 지식생산의 보루인 대학을 이제 사멸되어 가는 제도라고 말했다.[4] 이런 보고가 아니더라도 세계화와 정보화에 당면하여 대학사회가 직면한 위기는 새삼 재론할 필요가 없을 것 같다. 제도권 대학으로부터 가상 대학과 같은 개방된 대학체계로의 변화, 경영 기업 대학의 출현, 실용지식만을 추구하는 신세대 학습자의 등장 등은 현장에서 교수자로 활동하고 있는 많은 사람을 당혹케 하기에 충분하다. 전통 지향적인 대학의 기능은 신지식 경영 개념으로 바뀌어져 가고 있다. 이에 따라 '보편적 지식을 바탕에 둔 전문적 지식인의 양성'이라는 교양교육의 목표도 자연스럽게 변화의 과정을 밟고 있다.

최근에 활발하게 발표되고 있는 교양교육에 대한 논의도 이와 깊은 연관을 가지고 있다. 지금까지의 교양교육은 높은 지성과 품성을 요구하는 인문교육의 지평 아래 놓여 있었다. 교양교육은 특정한 목표로부터 벗어나 자유롭게 인류가 만들어 놓은 문화적 가치를 누리며, 인간과 사회, 자연에 대한 폭넓은 사고와 판단능력을 지닌 주체로운 인간, 즉 '교양인'과 '지성인'을 만드는 데 목적을 두어 왔다. 따라서 교양교육은 자연스럽게

---

4) 공성진, 「지식 기반 사회와 대학 교육의 미래상」, 『대학교육』, 109호, 대학교육협의회, 15쪽.

자유교육과 일반교육의 이상을 실현하는 것으로 규정된 것이다.[5)]

'자유교육'은 한마디로 특정한 목표로부터의 자유로움을 말한다. 교육은 특정한 정치이념이나 사상, 종교, 윤리(특히 현재로서는 시장원리)로부터 벗어나 정신적 충일(充溢)과 내면적 균형을 갖춘 성숙된 인간을 만드는 것을 목표로 한다는 것이다. 반면에 '일반교육'은 전공 분야에 치우치지 않는 넓은 교양적 지식을 교육하는 것을 말한다. 말하자면 교육의 정당성은 특수한 기능에 종사하는 특정 직업인을 양성하기 이전에 전인적 인간으로서 인간의 본성에 맞는 문화적 가치를 향유할 수 있는 능력을 기르는 것을 말한다. 결국 '자유교육'과 '일반교육'의 이상은 인간을 열린 가능성의 존재로 파악하며, 교육을 통해 인간을 좀더 완전하고 바람직한 인간으로 고양시킬 것을 목적으로 하고 있다. 따라서 이런 점에서 보자면 기존의 교양교육의 이념은 자유롭고도 보편적인 열린 교육을 통해 참된 인간을 만드는 데 있다고 하겠다. 기존의 교양과목이 전공교육의 기초과목으로서가 아니라 동등한 위상을 지닌 개별과목으로서 대우를 받고자 한 것도 이런 특성에 기인한다.

하지만 최근의 연구들[6)], 즉 인문학의 위기와 교양교육의 위기를 거론하고 다시 인문적 이상에 맞게 대학교육을 재편하자는 논의들은 이런 교양교육의 이상이 현실적으로 적용되고 있지 않다는 사실은 반증해 주고 있다. 대학에서 교양적 지성인의 개발을 목소리 높여 외치면 외칠수록 실제의 현실은 그것과 점점 멀어진다. 말은 '인문적 교양'이지만 현실은 '실용적 지식'을 찾아간다. 뿐만 아니라 오늘날 교양인은 무엇이고, 지성인은 무엇인지 그 개념조차도 희미하다. 영화 「매트릭스」와 같은 가상공간이

5) 이태수, 「대학교육의 이념과 교양 교육」, 『현대비평과 이론』 8호, 1994.9 62~73쪽.
6) 이광주, 「기술산업화 사회에서의 전문학과 인문학 - 교양교육」.
   강영안, 「인문교육의 과거, 현재, 미래」, 『대학교육』, 103호, 2000.1,2 합본호.
   이중원, 「21세기와 대학의 인문교육」, 『대학교육』, 106호, 2000, 7,8합본호.
   유선호, 「교양교육의 발전방향」, 『서울산업대 논문집』, 50호, 1999.12.

현실화되고 있는 지금, 어떤 사람이 교양인이고, 어떤 사람이 그렇지 않는 사람인지 구분조차 할 수가 없다. 다학문성을 기반에 둔 보편적 지식인은 엄청난 정보의 축적과 생산을 염두에 둘 때 이제는 성립될 수 없는 개념이다. 교양인과 지식인에 대한 계몽적 사고는 산업화 시대에 와서 새롭게 정립되어야 할 개념이 된 것이다. 뿐만 아니라 내면적 균형을 갖춘 성숙된 인간의 형성이란 목표도 이제 합리성과 효율성이란 경제적 인간과 분리될 수 없는 실정이다. 대학교육에서 진로교육이 강조되고7), 도구과목으로서 영어, 컴퓨터 교육이 강화되는 것도 이런 현실을 증명하는 사례라 할 수 있다. 결국 현재의 대학 교양교육은 근본적으로 인문적 가치와 경제적 가치 사이를 방황하는 시대적 미아(迷兒)가 되고 있다.

대학현장에서 교양교육이 처한 이런 이중적 딜레마는 시대 현실의 변화와 함께 그것에 적합한 교육모형을 찾지 못했기 때문이기도 하다. 다시 말해 전인적 인간이란 계몽적 사고와 기술적 인간이란 산업화 사고 사이에서 이에 적합한 교육 목표를 찾지 못하고, 기존의 커리큘럼, 기존의 제도적 형식 속에 안주했기 때문이기도 한 것이다. 교양과목으로서 「글쓰기」 역시 이런 딜레마에 놓여 있는데, 한편으로는 문화, 문학 교육을 통한 교양적이고 창의적 인간 계발이라는 전통적 교양정신이 강조되고, 한편으로는 어법과 문장력을 통한 표현 기술력의 강화라는 실용적이고 도구적 효용이 강조되기도 한다. 「글쓰기」에서 모든 교수는 이 두 가지 사실을 어쩔 수 없이 항상 염두에 두고 있다. 사실 이 두 요소는 다른 교양 과목에서와 같이 언제나 대립되고, 상충된 교육 목표로서 「글쓰기」 과목의 성격을 규제하고 있다.

사실 「글쓰기」 과목의 목표가 분명하지 못하기 때문에 나타나는 문제점은 만만치 않다. 그 중 대표적인 것은 우선 과목의 성격과 정체성이 뚜렷하지 못하다는 점이다. 그 중 한 가지 예가 인접 학문과의 충돌이다. 위에서 말한바

---

7) 이현주, 「21세기 대학의 진로교육 방향」, 『대학교육』, 105호, 2000. 5,6합본호.

대로 「글쓰기」 과목의 목표 중 하나가 교양적 인간과 창의적 인간의 계발이다. 그러다 보니 어쩔 수 없이 논리적 사유와 비판적 사유를 강조하는데, 이는 결국 논리성을 강조하는 인접 학문과의 모호한 충돌은 피할 수 없게 만든다. 「글쓰기」 과목의 교과에서 다룰 수 있는 영역은 사회, 문화, 역사, 문학을 총괄하는 보편적 인문학 전체에 걸쳐져 있다. 많은 대학의 「글쓰기」, 혹은 「작문」 수업에서 다루고 있는 주제들, 예컨대 지식인의 문제, 영어 공용화 문제, 페미니즘의 문제, 대중 문화의 문제, 영상 매체의 문제, 지식과 권력의 문제 등등은 일반 사회학이나 문화론 강좌에서 많이 다루고 있는 주제들이다. 또한 「글쓰기」에서 이런 주제들을 다루는 방식은 적절한 자료 제공과 토론, 다음으로 글쓰기, 평가로 구성되는데, 이는 실제 인문, 사회과학에서 다루는 방식과 큰 차이가 없다. 현재 인문, 사회 과학에서는 대부분 평가 자료로 글쓰기를 부과한다. 사실 특정 교과 과목에서 이론의 학습이 학생의 세계관과 의식에 어떤 변화를 가져 왔는 지를 평가하기 위해서는 '자기 반성적인 글쓰기' 외에는 다른 방법이 없다. 또한 사회 과학적 과목들은 지식전수의 방법으로 일방적인 지식전달과 설명보다는 대화와 토론을 중요시한다. 더구나 이런 과목일수록 다양한 학습자료와 부교재를 이용하는데, 한 논문에서 보았던 교육학 강좌의 자료를 간단히 소개하면 다음과 같다.

소설 : 공지영, 『무소의 뿔처럼 혼자서 가라』, 『고등어』
영화 : 델마와 루이스, 그대 안의 블루
텔레비젼 : 인기있는 그 시기의 드라마
전기 : 서진규, 『나는 희망의 증거가 되고 싶다』
통계자료 : UNESCO 한국의 여성개발지수, 한국 여성의 가정 폭력 실태
잡지 : 중동의 여성, 세계 여성학대회 보고서
신문 : 미국 여성결혼관의 변화, 한국에서의 여성 흡연권을 위한 가두 시위
노래 : Madonna의 여러 노래[8]

과목 전체 중의 한 단원 '페미니즘과 교육과정'을 위해 제공된 위의 자료들은 흥미롭게도 우리 「글쓰기」에서 자주 다루는 자료들이다. 공지영의 소설과 「델마와 루이스」는 페미니즘의 자료로는 식상한 느낌이 들 정도로 인문 사회 과목뿐만 아니라 「글쓰기」에서도 많이 다루던 자료이다. 그렇다면 위에서 다룬 교육학 강좌와 글쓰기 강좌의 차이는 무엇인가? 사회 현상에 대한 적절한 자료가 제시되고 토론의 과정을 거치며, 이해와 반성의 과정으로 글쓰기를 한다. 적절한 주제 제시와 토론, 평가의 과정으로서 쓰기 등은 이들 과목과 「글쓰기」가 큰 차이가 없다.

물론 우리는 무의식적으로 이런 교과목과 글쓰기 강좌의 차이를 인식한다. 앞서 다룬 과목은 「억압, 이데올로기, 그리고 비판적 교육과정 이론」이란 제목에서 보듯 왜곡된 사회 현상과 교육 과정의 상관성을 다룬 것으로 교육현상에 주목할 것이고, 「글쓰기」는 이런 자료에서 얻어진 사유를 가지고 표현형식에 중점을 둘 것이다. 하지만 학습 과정 속에 보이는 차이는 의외로 미미할 수 있다. 더구나 이런 비교를 교육학 강좌가 아니라 문화론 강좌로 바꾼다면, 그 차이는 의외로 더 좁혀질 수가 있다. 「글쓰기」의 수업방식은 우리가 모르는 사이에 사회과학적 방법을 따라가고 있는 것이다.

그렇다면 「글쓰기」의 교과의 한 목표인 '표현능력의 신장과 향상'이란 측면은 어떠한가? 만약 「글쓰기」교육의 실제적 목표가 올바른 글, 좋은 글을 쓰는 데 있다면, 교과의 목표는 의외로 간단할 수 있다. 우선 기술적인 측면에서 어법과 문장 형식, 비문 고치기, 서두와 본론, 그리고 결말 꾸미기 등을 통해 학생의 문장 능력를 향상시키는 것인데, 이런 경우 과목 자체를 전공학습을 위한 기초지식의 습득으로 한정하는 것이다. 말하자면 「글쓰기」과목을 순수하게 도구적 과목으로 규정하는 것이다. 「글쓰기」과목의 성격 규정상 분명히 이러한 측면은 내포되어 있다. 올바른 글쓰기를 위해서는 기초적이고 기술적인 습득이 반드시 필요하고, 또 이런

---

8) 김영천, 「비평, 반성, 그리고 글쓰기를 통한 학생의 자기 목소리 개발」, 『대학교육』, 101호, 113~114쪽.

측면은 「글쓰기」 과목만이 할 수 있는 특화된 영역이기도 하다.

하지만 문제는 '올바른 글을 쓰기' 위해 언어형식과 규범을 강조하는 것 자체가 「글쓰기」 과목의 참다운 목표가 될 수 있느냐는 점이다. 최근 작문 이론에서는 글쓰기 자체를 하나의 사회적 관계에서 파생하는 인지 과정의 순환적 산물로 본다.[9] 다시 말해 작문의 결과보다는 과정을, 작품의 형식보다는 주체화된 인지 과정에 더 관심을 두는 것인데, 이런 경우 글쓰기는 사회적 상황에 근거하여 주어진 문제를 해결하는 인지적이면서도 사회적인 과정이 된다. 글쓰기는 사회 문화적 상황 맥락 안에서 다양한 모습으로 존재하는 타자들과 상호작용 통하여 형성되는 인지 작용의 한 과정이 되는 것이다. 이렇게 본다면 글쓰기는 의사소통의 약속으로서 언어규범, 언어형식뿐만 아니라 개인의 인지과정, 나아가 사회 집단의 인지과정, 사회적 의사소통 맥락까지도 포함한다. 따라서 언어형식이나 언어규범은 순수하게 글쓰기의 전제 사항에 불과하다.

또한 이런 점도 생각해 볼 필요가 있다. 과연 올바른 글쓰기, 좋은 글쓰기란 가능한 것인가? 한 편의 완성된 좋은 글이란 보는 사람에 따라 다를 수 있다. 「글쓰기」란 올바른 글, 좋은 글을 위해 나아가는 과정이지, 그것의 완성을 지향하는 과목은 아니다. 한 학기 강의를 통해 학생들의 글쓰기를 획기적으로 향상시킨다는 것은 불가능하다. 오히려 가능한 목표는 학생들로 하여금 글쓰기의 두려움을 없애고, 글쓰기에 대한 관심을 불러일으키며, 글을 쓰는 과정의 방법과 전략, 사고력과 비판력, 상상력, 논리력을 키워 문제 해결의 글쓰기 전략을 깨닫게 해주는 것이다. 이렇게 본다면 언어형식과 언어규범은 「글쓰기」 과목의 한 부분이지 목표나 전략이 될 수 없다. 오히려 참다운 글쓰기는 사회문제를 해결하기 위한 문제의식 속에 어떤 사항에 대한 분석력, 비판력, 창의력 등에서 발생한다. 사

---

9) 원진숙, 「구성주의와 작문」, 2001년도 한국초등국어교육학회 전국학술대회 발표문
   원진숙, 「대학교양국어 개선을 위한 생태학적인 접근」, 『한국어교육』 13호(한국어문교육학회, 1998)

고의 전환 없이는 좋은 글이 불가능하다.

3. 「글쓰기」 교육의 목표 설정

그렇다면 「글쓰기」 교육의 목표는 무엇으로 설정할 수 있을까? 1999년 말 한 대학에서 발표한 「교양국어 체제 개편을 위한 연구보고서」에서는 「글쓰기」 강좌의 목표를 다음과 같이 설정하고 있다.

  1) 생각을 조리가 있게 정리하고 전달하는 능력을 기른다.
  2) 비판적 체계적 사고 능력을 기른다.
  3) 글쓰기의 기초적이고 기술적인 측면을 습득한다.
  4) 다양한 형태의 글쓰기를 연습한다.
  5) 전문적인 지식을 습득하는 데 기초적인 토대를 형성한다.
  6) 글쓰기 교육은 장차 전공별, 영역별 글쓰기로 나아갈 것을 목표로
    한다.[10]

여기서 1)과 2)는 지적이고 성숙된 지성인을 양성하기 위한 교양과목의 기본 덕목을 강조한 것이다. 이 보고서에서는 이를 기본적인 사고와 표현, 보다 폭넓고 심도 있는 사유 능력을 신장하기 위해 글쓰기를 통한 인문적 사고를 훈련하는 것이라고 표현하고 있다. 2)에서 6)은 다분히 전문적 지식을 습득하기 위한 토대로서 글쓰기를 강조한 도구적 성격이 강하다. 「글쓰기」 강좌의 목표를 설정하는데 어려움은 실제 이 두 가지를 모두 포기할 수가 없다는 점 때문이다. 논리력과 창의력, 상상력을 길러 성숙된 사유를 지닌 지성인을 만들고자 하는 교양적 목표와 모든 지식 행위의 기

---

10) 연세대학교 학부기초과목 연구위원회, 「교양국어 체제 개편을 위한 연구보고서」, 1999. 11.30, 4쪽.

초가 되는 바른 글쓰기를 유도하고자 하는 도구적 목표는 「글쓰기」에 있어 모두 포기할 수 없는 영역들이다. 따라서 대부분의 작문 교재는 학습의 목표와 그 교과 내용에서 이 두 가지 성격을 모두 포괄하고 있다. 위대학의 보고서에서도 글쓰기의 성격을 '자기 표현이면서 동시에 타인에 대한 사유 작업이고 나아가 세계에 대한 해석이고 이해'라고 말하면서, 동시에 '체계적인 사고와 표현 능력 훈련이 모든 종류의 지식 생산의 가장 기본적인 틀이자 필수적인 바탕'이 된다고 규정하고 있다.

그렇다면 문제는 이 두 가지 특성을 어떻게 산술 종합을 하지 않고, 내용 종합을 할 수가 있느냐 하는 점에 있다. 이런 점은 「글쓰기」가 특화된 과목으로 독립적 성격을 유지하기 위해서도 반드시 필요한데, 현재 실상은 그렇지 못하다. 기존의 작문이 뚜렷한 성격을 보여주지 못했던 것은 앞서 말한 대로 지성인의 양성이라는 교양과목의 특성과 지식 생산을 위한 기초학습이라는 도구과목의 특성 중에서 한쪽만을 일방적으로 강조하거나, 아니면 이를 적당히 산술 종합함으로써 나타난 결과이다. 「글쓰기」가 뚜렷한 목표와 방향 설정을 하지 못한 이유도 이 때문이라 할 수 있다. 「글쓰기」교육이 통합교과로서 비판적 사고력을 통한 성숙한 교양인의 양성, 이를 위한 지적, 도덕적 정서의 함양, 이와 더불어 대학의 학문활동에 기본이 되는 자기 표현력의 신장 등을 모두 포괄한다면, 이제는 그에 걸맞은 독자적인 내용체계와 내용구성을 지녀야 한다. 이런 독자성은 결국 특화된 커리큘럼, 특화된 수업방식, 엄선된 학습 자료 등과 함께 강구되지 않으면 안 된다. 물론 이런 특화된 커리큘럼은 「글쓰기」교육의 성격과 목표에 대한 구성원 모두의 합의된 토의가 있어야만 가능하다. 「글쓰기」과목이 과연 교양과목인가? 도구과목인가? 이 두 성격이 모두 필요하다면 가능한 범위 내에서 우리가 설정할 수 있는 구체적인 목표는 무엇인가? (한 학기 동안 학생들은 무엇을 배우고, 무엇을 얻을 것인가?) 또한 이런 목표를 수행하기 위해 어떤 내용을 필요한가? 이런 논의는 결국 올바른 목표 설정을 규정하고 난 이후 그에 맞는 교과 내용으로 구체화될 수밖에 없다.

이런 논의를 진전시키기 위해 글쓰기에 대한 근본 개념부터 다시 정립해 보자.[11] 최근 서구 이론에서는 글쓰기의 의미 구성 주체를 개인으로보지 않고, 담화 공동체 전체라고 본다. 다시 말해 글쓰기는 담화 공동체구성원들간의 사회적 상호 작용에 의해서 생성되고 유지되는 언어적 실체라고 인식하는 것이다. 일반적으로 글쓰기를 수행하는 사람은 진공 상태 속에서 자신의 머리 속에 들어있는 생각에만 의지하여 글을 쓰는 것이아니라, 구체적인 사회적 맥락 안에서 작문의 관습, 언어적 요인, 수행 목표, 일반적 상식, 지적인 배경 지식 등 제반 요인의 영향을 받으면서 한편의 글을 생산해 내게 된다. 이러한 관점에서 볼 때 글을 쓰는 행위는 의미를 구성하는 행위임과 동시에 목적에 맞게 지식을 변형하고 구성하는인지적 과정이며, 다양한 가능성들 가운데 어느 하나의 대안을 선택해야하는 협상의 과정이기도 하다.[12] 결국 글쓰기는 어떤 결과를 요구하는 것이 아니라, 문제 해결을 찾아가는 '과정' 중심의 학습인 것이다.

이런 '과정' 중심은 많은 것을 수반한다. 글쓰기는 올바른 문제 상황에대한 해석, 그것이 사회상황에서 갖는 의미, 배경지식과 정보의 수합 및정리, 문제를 해결하기 위한 과정의 추리, 어법에 맞는 글쓰기, 퇴고와 수정, 독자의 반응, 평가 후의 반성 등이 유기적으로 결합된 전략적 문제 해결 과정이다. 이런 과정의 올바른 수행은 무엇보다 문제를 해결하는 필요한 사고적 원리를 터득하는 것이다. 따라서 이런 과정은 학습의 수행 과정 중 교수와 학생간의 끊임없는 상호 작용을 통하여 학습자 스스로 표현방법의 논리적, 비판적 사유를 구성하는 것과 무관하지 않다. 글쓰기의 목표도 학생으로 하여금 올바른 표현을 위해 이런 사유 구성 전략을 학습케해주는 것이다.

---

11) 과정 중심의 작문 이론에 대해서는 원진숙의 앞의 논문을 참고할 것.
12) 원진숙, 「대학교양국어 개선을 위한 생태학적인 접근」, 『한국어교육』 13호, 한국어문교육학회, 1998, 5쪽.

「글쓰기」 과목이 상황적 문제 해결과 이를 표현하기 위한 사유 구성 원리를 터득케 하는 것이라면 그것이 교양이든 도구든 문제가 될 수 없다. 이런 목표를 위해 수업의 전반적인 과정이 유기적으로 통합되어 있다면, 오히려 교양 글쓰기의 이중적 성격(교양, 도구)이 더 큰 장점으로 인식될 수가 있다. 지적인 인식 능력은 전인적 인간의 필수 덕목으로, 논리적 사유나 비판적 사유 없이는 불가능한 것이다. 한편으로 이런 비판적 사유와 논리적 사유는 전문지식을 쌓기 위한 기초 학습이 되기도 한다. 지적인 논리성과 표현능력은 그 자체로서 교양인의 품성을 향상시켜줄 덕목이지만, 그것은 더 나은 단계로 나아가기 위한 수단의 구실도 하는 것이다. 문제는 이런 '문제해결 과정으로서의 글쓰기' 목표를 효과적으로 수행해 줄 독자적인 학습 프로그램이다. 이런 특화된 학습 프로그램이 없다면 글쓰기는 여전히 교양과 도구 과목의 성격을 절충한 절름발이 과목에 불과한 것이 되고 만다. 사유의 진행 과정과 표현력의 향상을 목표로 하는 이 프로그램은 글쓰기 자체가 하나의 학문활동이나 탐구활동이 되어야 함은 물론, 더 나은 지적 기반의 수단이 되기 위한 과정이 되어야 한다. 따라서 전체는 궁극적 목표를 향해 뚜렷한 성격을 드러내야 하고, 개별 단계는 서로 유기적으로 결합되어 그 목표를 지향해야 한다. 결국 이런 교과목의 목표와 성격은 추상적 논의에서 결정되는 것이 아니라, 목표설정이 뚜렷한 학습교재, 목표를 향한 구체적인 학습방법과 평가방법에서 결정된다 할 수 있다.

4. 목표의 설정과 내용 구성의 전략

「글쓰기」가 교양 과목과 도구 과목으로서의 뚜렷한 독자적 성격을 드러내기 위해서 우선 필요한 것은 교육 내용과 범위의 확정이다. 대학에서 「글쓰기」나 「작문」은 중, 고등학교 교육처럼 체계적으로 연계된 학습 과정이 불가능하다. 교양과목 대부분이 일회성으로 진행되기 때문에 그 자체로 독자적이고 완결적인 구성 내용을 가져야 한다. 그렇기 위해서 반드시 필요한 것이 다루는 내용 체계와 범위의 확정이다. 이런 범위와 내용의 확정 작업 중 무엇보다 가장 중요한 것은 학습자가 이해하고 표현해야 할 언어 자료(텍스트)의 확정 작업이라 할 수 있다. 다시 말해 대학 작문이 해야할 기본적인 장르를 확정하고 이에 따라 글쓰기의 표현 원리와 적용 원리를 배우는 것이다.

이에 대한 보다 자세한 설명을 위해서 교육부가 고시한 7차 교육과정에서 「작문 교육 과정 내용 체계」를 잠깐 살펴보기로 하자.13)

이론	작문의 본질	작문의 특성, 작문의 상황, 작문 기능의 특성
	작문의 원리	맥락파악, 과정계획, 내용생성, 내용조직, 표현 및 조정
	작문의 태도	작문의 동기, 작문의 흥미, 작문의 습관, 작문의 가치
실제	(1) 정보 전달을 위한 글쓰기　　(2) 설득을 위한 글쓰기 (3) 정서 표현을 위한 글쓰기　　(4) 친교를 위한 글쓰기 (5) 정보화 사회에서의 글쓰기	

이런 내용 체계에 따르면, 궁극적으로 글쓰기 교육은 <기본 원리의 습득→실제 장르에의 적용>으로 이르는 과정의 내용 구성이 된다. 다시 말해 표현 원리로부터 실제 다양한 글의 작성에 이르는 과정을 습득하게 되는 것이다. 물론 이런 교육과정은 초등학교로부터 고등학교에 이르기까지 연계된 학습 내용으로서는 일반화된 것이라 할 수 있다. 하지만 일회적 수업이 일반화된 대학교육에서는 이런 연계된 학습 내용을 가질 수가 없다. 더구나 현재 중, 고등학교 교육의 내용이 대학의 교양 수업까지 연계

---

13) 교육부 <제7차 교육과정> 작문 영역의 부분에 대해서는 아래의 글을 참고할 것.
홍경옥, 「작문 교육 과정 내용 체계 분석 및 제언」, 『한어문 교육』 7호, 1999.2, 291쪽.
박태호, 「장르 중심 작문 교육의 내용 체계」, 『국어교육학 연구』, 9호, 1999.12, 203쪽.

하여 구성된 것이 아니므로, 독자적인 교육목표와 학습 내용을 구성하기 위해서는 이런 방법을 따를 수는 없다.

따라서 대학 「글쓰기」 수업에서의 내용은 뚜렷한 교육 범위의 확정으로부터 출발해야 한다. 그것은 위의 표에서 보듯 실제 영역에서 대학에서 다룰 수 있는 기본적인 장르부터 먼저 규정하는 것이다. 앞장에서 보았듯이 대학 기초 과목으로서의 「글쓰기」의 목표가 교양적 성격과 도구적 성격을 모두 포괄하는 것이라면, 학습 내용의 범위는 정보전달을 위한 글쓰기나 설득을 위한 글쓰기로 한정하는 것이 좋다. 왜냐 하면 교양적 성격과 도구적 성격은 궁극적으로 성숙된 사유 능력의 배양과 표현능력의 확장 속에 귀속되는 것으로, 그것은 논리력, 창의력, 비판력으로 기초로 하여 형성될 수밖에 없기 때문이다. 성숙한 인간이란 논리력과 창의력으로 문제적 상황을 해결하고, 이를 표현할 수 있는 사람인 것이다. 또한 전공적 학습을 위한 기초 과목으로서도 이런 논리력, 창의력, 비판력은 반드시 필요할 것이다.

교육 내용의 범위에서 전달을 위한 글쓰기나 설득을 위한 글쓰기는 궁극적으로 설명문과 논설문을 「글쓰기」 과목의 장르적 대상으로 규정한다는 것인데, 실제 미시 장르로 분화되면, 이에 따른 다양한 주제의 항목이 기본 텍스트로 등장하게 된다. 문화권력의 문제, 페미니즘의 문제, 영어 공용화의 문제, 언론과 자유의 문제 등등 기본적으로 정보 전달과 비판적 사유를 위한 다양한 주제가 이 범위에 속하는 것이다. 따라서 이런 기본 항목이 규정되면 이에 따른 인지적 영역, 상황적 맥락, 기능적 영역에 따른 하위 분류의 내용들을 규정하게 된다. 예컨대 페미니즘의 문제를 간단한 예로 들어보자. 페미니즘의 문제가 주제로 규정되면, 이에 따른 문제설정이 이루어진다. 페미니즘은 우리 사회에서 왜 문제가 되는가? 그것은 근본적으로 해결되어져야만 하는 문제인가? 우리 사회에서 성적 불평등을 해결하기 위한 방법으로 어떤 것이 있을까? 등등의 문제 설정으로부터 주제에 대한 기본적인 인지 학습이 이루어진다. 페미니즘의 의미, 발생원인, 해결을 위한 다양한 시각 등을 습득한 후, 이를 우리 사회의 가부장적 전통과 남존여비의 상황적 맥락과 연관시켜 본다. 다음으로 이런 문제 설정에 대한 해결으로서의 글쓰기에 대한 구성 전략을 검토한다. 물론 이런 구성 전략은 문제 해결 방식에 따라 다양하게 전개될 수 있다. 때로는 서구적 방식과의 비교나 대조의 방식이 있을 수 있고, 또 때에 따라서는 연역이나 귀납을 다양하게 사용할 수 있다. 그리고 마지막으로 문장 형식에 대한 언어적 규범이 검토될 수 있다. 따라서 글쓰기 전략으로서 기본 작문 원리는 어떤 고정된 사유를 학습자에게 제공하는 것이 아니라, 문제설정과 해결방안에 따라 다양한 스펙트럼을 가지고 구성되는 것이다. 이런 해결 방식은 궁극적으로 <기본 원리의 습득 → 실제 장르에의 적용>방식이 아니라 <구체적 장르에의 적용 → 구체적 원리의 습득>으로 이르는 방식이다. 또한 이를 통해 결과로서가 아니라 과정으로서의 글쓰기 전략을 배울 수 있다.

이런 과정 중심, 장르 중심의 글쓰기[14]는 주제 범위의 규정에 따라 상황적 맥락, 글쓰기의 본질과 원리, 지식과 기능을 해결방식의 전략적 과정 속에서 자연히 통합되기 때문에, 기본적 원리 학습을 통해 실제 상황에 적용하는 방식이 갖는 추상적이고, 관념적인 오류를 극복할 수 있다. 설득적인 글쓰기라 하더라도 성적 불평등의 해결과 사회적 불평등의 해결에 따른 표현방식의 원리와 내용구성의 기능이 엄연히 달라질 수가 있는 것이다. 따라서 학습자는 한 학기 정해진 다양한 문제 설정으로부터 각각의 상황 맥락, 해결 방식, 언어적 조직과 구성 원리, 문장 표현 등을 학습할 수가 있다. 이를 통해 문제 해결 과정으로서의 글쓰기 전략을 깨우치게 되는 것이다.

물론 이런 과정 중심, 장르 중심의 글쓰기 방식은 논리력, 사고력 중심

---

14) 장르 중심의 글쓰기에 대해서는 아래의 글을 참고했음..
   박태호, 「장르 중심 작문 교육의 내용 체계」, 『국어교육학 연구』, 9호, 1999.12,

의 설득적 글쓰기에만 해당되는 것은 아니다. 이런 방식은 근본적으로 「글쓰기」과목의 목표와 문제설정, 해결 전략과 관계된 것이다. 이런 방식은 설사 「글쓰기」과목의 목표를 도구적 성격으로 한정하거나, 아니면 문학과 같은 정서적 표현으로 한정하더라도 충분히 적용 가능하다. 무엇보다 한, 두 학기라는 짧은 기간에 학생들이 습득할 구체적 내용이 중요한 것이다. 이렇게 본다면 효과적인 「글쓰기」교육을 위해서는 무엇보다도 대학 구성원간의 「글쓰기」 목표에 대한 합의된 과정이 요구된다고 볼 수 있다.

5. 맺음말

「글쓰기」과목이 독립된 학문활동으로서 성숙된 사유 능력의 배양과 표현능력의 신장을 목표로 한다면 그 내용과 방법에서부터 변화를 가져야만 한다. 여기서는 이런 학습 과정의 문제를 전체 다 구체화할 수 없으므로, 대학 「글쓰기」 과목이 효과적인 수업 진행이 되기 위해 우선 순서적으로 무엇이 필요한 지를 간단히 언급함으로써 결론을 대신하고자 한다.

우선 앞서 여러 차례 강조한 대로 효과적인 「글쓰기」학습 과정을 구성하기 위해 「글쓰기」 교육의 합리적인 학습 목표를 설정하는 것이 시급하다. 물론 이런 합리적인 목표 설정을 하기 위해서는 글쓰기가 단선적인 사고 과정이 아니라, 사회적 맥락과 교수 - 학습자의 상호 작용에 의한 인지적인 문제 해결 과정임을 반드시 염두에 두어야 한다. 말하자면 사유를 통한 표현능력의 신장과 표현을 통한 사유능력의 신장을 동시에 꾀해야 하는 것이다. 그리고 여기에 덧붙여 한 학기 동안 가능한 수업 영역의 범위를 확정해야 한다. 학습 목표는 대학 구성원간의 합의를 통해 다양하게 구성할 수 있다. 물론 이런 결정은 「글쓰기」가 갖는 궁극적 기능, 교양적 성격과 도구적 성격을 벗어날 수 없음은 자명하다. 교양과 도구의 변수 관계에 따라 다양한 학습 목표가 가능해 지는 것이다. 예컨대 정치, 경제, 철학적 지식에 대한 비판적 읽기를 통해 배경지식을 확대함과 동시에 비판적 글쓰기를 시도할 수도 있다. 이른바 비판적 담화 유형을 통해서 새로운 지식을 탐구하여 이를 자신의 언어로 재구성하는 '학습을 위한 쓰기'(writing to learn)로 「글쓰기」과목을 구성할 수가 있는 것이다. 반면에 말과 글을 통해 자신의 생각을 논리적인 언어로 표현할 수 있는 비판적 언어사용 능력(critical literacy)의 신장에 학습 목표를 둘 수도 있다.15) 또한 두 사물을 비교하거나, 상황에 따른 인식과 표현의 차이를 학습케 함으로써 사유와 언어, 언어와 사유의 미묘한 관계를 통해 기본적 언어사용 능력을 심화시킬 수도 있다. 아니면 시와 산문, 수필과 같은 정서적 글쓰기를 통하여 지성인으로서의 감성적, 주체적인 사유 능력을 신장시킬 수도 있다. 어쨌든 한 학기의 짧은 기간 동안 학습자의 학업성취를 만족시킬 수 있는 글쓰기의 가능한 목표를 설정하고 이에 따른 학습 범위와 영역을 확정해야만 하는 것이다. 이런 구체적인 목표 설정을 통해 자연스럽게 글쓰기의 장르적 대상(정보를 전달하는 글쓰기, 설득하는 글쓰기, 정서표현의 글쓰기, 친교 표현의 글쓰기)도 확정할 수가 있을 것이다. 필자가 보기에 한 학기 동안 가장 가능한 영역은 교양과 도구적 성격을 만족하는 논리적 텍스트가 무난하다.

둘째, 「글쓰기」교육의 목표에 따른 효과적인 수업과정과 커리큘럼(교재 포함)의 확보가 필요하다. 우선 주제의 대상 설정과 그 배치, 수업방식의 결정, 자료의 선정과 활용방안, 발표와 토론의 구성과정, 평가의 실시 방법 등을 확정해야만 하며, 이런 과정은 「글쓰기」가 추구하는 목표(장르적 대상)와 유기적으로 결합하되, 글쓰기만의 독자적이고도 특화된 커리큘럼의 성격이 드러나야 한다. 또한 이런 커리큘럼에는 기초사유로부터 고등사유로 확대하는 과정, 기초적 표현으로부터 고급적 표현으로 확대되는 제반 과정이 수반되어야 한다. 이와 더불어 고려되어야 할 것은 이런 커리큘럼이 교

---

15) 원진숙, 앞의 글, 5~6쪽.

수의 자율권을 해치지는 말아야 한다는 점이다. 경직된 커리큘럼은 오히려 변화되지 않는 고정된 사고만을 가져올 가능성이 많으므로, 공통적 수업영역과 자율적 수업영역의 범위를 고려하는 것도 반드시 필요하다. 따라서 커리큘럼에는 교수상호간의 개방성이 확보되어야 함은 물론, 연차적으로 수정, 보완이 가능하도록 시간적인 개방성도 확보되어야 한다. 의사소통의 구조가 사회적 상황 속에서 끊임없이 변화하는 현상을 볼 때, 「글쓰기」교육의 방법도 끊임없는 연구의 대상이 되어야 하는 것이다.

셋째, 「글쓰기」교육의 모든 수업 방법과 진행은 교수와 학생간의 소통 원리에 의해 구체화되어야 한다. 「글쓰기」교육에서는 기존의 강의에 의한 지식전달이나 설명적 방식보다는 대화나 토론, 생각과 사유가 교육과정의 중심이 되어야 한다. 글쓰기 자체가 담화공동체와 개별 주체, 교수와 학습자간의 상호 과정의 산물이라면, 학생을 더 이상 수동적인 지식 전수(傳受)자로 머무르게 해서는 안 된다. 오히려 「글쓰기」 교육은 학생 스스로 지식의 생산자, 지식의 담당자가 되도록 해야 한다. 이를 위해 전체 토론과 집단토론, 교수와의 면담, 주제 발표 등이 수시로 시행되고 평가되어야 하며, 과제에 대해서는 반드시 피드백이 이루어져야 한다. 또한 원활한 의사소통을 위해 생활 중심의 다양한 부교재(신문, TV시사프로, 드라마, 영화, 소설, 잡지, 인터넷)도 준비되어야 한다. 최근에는 인테넷을 통한 토론이나 자료 열람이 가능한데, 과목에 따른 사이트를 설정해 봄도 바람직하다. 또한 이런 소통 원리가 실제 생산적인 교육 방법이 되도록 그 방법과 절차, 평가에 대해 교수간의 끊임없는 연구와 토론이 필요하다.

넷째, 학습결과로서 평가 기준을 새롭게 정립할 필요가 있다. 「글쓰기」과목에 있어 기존의 평가 방법은 대체로 글쓰기 결과물에 대한 평가가 주류를 이루었다. 글쓰기가 상황과 소통의 인지적 과정임을 염두에 둘 때 이런 결과적 평가는 지양할 필요가 있다. 오히려 평가의 주된 대상은 지식의 습득이나 결과보다는 학습의 과정이 학생의 사고와 의식에 어떻게 영향을 미쳤고, 그것이 궁극적으로 자신의 가치관과 표현능력을 어떻게 변화시켰는 지에 두어야 한다. 교수는 이런 과정적 변화를 관찰할 수 있는 다양한 방법을 모색해야만 하고, 학생은 이 수업을 통해 사유와 표현에서 어떤 변화 과정이 있는 지를 교수에게 입증해야만 한다. 이를 위해 조 발표의 활동 보고서, 학생 스스로 작성하는 학습 일지, 수업 시간에 제출하는 질문지, 학생과의 면담 등을 이용할 수가 있다.

「글쓰기」 교육의 과정은 상황적 맥락과 소통, 사유와 언어, 학습과 인지가 복합적으로 결합된 열린 사유 과정의 일환이다. 학습 주제와 과정의 개방성은 그만큼 많은 가능성을 지니고 있다는 의미도 된다. 하지만 이런 개방성은 때로는 방만함과 모호함을 가져오기도 쉽다. 그런 만큼 목표와 과정, 방법과 결과에 대한 엄밀한 탐색과 연구가 필요한 것이다.

「글쓰기」 교육이 사회적 상황, 의사소통의 구조와 긴밀히 연결되어 있음을 볼 때, 이제 「글쓰기」 교육 자체가 변화하는 과정의 대상이 될 필요가 있다. 말하자면 학생을 가르치는 교수는 때로 과목 자체의 성격과 방법에 대해 연구하는 학생이 될 수도 있다는 것이다. 이는 「글쓰기」 교육의 목표와 수업방식이 일종의 메타 이론적 탐구대상이 되는 것을 말한다. 이런 탐구대상은 원론적이고, 개론적인 성격을 포함함은 물론, 효과적인 교육 방법과 시의 적절한 자료 제공, 생활 중심의 주제 설정, 올바른 교재 편찬과 같은 실제적이고 실용적인 연구 대상을 포괄한다. 결국 「글쓰기」 과목은 변화하는 시대 상황과 함께 그 원론적 성격과 구체적 방법이 끊임없이 연구되고 수정되어야 할 대상으로 변화하고 있다.

참고문헌

강영안, 「인문교육의 과거, 현재, 미래」, 『대학교육』, 103호, 2000. 1,2 합본호.

공성진, 「지식 기반 사회와 대학 교육의 미래상」, 『대학교육』, 109호.

김동준, 「대학국어의 특성과 당면 과제」, 『새국어 교육』, 제43,44호, 한국국어 교육학회, 1988.

김슬옹, 「적극적 토론과 발표를 이끄는 문제 설정식 수업 전략」, 『대학교육』 94호, 1998. 7.

김연수, 「대학 교양국어 교육의 문제점과 교육목표 설정의 방향」, 『개신어문연구』 13호, 1996.

김영길, 「2000년 이후의 한국 대학상」, 『대학교육』, 7,8호, 대학교육협의회.

김영천, 「비평, 반성, 그리고 글쓰기를 통한 학생의 자기 목소리 개발」, 『대학교육』 101호, 1999. 10.

김정우, 「대학 작문 교육의 방향 정립을 위한 시론: 통합 교과목으로서의 작문의 위상 제고」, 『교육이론과 실천』, 6호, 경남대, 1996. 11.

김희준, 「화두가 있는 강의」, 『대학교육』, 101호, 1999. 10.

박영목, 「작문 능력 평가 방법과 절차」, 『국어교육』 99호, 국어교육연구회, 1999. 6.

박태호, 「장르 중심 작문 교육의 내용 체계」, 『국어교육학 연구』, 9호, 1999.12.

변종현, 「대학 작문 수업의 효과적인 방안」, 『교육이론과 실천』, 8호, 경남대, 1998. 11.

송기중, 「글의 분석과 평가: 대학 작문교육의 효과적 방법을 개발하기 위한 시론」, 『서울사대 성천어문』 27호, 1999. 9.

송현호, 「대학 교양 국어국문학 교육의 현황과 개선 방안」, 『국어국문학』, 114호.

원진숙, 「대학 교양 국어 교육의 개선을 위한 생태학적 접근 시고」, 『한
　　　국어교육』 13호, 한국어문교육학회.

원진숙, 「대학생들의 글쓰기 실태와 지도 방안」, 『새국어생활』 9호, 1999. 12 .

유선호, 「교양교육의 발전방향」, 『서울산업대 논문집』, 50호, 1999. 12.

이광주, 「기술산업화 사회에서의 전문학과 인문학 - 교양교육」, 『대학교
　　　육』 85호, 1997. 2.

이명안, 「대학 교양 교육의 목표 어디에 둘 것인가?」, 『인문학 연구』 26
　　　호, 중앙대, 1997. 4.

이은자, 「대학 작문 교육의 문제점과 개선 방안에 관한 연구」, 『어문논
　　　집』, 숙명여대, 1997. 12.

이중원, 「21세기와 대학의 인문교육」, 『대학교육』, 106호, 2000, 7.

이철수, 『국어교육의 연구』, 인하대학교 출판부, 1994.

이태수, 「대학교육의 이념과 교양 교육」, 『현대비평과 이론』 8호, 1994. 9.

이현주, 「21세기 대학의 진로교육 방향」, 『대학교육』 105호, 2000. 5.

차동준, 「미국 고등교육의 변화와 개혁 동향」, 『대학교육』, 104호, 2000. 3.

최병우, 「교양 교육에 있어 인문학의 위상」, 『인문대학보』 23호, 강릉대,
　　　1997. 6.

홍경옥, 「작문 교육 과정 내용 체계 분석 및 제언」, 『한어문교육』 7호,
　　　1999. 12.

ABSTRACT

Setting the goal of a Korean Composition and an effective learning device

Jeong, hee-mo

This paper deals with setting the goal of a Korean composition program and an effective learning strategy. Recently a lot of universities decided to substitute cultural Korean with Korean composition. The reason is that Korean is more practical and it develops instrumental function. But the goal of cultural studies is to improve a person through free, general and open education. Therefore the purpose of composition should not be limited to the functional. Preferably the goal of composition would be to develope a mature and thinking person with logical, creative and critical ability. Logic and critical thinking are essential in people who are able to make synthetic judgments and are able to differentiate things. Moreover, critical and logical thinking are based on accumulating expert knowledge. Therefore a Korean composition should be a unique learning opportunity that contains cultural and instrumental character.

To be a unique learning program, a composition is required above all to focus on developmental centered and genre-centered learning techniques. The developmental centered program is a learning aid to study developmental principle of problem solving. This kind of learning process is based on an open and communicative relationship between a professor and a student, which will aid students in the developmental of their own critical abilities.

A Gene-centered learning program is such. Firstly a concrete learning theme is set and a concrete solution is sought. It is not applied to a concrete object after learning the fundamental principle but ar first set the concrete theme and to learn the concrete principle to solve it. According to this method, students are able to learn an effective and expressive way of thinking during their short time in universities.

In conclusion composition education should be focused on the principle of communication between a professor and students in universities. It is not an one way lecture but it should be centered on a curriculum of conversation, discussion, thinking and speculation. In a composition class, the students should not be passive learners any longer, they themselves should be producers and presenters. The purpose of this paper is to explore the method of achieving an active class in a composition subject.

白石의 「修羅」와 그 주변

─ 사설시조에서 유래하는 근대시의 한 유형에 대하여 ─

고운기*

1. 머리에

백석(白石)의 「수라(修羅)」는 그의 첫 시집 『사슴』에 열일곱 번째로 실려 있는 작품이다. 시집이 출간된 것은 1936년 1월, 각각의 시편을 낱낱으로 발표한 다음 묶은 것이 아니므로 좀더 정확한 제작시기를 알지 못하나, 그나마 출간 시점을 기준 삼을 때 「수라」는 최소한 1935년 이전 곧 그의 20대 초반에 쓰였을 터이다. 일본 유학중이거나, 마치고 돌아와 조선일보사에서 근무하던 무렵이다. 다음은 그 전문이다.

거미새끼 하나 방바닥에 나린 것을 나는 아모 생각 없이
문밖으로 쓸어버린다
차디찬 밤이다

---

* 일본게이오대학 방문연구원

어니젠가 새끼거미 쓸려나간 곳에 큰거미가 왔다
나는 가슴이 짜릿한다
나는 큰거미를 쓸어 문밖으로 버리며
찬 밖이라도 새끼 있는 데로 가라고 하며 서러워한다

이렇게 해서 아린 가슴이 싹기도 전이다
어데서 좁쌀알만한 알에서 가제 깨인 듯한 발이 채 서지
도 못한 무척 적은 새끼거미가 이번엔 큰거미 없어진 곳으
로 와서 아물거린다
나는 가슴이 메이는 듯하다
내 손에 오르기라도 하라고 나는 손을 내어미나 분명하
울고불고 할 이 작은 것은 나를 무서우이 달어나버리며 나
를 서럽게 한다
나는 이 작은 것을 고히 보드러운 종이에 받어 또 문밖으
로 버리며
이것의 엄마와 누나나 형이 가까이 이것의 걱정을 하며
있다가 쉬이 만나기나 했으면 좋으런만 하고 슬퍼한다

　　이 작품은 논자에 따라 상당한 가치를 부여받은 적이 있지만,1) 그 밖의
경우 그나마 거론되었다면 대체적으로 시집『사슴』의 주된 흐름과 다르
다고 평가받은 정도다. 그러나 나는「수라」에서 오히려 백석과 그의 정서
를 이해하는 데 요긴한 점을 찾는다. 오늘날 문학사가들에 의해 '한국시
가 낳은 가장 아름다운 시중의 하나2)라 평가받은「남신의주 유동 박시봉
방(南新義州柳洞朴時逢方)」의 정서도 일찍이 여기서 출발하였다고 나는
본다.3)

---

1) 김은자,「생명의 시학」, 고형진 편,『백석』, 새미, 1996.
2) 이것은 김윤식·김현이 그들의『한국문학사』, 민음사, 1981, p.219에서 내린 평가다.
　　물론 여기서 저자들은 백석의 시가 '인간의 자유의지와 결단을 건지어내지 못하고
　　체념적 세계관으로 후퇴'했다고 전제한다.
3)「수라」에서 '서러움-슬픔'으로 끝난 시인의 세계인식은, 훨씬 척박한 상황을 겪고난
　　다음의「남신의주 유동 박시봉방」에서 '굳고 정한 갈매나무라는 나무를 생각하는'
　　보다 견고한 자세로 발전하고 있다.

제목의 '수라'는 물론 불교 용어다. 사람이 죽어 짐승으로 떨어지면 아귀(餓鬼)에서 수라를 거치는 지옥이 기다린다. 수라는 사람으로 다시 태어나기 직전이다.[4] 백석은 큰 거미, 새끼거미, 무척 적은 새끼거미 세 마리를 보며, 차디찬 밤에 축생(畜生)으로 살아가는 한 가족의 비극적 상황에 동참한다. 그것은 다름 아닌 자신이 전이된(또는 될) 모습일 것이다.

그의 생애에서 도쿄에 유학한 때이거나, 서울에서 첫 직장생활을 시작한 때이거나 그것은 모두 그에게 처음 맞는 타향살이였다. 그리고 아직 감수성 예민한 20대 초반이다. 삶의 쓸쓸함이라든가, 전생에서 이승을 거쳐 저승으로 이어진다는 생명의 비밀스런 윤회에 처음 외경심을 갖게 되는 시인의 심정은 이처럼 작은 것에서 여실히 구체화되어 나타난다. 더 나아가, 비록 차디찬 밖이라도 한 가족이 모여 살기를 바라고 하나하나 밖으로 던져주는 행위란, 공덕을 쌓는다거나 산 것을 소중히 여기는 불교적 태도나 이와 습합된 우리네 정서의 고갱이지만, 「수라」에는 첫 시집을 출간한 다음 시인 스스로가 걸어갔던 외로움이라든가 괴로움 같은 것이 예언처럼 그려져 있기도 하다.[5]

그런데 나는 여기서, 「수라」의 세계와 정서가 결코 개인의 그것에만 머무르지 않고, 한 시인을 이룩하게 한 도저한 요소들을 포함하고 있으며, 그것이 뜻밖에 한국의 근대시가 걸어갔던 행보의 좀더 뚜렷한 발자국을 찾는 데에 실마리로 기능한다는 사실을 말하고자 한다. 다소 침소봉대(針小棒大)의 위험을 무릅쓰고, 「수라」와 그 주변에 널린 여러 가지 이야기를 펼치는 까닭이 여기에 있다.

---

4) 『점찰경(占察經)』에 189간자(簡子)의 이름이 써 있다. 모두 전생·이승·미래의 선과 악의 인과응보가 달라지는 모습이다. 그 가운데 173은 몸을 버리고 지옥에 들어가는 것, 174는 죽어서 짐승이 되는 것[畜生]이다. 이와같이 하여 아귀에 이르고, 수라·인(人)·인왕(人王)·천(天)·천왕(天王) 등으로 이어진다. (『삼국유사』권제5「의해」편의 '심지(心地)가 스승을 잇다'에서 재인용하며 정리)

5) 스스로 걸어갔던 길인지, 피치 못할 어떤 사정이 개입되는지는 아직 정확히 모르겠다. 다만 그의 만주 생활 이후가 이 시처럼 전개되었고, 정작 그런 생애를 살며 「남신의주 유동 박시봉방」같은 작품이 나왔다는 사실만 기억해 두자.

2. 시가 지어지는 속내

어떤 경로로 한 편의 시는 완성되는가? 우매한 질문은 때로 현명한 답을 만나는 계기가 되기도 한다. 한 시인에게 그러려니와, 시의 발상과 퇴고에 이르는 다양한 모습은 여러 시인들을 두루 모아놓을 때 더욱 복잡해지기 마련이다. 그럼에도 묻는다, 어떤 경로로 시는 완성되는가?

먼저, 시상(詩想)을 떠올리는 원칙 정도는 가름하여 한두 가지 정도 추려볼 수 있다. 곧 창조적 이미지와 전통적 이미지이다.6) 전통적 이미지가 한 시대와 사회의 역사적 상황에서 나왔다면, 창조적 이미지는 역사를 뒤집는 개인적 상상물의 소산이다. 물론 이 두 가지는 변증법적 관계를 이루며 크고 새로워진다.

다음의 시 한 편을 읽어보자. 김소월(金素月)의 만년작에 속하는 이 작품은 대중가요의 가사로 쓰여 알려졌을 뿐 그다지 널리 주목받지 못했다. 그러나 타작(惰作)으로 일관된 소월의 만년이 결코 부질없지만 않았음을 보여주는 수준작이다.

> [1] 실버들은 천만사 늘여놓고
> 가는 봄을 잡지도 못한단 말가
>
> 이내 맘이 아무리 아쉽다기로
> 돌아서는 님이야 어이 잡으랴
>
> 한갓되히 실버들 바람에 늙고
> 이내 몸은 시름에 혼자 여위네
>
> 갈바람에 들벌레 설니 울때엔

---

6) 두루 통용되고 있는 개인적 상징, 대중적 상징도 이로부터 설명해 볼 수 있다. 개인적 상징이 창조적 이미지에서 출발한다면 대중적 상징은 전통적 이미지에서 출발한다. 개인적 상징과 대중적 상징에 대해서는 김준오,『시론』제4판, 삼지원, 1996, 212~215쪽 참조

외론 맘을 그대도 잠 못 이루리

—김소월,「실버들」

위 작품은 1933년 4월 7일에 쓴 것으로 되어 있다. 타계하기 불과 1년 8개월 전이다. 그러나 1978년에 와서야 『문예중앙』 봄호의 미발표 소월 시 특집으로 세상에 알려졌고, 이어 구중서(具仲書)가 편찬한 『미발표 소월시집』(중앙일보사,1978)에 수록되었다. 소월의 민요적 성취가 시집 한 권으로 마감되어 버리고, 죽은 다음 스승의 손에 의해 출간된 『소월시초(素月詩抄)』에서도 어쩐 일로 이 작품은 외면되었는데, 소월이 그가 지닌 시적 장점을 살리기 위해 얼마나 고심했는지, 우리는 이 시의 다음과 같은 점을 통해 짐작할 수 있다.

이미 제목에서 드러난 바 시의 핵심 제재는 실버들이다. 버드나무는 오랫동안 시의 제재로 빈번히 등장했음에도 소월의 이 작품에 이르러 새로운 면모로 다가오는데, 그것은 소월만의 독자적인 상상은 아니다. 여기 비슷한 시상을 보여주는 시조와 민요가 한 편씩 있다.

> [2] 녹양(綠楊)이 천만사(千萬絲)ㄴ들 가는 춘풍(春風) 잡아 미며
>   탐화봉접(探花蜂蝶)인들 지는 곳을 어이하리
>   아모리 사랑(思郞)이 중(重)흔들 가는 님을 잡으랴

> [3] 녹양이 천만사나 부는춘풍을 못붙잡으며
>   참하 봉접인들 지는 꽃을 어이하나
>   사랑이 중타하여도 가시는임을 어찌할까

[2]는 이원익(李元翼,1547~1634)의 시조로 알려져 있다. 왕실 출신으로 선조·광해군·인조대에 걸쳐 영의정을 역임한 그는「고공답주인가(雇貢答主人歌)」의 지은이이기도 하다. [3]은 임동권(任東權)이 채록한 민요인데(『한국민요집』III‐15‐3) 기실 이원익 시조의 변주로 보인다.

실버들 촘촘히 묶어 봄을 잡으려 한다거나, 그렇지 못하는 것처럼 가는 임도 잡을 수 없다는 시상은 소월 시의 전반 두 연과 거의 그대로 일치한다. 그런데 소월은 거기서 멈추지 않았다. 실버들은 바람에 늙고 나는 시름에 여윈다 하면서, 시간이 흐른 다음 가을 바람 부는 쓸쓸한 계절이 오면, 떠나 간 그대도 어디선가 잠 못 이루리라 맺었다. 소월은 버드나무가 지닌 전통적 심상에 착안하면서 자기 나름의 시상을 발전시켜 나간 것이다.[7]

대체적으로 시가 탄생하는 기제(機制)는 이 같은 원리에 입각하는 경우가 왕왕 있다. 물론 소월이 민요에 자신의 시적 기반을 두고 있고, 「실버들」 또한 거기에서 나온 인유(引諭)의 한 유형이라 가벼이 처리해 버릴 수도 있다. 그러나 개개 시인에게 적용되는 그 같은 작시(作詩)의 원리는 크게 전체 시단의 그것으로 발전한다. 전통의 단절과 서양시의 전래로 통념화 된 근대시의 발생과 전개과정에서, 전통과 창조의 변증법적 관계를 들어 설명할 작품들이 지어진 사례를 찾기란 어려운 일이 아니다. 이 같은 부면에 대해 우리는 좀더 적극적인 해석을 할 필요가 있지 않을까?

그런 예의 하나로 나는 백석의「수라」를 들고 있는 것인데, 이 시의 분석을 위해서는 소월의 경우와 달리 좀더 에두른 접근이 필요하다.

3. 사설시조가 지닌 개방성

내적 연관성만이 아닌, 시가 지어지는 일반적인 기제의 원리는 곧 시대

---

7) 이같은 양상은 한시에서도 발견된다. 구한말의 문장가 이건창(李建昌,1852~1898)의 매화시에 이런 대목이 있다. "盡日淸齋坐小龕/時聞廚婢語呢喃/絲絲楊柳裁衣好/粒粒梅花作飯甘" 부엌데기가 혼자 속삭이는 소리라 했으니 뒤의 두 줄은 민요에 가까웁겠는데, 이를 끌어들이면서 궁한 살림살이를 재미나게 묘사한다. 그 후반부 두 줄, 그러니까 부엌데기의 민요 대목을 민영규(閔泳珪) 선생은 다음과 같이 의역하고 있다 : "버들이 가늘어서 실이랍디까/무엇으로 오는 설, 꿰메어 입고//매화가 희어서 쌀이랍디까/무엇으로 빈 밥솥 안친다지요" 민영규,『강화학(江華學) 최후의 광경』, 우반, 1992, 26~27쪽.

와 시대를 연결하는 보다 외연적인 문제가 될 수도 있다는 생각이 이 글의 전제이다. 그럴 때에, 근대시에서 아마도 이전 시대와의 접점을 찾는 데 가장 가까이 있는 장르는 사설시조가 아닌가 한다. 조선조 문학사의 최후를 장식하는 이 장르야말로, 자칫 끊어질 듯한 우리 시의 사적 맥락의 한 부분을 감당하고 있기 때문이다.

사설시조의 발생배경과 장르적 성격에 대해서는 많은 천착이 있었지만 결정된 논의를 대기는 어렵다. 평시조에서 변이되는 시조의 한가지로 보는 견해에서, 근대의 자유시로 과감히 바로 연결시키는 논의까지 넓게 퍼져 있는 형편이다. 사설시조가 그 자체로 다양한 모습을 보이고 있기 때문이다. 실제 사설시조는 종장의 첫 구에서 감탄사에 가까운 3자를 둔다는 시조 형식의 대원칙까지도 지키지 않는 경우가 허다하다. 그래서 오늘날 가집(歌集)에 실려 전하는 사설시조를 문자 그 자체 곧 문학 장르로만 대할 때 우리는 당혹하게 된다. 감탄사는 그만두고라도 초·중·종의 장 구분마저 쉽지 않기 때문이다. 그런 까닭에 사설시조에서 아예 시조라는 그림자를 완전히 지워버리자는 견해까지 대두되었다.

그런데도 우리는 사설시조가 엄연히 시조라는 생각을 쉽게 버리지 않고 있다. 음악적으로 볼 때 부르는 방식이 평시조의 그것과 같다는 점 때문에 특히 그렇다. 근대에 들어 일어난 시조부흥운동이, 사설시조의 융성이라는 기간을 거치고 나서도 굳이 평시조를 채택한 것은, 그 운동의 구성원들이 가지고 있는 성분적 특성에다 평시조가 지닌 형식의 명료함에서 기인(起因)한 바이겠는데, 한편 그런 운동의 구성원들조차 끝내 사설시조를 붙드는 미련이 남아 있었다.[8] 무엇일까, 제 몸도 제대로 추스르지 못하고, 후대에 부활의 선택조차 받지 못한 장르가 끝내 눈길을 끌게 하는 매력이란?

---

8) 시조부흥운동의 대표적인 인물 가운데 한 사람인 이병기(李秉岐)의 경우 「풀벌레」같은 매우 인상적인 사설시조를 남기고 있다.

사설시조가 평시조의 변형임을 전제한 다음과 같은 논의에서 우리는 사설시조가 지닌 고민을 역설적으로 읽는다.

> 종장은 가능하면 평시조의 그것처럼 3 5 4 3이라는 기본율로 아주 못을 박거나 아니면 그와 걸맞아야 한다는 이론으로 정립해 버리면 어떨까. 일반자유시 혹은 산문시 등속과 형태상으로나 구조상으로 구분되는 그 엄연한 이유가 된다는 점에서 가능하지 않을까.[9]

그러나 이 같은 논의는 어디까지나 사설시조를 보다 분명히 시조의 한 하위장르에 붙이려는 소망에서 나왔을 뿐이다. 이미 불리어진 많은 사설시조, 그 가운데 위의 형식을 지키지 못한 작품들을 이제 와서 어떻게 처리하겠는가? 이런저런 문제점을 차치하고, 시조의 형식문제에 너무 얽매이지 않는다면, 아쉬운 대로 다음의 두 가지 견해가 오늘날 사설시조의 자리매김에서 가장 넓은 지지를 받으리라 본다.

> 사설시조는 놀이와 풀이로서의 시조를 즐기다가 그것이 극대화될 때, 혹은 그것을 좀더 적극화해서 즐기고자 할 때 시조의 변형태로서 생성되고 향유되는 것이다.[10]

시조가 그 창곡과 분리되자, 단형시조의 경우에는 그 율격의 고정성으로 시 형태의 완결성을 지속할 수 있었지만, 장형시조는 시 형태 자체를 지탱할 수가 없었던 것이다. 율격의 규칙성도 없고 분장의 경계도 불분명한 자유시형으로 그 형태가 해체되어 버리기 때문이다.[11]

---

9) 서 벌,「사설시조는 다시 성취될 것인가」,『현대시학』80호, 현대시학사,1975.11, 99쪽.
10) 김학성,『한국 고시가의 거시적 탐구』, 집문당,1997, 377쪽.
11) 권영민,「개화기 시조의 시적 형식에 대하여」,『한국학보』15호, 일지사,1979, 159쪽.

바로 앞선 인용에서 논자는 놀이와 풀이가 시대의 변화에 따라 보다 즉물적인 묘사로 옮겨간 것을 말하였다. 나아가 풀이성과 놀이성의 극대화를 ①반복과 나열 어법의 사용을 통한 풀이성의 극대화—말하기(telling) 기법의 최대 활용, ②퍼스나의 활용에 의한 풀이성 및 놀이성의 극대화—규범의 일탈을 위한 가면 이용, ③대화를 통해 희화적 장면을 제시하고 그 장면을 즐김으로써 놀이성을 극대화함. 또는 서술자의 개입을 이용한 희화적 장면 제시 등—보여 주기(showing) 기법의 최대 활용, ④말놀이를 통한 놀이성의 극대화—언어유희[12]라고 설명한다. 이 같은 논의를 지켜보자면, 사설시조의 제작과 향유과정이 봉건윤리적 중세사회의 틀을 벗어나 근대적 삶의 양식에 눈뜨는 데 가까이 가 있음을 주목하게 된다.

이에 비해 권영민의 경우, 개화기 시조가 앞선 시대의 시조에서 음악성을 털어 낸 다음을 설명한 것인데, 여기서 사설시조의 정체성에 상당한 혼란이 야기됨을 말하였다. 자유시가 등장하자 사설시조의 무정형적 형식이 그 설자리를 잃어버리고 말았다는 것이다. 이 같은 혼란을 어떻게 수습할 것인가? 다른 논자는, 사설시조가 일상어를 시어로 채택하면서 나아간 것은 근대적 산문정신의 소산이라는 논의를 덧붙이면서, 그것은 바로 자유시라는 정의[13]까지 내리고 있다. 자유시가 나타나자 사설시조가 그 안에 묻힌 게 아니라, 오히려 사설시조가 자유시의 모습을 일찌감치 보여 주었다는 것이다. 다소 극단적이기는 하다.

사실 사설시조의 장르상 명칭 부여에 붙잡힐 일은 아니다. 그 이름이 무엇이든 성격과 시적 기능, 그리고 이어 바로 전개되는 근대시와의 관련 양상에 착목하는 일이 더 중요하다. 사설시조를 주목하는 이유가 바로 여기에 있다. 근대적 삶의 핵심은 개인의 발견이며, 우리 또한 더디게나마 그 변화의 흐름을 탔을 때, 문학 또한 개인의 삶과 보다 밀착된 언어로 탈

---

12) 김학성, 위의 책, 378~380쪽.
13) 박철희,『한국시사연구』, 일조각, 1980, 70~73쪽.

바꿈하는 계제에 와 있었다. 나는 드물게도 사설시조가 그 같은 변화 속에서 변화된 문학의 역할을 자의든 타의든 수행한 장르였다고 본다.

변화를 수용하자면 반드시 개방적인 성격을 요구한다. 기실 사설시조에는 이미 존재했던 여러 음악이나 시의 양식이 대거 편입되고 있다. 사설시조의 형식규정상 혼란스러움은 이처럼 그 속성이 변화를 능동적으로 받아들이는 개방된 구조를 가진 데서 비롯되지 않았을까? 앞선 논의에서, '적극화해서'라든지 '형태가 해체되어 버'렸다는 규정은, 사설시조가 그 내용과 형식에서 개방성을 지닌 장르였음을 반증한다. 적극화란 그만큼 시인들의 의욕이 충일했다는 것이며, 해체란 열린 가능성을 흐름대로 놓아두었다는 말의 다른 표현으로 보인다.

4. 사설시조와 민요 그리고 가객

개방된 형식으로서 사설시조에 우리가 특히 주목하는 부분은 누가 무엇을 그토록 적극적으로 받아 들였는가이다. 여기서 나는 18~9세기의 가객(歌客)들이 민요를 받아들인 데 한정하여 말하고자 한다.

시조와 민요의 교섭과정에 대해서는 몇몇 논의가 있었다.14) 시대별로 우리 시가가 그 바탕에 민요를 배경 삼고 있음은 당위론적으로 선언되었지만,15) 구체적인 증거 또한 많이 찾아져 있으니, 별 다른 이의를 제기하기 어렵다.

그러나 그런 증거의 입증에 약간의 문제가 남아 있다. 일반적으로 민요가 먼저고 다른 장르가 다음이라 하지만, 이 글의 [2]와 [3]의 시조와 민요에서

---

14) 그 가운데 하나로 조흥욱,「민요 노랫가락의 사설시조 수용양상에 대한 소론」,『한신논문집』제5집(한신대,1988)이 있다. 이는 일단 노랫가락을 중심으로 하였으므로 수용양상의 전체적인 모습을 드러내는 데는 한계가 있다.
15) 조동일,『한국시가의 전통과 율격』, 한길사,1982에 이 논의가 집중되어 있다.

보듯 그것의 선후관계가 모호하거나, 분명 민요가 앞선다고 규정짓기 어려운 경우가 있다. 민요가 서정 장르와 교섭하는 양상은 일방적이지 않아서 생기는 문제이다. 다만 여기서는 대체적인 경우로 한정시킬 뿐이다.

사설시조가 민요와 좀더 쉽사리 교섭했음은 이 장르의 성격상 받아들일 여지가 넓다. 민요의 속성에 가장 부합되는 형식과 내용으로 흘렀을 뿐만 아니라, 왕조 교체 이후 오랫동안 민요가 다른 시가 장르와 교섭할 기회를 가지지 못한 끝의 일이라는 점을 적극적으로 해석해 보자. 지배계층 중심의 평시조와 가사 등은 민요보다 한시에 더 등을 기댄 채 전개되었었다. 그런마련해선 조선조 후기에 들어 중인계층이 자신들의 장르로서 사설시조를 확보했을 때, 그들의 성정(性情)에 맞는 민요와의 교섭은 마치 봇물 터진 듯 활발해졌던 것이다.16)

[4] 남기라도 고목이 되면 소든 사이 아니오고
    꽂이라도 십일홍되면 오든 봉텹도 아니오고 깁든 물이라
  도 엿터지면 오든 고기도 아니오고 우리인싱이라도 늙어
  지면 오시든 경판도 에도라 가는구나
    춤아 가지로 긔가 만히 막혀서 나 못살갓네

    (박을수,『한국시조대사전』, 아세아문화사, 1992. p.207)

[5] 낭기라도 고목이되면 오던새도 날어가고
    꽃이라도 낙화가지면 오던나부도 날어가고
    못치라도 겉못이되면 노던고기도 없어지네
    우리도인상 늙어지면 어느친구가 나를찾나

    (임동권,『한국민요집』IV - 14)

---

16) 여기에 잡가(雜歌)가 추가되어야 한다. 그러나 잡가는 지어진 경위, 향유방법과 계층 등이 상당 부분 사설시조와 겹치고 있어 이 논의를 바탕으로 한 추론이 가능하다. 잡가와 근대시의 관련성에 대한 논의는 다음을 기약한다.

두 노래의 관련성은 자명하다. [5]의 민요가 [4]의 사설시조 제작의 바탕이 되었을 것이다. 구조적인 면에서 볼 때, 단순 나열 형식의 민요가 사설시조 작자의 손을 거치면서 부연 내지 확장된 시적 형식을 구비하는 모습이다. [4]의 사설시조에는 [5]의 1행을 초장, 2~4행을 중장으로 처리한 다음 새롭게 종장이 더 붙여져 있다.

일상어를 채택하면서 누구나 공유하는 인간정서를 자연스럽게 표출하는 면면 또한 비슷하다. 이는 다음과 같은 작품에서 매우 극적으로 나타난다.

> [6] 청치마 흔 환양의 쌀년 자젹 장옷 뮈쳐바릴 년아
>   엊그제 날 소기고 쏘 누를 마자 소기려 ᄒ고
>   석양에 ᄀ는 허리를 한들한들 ᄒᄂ니 (김수장)

> [7] 쥑일년아 살릴년아
>   어린자식 잠들어놓고
>   병든 가장(家長) 늬여놓고
>   활장같은 굽은길로
>   살대같이 네가 가면
>   잘 살꺼니 (임동권,『한국민요집』VI - 6)

관련양상은 앞의 경우와 같다. 시의 상황은 그대로 닮아 있지 않지만 무엇을 노래하는지, 그리고 이런 상황에서 쓰일 수 있는 말의 유사성 같은 것을 종합해 보면, 둘 사이의 영향관계를 짐작하게 한다. 그런데 이 두 노래에서 더욱 중요한 사실은 다른 데 있다.

> 시조의 세계가 마침내 이와 같은 비속한 치정관계에도 눈을 돌렸다는 사실과 그 말투가 거침없는 욕설로 되어 있다는 점이 중요 …(중략)… 김수장의 노래는 그 뿌리를 일차적으로 민요의 세계에 두고 있다고 결론 내려도 좋다.[17]

김수장(金壽長,1690~?)의 노래가 민요의 세계에 뿌리를 두고 있음은 앞선 논의의 보충에 가름한다. 그런데 비속한 치정관계에 눈을 돌린다는 점은 곧 사설시조의 근대적 성격과 관련된 논의에서 중요하다. 봉건적 제도와 인륜도덕의 틀은 이제 점점 힘을 잃어 가는 시대였다. 한문학의 의장(意匠)에 아무리 익숙해졌다한들, 시에서 고유한 정서의 자연스런 표현까지 가능하지 못했던 저간의 사정은 17세기 들어 김만중(金万重,1637~1692)의 지적으로도 충분히 설명되거니와, 비록 제한적이나마 중인계층이 집단 이데올로기의 틀에서 빠져 나와 개인의 즐거움을 구가한 것은, 완고한 계급의식에서 좀체 벗어나지 못했던 지배층에 대한 소극적인 저항의 표상이기도 했다. 고유한 정서를 만나자니 민요 쪽으로 눈을 돌린 것이고, 쏟아져 나오는 말들을 주체하지 못해 전통적인 시조의 제한된 글자 수를 깨뜨려 길어지는 것이다. 그랬을 때, 그들이 사는 세상의 모습이 구체적으로 묘사되었을 뿐만 아니라, 시와 노래가 스스로의 삶을 해방시키는 역할까지 해 주었다. 그런 면에서 그들이 구가한 성정의 자유로운 표출이 우리에게 그만큼 근대적 자유인의 모습으로 다가오는 것이다.

여기에 덧붙여질 존재가 바로 가객이다. 시인이 예언자적 지성을 갖춘 인생의 교사임을 자부한 서양의 근대문학적 의식은 우리에게도 전해졌다. 그와는 다르게 18~9세기적 가객의 전통 또한 한줄기를 이루는데, 누구보다 소월은 그 전통에 이어져 있다.

조선조 후기의 가객은 여러 부류로 나눠진다. 여기서 거론하는 가객은 18~9세기 무렵 주로 가사나 시조창을 하던 경기 지역의 중인출신들 곧 김천택(金天澤) · 김수장 · 박효관(朴孝寬) 등을 말한다. 이들은 단순히 노래나 연주에만 그치지 않고, 스스로 작사와 편곡을 하던 전문 예인(藝人)이었으며, 나아가 가집 편찬으로 한 시대를 정리한 비평가였다. 때로 그들은 신분상승을 꾀하고, 자신을 인정해 주는 권력자들의 비호를 받아

---

17) 박노준, 『조선후기 시가의 현실인식』, 고려대 민족문화연구원,1998, 254쪽.

눈앞의 풍족함을 누리는 유혹에 빠지기도 하지만, 그들의 의식 내면에 잠재된 예술적 끼와 새로운 세계에 대한 동경은 숨길 수 없었다. 특히 그들이, 아직 무너지지 않은 양반사회가 지닌 현실의 냉엄한 벽에 부딪혀, 새삼 중인으로서 자신의 존재를 확인했을 때 이는 심화된다.

이런 가객이 어떤 의미로 우리 근대문학사 속의 시인과 연결되는가?

> 이것은 사설시조의 작가들 대부분이 전문적인 가단의 가객들이었다는 사실과 근대시인이 전문적인 문단인이었다는 사실과 무관하지 않다. 그것은 시조나 개화기 시가와 같이 비전문적인 시인에 의한 시작행위가 아니고, 사설시조와 근대시는 개인적인 행위로서 어느 정도 현실의 묵시적 비판 또는 진실의 표현이었다. 특히 사설시조의 경우 그것은 중인 계층에 의해 씌어졌으며 그 중에서도 서리 출신의 가객들이 주역이었다.…(중략)… 사설시조는 자유정신의 소산으로 작가의 주관세계가 표현된 것이다.[18]

인용된 글의 후반부는 앞선 논의를 보완하게 해주지만, 특히 전문성이라는 측면에서 시인과 가객의 대비야말로 그들이 '민요—사설시조—근대 자유시'를 잇는 주체적 역할자였음을 구상해 보는 데 시사하는 바 크다. 민중적 정서의 발견과 시적 변용 또한 이들에 의해 가능했다.[19] 한시를

---

18) 박철희, 위의 책, 71~72쪽.
19) 물론 이와 달리 사설시조의 표현이 여전히 구시대적 그것에 머물러 있는 경우도 있다. 다음 노래는 선계(仙界)의 황홀한 풍경을 마음껏 묘사하고 있는데, 등장하는 인물이며 그들이 노는 모습은 비록 당대의 풍류를 대표한다고 하지만, 이미 흘러간 옛모습 그대로이다.

> 꿈에 적선(謫仙)을 만나 악양루(岳陽樓)에 올나 간이
> 고문(高門)이 만좌(滿座)흔디 두목(杜牧) 소자첨(蘇子瞻)과 노진군(魯眞君)
> 여동빈(呂洞賓)과 유백령(劉伯伶) 백낙천(白樂天)과 최고운(崔孤雲) 가수부
> (賈壽富)에 일(一隊) 군선(群仙) 모닷는디 미주(美酒)는 영준(盈樽)흐고 효핵
> (肴核)은 만반(萬盤)이라 여반(女班)을 도라보니 월궁(月宮) 항아(姮娥) 낙포
> 선(洛浦仙)과 이부인(李夫人) 조비연(趙飛燕)과 절대가인(絶對佳人) 다 왓는
> 듸 향취(香臭)는 옹비(擁鼻)흐고 패옥(佩玉)이 명랑(鳴浪)이라 서씨(徐氏)의

쓰는 양반 계층에서도 이만한 의식을 가진 이가 없지 않았지만[20], 보다 직업적이며 조직적으로 활동한 가객들에게서 그것은 보다 분명히 나타난다는 것이다. 근대의 시인이 바로 이들의 후예라고 말하는 것은 무리일 것이다. 다만 근대의 문단 또는 시단이 바로 직전의 가단이 이룩한 조직과 직업의식에서 변주된 것임은 말할 수 있지 않을까?

5. 백석, 사설시조의 변용

백석은 전통의 변주 속에 새로운 서정시의 세계를 연 시인이다. 이렇게 단언하는 것은 그의 시를 보기 앞서 그의 생육사(生育史)를 통해서도 추측이 가능하기 때문이다.

운화슬(韻和瑟)과 왕자진(王子晋)의 봉소성(鳳簫聲)과 송옥(宋玉)의 옥통소 (玉洞簫)요 석련사(石蓮士)의 거문고에 곽처사(郭處士)의 죽장고(竹杖鼓)와 양태진(楊太眞)의 우의무(羽衣舞)요 채문희(蔡文姬)의 호가성(胡歌聲)과 장정 원(張定元)의 채련곡(採蓮曲)과 진청(秦靑)의 긴 노리로다 주반(酒半)에 취흥 (醉興)을 못 이긔여 부지하처조상군(不知何處弔湘君)을 태백(太白)이 읊허 너니 오초동남일야부(吳楚東南日夜浮)는 두보(杜甫)의 화답(和答)이요 낭음 비과동정호(朗吟飛過洞庭湖)는 여동빈(呂洞賓)의 선어(仙語)로다 동정월락고 운귀(洞庭月落孤雲歸)는 최고운(崔孤雲)의 절작(絶作)이로다
우리의 선분(仙分)이 엇더튼지 꿈에 구경(求景) 흐괘라

그러나 판소리의 한 대목에 비슷한 가사를 쓰고 있는 점을 참고할 때(林芳蔚은 판소리 「수궁가」의 토끼가 참석한 수궁잔치 대목에서 이 가사를 쓰고 있다), 이런 사설시조의 존재는 소리판에서 관객을 따져 가며 사설을 엮던 관행과 무척 닮았다. 경기도 지역에서는 사설시조가 판소리보다 더 널리 연희의 장소에서 불려졌다. 육담과 재기에 넘치는 흥겨운 노래를 부르다가도 경우에 따라 점잖은 사설이 필요할 때를 대비하던 가객들의 능수능란함은 이런 데서 오히려 빛을 발한다.

20) 우리는 이 같은 예로 조선 선조 연간에 활약한 이달(李達), 정조 연간에 활약한 유 득공(柳得恭), 박제가(朴齊家), 이덕무(李德懋) 같은 사람을 들 수 있다. 이달은 허균 (許筠)의 스승으로, 뒤의 세 사람은 박지원(朴趾源)의 제자로, 일정 기간 하급 관리 를 지내기도 하였지만, 평생을 시인으로서 자부하며 살았다. 다만 그들이 서자 출 신으로, 같은 양반이면서 차별대우를 받았던 개인사적 이력이 닮아 있고, 그런 불 우의식이 더욱 시인으로서의 삶을 추구했다고 보기도 한다.

출발점은 바로 오산학교다. 평북 정주 출신인 그가 오산학교에 취학하여 신학문을 접하게 되었을 때 그다지 뛰어난 학생은 아니었다고 한다. 다만 그 학교에 김억(金億)과 김소월(金素月)이 거쳐갔다. 게다가 그와는 다른 특별한 만남이 하나 더 있었다.

고당(古堂) 조만식(曺晩植)이 오산학교의 교장으로 재임하는 동안 그는 잠시 백석의 집에서 하숙을 하였다. 이 민족주의자가 지근거리에 있으면서, 나중 서정시인으로 대성하는 백석에게 어떤 영향을 끼쳤는지, 안타깝게도 구체적으로 알려진 바 없다. 그러나 섬세한 민족적 감수성과 토착적인 정서에 심취한 백석의 시세계에 고당이 오버랩 되는 것은 추정이지만 매력적이다. 오산학교가 기독교적 정신 아래 교육을 하였고, 백석이 일본에 유학한 아오야마(青山) 대학이 또한 같은 사정이었음에도 불구하고, 그의 시에서 어떤 기독교적 체취도 배어 나오지 않는 것과 연결 아닌 연결이 있다.

오늘날 백석 시의 창작방법을 분석하는 데에 사설시조와 대비시키는 글들이 있어 주목을 끈다. 사설시조가 진솔함과 구체성으로 개인의 감성을 발견하고, 실질적인 창작수단으로 엮음의 방법을 활용했다면, 백석의 여러 작품에서 같은 양상이 나타나 있기 때문이다.[21] 여기서 더 나아가 사설시조의 끝맺음의 원리와, 백석이 애용한 3연시 형식이 첨가된다. 3연시는 시조의 3장과 형식을 같이하는 것이고, 끝맺음의 원리란 1연과 2연을 늘어놓다가 3연의 주제로 집약시키는 시적 전개 방식이다.[22]

이 같은 선행 연구자들의 논의는, 시적 형식에 기반한 작시 원리를 통

---

21) 대표적인 논문으로 여기 세 편을 들어 본다. 신연우,「시조시의 전통과 백석 시의 위상」,『조선조 사대부 시조 연구』,박이정,1997. 고형진,「백석 시와 '엮음'의 미학」, 인권환 외 편,『현대시의 전통과 창조』,열화당,1997. 정효구,「백석의 삶과 문학」,『백석』,문학세계사,1996.

22) 신연우, 위의 논문, 285~287쪽. 여기서 신연우는 백석의 대표작 가운데 하나인「모닥불」을 가지고 분석하고 있다. 이 작품은 백석의 시 일부가 사설시조의 작시 방법에 가까이 가 있음을 증명하는 가장 훌륭한 예이다.

해, 백석 시와 사설시조의 연관성을 밝히는 데 일정한 기여를 했다. 그러나 형식의 유사성만을 따질 때 증거를 댈 작품은 한정되기 마련이고, 심지어 우연의 소산이라는 반론에 부딪힐 수도 있다. 기왕 사설시조와의 친연성이 두드러진 이상 백석이 본질적으로 그같은 전통의 세계에 가까이 있었음을 밝힐 좀더 넓은 논의가 필요한 시점이다.

나는 여기에 시인으로서 백석의 의식을 첨가하고자 한다. 김억과 김소월이 근대시의 전개에 민요 같은 전통시가를 적극적으로 개입하게 만든 주인공이면서, 백석까지 세 사람이 오산학교를 통해 보다 긴밀한 인연을 맺었다는 점을 연결시킬 때, 그들의 일정한 영향관계는 두 말할 필요가 없다. 그러면서도 분명 백석은 두 선배와 다른 시를 보여주고 있다. 그것은 곧 20년대와 30년대의 차이만큼이나 큰 것이다. 다만 시인이라는 존재의 정체성을 만들어 나갈 때 다가왔을 모델은 백석에게 정녕 소월만한 대상이 없었을 터이다.

백석이 오산학교에 재학하면서 누구보다 소월을 좋아했고, 그런 직접적인 흔적이 후기 작품 「적막강산」 같은 데에 잘 드러나 있지만, 무엇보다 시인으로서 한 생애를 모두 바친 소월의 철저한 시인의식에 매료되어 있었던 것 같다. 시를 자신의 생애에 건다는 것은 인간의 숙명적 도정(途程)에 눈뜨는 것이고, 그렇게 세계를 바라보았을 때 연민스러운 일이 먼저 눈에 들어올 것이며, 스스로의 생애가 물질적으로 풍요로워지는 것조차 죄스럽게 여기게 된다. 백석 또한, '내 쓸쓸한 마음엔 자꼬 이 나라 녯 시인들이 그들의 쓸쓸한 마음들이 생각난다'(「두보(杜甫)나 이백(李白)같이」에서)고 하거나, '프랑시쓰 쨈과 도연명(陶淵明)과 라이넬 마리아 릴케가 그러하듯이' 그도 마찬가지로 '하눌이 이 세상을 내일 적에 그가 가장 귀해하고 사랑하는 것들은 모두/가난하고 외롭고 높고 쓸쓸하니'(「흰 바람벽이 있어」에서) 산다고 생각하는 것이다.

우리는 이쯤에서 다시 「수라」를 떠올리게 된다. 시인으로서 백석의 비극적 숙명에 대한 연민은 인간을 넘어 미물에까지 미치고 있고,[23] 그 같은 상황인식은 아버지 없는 세계의 불안을 그린 「고야(古夜)」24)에 와서 분명해진다.

백석이 지닌 정서의 밑바탕을 소월에 잇대보자면 의당 민요적 영향관계에 다가가게 된다. 우리는 종종 백석의 『사슴』에 등장하는 현란(?)한 고어(古語)와 방언의 행진에 넋을 잃고 말지만, 중요한 것은 어휘의 나열이 아니라 낱낱의 시어를 연결하는 고리로서 그 정서다. 다음의 민요 한 편을 보자.

> [8] 울어머니 천당 가고/우리 형님 시집 가고/울아버지 날 줄라고/댕기가음 사러가고/내 혼자만 집볼때이/복술이개 앞에 앉고/개야 개야 복술개야/어미개는 어디 두고/너 혼자만 여기 와서/내 가슴은 네가 안고/네 가슴은 내가 안고/아침 해가 밤 되도록/울고 울고 또 울어서/내 눈물에 네 뺨 젖고/네 눈물에 내 뺨 젖어/젖고 젖고 또 젖더니/구비구비 떨어져서/전신만신 배였구나

이 노래는 김소운(金巢雲)이 1933년 평양에서 채록하였다고 한다. 백석이 「수라」에서 노래한 '거미'와 [8]의 민요에서 '복술개'가 비슷한 심상으로 등장하고 있음을 알 수 있다. 그런데 "엄마 없는 아이의 외로움을 '복

---

23) 앞서 말한 것처럼 백석의 「수라」에는 제목이 암시하는 바 매우 기본적인 불교적 세계인식 같은 것도 들어 있다. 물론 이것은 순수 불교라기 보다 토속적인 신앙의식과 습합되기 쉬운 미륵사상이나 밀교 쪽에 가깝다. 『삼국유사』에 전하는 밀교승 혜통(惠通)에게 이런 이야기가 있다 : "승려 혜통은 어느 집안 출신인지 잘 모른다. 평범한 사람으로 지낼 때는 집이 남산의 서쪽 기슭의 은천동 어귀에 있었다. 하루는 자기 집 동쪽 시냇가에서 놀다가 수달 한 마리를 잡았다. 살을 발라내고 뼈는 동산에다 버렸다. 아침에 보니 그 뼈가 없어졌다. 핏자국을 따라 찾아가 보자 뼈는 제 굴로 돌아와 새끼 다섯 마리를 안고 쭈그리고 있었다. 멍하니 바라보고 오랫동안 놀라워 하다가 깊이 탄식하며 머뭇거렸다. 문득 속세를 버려 출가하기로 하고, 이름을 바꾸어 혜통이라 했다."(권제5 「신주」편의 '혜통이 나쁜 용을 굴복시키다'에서)

24) 첫 연은 이렇다 : "아배는 타관 가서 오지 않고 산비탈 외따른 집에 엄매와 단둘이서 누가 죽이는 듯이 무서운 밤 집뒤로는 어늬 산골짜기에서 소를 잡아먹는 노나리꾼들이 도적놈들같이 쿵쿵거리며 다닌다"

술이개'를 매개로 삼아 적실하게 형상하고 있는 아름다운 노래인데 다른 지역에서는 흔하게 볼 수 없는 특이한 사설로 되어 있다"25)는 설명을 받아들인다면, 우리는 이 사설을 따라 이 지역 출신들이 지닌 고유한 정서의 고갱이를 찾아 나서게 된다. 어머니 없는 서러움은 다른 지역의 민요에서도 더러 나타난다. 그러나 같은 처지의 매개물을 등장시키고, 거기에서 서러움을 구체화시키는 형상적 전개는 흔하지 않다는 것이다. 김억이나 김소월이 지닌 평안도 쪽 북방정서의 한 가닥이 여기서 잡히고, 백석 또한 이에 멀어 보이지 않는다.

그런데 과연 백석이 사설시조의 본질과 근본성향에 대한 천착을 한 다음 그것을 자신의 시에 원용했느냐는 문제가 남는다. 선행 연구자들의 논의에도 불구하고 이에 대해서 뭐라 확정지을 계제는 아직 아니다. 다만 앞서 논의한 바, 민요적 정서나 민요와 사설시조의 교섭관계를 바탕으로, 백석의 시창작 방법을 좀더 확대해석해 본다면, 「모닥불」을 위시한 여러 작품에서 나타나는 매우 근사(近似)한 사설시조의 형태는 단순히 우연의 소산이 아니라는 심증을 굳히게 된다. 그의 시 전반에서 사설시조의 성격으로 매듭지어진 여러 요소가 다분하다.

그 가운데 하나가 백석이 즐겨 쓴 산문체 시의 정체를 밝히는 일이다. 산문시를 가지고 앞선 시기의 주요한(朱耀翰)이나 임화(林和)와 비교해 보면 그들과 다른 그만의 특징이 드러난다. 백석은 산문에 가까운 운문이면서 거기에 이야기가 들어가는 시를 선호했다. 이것이 산문시 형식에서 산문에 치중했던 주요한이나, 이야기에 치중했던 임화의 방식과 다른 점이다. 백석은 산문이지만 운문적인 리듬이 훨씬 강하게 살아 있고, 시 속에 들어간 이야기는 서사적 구성요소를 구비한 것이 아닌 신비스러운, 구체적 설명을 하자면 분위기가 깨져버릴 그런 세계를 만들어 낸다.26) 이것을 시적 구체

---

25) 고혜경,「평안도편」, 임석재 외,『한국구연민요 - 연구편』,집문당,1997. 403쪽.
26) 산문시가 아니라도 양상은 비슷하다. 「수라」나 「남신의주 유동 박시봉방」같은 작품은 행을 가른 시이지만, 우리가 지금이라도 임의로 연결시켜놓으면 산문시에 가깝다. 한편

성이라 불러도 좋을 듯 하다. 시는 구체이면서 구체가 아니다.

앞선 시기의 사설시조는 이 같은 시적 구체성에 가까이 갔던 장르였다. 구체이면서도 구체가 아닌 이 묘한 시적 원리 덕분에 사설시조에서 진한 육담이나 해학과 비판이 용납되었다. 백석의 시에서 이 점은 보다 개인화되어 나타나고 있다. 백석은 북방정서의 애틋한 사연을, 「수라」에서처럼, 개인적 체험의 어느 부면에 긴밀히 연관시켜 구체적으로 표현한다. 그러기에 애꿎은 개미 한 마리 가지고 장난이나 치는 것 같은 광경이, 넓게는 우주 삼라만상의 철학적 배경을 가진 인간사의 희노애락으로 절절이 노래되는 것이다. 그리하여 「수라」가 형식면에서 비록 사설시조의 그것을 따르지 않고 있지만, 표현의 기교나 시의 내적 정서는 그 원리 안에 들어 있다. 나는 그것이 사설시조의 변용으로 보인다.[27]

잠정적이고 조심스런 결론이 된다 해도, 사설시조의 근본에 흐르던 것들, 곧 '가객이라는 존재―인간 성정의 자유로운 표출―길이에 제한 두지 않는 개방된 형식' 등은 바로 다음 시기 곧 20세기에 들어서서 두고두고 시인들의 관심을 사기에 족했다. 비록 그것이 일부 시인에 국한된 것이었을지라도, 때로 무의식적으로 작용했다 할지라도, 거기서 「수라」와 같은 주목할 만한 작품이 생산되었다면 면밀히 살펴볼 일이다.

우리 근대시는 전통이건 창조건 그 뿌리의 어떤 접점을 찾지 못하였다. 이렇듯 에두른 접근이 혹시 어떤 해결을 줄 지 나는 아직 기다리고 있다.

이같은 창작 방법의 성공적인 수행을 신경림의 『농무』에 와서 다시 보게 된다.

27) 고형렬의 시 「거미」를 보면 한가지 흥미로운 사실을 발견하게 된다. 이는 마치 「수라」를 사설시조의 형식으로 바꾸어 놓은 듯 하다. 시집 『사진리 대설(大雪)』(창작과비평사,1993)에 실린 이 작품에는 '「수라」에 답한다'는 부제가 붙어 있다. 시작 모티브가 백석의 「수라」에 있다는 이 분명한 표지가 아니라도 우리는 그 상호관계를 쉽게 짐작할 수 있지만, 「거미」의 1행이 사설시조의 초장, 2행~7행이 중장 그리고 마지막 8행이 종장으로 보인다는 것이다. 물론 시인 자신은 이같은 사실을 전혀 의식하지 않았다고 한다. 그럼에도 불구하고 백석의 시에 답하는 내용을 설정하면서 자연스럽게 사설시조의 형식으로 기운 것은 무엇을 말하는 것일까? 개인적으로 만난 자리에서 나는 고형렬 시인에게 이 작품이 사설시조의 형식과 같다고 하였다. 시인은 신기한 듯 웃기만 하였다.

참고문헌

고형진 편, 『백석』, 새미, 1996.

정효구 편, 『백석』, 문학세계사, 1996.

김윤식·김현, 『한국문학사』, 민음사, 1973.

김준오, 『시론』제4판, 삼지원, 1996.

김학성, 『한국 고시가의 거시적 탐구』, 집문당, 1997.

박철희, 『한국시사연구』, 일조각, 1980.

조동일, 『한국시가의 전통과 율격』, 한길사, 1982.

박노준, 『조선후기 시가의 현실인식』, 고려대 민족문화연구원, 1998.

신연우, 『조선조 사대부 시조 연구』, 박이정, 1997.

고형진, 「백석 시와 '엮음'의 미학」, 인권환 외 편, 『현대시의 전통과 창조』, 열화당, 1997.

고혜경, 「평안도편」, 임석재 외, 『한국구연민요-연구편』, 집문당, 1997.

서 벌, 「사설시조는 다시 성취될 것인가」, 『현대시학』80호, 현대시학사, 1975.11.

권영민, 「개화기 시조의 시적 형식에 대하여」, 『한국학보』15호, 일지사, 1979.

조흥욱, 「민요 노랫가락의 사설시조 수용양상에 대한 소론」, 『한신논문집』 제5집, 한신대, 1988.

ABSTRACT

A Study on Baek Suk's 「SURA」

Ko, Woon-Kee

The purpose of this essay is to study Baek Suk's 「SURA」, and to find out the relation with traditionality. In other words, the purpose of this essay is to prove that Baek Suk's 「SURA」is related with traditional genre like a Sijo. In Baek Suk's 「SURA」, because desire of contact is same as the distance in the tradition, the poet doesn't express directly his own thoughts. The way to dissolve the relation of contact and blocked distance, is to describe fluently the traditional characteristics of the others. It mens just showing the situation that the objects is in, not how it feels in the situation. So the person reading his poetry doesn't meet the poet's thoughts, it feels like it is really feeling the history. Through these works, Baek Suk's 「SURA」tries to have, contact with the traditional object, and overcome the earlier year's trend of modernity of literature in Korea.

리찬 시와 수령형상 문학

— 이찬 시 연구(3) —

김응교*

1. '李燦'에서 '리찬'으로

북한문학 작품을 읽을 때, 우리는 이기영을 '리'기영으로, 이용악을 '리'용악으로 고쳐 읽어야 한다. 마찬가지로, 시인 李燦을 '리찬'으로 읽는 연습을 해야 한다. 사실, 1928년부터 그의 작품이 발표된 후로 식민지 시기에, 작가명이 한글 '이찬'으로 표기되어 발표된 작품을 필자는 보지 못했다. 늘 한자 '李燦'으로 표기되어 발표되었다. 발표작 중에 '리찬'으로 표기되어 글이 발표된 것은 북조선인민공화국에서 활동한 이후의 일이다. 사실 북한에서 표기를 '표기위주'로 통일했다고는 하나, 그것은 서울중심주의에 대항하려던 북조선 공화국의 문화적 판단이었다고 보는 시각이 적지 않다. '리, ㄴ'을 한자 본음대로 적어 표기형태를 고정시키는

---

* 와세다대학 객원교수

북한의 형태주의 원칙을, 그들은 표기형태가 고정되지 않아서 비롯되는 불편함과 지나친 동음이의어로 인한 부담을 덜어주며, 시대적 추세에 맞는 가장 과학적이며 합리적인 철자 원칙을 견지하는 것이기에, 통일조국을 위해서는 형태주의로 통일적인 철자규범을 견지해야 한다고 주장한다.[1] 그러나 일종의 사투리에 지나지 않는 두음법칙을 거부하는 평양말을 표준어로 삼는 입장은, 서울중심주의에 대하여, 평양 말투를 고수함으로 평양중심주의를 확립하기 위한 시도였다고 김윤식은 설명한다.[2] 리찬이 자신의 이름을 명확히 '리찬'으로 표기하기 시작한 것은, 서울중심주의에 대한 평양중심주의 즉 '새로운 나라 만들기'에 대한 다짐의 한 표현일 것이다. 이어 그의 시 역시 내적이든 외적인 요구에 의해서든 새로운 나라 만들기에 확실한 기여를 하기 시작한다. 그의 시는, 1930년대 시기의 비관적 낭만주의[3]의 시편들이나 1940년대의 친일시와는 전혀 다른 사회주의 혁명시인의 면모를 보인다. 혁명시인으로서의 면모를 확실히 다져놓은 것은 시 「김일성장군의 노래」의 창작이었다.

　　그가 혁명시인으로 불리는 이유에 대해 북한문학사의 평가는 명확하다. 미리 언급하건대, 북한문학사에서 리찬의 시를 높이 사는 가장 중요한 이유는 '수령형상화 문학의 모범'이라는 점이다. 이 글에서는 리찬이 그것에 어떤 '새로운 단계'를 리찬이 마련하였는가를 살펴보려 한다. 이를 위해 북한에서의 그의 시 활동 전반에 대하여, 아울러, 리찬 시의 형식적인 특징에 대해 살펴보려고 한다. 그런 과정을 거쳐 볼 때, 그의 시가 왜 수령형상문학의 모범으로 평가받고 있는지 알게 될 것이다.

---

1) 정순기, 「조선어의 통일적 발전을 위한 몇가지 리론문제」, 1995. 프라하.
　　김윤식, 『북한문학사론』, 새미, 1995, 311쪽.
2) 김윤식, 『북한문학사론』, 새미,1996, 48쪽.
3) 李燦의 1930년대 후기시에 '모더니즘적인 경향이 있다'고 할 수는 있으나, 단순히 모더니즘 시로 보기에는 문제가 많다. 정서적으로 '비관적 낭만주의'라고 하는 것이 가까운 표현이라고 본다. 이에 관해서는 졸고, 「주관적 감상주의와 변방의식 - 李燦 시 연구(1)」, 『1950년대 남북한 문학』, 평민사, 1991, 최두석, 「1930년대 후반의 낭만적 시경향」, 『시와 리얼리즘』, 창작과비평사, 1996.

이 글은 『리찬 시선집』(조선작가동맹출판사, 1958. 이후『리찬』으로 줄인다)을 중심으로, 아울러 해방 이후 출판된 북한의 잡지나 시선집에 발표된 작품을 대상으로 리찬 시를 살펴보려 한다. 리찬의 시집『승리의 기록』(1947)과 그가 세상을 떠난 뒤 출판된 시선집『태양의 노래』(문예출판사, 1982)도 대조를 위한 연구대상으로 삼으려 한다.

2. 소련과 국제주의

해방이 되었을 때, 좌익 계열에 의해 출판된 해방기념시집『횃불』(저자대표 박세용, 1946.4)을 보면, 해방을 몰고 온 새로운 바람은 단연 붉은 군대인 소련이다. 위 시집에 실린 리찬의 시「축연(祝宴)」은 10년이 `지난 뒤, 아래와 같이 부분 개작되어『리찬』에 실려 있다.

> 오늘 一九四五년 九월 二일
> 『항복 조인』
>
> 정각 오전 九시 四분
> 북변의 창공을 二六 발의 대포
> 왜놈들의 최후를 아뢰는 은은한 포성이여
>
> 오 끊어진 쇠사슬이여
> 날 듯한 몸마음이여
> 어찌나 살았더냐 서른 여섯 해의 그 허구한 세월을.
>
> 그 세월을 피로 수놓은 수 많은 형제를
> 지금 우리의 경건한 묵도가
> 터지는 기쁨을 앞선다.
>
> 어서 들어라 다와리시찌 그 술잔을
> 이미 쓰러진 원쑤와 또 하나 오고야 말

우리의 승리
근로 인민들의 해방을 위하여
축배를 들어다우,

몽몽한 초연 속에
컵은 마구 쩷기고
텐트가 무너질 듯 광장을 울려 드는
붉은 군대와 군중의 환호 소리여,

우라 쏘베트 로씨야
우라 쏘베트 로씨야
조선 독립 만세 !
근로 인민 해방 만세……

　　　　　　　— 혜산진, 쏘군 주최 축연에서
　　　　　— 「축연」,『리찬』, 73~75쪽(강조 - 인용자)

　리찬에게 소련군이란 친구이며 동지이다. 그래서 그는 "어서 들어라 다
와리시찌"라고 말한다. 여기서 '다와리시찌'란, '동지(同志)'라는 뜻의 러
시아어 'tovarishch'에 대한 일본어 발음[タワリシチ]이다. 러시아 동지들
이 오고나서 "오고야 말" 것은 근로인민의 해방이다. 그러니, 리찬이 보는
소련군의 진둔은 민족해방과 계급해방을 불러오는 귀중한 국제주의의 실
천인 것이다. 이어서, 강조된 부분에서 보듯이 "우라[만세] 쏘베트 로씨
야"와 "조선 독립 만세", 그리고 "근로 인민 해방"을 동시에 한꽤로 보고
있는 것이 리찬의 시각이다. 리찬은 민족해방과 계급해방 앞에 "만세 소
비에트 러시아"를 먼저 놓고 있다. 역시 철저하게 소련군의 주둔을 환영
하면서, 민족해방과 계급해방을 가져다 준 소련의 국제주의를 찬양하는
입장을 보여주고 있다.
　그 이후에 소련군에 의한 독립에 이어지는 새로운 생활상이 구체적으
로 표현된다. 소련군은 인민의 생활을 바꾸어 놓았다. '한글 공부 소리 랑

자하고' (「아오미 나루」), '토지가 개혁되며' (『리찬』, 87쪽), '조선로동당의 창당' (94쪽)이 소련군에 이어 함께 왔던 것이다. 이른바 사회주의 사회의 총체적인 도래를 그는 소련군과 함께 온 해방으로 보고 있는 것임을 알 수 있다. 시 「축연」이 오는 소련군을 보는 시라면 「환송」은 소련군을 환송하며 발표한 시이다. "어이 잊으리 그대들을 / 진정 그 자국마다가 감사의 불꽃되여 / 전체 인민의 가슴을 / 영원 불멸의 친선에로 불태워 올리는 / 쏘베트 군대여"(「환송」, 『리찬』, 109쪽) 라는 소련군에 대한 환송은 단순한 환송이 아니라, 나름대로 구체적으로 소련군의 생활상을 묘사한 후에 이루어지는 친선의 표현이다. 소련군뿐만 아니라, 물론 중국군의 참여도 노래한다.

> 터지듯 인터나쇼날의 노래 울려 퍼지고
> 옹헤야로 양거리춤으로
> 어깨 걸고 떨어질 줄 모르는
> 두 나라 용사를……
> ― 「리별의 노래」(『리찬』, 144쪽)

당시 북한의 평단은, 미국이나 일본의 제국주의가 세계를 침략하려는 것을 '세계주의'라고 규정하고, 이에 반하여 공산주의가 세계평화를 위해 연대해야 하는 것을 '국제주의'라는 용어를 쓰고 있다. 당시 국제주의란, 해방과 원조로 맺어진 소련 및 중국과 국제적 단결을 맺게 되는 계기를 문학사상에 반영하여 세계혁명운동에 문학이 일조해야 한다는 뜻을 담은 개념이다. 이에 따라 '국제주의'를 담은 수많은 작품들이 거론되었고, 이후 계속 창작되었다. 비교컨대, 남한쪽의 멸공문학류의 전쟁시[4]들이 치열한 전투와 원수에 대한 적개심을 강조한 것에 비하면, 북한문학의 '국제주의에 대한 강조'는 나름대로 정연한 논리 체계를 갖고 있다. 대중을 국

---

4) 졸고, 「분단극복을 위한 시의 실천」, 고은·김규동 편, 『그대는 북에서 나는 남에서』 눈출판사, 1988.

제주의 사상으로 교양하고자 했던 당시의 사고방식에 리찬의 시도는 모
범적인 시도가 될 수 있었다.

> 클레믈린 황홀한 대륙으로부터
> 태산을 넘어 태양을 건너
> 온갖 나라와 나라 민족과 민족들의 계선을 지나
> 가없는 대지의 끝에서 끝까지
> 한없이 퍼지는 그대의 노래 속에
> 스탈린 대원수여 인류의 태양으로
>
> —李燦, 「들이시라 삼천만 조선인민의
> 이 우렁찬 찬가도」에서

평론가 한식은 국제주의의 정형으로 해방전에는 포석 조명희의 「낙동
강」을 인용하고, 해방후에는 바로 위의 시를 인용하고 있다. 해방이 되었
을 때, 즉각, 소련에 대하여 국제적인 연대를 담은 시를 발표한 리찬의 행
동은 북한문단에서 본이 아니될 수 없었다. 한식은 이 시를 두고 "사회주
의 조국인 소베트 동맹과 스탈린 대원수에게 대한 진실한 조선인민의 경
애와 강점은 오늘날 국제주의 사상의 가장 명백한 표현으로 되는 것"[5]이
라고 쓰고 있다. 더구나 소련은 단순히 해방과 원조를 가져다 준 국가가
아니었다. 리찬에게 소련이란, "쏘聯 너는 언제나 마음의 故鄕"[6] 이라는
한마디 말로 요약될 수 있다.

리찬은 작품 뿐만 아니라 작품창작에 대해서도 북한문학의 선두에 자
리하고 있었다. 한국전쟁을 치루고 전후 복구기에 접어든 북한문학이 직
면한 것은 도식주의·교조주의의 경향이었다. 그는 그 자신이 민촌 이기
영과 함께 소련으로 가서 소련의 중요 작가들을 꼼꼼히 취재하는 모습을

---

5) 한식, 「조선문학에 나타난 국제주의 사상」,『문학과 전진』, 1950. 8, 김재용 외, 『자
   료집·1』, 513쪽.
6) 李燦, 「續·쏘련 詩抄」,『文化戰線』제3집, 1947. 2. 25. 97쪽.

보인다. 그는 소련 작가들에게 농촌에서 농민들을 어떻게 계몽할 것인지, 고전 오페라 등을 어떻게 소개해야 하는지, 전쟁이 났을 때 소련의 작가들은 어떻게 종군하여 죽어가면서 어떻게 작품을 발표했는지 등을 무척 꼼꼼하게 질문하며[7] 실제적인 답을 얻어냈다. 그리고 이러한 여행 결과 얻어진 결실이 6번째 시집 『소련시초』였다.

영웅 예찬에서 비롯하여, 미제에 대한 적개심을 과도한 강조로 말미암아 빚어진 도식주의를 극복하기 위해 주어진 계기가 바로 리얼리즘의 종주국 소련의 제2차 작가대회(1954.12)이었다. 사회주의 창작방법론으로 확정한 제1차 소련작가회의(1934) 이래 20년만에 이루어진 이 대회의 결과는 북한문학계에 큰 자극을 주었다. 당시 시인들에게는 소련의 선진적 경험이 중요했다. 시인이며 평론가였던 민병균은 "이 숭고한 사명을 성공적으로 완수하기 위하여 우리는 우리 선진자들인 쏘베트 시인들이 피로 개척한 싸움으로 쌓아올린 교훈을 올바로 섭취하여야 한다"고 강조하면서 그 구체적인 예를 들고 있다.

> 뿌쉬낀 네끄라쏘브 마야코프스끼의 로씨아 시문학의 고상한 전통을 올바로 계승한 수많은 쏘베트 시인들 중에서 가장 인민의 지지를 받으며 또 우리 독자들에게도 그 일부의 작품이 소개된 시인들의 이름을 들어보면, ……(중략)……이 시인들의 시는 온갖 형식주의적 허식과 분식의 껍질을 버리고 간결하고 진실하고 소탈한 형식 속에 인민의 지향과 감정을 담은 고상한 사실주의적 작품을 보내고 있다[8]

---

7) 李燦, 「쏘베-트 作家會見記」, 『文化戰線』 제3집, 1947.2.25, 72~81쪽.
8) 민병균, 「쏘베트 시문학을 섭취함에 있어서 경험과 교훈」, 『노동신문』, 1949.4.29, 『자료집·1』, 387쪽. 북한 문학에 있어 소련 문학의 영향은 다음의 평론을 참조바람. 이정구, 「쏘베트 시문학과 우리 시인들」, 『문학예술』, 1950.5(『자료집·1』), 이정구, 「우리 시문학의 제 문제-제2차 전연맹 쏘베트 작가대회와 관련하여」, 『조선문학』, 1955. 7(『자료집·3』)

민병균의 이러한 지도비평은 당시에는 주도적 조류 중에 하나였다. 사실 '고상한 사실주의' 혹은 '고상한 리얼리즘론'은 1947년에 당중앙위원회에서 결정한 유일한 창작방법론이었다. 고상한 리얼리즘은 영웅적이고 긍정적 인물을 주인공으로 설정하고 이를 형상화함으로써 일반 독자들이 이를 하나의 모범으로 따라 배우는 것을 이상으로 하는 창작방법이다.9) 소련에 대한 국제연대를 간결하고 소탈한 '고상한 리얼리즘'으로 표현한 리찬의 소련 시초(詩抄)들은 이러한 시기에 하나의 표상이 아닐 수 없었을 것이다. 물론, 소련으로 향한 북한문학자들의 생각은 다만 리찬에게만 한정된 것이 아니다. 소련과의 국제주의에 대해서는 박세용·강승한·이정구·백인준 등의 시가 실린 『영원한 친선』(1949)이라는 시집에 모아져 있다. 또한 한설야나 이태준(「소련기행」, 『문학』 3호)이나 소련계 시인 조기천 등에서도 보인다. 당시 리찬은 이러한 흐름에 대표적인 국제주의의 모범을 보였던 것이다.

소련에 직접 가서 취재와 창작을 게을리 하지 않았던 리찬, 그의 경력에도 소련은 청년기의 한 시기를 점하고 있다고 씌어있다. 그의 약력을 보면, "20세에 일본 『와세다』대학에 가 로문학을 전공하다가 학비 곤란과 일제의 박해로 학업을 중단하고"(『리찬』후기)라고 써 있다. 편집부가 정리한 것으로 되어 있으나 북한의 다른 자료에도 그의 약력은 와세다대학에서 로문학을 '전공'한 것으로 되어 있다. 그런데 과연 그가 와세다 대학에서 로문학을 전공했을까. 당시, 그가 다녔다는 와세다대학의 학적부를 확인(1999.10.13. 大村益夫 교수 확인)해본 결과, "李燦(男) / 1910年 1月 15日(?) / 早稻田大學 高等師範部 英語科"를 다닌 것으로 나와 있다. 당시의 학적부를 보면, 분명히 "英語 李燦"이라고 표기되어 있다. 이름 위에 분명히 "英語"라고 소속 도장이 찍혀 있다. 그렇다면, 리찬은 영문학을 했으면서 왜 로문학을 했다고 약력에 적었을까. 영문과에 소속되어 있었

---

9) 김재용, 「전후 북한문학의 도식주의 비판」, 『분단구조와 북한문학』, 소명, 2000, 48쪽.

으면서 로문학을 많이 공부했다고 해도, 로문학을 '전공'했다고 쓰는 것은 옳지 않다. 거친 추정일 수 있으나 당시 영문학보다는 로문학이 북한 사회에서는 단연 선호되었고, 그런 사회적 분위기에서 그의 약력이 자의든 타의든 '변조'되었다고 추정해 볼 수 있겠다. 그런 변조는 당시 북한의 다른 작가에게서도 볼 수 있다.[10] 아무튼 당시 소련이란 존재는 한 인간의 인생여정을 변경시킬 수도 있던 영향력을 가졌던 것임에는 틀림없다.

　　이제, 소련에 대한 리찬의 자세에서 어떤 변화는 없었는지 질문을 달아보자. 해방을 몰고 온 주체를 소련으로 묘사했던 리찬의 시가 조금씩 변해가는 과정이 중요하다. 1945년경에 발표된 시편에서 해방의 주체를 소련으로 보고, 김일성을 묘사한 대목은 도드라져 보이지 않았다. 그런데 그것은 1946년에 접어들면서 조금씩 변하게 된다.

3. 수령형상문학과 애국주의

1) 수령형상문학의 모범 「김장군의 노래」

해방 후 북한의 지식인들 눈앞에 펼쳐진 사건들은 이조 500년, 그리고 지난(至難)한 프롤레타리아 운동사에서도 이룩하지 못했던 것들이다. 가장 대표적인 예로는, 1946년 2월 단 20일만에 이룩해놓은 토지개혁이다. 혁명 과정 속에서 서서히 이루어져왔던 소련과 중국의 토지개혁에 비하여 북한의 그것은 전면적인 것이었다. 무상몰수·무상분배를 원칙으로 선 토지개혁이란 혁명 그 자체가 아닐 수 없고, 따라서 '정치 - 문학 일원

---

10) 가령, 이석훈(李石薰, 1907~?)도 와세다대학에서 러시아문학을 전공한 것으로 소개되곤 하는데, 학적부를 통해서 그런 사실이 확인되지 않고 있다. 사실은 고등학교 수준에 준하는 早稻田의 '高等豫科'에서 러시아어를 공부한 것 같다고 보고되고 있다. : 大村益夫, 「早稻田出身の朝鮮人文學者たち」, 『語研フォーラム』 14호, 早稻田大學語學教育研究所, 2001. 3.1. 10쪽.

론'의 시각에서 보면 그 자체가 정치와 문학의 중심부에 해당되는 것이다. 당시 여러 문학작품이 토지개혁을 다루었다.[11] 오랫동안 노동자의 해방을 꿈꾸어 오고, 그것이 그리워 월북하거나 사회주의를 택했던 당시의 좌파 지식인들에게 '20일만의 토지개혁'이란 단순한 사건이 아니었다. 또한 '20개의 정강(政綱)'을 통해 전면적으로 개혁되는 사회를 볼 때, 거의 기적을 체험하는 느낌이었을 것이다. 이 체험을 리찬은 "神話가 아니다 / 傳說이 아니다. // 여기 북조선의 명백한 오늘을 / 모—든 不可能에서 可能이 前進한다."[12]고 기록한다. 하루 아침에 녹화(綠花)되는 영흥 대평야, 전에 없던 전기보일라, 연기가 솟아오르기 시작하는 공장의 굴뚝 등 눈앞에서 빠르게 변하는 세상을 보며 시인은 "너 어서 偉大한 이 地域 偉大한 이 勝利를 기록하야"라고 말한다. 시인에게는 "불가능에서 가능이 전진"하는 위대한 승리였다. 그러한 체험을 가능하게 했던 '위대한 영웅'에 대해서 당연히 문학적인 형상화를 하고 싶었을 것이다.

이른바 '위대한 영웅'에 의한 '위대한 개혁'은 각지에서 일어났다. 가령, 평양 서쪽 보통강에 해마다 일어나는 홍수를 막기 위해 둑을 쌓는 관계공사를 하는 1946년의 여름 풍경을 시인 김조규는 긴 호흡으로 그려냈다. 꼬리에 꼬리를 물던 가난뱅이의 생활의 상징이었던 보통강 유역의 풍경이란 시인에게 "썩어진 거재기었다 / 똥간이었다 / 시궁창이었다 / 나루ㅅ 배에 앉은 누런 얼골들"일 뿐이었다. 가난의 상징이었던 보통강 유역에 어떤 관계농사가 일어나는지를 묘사하면서 시인은 이렇게 마무리 하고 있다.

그러나 普通江
보라! 將軍金日成이 가난뱅이 벽허리언덕에서
손높이든 道義의 꼭괭이를—

---

11) 김윤식은 이기영의 「땅」에서 토지개혁은 핵심적인 요소라고 한다. 김윤식, 앞의 책, 97~99쪽.
12) 李燦, 「勝利의 記錄」, 『文化戰線』, 創刊號, 1946년 7월, 114쪽.

地心이 울리도록 나려박히는 聖鍬의 소리
파퉁키자 번지어라
쌓아 올리자 오오 民主朝鮮의 防波堤

                    —김조규 「生活의 흐름」[13]

시인 김조규는 이 관계농사의 지휘자를 김일성으로 보고 있다. 이 시는 1946년 6월에 쓰여진 것으로 표기되어 있고, 그의 시집 『동방(東方)』 (1947년 9월 18일)에 실려 있다. 그런데, 김조규가 이렇게 표현하기 전에, 조기천과 리찬이 선두적으로 당시의 그들의 '젊은 영웅'을 칭송하는 모범을 보인다. <북조선예술총동맹>의 서기장, 리찬은 기관지 『문화전선』 (발행인 한설야, 1946.6) 창간호에 송가이며 한국전쟁기에 많이 불렸던 「김일성 장군의 노래」의 모작(母作)이 되는 「김장군(金將軍)의 노래」 (1946 리찬 작사, 김원균 작곡)를 발표한다.

長白山 줄기줄기 피어린자욱
鴨綠江 굽이굽이 피어린자국

오늘도 自由朝鮮 면류관우에
역역히 비쳐드는 피어린자욱

아— 아— 그일홈도 그리운 우리의將軍
아— 아— 그일홈도 빛나는 金日成將軍

滿洲벌 눈바람에 이애기하라
密林의 긴긴밤아 이애기하라
萬吉의 빨치산아 누구인가를
絶世의 愛國者가 누구인가를

---

13) 金朝奎 詩集 『東方』, 平壤 : 朝鮮新聞社, 1947.9.18, 26쪽.

勞動者 大衆에겐 解放의恩人
民主의 새朝鮮엔 偉大한太陽
二十箇 政綱우에 蜂蝶도뭉처
北朝鮮 坊坊谷谷 새봄이온다

— 李燦, 「金將軍의 노래」 전문14)

이 시는 『문화전선』 창간호의 첫머리를 장식하고 있다. 1946년 7월 해방 1주년을 맞이해서 만들어진 이 노래는, 그해 여름 첫 연주회가 있은 뒤 곧바로 전국으로 퍼져나갔다. 가사는 한자가 완전히 한글로 바뀌었을 뿐, 원문 그대로이다. 북한문학사에서는 이 시가 형식적인 면에서 '심오한 사상상과 높은 형상성, 평이성과 통속성을 가지고 있는 것으로 혁명송가의 빛나는 모범'15)을 보이고 있다고 말한다. 북한의 문학사는 이 시의 창작동기를 이렇게 말한다.

<카프>에 대한 검거선풍으로 서대문 형무소에서 감옥생활을 하는 과정에 그는 위대한 김일성장군님에 대한 전설같은 이야기를 들으며…(중략)…토지개혁법령이 발포된 순간에는 서정시 「새소식」을 창작하여 토지개혁법령소식에 접한 감격과 흥분을 열정적으로 노래하였고…(중략)…송가를 창작하려는 그의 열정은 1946년 4월 위대한 장군님을 지적에서 뵈옵는 력사적인 날들을 계기로 더 강렬해졌다. 당시 함남일보사에서 기자로 일하던 시인은 위대한 장군님께서 흥남비료공장사업을 현지에서 지도하신다는 감격적인 소식을 듣고 공장으로 달려갔다.16)

---

14) 박명림은 '이 노래의 등장을 확인해주는 1차 자료가 없다'(『한국전쟁의 발발과 기원·Ⅱ』, 나남출판, 1996, 255쪽) 라고 했는데, 이 노래가 처음 발표된 지면은 『文化戰線』 창간호(1946년 7월호, 차례 앞면)일 가능성이 높다.

15) 오정애·리용서, 『조선문학사·10 ; 해방후편 평화적민주건설시기』, 사회과학출판사, 1994, 59쪽.

16) 오정애·리용서, 윗책, 47~59쪽.

이러한 창작과정을 거쳤던 이 시는 이 후에, 한자가 한글로 바뀌고, 어려운 대목은 쉬운 표현으로 개작되면서 전국으로 퍼지게 된다. 지금까지 북한문학사는 이 시를 수령형상화의 모범으로 삼고 있으며, 모든 책에서 인용되고 있다. 이 시는 두 가지 중요한 의미를 지닌다.

첫째 정치사적으로 해방의 주체가 바뀌었다는 것을 보여주고 있다. 이 송가의 등장시기는 그것이 김일성의 부상이라는 정치적 의미를 함축하기 때문에 눈여겨 볼 필요가 있다. 국가(國歌)나 국기(國旗), 국명(國名)이 만들어지기도 전에 최고지도자에 대한 칭송의 노래가 먼저 나왔다는 것도 중요할 뿐만 아니라, 더 중요한 것은 해방의 주체가 바뀌어 표현되고 있다는 점이다. 이제까지는 붉은 군대가 해방의 주체였는데, 그보다 수령의 빨치산 활동이 강조되어 표현되기 시작한 것이다. 그 변화 과정은 1945년 해방 직후 발표된 시와 1946년 해방 1주년을 기념하는 시를 비교하면 확연히 알 수 있다. 1946년 4월에 출판된 시집『햇불』에서도 "우라[만세]—스타—린! / 우라— 스타— 린! / 朝鮮 獨立 萬歲! / 푸로레타리아 해방 만세" (「향현」에서, 125쪽)이라며 스탈린과 프롤레타리아가 해방의 주체로 강조될 뿐이지, "위대한 태양"같은 표현은 없다.

해방의 주체가 소련에서 김일성으로 바뀌는 과정에 대해서는 정치학자에 따라 조금씩 의견을 달리 하고 있다. 와다 하루키(和田春樹)는 "유격대 사령관으로서 신비화 전술(神秘化戰術)"[17]은 1945년 9월 19일 김일성이 원산에 상륙할 때부터 서서히 드러난다고 한다. 이종석은 "1946년 2월 8일 북한지역에서의 단독적 개혁을 추진하기 위해서 '중앙주권기관'인 북조선임시인민위원회를 결성하였으며 김일성은 이 기구의 위원장에 취임" 하였고 이것이 바로 김일성이 북한의 최고지도자로 취임한 최초의 사건이라 하면서, "1946년 봄에 김창만이 북조선공산당 선전부장이 되자 당시 소련에서 나온 박창옥과 함께 김일성 유일지도자 옹립에 열을 올렸고, 그

---

17) 和田春樹,『金日成と滿洲抗日戰爭』, 平凡社, 1992, 342~343쪽.

결과 문학 분야에서는 한설야가 1946년 김일성의 항일무장투쟁기(『영웅 김일성 장군』)를 출판했고 소련군 장교 출신인 시인 조기천은 대서사시 『백두산』을 통해서 김일성을 민족의 영웅, 민족의 유일지도자로 형상화"18)했다고 쓰고 있다. 이에 비해 박명림은 리찬의「김장군의 노래」를 이 과정을 대표하는 작품으로 인용하면서 "1946년 7월에서 8월 사이에 김일성의 입지가 확실해지면서 해방의 주체가 소련에서 김일성으로 바뀌는 과정은, 모두 물론 소련의 양해가 있었기에 가능했다"19)고 명기하고 있다. 시기상의 차이는 있으나 대략 1946년 봄 이후 정치적으로 김일성의 유일지도자화가 가시화되었던 시기라고 볼 때, 리찬의「김장군의 노래」는 새로운 해방 주체의 개국(開國)을 알리는 일종의 '용비어천가'가 되었던 것이다.

둘째, 이 시는 사상사적으로 '주체(主體)의 시대'를 예견(豫見)하는 작품이 되었다. 이 시기 이후 김일성은 더욱 부상하고 그에 반비례해서 소련은 점점 후퇴하게 된다. 1946년 해방 1주년 기념식 연설에서 일제로부터의 해방이 "조선민족의 투쟁의 결과"라는 표현이 "소련의 위대한 붉은 군대의 영웅적 투쟁"이란 표현보다 앞서 나오면서, 처음으로 '김일성식 민족주의의 초기적 발로'가 엿보인다. 이후에 북한은 민족주의를 넘어서 1970년대에 이르면 '주체의 시대'로 넘어가게 되는 것이다. 1946년 해방 1주년 기념식 연설이 주체적인 정치관의 처음 발로였다면, 리찬의「김장군의 노래」(1946.6)는 그것에 대한 가장 신속하고도 대중적인 '문학적 선언'이었다. 그러므로 이 송가는 주체시대인 지금도 모범으로 삼아지고 있는 것이다.

리찬 시인이 세상을 떠난 뒤, 1983년에 그를 기리기 위해 출판된 『태양의 노래』(문예출판사)에는 그의 대표 서정시 65편이 실려 있는데, 그 서

---

18) 이종석,「김일성 연구」,『현대 북한의 이해』, 역사비평사, 194~196쪽.
19) 박명림, 위의 책. 254~256쪽.

시로 「김일성장군의 노래」가 실려있다. 5부로 나뉘어 있는 이 시선집은 제1부가 '김일성장군 찬가'로, 수령20)형상의 서정시 10편을 모아놓고 있다. 북한의 문단이 그를 수령형상문학의 모범으로 보는 까닭은 시선집의 편집을 보아도 충분히 알 수 있다. 또한 1992년판 『주체문학론』에서도 "혁명적 문학 예술 전통을 빛나게 계승 발전시켜야 한다"고 논하면서, 그 대표적인 시를 두 편을 들고 있다. 즉 "예술인들은 해방직후에 광복의 대업을 이룩하고 조국에 개선하신 수령님을 절세의 애국자로, 전설적영웅으로, 민족의 태양으로 높이 우러러 칭송하면서 불멸의 혁명송가 「김일성 장군의 노래」를 창작할 수 있었고, 장편서사시 『백두산』과 같은 훌륭한 작품을 내놓을 수 있었다."21)는 언급에서 보듯이, 리찬의 「김장군의 노래」는 조기천의 『백두산』과 함께 가장 모범적인 작품으로 칭송되고 있는 것이다. 이러한 까닭에 리찬의 「김일성 장군의 노래」는 "수령형상 시문학의 첫장을 빛나게 장식한 가장 훌륭한 가사작품"22)이 된 것이다.

2) 애국주의와 수령형상문학

수령형상문학의 모범이 된 리찬의 시는 곧 애국주의 사상과 함께 생각해 볼 수 있다. 엄호석의 「조선문학과 애국주의 사상」(『문학의 전진』, 1950. 8)은 애국주의에 대해서 차분하게 논한 글이다. 그는 '이승만 도당의 미제에 민족을' 파는 것은 거짓 민족주의라면서, '새로운 애국주의 그

---

20) '수령'이란 용어의 연원에 대해 이종석은 위의 책(196쪽)에서 이렇게 설명한다. "1946년부터 당 이데올로그들에 의해서 '위대한 영도자'라는 호칭이 따라붙기 시작했으며, 1948년부터는 인민군대를 중심으로 항일유격대 출신 군지도자들에 의해서 '수령'으로까지 불리게 되었다. 이 '수령' 호칭은 한국 전쟁을 계기로 북한사회에서 일반화되었다."
21) 김정일, 『주체문학론』, 조선로동당출판사, 1992, 69쪽.
22) 오정애·리용서, 위의 책, 47쪽.

리고 가장 전형적인 표현은 김일성 장군과 그의 빨치산'이라고 말한다. 엄호석은 을지문덕·연개소문·강감찬 그리고 이순신이 애국주의를 고양하는 데 쓰이듯이, 수령이 애국주의적으로 형상화되어야 한다면서,

> 김일성 장군의 애국적 형상은 아무러한 예술적 과장이 없이도 그대로 가장 걸출한 애국자의 전형적 성격으로서 우리 문학에서 창조될 수 있는 문학적 대상이다. …(중략)…위대한 혁명적 인물의 어떠한 전기적 서술도 그가운데 많은 미학적 의의를 가진 제대를 무딘 광석처럼 간직하면서 예술적 표현을 요구하며 형상화를 기다리는 것이다.[23]

이렇게 을지문덕이나 이순신을 애국주의로 형상화하듯이, 수령을 형상화한다는 논의를 거쳐 수령형상문학은 더욱 실질적이고 구체적으로 전개된다. 그러면서 그것은 '생활 속에서 형상화 할 것'을 요구하게 된다. 생활 속에서 수령을 형상화 하는 것에 대해 리찬은 또다른 모범을 보인다. 56행 12연으로 구성된 짧지 않은 시 「봄 비」는, 쌀쌀한 가을날, 어느 동해 어항을 수령이 방문했을 때의 일을 기록하고 있다. 이 시에서 리찬은 다양한 기교를 통해 수령형상문학의 또다른 전형을 보여주고 있다.

먼저 이 시는 수령을 초월적인 인물이 아닌 다정한 사람으로 묘사하고 있다. "그리웁던 벗인양 / 넘치는 미소로 일일이 화답"하는 수령의 모습, 어로공의 등어리 쓰다듬으며 "아직 고무옷을 못탔는가 / 장화도 못탔는가"를 묻는 수령의 모습은 너무도 다정다감하다. 둘째, 이 시는 구호적인 도식주의를 벗어나 생활 속으로 들어가고자 했던 당시 북한 시문학의 경향을 앞서 나가는 모습을 보인다. 가령 "세조— 영침에 / 빨갛게 단손길들 / 이윽히 살피시다"라는 표현에서 '세조— 영침'이란 명태를 씻어 소금에 절이는 행위를 뜻하는 것인데, 이렇게 리찬은 현장 취재를 통해 작

23) 엄호석, 「조선문학과 애국주의 사상」, 『문학의 전진』, 1950.8. 김재용 외, 『자료집·1』, 478~493쪽.

품 창작을 보여주고 있다. 셋째, 그러면서도 수령의 직접적인 목소리를 시에 담기도 한다. "―동무들 이 아름다운 곳에 / 훌륭한 수산 도시를 건설합시다 / 그러기 위하여 우리 노력합시다 / 당면 과업은 힘껏 기계화하고 / 근로 형제들게 더 많은 어류를 공급하는 문제요…"라는 표현을 통해 공산주의 교육을 위한 기능을 수행하기도 하는 것이다. 그런데 사실 여기까지 읽으면 그리 신선하지 않고, 산문에 행(行)을 끊은 듯이 단순하다. 바로 시가 지루해지는 지점에서 리찬은 '봄비'라는 상징을 써서 시적 변환을 도모한다.

> 그 다음날부터였네
> 봄비 지나간 뒤 산과 들처럼
> 생산 도표의 푸른 줄기줄기
> 째흐마다 싱싱 뻗어 오르고
>
> 바다 천년의 낡은 방식 우에
> 아슴푸레 눈 뜨던
> 온갖 지혜와 재능의 가냘픈 싹들이
> 무럭무럭 자라나기 시작한 것은,
>
> 그러기에 년간 계획 우에 높이 휘나는
> 승리의 깃발 바라볼 때나
> 아지아지 찬란한 개화를 다투는
> 권태기, 활복기, 건조기, 하륙슈― 드의
> 새록새록한 꽃망우리 바라볼 때나
>
> 사람들이 사람마다
> 가슴 깊이 느낀다네
> 봄비 지나간 뒤 산과 들,
> 자애로운 수령의 모습을
>
> ― 李燦, 「봄비」, 9 ~ 12연에서[24]

---

24) 李燦, 「봄비」, 합동시집, 『승리자들』, 조선작가 동맹출판사, 1954, 98~103쪽.

봄비 지나간 뒤에 바뀌는 산과 들의 모습을, 수령이 오고간 뒤의 현실과 겹쳐놓고 있다. 수령은 곧 '봄비'로 은유되고 있다. 남한의 문학적 경향에서 보면 낮은 차원의 은유이지만 우리는 북한문학이 가장 쉬운 비유를 통해 대중에게 다가가는 교양성을 중요하게 여긴다는 사실을 리찬의 수령형상문학을 통해 만나게 된다. 그러나 아무리 해도, 수령의 토지개혁이나 온갖 다정다감함을 체험해보지 못한 남한의 독자들에게는, 바로 이러한 대목이 가장 멀리 느껴질 수밖에 없다. 나아가서는 우상화라는 생각에서 거부감을 갖게 되기도 한다. 북한의 시인이나, '리찬'의 수령형상 문학작품은 이러한 까닭에 통일문학사를 쓰는 대목에서 많은 논란을 불러일으키게 되는 대목이 될 것이다.

4. 리찬의 혁명시와 서정서사시

앞서 우리는 리찬이 「김장군의 노래」의 가사를 지어 북한문예사에서 선도적인 역할을 했다는 것을 보았다. 사실 그에게 북한이란 사회는 그가 찾던 유토피아였던 것이다. 북한사회의 노동법령을 예찬하는 「비력(悲歷)」(『연간조선시집(年間朝鮮詩集)』, 문학가동맹, 1946)이란 시에서 그는 비극의 종언을 발표한다. '슬픈[悲] 역사[歷]'가 끝났다는 것은 그가 그리도 그리워 했던 '이러진 화원'(「이러진 화원」), 즉 '잃어버린 花園'을 찾았다는 말이다. 이제 그의 시에서 민족과 과거에 대한 회환만 있을 뿐이지 현재의 갈등은 존재하지 않는다. 『연간조선시집』에 발표된 리찬의 시는 한없는 만족감으로 채워져있다. 이러한 만족감을 표현하는 그의 시는 '인민을 교양하는 양식'으로서 그 형상성이 탁월하다. 문학을 '인민교양을 위한' 것으로 보는 북한문학사에서는 리찬의 시에 숨어 있는 탁월한 형상성을 높이 사지 않을 수 없었을 것이다.

첫째, 그의 시는 낭독을 하게 되면 선동성이 느껴지는 경우가 많다.

1930년대 중반기의 리찬 시를 낭독해볼 때, 앞선 시기보다 더욱 생생한 울림이 있다는 것을 느낄 수 있다. 가령 첫시집 『대망』에서 중요한 대목을 차지하는 시 「대망」(『중앙』, 1935.6)을 보면, 함경도 말투를 그대로 넣은 표현을 볼 수 있다.

> 고동소리에 놀랜 듯이 웨치는 한 시악씨
> 「애구 오늘밤에두 아니 오는 겝슴매」
> 뒤바더 「죽었따니까 죽어. 그 바람에 어지 사니」 하고
> 엎드러져 와—ㅇ 우는 이웃 안악네
>
> 안악네 딸아 그 이악씨 울고 ……마침내 모다들 운다!
> 목 놓아 「○○야……」 「○○아바……」 「난 어저람메……」
> 「이아— 덜 어쩌갯슴메」 ……부르짖기도 하며
>
> —「대망」 7,8,9연

'에구 오늘밤에두 아니 오는 겝슴메 [오늘밤에도 안 오는 가봐요] ', '죽었따니까 죽어. 그 바람에 어지 사니 [그 바람에 어떻게 살지] ', '난 어저람메…… [나는 어떡하라고] ', '이아— 덜 어쩌갯슴메 [아이들은 어떻게 합니까?'라며 부르짖은 여인들의 부르짖음이 함경도 말씨로 그대로 시에 드러나 있다. 이 시는 바다에 고기 잡으로 간 사내들을 기다리다가, 그들이 끝내 돌아오지 않자 부두에서 애절하게 울부짖으며 통곡하는 함경도 아낙네들의 아픔을 그 녀들의 말씨를 그대로 담아내고 있다. 실제 말씨를 그대로 살려 씀으로 시는 더욱 생생한 리얼리티를 확보하게 되는 것이다. 눈으로 보는 것보다, 함경도 억양을 넣어 읽어볼 때 그 느낌은 연극적으로 새롭게 다가올 것이다.

둘째, 그의 시는 북한문학이 추구해온 서정서사시의 모범을 잘 보여주고 있다. 리찬 시는 초기시부터 단편서사시적인 면모를 보인다. 엄연히 서정적 인물이 등장하고 서사적 상황이 배경을 이루고 있다. 그가 시단에

나왔던 1928년 8월쯤에는 이미 한국 문단에 단편서사시 논쟁이 풍미했던 때였다. 그의 초기시 중의 한편으로 「機械가튼 산아히」(『大衆公論』, 1930.3, 169~170쪽)를 보면 이 시의 무대배경은 '화염을 토하는 용광로'로 있는 공장으로 설정되어 있다. 시의 배경은 공장이고, 그 서정적 주인공은 지하조직에 관계하는 노동자로 표현되어 있다. 그는 모진 고문에 못이겨 조직의 비밀을 토해낸다. 그래서 그는 용광로 앞에서 "앙상한 기계같이" 움직이고 있다는 내용이다. 당시 북한문단에서는 서정·서사적인 작품을 이렇게 정의하고 있다. 즉 "서정적 작품의 요소와 서사적 작품의 요소가 결합되어 있는 시적 형식의 문학작품을 말한다. 서정—서사적 작품에서는 생활이 일방으로는 인간들의 행동과 감정 및 그들이 참가하는 사건에 대한 운문적 서술의 형식에서 반영되는 동시에 타방으로는 시 작품의 등장 인물들의 행동과 생활 화폭에 의하여 환기된, 설화하는 시인 자신의 감정의 형식으로도 반영된다"[25]고 말한다. 이렇게 볼 때, 리찬의 시에는 '서정서사시'를 이루기 위한, 서정적 주인공·전형성·배경·사건·서정적 토로 등등의 요소들이 두루 갖추어져 있다. 그의 서정서사시의 한 정점을 보여주는 시 「우크라이나의 초막에서」 전문을 인용해 본다.

> 함박눈 소리없이 내려, 내려서 쌓여
> 오리떼 움츠리고 모여 드는 창가에 등을 밝히며
> 아버지는 우리를 맞아 주셨다.
> 자못 넘치는 기쁨을 감추지 못하면서,
>
> 딸은 잠겨진 부엌문을 만지작거리며
> 돌아 안 오는 어머니는 안타까와 하는데,
> 그 무슨 좋은 지혜를 빌리려 아버지는 자주
> 서리 않은 관자노리를 가져 가는 것일까,
>
> 그래서만은 아니였다. 그는 아주 귀염둥이,

---

25) 「서정-서사적 작품」, 『문학술어해석;교원참고용』, 평양 ; 교육도서출판사, 1957, 126쪽.

솔고리 가득 절군 사과 들고 오는 그의 머리 쓰다듬으며
『아들 녀석 잃은 뒤로는
이 애가 우리의 오직 한 떨기 꽃봉오리라우』

아버지의 말없는 시선이 못박히는 벽상의 사진,
락조 고이 물들어 그림 같은 드네쁘르강가
구름 같은 양떼 속에 휘파람 날리는 싱싱한 청년
그는 쎄르게인가.

『쎄르게이는 살아 있지요, 살아 있는 그를
그 가을 조선으로 보낸다고 온 마을이 횃불 들고
밤 밝히던 밀 가을 속에서도 나는 보았고,
건설 기사로 조선 간다고 노래처럼 되뇌이는
이 아이의 나날에서도 나는 보고 있지요...』

아버지는 휩싸여 드는 그리움 몰아 버리려는 듯
음성을 돋구며
『어서 드시라우 하찮은 것이나
이것은 로친네와 올해도 그를 생각하며 절군 것이라우,
그 애는 무척 이것을 좋아했으니까요...』

『귀중한 손님들, 만일 조국에 돌아 가시여,
해당화 고이 핀다는 동해바닷가
그 애 잠들어 있다는 해방탑 앞을 지나시거든
전해 주시우, 아직도 우리를 걱정할 그에게』

『너를 잃은 슬픔보다도
너로 하여 다함없는 존경 속에 우리는 행복하고,
올해도 너를 대신하는 수 많은 로력의 도움으로
사과도 무척 더 많이 받았다고...』

—1956,12 「우크라이나의 초막에서」 전문,
『리찬』, 174~177쪽.

이야기는 조선으로 갔다가 죽은 아들 쎄르게이를 그리워 하는 아버지와 '우리'[방문객]가 대화하는 내용이다. 장소는 러시아의 우크라이나이다. 서정적 주인공은 늙은 아버지다. "건설 기사로 조선 간다고 노래처럼" 되뇌였지만 조선에 간 뒤 죽은 듯한 '쎄르게이'라는 아들을 그리워하는 늙은 아버지다. 아들 대신 노인은 사과를 수확하며 위로를 삼고 있다. 마지막 3연은 노인의 아픔과 아픔을 넘어선 깊이가 잘 전해진다. 대화체를 3연으로 나누어 연과 연 사이에 침묵을 넣어 독자 스스로 침묵의 공간에서 상상하게 하고 있다. 말을 잇지 못하는 노인의 아픔이 연과 연 사이에서 느껴지기도 한다. 그래서 "너를 잃은 슬픔보다도 / 너로 하여 다함없는 존경 속에 우리는 행복하고, / 올해도 너를 대신하는 수 많은 로력의 도움으로 / 사과도 무척 더 많이 받았다고……"라고 하는 마무리는 무척 감동적이다. 마치 영상을 보여주는 듯이, 말을 하다가 중간에 한번 말을 마치고, 이어서 또 말하는, 노인의 읊조림과 같은 말을 연과 행을 조정해서 잘 표현하고 있다. 이 시는 역할을 정해서 낭송하면 매우 입체적으로 느껴질 수 있다. 단지 극시(劇詩)적인 효과뿐만 아니라, 디테일에 있어서도 아름다운 면모를 갖고 있다.

그의 시에는 북방정서가 느껴지는 언어가 쓰이곤 한다. 그리고 그 언어는 독자로 하여금 북방의 풍경을 떠올리게 만드는 역동성을 발휘하곤 한다. 가령, 3연 2행에 "솔고리 가득 절군 사과 들고 오는 그의 머리 쓰다듬으며"라는 표현을 보자. 여기서 우리는 '솔고리'라는 단어와 '절군'이라는 단어가 주는 어떤 분위기에 빠지게 된다. '솔고리'란 소나무 가지로 상자 비슷하게 만든 그릇으로 고리버들가지나 대오리 같은 것으로 엮어서 아래웃짝을 만든 것을 말한다. '절군'이란 단어는 동사 '절구다'에서 온 말로 "소금에 절구다" 혹은 "배추를 절구다"라는 말로 쓰이곤 한다26). 물론

---

26) '절구다' 등의 사전적 정의에 관해서는 『조선말대사전』(평양 ; 사회과학출판사, 1992)을 참조.

이 단어는 지금도 전라도 등지에서 '전다'의 사투리로 쓰이기도 하지만, 북방정서를 나타내는 분위기에서도 많이 쓰여왔다. 가령, 장편소설 『꽃파는 처녀』에서는 "아니 이 고등어가 어쨌다구 그러우? 얼음에 박아 실어온 시퍼런 생선을 내 손으로 알맞추 얼간하여 절군것인데"라는 표현이 나온다. 지금도 연변지역에서는 배나 사과나 감을 꿀물처럼 단 물에 '절군' 음식을 손님상에 내놓기도 한다.27) 이처럼 원재료에 무엇인가를 첨가하여 "간맛이 제대로 잡히게 한다"는 뜻인 "절구다"라는 표현을 독자가 접할 때, 사람의 정(情)을 담는다[절구다]라는 정찬 북방정서를 느끼게 되는 것이다. 위 시에서 노인들이 아들을 생각하면서 사과를 '절군'다는 것, 그리고 '절군' 사과로 손님을 대접하는 것은, '절군' 정성만치 정겨운 풍경이 되는 것이다. 그래서 6연 4행에 "이것은 로친네와 올해도 그를 생각하며 절군 것이라우"라는 표현에 이르면, '절군'이라는 단어가 주는 정서적 힘은 더욱 간절해지는 것이다.

다른 시 「어느 고지에서」(123쪽)도 그의 서정서사시의 완성을 보여주는 작품이다. 이 시의 서정적 주체는 백발이 성성한 노인이다. 이 노인의 눈으로 전쟁 장면이 그려진다. 마치 카메라를 들이대고 찍듯이 사건은 전개된다. 낭송시와 극시적인 효과 등 여러 기교로, 그러면서도 고상하고 소박한 표현으로 쓰인 리찬의 시는 북한문학이 하나의 전형으로 삼는 서정서사시의 모범을 보이고 있다.

생각해보건대, 남한에서는 한국전쟁 이후 모더니즘 문학이 범람하면서, 이야기를 시에 담는 전통이 한때 끊어졌었다 하면 과장일까. 그것이 신동엽 · 김수영의 1960년대 이후 민중시를 이룩한 신경림의 『농무』에 이르러 개화했다고 하더라도 과언이 아닐 것이다. 갑오농민전쟁 및 의병운동과 관련된 이야기를 형상화한 장시 『남한강』 등을 발표한 바 있는 시인 신

---

27) 2000년 11월 18일 와세다대학 조선문화연구회에서 중국 조선족 문학평론가 李相範의 말

경림은 식민지 시대의 프롤레타리아 문학을 거론하면서, 프롤레타리아 문학사에 남을 만한 인물로 임화와 리찬을 거론[28]했다. 이런 평가는 바로 신경림이 도모해왔던 이야기시의 완성이라는 측면에서 리찬을 보았기 때문에 가능하지 않았나 생각된다.

5. 혁명시인의 자격

이 연구를 통해 우리는 리찬이 거의 생래적으로 북한 문학이 나아가야 할 길을 창작품을 통해 보여주고 있음을 알 수 있었다. 이로 인해 북한의 문학사들은 지금까지 리찬을 최고의 시인으로 평가하고 있다. 과연 북한 문학사가 어떻게 표현하고 있는지 보자.

① 김하명 류만 최탁호 김영필 『조선문학사(1926~1945)』, 과학백과출판사, 1981.
"위대한 수령 김일성동지께서 친솔하신 조선인민혁명군 주력부대를 맞이한 국경일대인민들의 가슴마다에는 조국광복의 희망과 혁명승리의 신심이 차 넘치고 국경 일대에는 혁명적 기세가 충전하였다." (462쪽)

② 김정일, 『주체문학론』, 조선로동당출판사, 1992.
"예술인들은 해방직후에 광복의 대업을 이룩하고 조국에 개선하신 수령님을 절세의 애국자로, 전설적 영웅으로, 민족의 태양으로 높이 우러러 칭송하면서 불멸의 혁명송가 「김일성 장군의 노래」를 창작할 수 있었고, 장편서사시 『백두산』과 같은 훌륭한 작품을 내

---

28) "프롤레타리아 시, 즉 카프 시들 가운데서 오늘날 우리가 읽을 만한 게 몇 편이나 됩니까.실제로는 그다지 많지 않습니다.……임화, 권환, 월북하여 「김일성장군의 노래」를 작사한 이찬, 김상훈, 박세영 등 몇몇밖에 되지 않습니다. 왜냐하면 이들에게는 시는 말로된 예술이라는 인식이 모자라지 않았던가 생각합니다."(신경림, 「생명력이 있는 시를 쓰려면」, 2000. 9. 28. http://www.kcaf.or.kr /friday/sinkyunglim - content.htm

놓을 수 있었다."(69쪽)

③ 오정애 리용서,『조선문학사 10』, 사회과학출판사, 1994.
"(리찬의 - 인용자)「김일성장군의 노래」는 위대한 수
령님에 대한 전인민적인 칭송의 감정을 품위있게 노래
한 혁명송가로서 해방 후 수령형상문학의 새로운 단계
를 열어놓았다는데 그 커다란 의의가 있다."(59쪽)

④ 김학렬,『조선프롤레타리아 문학운동연구』, 김일성 종
합대학출판사, 1996.
"1930년 후반기 시문학에서 리찬의 창작은 중요한 자
리를 차지한다. 특히 그가 북부국경일대에서 힘있게
전개된 항일무장 투쟁과 그에 대한 우리 인민의 신뢰
와 동경의 감정이 일정하게 비낀 시를 내놓은 것은 이
시기 시문학에서 커다란 의의를 가진다."(205면)

무엇보다도 리찬에 대한 평가는 '수령형상문학의 새로운 단계를'(③)
열어놓은 시인이라는 찬사가 중심점을 이룬다. 수령형상문학의 모범이 되
기 위해서, 첫째, 리찬의 계급시와 북방정서가 담긴 시를 정치중심의 문학
관에 따라 철저하게 개작되어야 했다[29]. 특히, 김일성의 빨치산 항일투쟁
의 영웅적 평가에 대해 그의 시「국경의 밤」을 통해서 증언함으로 북한
문학의 시원을 밝히고 있다(①, ④). 이를 통해 리찬의 시는 이른 바 <응
향>사건처럼 북한문학의 규정에 의한 '반동시인'과는 확실하게 다른 것으
로 인정받게 된다. 둘째, 소련을 해방의 주체로 삼고, 소련의 문학을 표준
으로 삼으려고 했던 북한의 초기문학사에 리찬은 작품을 통해 본을 보인
다. 셋째, 애국주의 문학을 위해 수령형상화의 모범적인 작품으로「김일
성 장군의 노래」를 발표했다. (②,③). 그가 북한문학사에서 주목을 받게
되는 것은 우연이 아닌 것이다. 넷째, 리찬은 해방기에는 전형적인 노래말
과 선동시·낭송시·서정 서사시의 모범을 보여주고, 이후 북한 문학의

---

29) 졸고,「리찬의 개작시 연구 - 이찬 시 연구(2)」,『민족문학사연구』, 소명출판사, 2000,
하반기.

방향이 생활문학으로 향하고자 강조하고 있을 때, 그의 시는 인민의 생활에 밀접해 있는 이야기시의 형태를 보여주고 있었다. 그는 생래적으로 북한문학의 갈 길을 보여주는 안테나 혹은 더듬이의 역할을 했다.

① 그으름내 가시잖은
　하이퐁의 밤
　탐조등 대낮같은 부두에
　련일, 무더기로 덮쳐들던 미제날강도들이

② 그 빛을 사랑하노라
　라틴아메리카에 등대처럼 솟아
　매일 매시각 더 밝고 빛나는 빛으로
　제국주의를 전율케 하는
　꾸바여 그대는 우리와 하나의 사상

①은 베트남 전쟁이 일어났을 때 '베트남 인민과 함께'라는 특집에 실렸던 리찬의 「하이퐁의 밤」(『조선문학』, 1966. 10월호, 54쪽)이다. ②는 미국과 쿠바 사이에 미사일 문제가 났을 때 리찬이 발표한 「꾸바여! 꾸바여!」(『조선문학』, 1968. 1월호, 111쪽)이다. 이처럼, 리찬은 시기에 따라서 베트남이나 쿠바의 인민을 지지하면서, 세계 곳곳에서 일어나는 사회주의 혁명을 주시하면서, 60년대말까지도 주도적인 역할을 보여준다. 결론적으로 그의 시는 수령형상문학의 모범을 보여줌으로 '새로운 나라 만들기'를 위해 확실한 공헌을 했을뿐더러, 더 나아가서는 북한 문학이 가야하는 지향점을 주요한 시기마다 제시해왔던 것이다. 그럼에도 불구하고, 북한에서의 그의 역할은 50년대에 한정할 수밖에 없을 것이다. 아닌게 아니라, 『조선문학개관 2』(박종원, 류만 공저)에서는 리찬의 시를 '평화적 건설 시기'(1945.8~1950.6)에서만 다루고 있고30), 다른 시대에서는 인용조차

---

30) 여기서 인용하고 있는 리찬의 시는 다음과 같다. 「김일성장군의 노래(1946)」, 「삼천만의 화창(1946)」, 「더욱 뭉치리, 장군님 두리에(1946)」, 「우리의 수도를 아름답게 하

하지 않고 있다. 이를 볼 때, 리찬에 대한 평가는 수령형상문학이 그 평가의 중심에 놓이고 있음을 확실히 알 수 있다.

그러나 북한에서 규정하는 1930년 후반의 리찬에 대한 평가(③)와는 달리, 그의 1930년대 시들은 '패배적이고 퇴폐적'(김용직)[31]이며, '주관적 감상주의'(김응교)[32] 혹은 '비관적인 낭만주의'(최두석)[33] 시편들이 대부분이었고, 급기야는 친일시를 발표하기에 이르렀었다. 리찬은 일본군의 태평양 도서 침략을 "戰勝의 기빨이 나부끼는 다양한 하늘"(「어서 너의 키―타를 들어」)이라고 함은 물론, 침략전쟁에 동원되는 조선인 학도들을 향해 "천황을 위해 영광스럽게 죽으라"(「送出陳學徒」)고 격려하는 등 노골적으로 친일행위를 선동하는 작품[34]을 다수 발표했다. 그런데, 북한 문학사의 어디에도 리찬의 절망적인 시편이나 친일시편에 대한 기록은 단 한 줄도 볼 수 없었다. 있다면, 리찬이 소련에 가서 작가 인터뷰를 할 때, 소련 작가가 "전쟁중에 (조선의 - 인용자) 작가들은 (소련의 작가들처럼 총을 들고) 反日運動을 했는가"라는 러시아 작가의 질문에 표정으로 답하는 장면 정도이다. 그때, 이찬은 그 "질문은 우리 三人 누구나의 얼굴을 붉게하는것이었다"[35]라고 하면서 許貞淑이 당시의 상황을 설명해주었다고 쓰고 있다. 얼굴을 붉히는 정도의 태도로 문제가 해결되었던 것일까. 1940년대 이른바 암흑시대에는 누구나 그러했기 때문으로 용인될 수 있

는 것(1947)」,「새소식(1946)」「흘러라 보통강, 노래처럼, 그림처럼(1946)」
31) 김용직,「국경의식과 계급시 - 李燦」,『한국현대시인연구』, 서울대학교출판부, 2000. 511쪽.
32) 김응교,「주관적 감상주의와 변방의식 - 李燦 시 연구(1)」,『1950년대 남북한문학』, 평민사, 1991.
33) 최두석,「1930년대 후반의 낭만적 시경향」,『시와 리얼리즘』, 창작과비평사, 1996, 251~258쪽.
34) 리찬의 친일작품은 다음과 같다. 시「어서 너의 키―타를」(『朝光』, 1942.6),「せめてよく 死に」,『東洋之光』, 1944.3,「送出陳學徒」,『每日新報』, 1944.1.19,「送出陳學徒」,『新時代』, 1944.2,「餞詞」,『朝光』, 1944.10, 수필로는「餞詞」,『每日新報』, 1945. 2. 14~15쪽.
35) 李燦,「쏘베―트 作家會見記」,『文化戰線』, 제3집. 1947.3.25. 81쪽.

었을까. '李燦'이 '리찬'이 된 뒤 역임하는 문예총 서기장·조소문화협회 서기장·부위원장·문화선전성 문화국 부국장이라는 화려한 경력 때문 일까. 1930년대 후기 리찬의 절망적이고 신변잡기적인 시를 차갑게 비판 했던 임화 등이 남로당 숙청(1953년)으로 사라지면서, 그의 과거에 또아 리 틀고 있던 흠점을 지적할 비평가는 없어졌기 때문일까. 아마 발군의 재기와 사회적 배경이 겹쳐, 그는 '새로운 단계를 여는 혁명시인'으로 밀 어올려졌을 것이다. 가장 확실한 것은 무엇보다도 '주체의 시대'를 예견 하고, 주체로서의 수령관을 확실히 해놓은 공이 클 것이다. 그에 대한 가 장 가까운 증언은 다음과 같다.

> 중앙의 한 신문에는 리찬의 시를 론하는 론평이 실린적이 있었다. 론평은 시인이 해방후에 발표한 몇편의 시작품들에 있는 단편적인 시구들을 가지고 제나름으로 분석하고 마구 공격을 들이대고 있었다. 이러한 사실을 보고받으신 경애하 는 수령님께서는 ……(중략)……론평을 새겨읽으실수록 분노 를 삭이실수 없으시였다. 어떻게 당의 사랑을 받고 인민의 사랑을 받는 시인을 이렇게도 모해한단말인가. 위대한 수령 님께서는 한동안 깊은 생각에 잠기셨다가 리찬 동무는 반동 작가가 아닙니다 라고 결연하신 음성으로 말씀하시였다. 그 리고 그이께서는 곁에선 일군에게 <그는 우리와 함께 공산 주의까지 변함없이 갈 사람입니다>라고 확신에 찬 어조로 말씀하시면서36) (강조 - 인용자)

해방전의 모더니즘이나 친일시를 지적한 것도 아니고, '해방후'의 작품 을 지적했는데도 그에 대한 비판은 "결연하신 음성"으로 금지된다. "리찬 동무는 반동작가가 아닙니다" 라고 하는 수령의 평가 혹은 '용인'은, 아무 도 리찬을 비판할 수 없는 존재로 확정시킨 것이다. '해방후'의 작품에 대 해서도 언급불가인데, '해방전' 리찬의 작품을 비판한다는 것은 북한에서

---

36) 조총련 편집부, 「태양의 품에 영생하는 혁명시인」, 『문화예술』, 조총련, 1980, 12쪽.

는 불가능하지 않았을까. 이런 배경으로 인해 리찬은 '혁명시인'으로서 1974년 1월 5일에 눈을 감고 북한의 신미리 애국렬사릉37)에 묻힌다. 그러나, 리찬에 대한 필자의 연구는 여기서 멈출 수 없다. 남한에서는 북한의 혁명시인으로 '외면'되고, 북한에서는 그의 비관적인 낭만주의의 시편과 친일시 경력이 '삭제'된 채 '감추어진 리찬'의 모습을 더욱 추적해보고 싶은 것이다. 그 추적은 단순한 호기심이 아니라, 남한과 북한의 문학사에서 외면되고 감추어진 단면을 찾아보는 과정이 될 것이다. 그래서, 이후 필자는 '리찬의 일본 체험'이라는 테마로 연구를 이으려 한다. 일본이란 시공간은 그의 삶과 떼어놓을 수 없는 관계를 지닌다. 그가 태어난 시기가 일제 식민지 시기이며, 도일하여 와세다대학에 입학했다가 그만두었으며, 또한 친일시를 발표하기도 했던, 그의 일생에 중요한 배경이 바로 일본이란 시공간이었음을 부인할 수 없다. 아울러 북한문학사가 감추고 있는 대목이기도 하다. 한 작가에 대한 작가연구는 연계성 없이는 성립할 수 없기 때문에 '李燦과 일본'에 얽힌 실타래를 푸는 것은 중요한 테마가 될 것이라고 생각한다.

이제 북한문학 50년에 대한 연구는 보다 미세한 부분까지 접근해야 할 것이다. 그렇게 때문에 '일본과 리찬' 혹은 '1930년대 후반기 리찬의 시'에 관한 연구는 중요한 의미를 지닌다고 본다. 1930년대 후반기에 그는 어떻게 3권의 시집을 낼 수 있었는가? 그의 이른바 '친일시'는 전향인가 포즈인가? '李燦'의 모더니즘 시와 친일시에 대한 총체적인 평가가 마무리 될 즈음에, 우리는 북한문단이 '리찬'의 모더니즘과 친일시 경력을 다루지 않는 이유를 다시 확인할 것이며, 남북한을 아우르는 통일문학사를 좀더 정치(精緻)하게 평가할 수 있을 것으로 기대해본다.

---

37) 북한의 '신미리 애국열사릉'에 묻힌 이들의 명단인 「애국열사명단」, (『역사비평』 1991. 가을호)를 보면, "리찬 동지 혁명시인 1919~1974.1.5 서거"로 기록되어 있다.

참고문헌

김응교, 「리찬의 개작시 연구 - 이찬 시 연구(2)」, 『민족문학사연구』, 소명출판사. 2000. 하반기.

_____, 「분단극복을 위한 시의 실천」, 고은 · 김규동 편, 『그대는 북에서 나는 남에서』, 눈출판사.

_____, 「주관적 감상주의와 변방의식 - 李燦 시 연구(1)」, 『1950년대 남북한 문학』, 평민사, 1991.

김재용, 『분단구조와 북한문학』, 소명,2000.

김정일, 『주체문학론』, 조선로동당출판사, 1992.

金朝奎 詩集 『東方』, 平壤 : 朝鮮新聞社, 1947.9.

『노동신문』, 1949.4.29. 『자료집 · 1』.

『문학술어해석;교원참고용』, 평양 ; 교육도서출판사, 1957.

엄호석, 「조선문학과 애국주의 사상」, 『문학의 전진』, 1950.8. 김재용 외, 『자료집 · 1』.

이정구, 「우리 시문학의 제 문제-제2차 전연맹 쏘베트 작가대회와 관련하여」, 『조선문학』, 1955. 7(『자료집 · 3』).

이정구, 「쏘베트 시문학과 우리 시인들」, 『문학예술』, 1950.5, 『자료집 · 1』.

李燦, 「勝利의 記錄」, 『文化戰線』, 創刊號, 1946. 7.

_____, 「봄비」, 합동시집, 『승리자들』, 조선작가 동맹출판사, 1954.

_____, 「續 · 쏘련 詩抄」, 『文化戰線』, 제3집. 1947. 2.

_____, 「쏘베-트 作家會見記」, 『文化戰線』, 제3집. 1947.

정순기, 「조선어의 통일적 발전을 위한 몇가지 리론문제」(1995. 프라하), 김윤식, 『북한문학사론』, 새미, 1995.

조총련 편집부, 「태양의 품에 영생하는 혁명시인」, 『문화예술』, 조총련, 1980.

최두석, 「1930년대 후반의 낭만적 시경향」, 『시와 리얼리즘』, 창작과비평사, 1996.

한식, 「조선문학에 나타난 국제주의 사상」, 『문학과 전진』, 1950. 8. 김재용 외, 『자료집·1』.

大村益夫, 「早稻田出身の朝鮮人文學者たち」, 『語硏フォーラム』, 早稻田大學語學敎育硏究所, 14호. 2001.

和田春樹, 『金日成と滿洲抗日戰爭』, 平凡社, 1992.

'Ri Chan(李燦)' and 「In Praise of General Kim, il-sung」

Kim, ueng-gyo

Because Ri Chan wrote the poem, 「In Praise of General Kim, il-sung」, most researchers of South Korea have hardly studied his work in North Korea. As far as I know, I have not seen a study on poems of Ri Chan in North Korea, by a researcher of South Korea. The reality is that a study of literature in the Republic is kept at a respectful distance, or rather shunned, by most researchers because of the difficulty in obtaining materials and an interchange of personnel. However, whatever the social system may be, people of any ideology are still human beings, and as long as there are human beings, there must be literature.

To the question how a man can or can not change in the passage of time and circumstances, Ri Chan, the man and his works, seems ready to give an answer to us.

정지용 시 연구

─바슐라르의 물질적 상상력을 중심으로─

오봉옥*

1. 들어가며

이 글의 목적은 20세기 예술작품 해석의 한 유형으로 대두된 가스통 바슐라르의 물질적 상상력 이론으로 정지용의 시를 해석해 보려는 것이다.

물질적 상상력 이론은 바슐라르의 주요 저작 중의 하나인 「물과 꿈」에서 전개되고 있고, 거기에는 <물질적 상상력에 관한 시론>이라는 부제가 붙어 있다. 여기에서 상상력을 형식적 상상력과 물질적 상상력으로 구분하고, 종래의 미학이 형식적 요인만을 너무 강조하고 물질적 요인을 너무 과소평가했다고 지적하며, 물질적 요인을 중시할 것을 주장한다.

인간은 편애하는 하나의 이미지, 하나의 원초적인 감정, 근원적으로 몽상적인 하나의 기질에 지배당한다. 그러므로 바슐라르에 의하면 한 인간

---

* 광주대 강사

의 믿음, 정열, 이상, 사고의 심층적인 상상세계를 파악하려면 그것을 지배하는 물질의 한 속성으로 파악해야 한다는 것이다.[1] 그리하여 그는 인간의 상상력을 근본적으로 물질적이라고 생각하면서, 세계를 구성하는 4가지 기본 물질 - 물·불·흙·공기로 분류한다. 그 4원소 중 작가의 상상력이 어느 물질과 결부되느냐에 따라 물의 상상력, 흙의 상상력, 불의 상상력, 공기의 상상력으로 구분한다.[2]

2. 상상력과 물질

상상력은 일반적으로 이미지들을 산출해내는 심적 능력을 가진 기능으로 본다. 상상력은 두 가지 형태로 생각할 수 있는데, 하나는 우리의 지각 작용과 직접 관계를 맺고 있는 것이고, 다른 하나는 그 본질이 감각 세계에서 해방되는 데 있다.[3] 상상력이 지각 작용과 관계가 있다는 것은, 인간의 지각이 가능한 대상이나 체험에 의해서 우리의 상상력이 유발되기 때문이다. 하지만 지각 대상이 없이도 상상력은 발휘된다. 예를 들어, 흙은 우리가 만질 수도, 볼 수도, 냄새를 맡을 수도 있다. 그러나 흙과 대조적으로 공기는 냄새나 형체를 지각할 수는 없지만 가벼움의 이미지를 지니고 있기 때문에, 우리는 공기를 상상할 때 비상(飛翔)의 이미지를 떠올리곤 한다. 그러므로 상상은 지각 대상이 있건 없건 그것이 문제가 되지는 않는다.

그런데 일반적으로 상상력의 기능은 평가 절하되어 왔다. 합리적 사고에 의한 이성을 강조한 서구의 경우 감각이나 상상은 그저 의식의 부차적 기능 정도로 생각했으며, 상상·지각·기억 등을 동일시하여 중요하게

---

1) 이가림 역, 「물과 꿈」 281쪽.
2) 앞의 책, 9쪽.
3) 이재희 역, 「상상력」 8쪽.

생각하지 않았다. 그러나 상상·지각·기억 등은 같지 않다. 왜냐하면 지각은 감각 대상이 있어야 가능한 것이지만, 기억이란 과거의 지식으로 알던 사실을 떠올리는 지식의 축적이외의 딴 것이 아니다. 이에 비해 상상은 하나의 사실에서 여러 가지 방향으로의 사고의 변용과 심화시키는 힘을 지니고 있다.

또한 상상은 공상과도 동일하게 생각되었는데, 코울리지는 「문학평전」에서 '공상'과 '상상력'을 서로 구별되는 다른 의미로 해석하여 상상력에 독자적 의미를 부여했다. 코울리지에 의하면 공상은 시간과 공간의 질서에서 해방되어 나온 기억의 한 형태에 불과할 뿐 실상 아무것도 아닌 것이고, 상상력은 하나의 새로운 세계 - 비록 일상적인 인식의 세계와 같은 것이기는 하나 재구성되고 보다 고도한 보편의 차원으로 승화된 세계 - 를 창조해 낸다는 것이다. 즉 공상이란 연상의 과정인 것이고, 상상은 창조의 과정인 것이다.[4] 과거의 연상주의와 18세기 경험주의자들이 상상력을 기억과 동일하게 여겨서 상상력을 의식의 부차적 기능으로 생각했던 것은, 상상력의 기능을 연상의 과정에만 국한시켜서 생각한 탓이다. 공상이란 경험이나 지식을 통해서 기억의 고리들을 이어나가는 것이고, 상상이란 공상과는 다른 것으로서 기억을 드러낼 뿐 아니라 변용을 가능케 하며 새로운 것을 만들어 내는 창조적 능력임에도 불구하고 말이다. 바로 이러한 점을 주목하면서 바슐라르의 상상력 이론은 시작된다. 바슐라르에 있어 상상력은 변증법적으로 파악되어, 지각과 기억과는 다른 독자적 힘을 가지는 심적 기능이다. 그는 그러한 상상력의 독자성을 '울림'에 의해 설명한다. 작품을 감상할 때 관람자는 그 작품에서 어떤 감동을 받게 되고, 그 감동으로 인해 새로운 정신적인 경험을 하게 된다. 이때의 관람자 자신은 작품 감상 전의 자신과는 다른 새로운 자신이 된 것 같다. 이것이 작품 감상에서 얻게 되는 울림이다. 이 울림으로 작가와 관람자 사이의

---

4) 심명호 역, 「공상과 상상력」, 59~61쪽.

교감이 가능하게 되는 것이다. 바슐라르는 울림을 반향과 비교하여 설명함으로써 울림의 본질을 드러내 준다.

—반향은 세계 안에서의 우리들의 삶의 여러 상이한 측면으로 흩어지는 반면, 울림은 우리들로 하여금 우리들 자신의 존재의 심화에 이르게 한다. 반향 속에서 우리들이 시를 듣는다면, 울림 속에서는 우리들은 우리들 자신 시를 말한다. 그때에 시는 우리들 자신의 것이기 때문이다. 울림은 말하자면 존재의 전환을 이룩한다.—5)

말하자면, 반향은 감각적, 표면적인 것이고, 울림은 존재 전환을 이루는 본질적인 것이다. 바슐라르에 의하면 우리 내부에 존재하는 이 존재 생성의 힘이 진정한 의미에 있어서의 상상력, 즉 기타 형태의 심리적 표상 작용과 본질적으로 구별되는 상상력이다.

바슐라르 이전의 상상력에 대한 연구에서는 상상력은 자생적인 능력이 없는 것으로 생각되었다. 그러나 바슐라르의 상상력 이론은 자생력이 있고 독자성이 있으며, 울림에 의해 존재의 전환을 이루는 본질적인 것이다. 이러한 바슐라르의 상상력 이론은 구체적인 물질과 결부된 이미지를 연구함으로써 이루어진다. 따라서 바슐라르의 상상력에 대한 연구는 우선 물질의 성질을 이해함으로써 가능해지리라고 본다.

3. 물질의 개념

바슐라르에 있어서 물질, 즉 작은 것은 큰 것의 내면적 구조이다. 큰 것은 작은 것에 의해 결정된다는 것이다. 자연계의 모든 것이 4원소로 이루어져 있다는 것은 결국 현실적으로 지각 가능한 모든 실재가 우리가 볼 수 없는 원소로 이루어져 있다는 것이다. 모든 물질은 그것의 독특한 성

---

5) 곽광수 역, 「공간의 시학」 90쪽.

질을 지니고 있는 최소 단위체인 분자로 되어 있으며, 어떤 분자든지 약 100종의 원소 중에 몇 가지로 이루어져 있다. 물 분자 H_2O는 수소 2개와 산소 1개로 이루어져 있고, 빛도 양자론에 의하면 입자를 지니고 있어 이 것을 광자라고 하여, 소립자의 하나로 치고 있다. 이것은 세계를 미시적 관점에서 본 것이지만, 미시 세계의 원자의 구조는 거대 세계인 태양계의 구조와 거의 같다는 것이 증명되듯이, 우주의 현상간에는 엄청난 유사성이 있다. 그러므로 미시 세계의 연구로서 거대 세계의 유추가 가능하다. 이러한 물질이 이 세계를 이루고 있는데, 물질 개념에서 가장 중요한 것을 바슐라르는 에너지로 본다. 에너지는 시간과 공간을 연결해 주는 가장 중요한 매체이다.

　—물질에 대해 가장 중요한 현상적 특질이 무엇이 될 것인가? 그것은 그의 에너지에 관계되는 것이다. 무엇보다도 물질은 에너지의 원천으로 생각해야 한다. 그리고나서 여러 개념들의 동가치를 완성해야 하고, 에너지가 어떻게 물질의 다른 특질들을 받아들일 수 있는가 자문해 보아야 한다. 달리 말하면 사물과 운동 사이의 가장 유익한 연결점을 이루는 것은 에너지의 개념이다. 운동 중에 있는 사물의 효과를 측정하는 것은 에너지를 통해서이며, 어떻게 운동이 사물이 되는가를 볼 수 있는 것은 이 중개에 의해서이다.—6)

　현대 물리학에 의하면 에너지는 물질 속에 재편성되며, 물질과 연결될 수 있다. 그 과정은 영원한 구조적 교환의 과정이다. 원자는 비연속적인 방법으로 에너지의 흡수나 방사에 의해 형태를 바꿀 수 있다. 바슐라르에 의하면 원자는 형태를 바꿈으로써 에너지를 잃거나 혹은 획득하는 것이 아니라, 원자는 에너지를 버리거나 혹은 획득하면서 그 형태의 변화를 가져온다. 그러므로 에너지가 바로 물질이며, 물질이 에너지이다. 하나의 원자는 에너지를 버리거나 얻음으로써 형태를 바꿀 수 있다. 에너지가

---

6) 곽광수, 김현, 「바슐라르 연구」 145쪽.

물질 바꿀 수 있다는 사실은 구상적인 것은 추상적인 것으로 번역할 수 있다는 사실로 이끌어 간다. 그것은 실체를 가지고 있다고 우리가 믿은 것이 하나의 환상일 수도 있다는 것을 보여준다.[7] 그것은 시로도 설명이 가능하다. 우리는 종종 구체적 사물의 움직임에 끌려 시작한 작품들이 전혀 대상에서 벗어난 추상적인 작품으로 마감되는 것을 볼 수 있다.

에너지 연구의 발전에 따라 원자는 존재인 동시에 생성이며, 현재인 동시에 미래이며, 그것은 사물인 동시에 움직임을 뜻하게 된다. 원자는 시간 - 공간 안에서 도식화된 생성 - 존재의 기본요소이다. 고전 물리학에 의하면 하나의 입자의 상태는 그 위치와 운동량이 주어져서 확정되지만, 양자 역학에서는 시간과 공간의 위치가 주어질 때에만 완전하게 결정된다. 따라서 시간이 입자의 상태를 결정지어 주는 중요한 요건이다. 그러나 시간이란 고정되어 있는 것이 아니라 항상 흘러가고 있다. 따라서 물질은 계속 변화한다. 그러므로 물질은 흔들리는 시간 속에서만 존재한다.

바슐라르의 물질 개념을 요약하면 첫째, 무한히 작은 것이 큰 것을 드러내거나 변화시킨다. 둘째, 물질은 에너지이며, 구체적인 것은 추상적인 것으로 번역될 수 있다. 셋째, 물질은 흔들리는 시간 속에서만 존재한다. 이 세 원칙은 서로 개별적으로 작용하는 것이 아니라 상호 보완적으로 작용한다. 이러한 물질개념이 바슐라르가 상상을 가능케 하는 힘이고, 물질은 유동성으로 인해 새로운 이미지를 낳는 근원이 된다.[8]

위의 세 가지 물질 개념은 현대 물리학의 발전에 의해 새롭게 드러난 개념들이다. 과거의 물질에 대한 생각은 객관적으로 설명이 가능한 고정된 것이었지만, 시간과의 연관 속에서 현대의 물질은 객관적인 설명이 불가능하게 되었다. 물질은 고정되지 않는 유동성을 가짐으로써, 어떤 고정된 틀에 매이지 않고, 새로운 이미지들을 만들어 내는 힘으로 작용한다.

---

7) 곽광수, 김현, 앞의 책 146쪽.
8) 곽광수, 김현, 앞의 책 189쪽.

그러한 물질의 개념으로 바슐라르는 상상력 이론을 전개시켜 나간다.

4. 물질과 상상력의 관계

　대상을 지각할 때, 우리는 가장 먼저 형태를 지각하게 된다. 화가도 대상을 앞에 놓고 그 대상을 묘사할 경우 우선 형태를 본다. 대상의 형태는 화가의 감정이나 생각, 의도에 따라서 왜곡되기도 하고, 색채도 바뀔 수 있다. 그러나 사물의 형태를 대상으로 할 때, 그것을 보고 그리는 화가는 그 사물의 실재성에서 크게 벗어나지 않는다. 형태, 색채가 그 대상과 전혀 다른 별개의 것이 되기란 상당히 힘든다. 그에 비해 고정된 형태를 지니고 있지 않은 물질은 그 성질이 유동적이고 추상적이어서 보는 사람에 따라서 여러 가지로 변모될 수 있다. 형태로 사물을 볼 경우에는 형태의 고정된 틀로 인해 자유롭게 변모시키기가 힘이 들지만, 물질은 대상을 지각할 경우에는 반대로 형태라는 틀이 없기 때문에 자유롭게 된다.

　대상의 고정된 형태가 있는 것과 없는 것에 따라 상상력의 범위는 많이 달라질 수 있을 것이다. 형태가 있는 것은 그 외양의 고정된 틀이 우리의 사고에 작용하여, 상상은 형태가 보여주는 외양으로 한정되기가 쉽다. 일정한 형태가 없을 경우에는 하나의 대상을 보고서도 일정한 형을 연상시킬 수가 없기 때문에 형태가 있는 경우보다 자유롭게 변모시킬 수가 있다. 그래서 바슐라르는 상상력을 물질적 상상력과 형식적 상상력으로 구별한다. 바슐라르에 의하면 형식적 상상력은 물질적 상상력을 합리화, 개념화하여 물질적 상상력에서의 유동성, 불확정성을 제거하여 논리적 추론물로 만든다.9) 즉, 상상력을 잘 유발하기 위해서는 일정한 형식이나 패턴이 없는 물질이 필요한 것이다. 형체가 있는 대상은 고정된 틀이 있기 때

---

9) 앞의 책, 267쪽.

문에 상상력이 잘 유발되지 않는다. 그래서 바슐라르는 우리가 잘 상상하기 위해서는 하나의 물질을 찾아서 깊이 몽상에 빠져야 된다고 주장한다.10)

바슐라르가 말하는 물질의 내면성과 물질의 표면성을 물과 얼음으로 비교해 보면 그 특성을 쉽게 이해할 수 있다. 물체로서 얼음 덩어리를 상상할 때 외부적으로 드러나는 희고 투명하게 번쩍거리는 굳은 형태를 생각하게 된다. 이때 물체가 지니고 있는 견고한 성질로 인해 더 이상 상상을 할 수가 없게 된다. 그래서 상상은 멈춰버리게 되고 우리가 알고 있는 얼음 덩어리를 기억하는데 그치고 만다. 그리하여 상상력은 대상의 표면에만 머물다가 다른 대상으로 떠나가게 된다. 이런 경우의 상상력이 형식적 상상력이고, 이것에 의해 파악되는 물체가 형식적 이미지이다. 전통적인 경험론에서는 표면적이기 때문에 가장 쉽게 이해할 수 있는 이와 같은 형태적 이미지만을 상상력의 전부라고 생각하여 결국 상상력을 외계의 대상을 있는 그대로 기억하는 기능들로 생각했던 것이다. 그와 대조적인 물질로서 얼음을 생각하면 상상은 훨씬 자유롭게 된다. 얼음을 생각하면서 그 얼음이 주위의 온도의 변화에 따라 물로 변하기도 하고 또 물은 열에 의해 수증기로 변하게 되는 것을 상상하게 된다. 이때의 상상은 얼음으로 인해 물, 수증기 등으로 변모된다. 물체로서의 얼음의 견고성과는 대조적으로 물질로서의 얼음은 물과 김이 서린 세계까지 자유롭게 상상케 하는 힘이 있다. 이것이 물질의 '내면성의 힘'이다. 이때에 우리의 상상력은 쉽게 유발되고 대상이 스스로 변하게 하는 가능성을 가진 것으로 파악하게 된다. 이때의 상상은 물체의 표면성에 의해 차단되는 것과는 대조적으로 물질의 그 비차단성으로 인해 상상은 자유롭게 된다. 이때의 상상력이 물질적 상상력이고 물질적 이미지이다.11)

---

10) 이가림 역, 앞의 책 9쪽.
11) 곽광수, 김현, 앞의 책 30~31쪽.

형식적 상상력은 표면에서 표면으로 잘 옮겨 다니는 반면 물질적 상상력은 하나의 물질에 의해 여러 방향으로의 상상력의 증폭이 가능하기 때문에 쉽게 그 상상이 다른 물질로 옮겨 다니지 못한다. 다른 물질로 옮기는 대신 한 물질을 여러 방향으로 깊이 있게 사고하게 한다. 물체의 표면성과 내면성으로 비추어 볼 때 바슐라르의 물질적 상상력이란 물질의 내면성을 알아 볼 줄 아는 물질의 내면성에 의해 유발되는 상상력이다. 이러한 물질의 내면성에 의해 진정한 의미에서의 상상력의 기능을 다하는 것이다.12)

형식적 상상력에 있어서는 형태의 비타협성 때문에 우리를 가로막지만 물질적 상상력에서는 물질의 비차단성 때문에 우리를 자극한다. 그래서 우리의 상상력은 물질을 변모시키는 적극적인 상상력으로 나아가는데 그것이 역동적 상상력이다. 물질적 상상력이 대상의 물질성과의 깊은 관계를 드러내는 것이라면, 그 물질을 변모시키는 상상력은 역동적 상상력이다. 물질적 상상력에서는 대상의 유동성 때문에 물질이 변모된다면 역동적 상상력에서는 우리의 상상력이 우리의 의지대로 물질을 변모시키는 것이다. 바슐라르의 물질적 상상력은 이렇게 스스로 변모시키는 역동적 상상력에 의해 완성된다. 역동적 상상력은 스스로 변모시키는 능력이기 때문에 물질성이 잘 드러나지 않는 물질 - 공기 - 에 대해서도 상상이 가능하다. 공기는 형태를 이룰 가능성도 없고 물질성도 잘 드러나지 않지만 우리는 공기로 비상의 이미지를 상상할 수 있는 것이다. 바슐라르는 상상현상에 있어서 대상이 절대적인 것이 아니며 상상현상은 대상이 없더라도 상상력의 작용만으로도 이루어질 수 있음을 지적한다. 이미지가 없어도 상상할 수 있기 때문에 '절대적 상상력'이 정립된다는 것이다.13)

바슐라르는 대상과 물질과의 깊은 관계를 드러냄으로써 물질적 상상력

---

12) 앞의 책, 191~192쪽.
13) 앞의 책, 37쪽.

을 연구하였고, 또한 역동적 상상력에 의해 상상력의 절대성을 주장한다. 바슐라르의 상상력의 모든 현상은 물질과 깊은 관계를 갖고 있고, 이러한 물질에 부여된 상상력에 하나의 체계를 부여한 것이 4원소론이다.

5. 물질적 상상력에 의한 정지용 시 분석

물질적 상상력을 동원하는 작가는 물질의 한 요소만이 아닌 여러 원소를 동시에 표현하려 한다. 이를테면 빛의 상상력을 발휘할 경우 그 빛은 공기, 안개, 물 등과 결합된 빛으로 나타난다. 빛은 우리가 그 자체로 의식하기는 매우 힘든 물질이다. 왜냐하면 그 물질성이 잘 드러나지 않기 때문이다. 빛은 자신을 드러내지 않고 모든 사물을 드러내 준다. 사실 우리는 사물을 볼 수 있는 것이 그 사물의 성질 때문이라기보다 빛의 성질 덕분이라는 것을 잊어버리기가 쉽다. 빛은 4원소 중 물이나 흙보다 덜 물질적이다. 물이나 흙은 볼 수도 만질 수도 있는 질감과 촉감이 있지만 빛은 그렇지 못하다. 그러나 빛은 강한 침투성이 있어서 어디에나 침투한다. 공기나 바다 속에도 빛은 침투한다. 빛을 우리가 지각하기는 어렵지만 어디나 침투하기 때문에 우리가 빛을 지각하는 것은 빛 자체보다는 공기, 안개, 물 등과 결합된 빛이다. 공기 역시 마찬가지이다. 공기는 볼 수도 만질 수도 없다. 그러나 공기는 다른 물질들과 결합하면 변화무쌍한 형태로 나타난다. 빛과 결합하면 반짝거리는 아롱거림이 있고, 물과 결합하여 안개로 나타날 때에는 몽롱함이, 눈보라나 폭풍우와 결합할 땐 거대한 자연의 힘을 느끼게 한다. 또한 하늘과 연결되어서는 무한함을 느끼게 하는 힘을 지니고 있다. 다음과 같은 시는 그러한 점을 잘 보여주는 실례이다.

> 유리에 차고 슬픈 것이 어른거린다
> 열없이 붙어서서 입김을 흐리우니

길들은 양 언 날개를 파다거린다.
지우고 보고 지우고 보아도
새까만 밤이 밀려나가고 밀려와 부딪히고
물먹은 별이, 반짝, 보석처럼 박힌다.
밤에 홀로 유리를 닦는 것은
외로운 황홀한 심사이어니,
고운 肺血管이 찢어진 채로
아아, 늬는 산새처럼 날아갔구나

　　　　　　　　　　　　　　　　―「유리창」 전문

이 시를 에워싸고 있는 분위기는 슬픔이다. 시적 자아와 타자화된 대상
(산새처럼 날아간)은 유리라는 매개물을 통해 만남을 이루면서도 그 유리
라는 물질의 차고 단단한 속성 때문에 또 차단이 되어 합일을 이루지 못
한다. 여기서 유리의 성질을 차고 단단하게 보는 것은 그 유리라는 물질
의 성질 때문이기도 하지만 차가운 공기에 힘입은 바가 크다고 할 수 있
다. 밖의 공기는 차고 안의 공기는 따뜻하다. 시적 자아가 유리창 앞에 서
서 성에를 만들수 있는 것도 그런 자연현상에 의한 결과이다. 이 시에서
시적 자아가 절정에 이르는 순간은 '물먹은 별이, 반짝, 보석처럼' 와서
박히는 순간이다. '물먹은 별'은 우선 시적 자아의 눈물어린 눈동자일 수
가 있다. 유리창 앞에 '열없이14) 붙어서서' 성애를 만들고 지우는 자아,
뭔가에 사로잡혀 '황홀한'15) 순간을 경험하고 있는 자아가 문득 그 유리
창에 비친 자신의 눈동자를 발견한다는 것은 자연스러운 일이다. '물먹은
별'은 또 '산새처럼 날아간' 시적 대상의 눈동자일 수가 있다. 그 대상이
곧 '폐혈관이 찢어진 채로' 비참하게 떠나갔기에 '물먹은 별', 너무도 서
러운 눈동자가 되는 것이다. 하지만 문맥에 충실할 때 '물먹은 별'은 시적

---

14) 열없다: 어울리지 않다는 느낌이 들어 조금 부끄럽다. 멋쩍고 어색하다.
　　연세대학교 언어정보개발연구원 편, 『연세 한국어 사전』 1316쪽.
15) 황홀: 한 가지 사물에 마음이나 시선이 쏠리어 어리둥절함. 정신이 쏠려 멍하니 서
　　있는 모양. 이숭녕 등, 『대국어사전』 2312쪽.

자아의 눈에 비친 하늘의 별일 가능성이 크다. 눈물이 있으면 겹쳐는 보이지만 '물먹은' 상태는 될 수가 없다는 점에서 그렇다. 또 저기압 상태에서의 별은 뚜렷하게 보이지가 않는다는 점에서 '물먹은 별'의 표현은 자연스럽게 다가온다. 공기와 빛 – 별빛 – 이 어우러지면서 순간적으로 아롱거리는 '보석'의 이미지를 만들어낸 것이다. 이 '보석'은 하늘에 고정되어 있는 실체가 아니라 시적 자아에게 와 박히는 움직이는 '보석'이다. 그것은 자연과 슬픔에 잠긴 자아와의 교감이다. 이것은 우주적 열기를 품어내는 격앙된 세계이고, 그 격앙된 세계와의 교류를 간절히 바라던 내면의 욕구의 폭발이다. 그런데 문제는 거기에 '물'이 결합하여 몽롱하고 환상적인 분위기를 연출한다는 점이다. 물은 '보석'의 이미지에 질펀한 느낌을 얹혀 준다. 즉 화려한 보석이되 뭔가의 사연을 안고 있는 듯한 축축한 느낌을 안겨주는 것이다. 여기에서 독자의 상상력은 자극을 받는다. 그것은 시의 분위기에 일조하면서 독자의 상상력을 자극하고자 한 작가의 의도인 것이다.

이 시는 군더더기가 없고 잘 짜여진 시이다. 슬프다는 표현을 하지 않고도 슬픈 감정을 드러낸 작품이다. 그러나 이 시의 묘미는 빛과 공기와 물이라는 물질의 연결을 통해서 슬픔을 넘어선 그 어떤 미묘한 시적 분위기를 연출했다는 점이다.

다음의 시 「태극선」은 공기의 역동성에 의한 생활의 활력이 묘사되어 있는 작품이다.

이 아이는 고무뽈을 따러
흰 山羊이 서로 부르는 푸른 잔디 위로 달리는 지도 모른다.

이 아이는 범나비 뒤를 그리여
소스라치게 위태한 절벽 갓을 내닫는지도 모른다.

이 아이는 내처 날개가 돋혀

꽃잠자리 제자를 슨 하늘로 도는지도 모른다.

(이 아이가 내 무릎 위에 누운 것이 아니라)
새와 꽃, 인형 납병정 기관차들을 거느리고
모래밭과 바다, 달과 별 사이로
다리 긴 王子처럼 다니는 것이려니,
(나도 일찍이 점도록 흐르는 강가에
이 아이를 뜻도 아니한 시름에 겨워
풀피리만 찢은 일이 있다)

이 아이의 비단결 숨소리를 보라.
이 아이의 씩씩하고도 보드라운 모습을 보라.
이 아이의 입술에 깃들인 박꽃 웃음을 보라.
(나는, 쌀, 돈셈, 지붕 셀 것이 문득 마음 키인다)
반디스 불 하릿하게 날고
지렁이 기름불만치 우는 밤,
모와드는 훗훗한 바람에
슬프지도 않은 태극선 자루가 나부끼다.
— 「태극선」 전문

  이 시의 배경에는 후덥지근한 공기가 흐르고 있다. 시적 자아가 태극
부채를 부치고 있는 광경은 그런 후덥지근한 공기의 흐름을 간접적으로
확인시켜 준다. 우리는 공기 자체를 만질 수도 없고, 볼 수도 없다. 이 시
역시 '공기'라는 표현은 없다. 하지만 우리는 태극 부채를 부치고 있는 시
적 자아를 통해 공기라는 물질을 감지한다. 공기는 물이나 빛보다 비물질
적이다. 그러나 우리는 언제 어디서나 공기가 있다는 것을 안다. 공기의
비물질성으로 인해 공기 자체의 물질성을 감지하기는 힘든다. 공기 자체
를 상상할 때에는 무중력의 상태를 떠올린다. 그러나 공기가 다른 것들과
결합하면 변화무쌍한 형태로 나타난다. 「태극선」에서의 공기는 우선 '모
와드는 훗훗한 바람'과 만나 덥고 습한 기운을 불러일으킨다. 또 '태극
선 자루'를 만나서는 보다 더 역동적인 힘을 드러낸다. '모와드는 훗훗한

바람'은 시원하게 부는 바람과는 전혀 다른 것이다. 오히려 부유하는 듯한 더운 바람, 후끈후끈한 기운이 감도는 바람이다.16) 공기가 더운 바람과 함께 부유하는 듯한 수동적 이미지를 보여주고 있는 것은, 그 다음의 행에서 보여주고 있는 바와 같이 '태극선 자루'를 대비적으로 나타내기 위함이다. '태극선 자루'가 만들어내는 바람과 결합한 공기는 역동적 힘을 나타낸다. 이 역동적 힘은 순간적으로 일상에 찌들고 더위에 지친 사람을 세속적 현실에서 벗어나 낭만적 상상의 공간으로 이동하게 한다. '아이'가 '흰 산양이 서로 부르는 푸른 잔디 위로 달리'고 '모래밭과 바다, 달과 별 사이로/ 다리 긴 왕자처럼 다니'며, '비단결 숨소리'와 '박꽃 웃음'을 보이는 것은 모두 그런 상상의 공간 위에 펼쳐진 묘사이다.

이 시에서 아이의 꿈은 시적 자아가 부딪친 현실 - 쌀, 돈셈, 지붕 셀 것을 걱정하는 - 과 극명하게 대비를 이룬다. 그런 점에서 이 시는 "어린 아이의 꿈을 빌어 이미 '훼손된 세계'에 대한 꿈"17)을 이야기하고 있는 것처럼 보인다. 이 시는 기발하고 재미있는 생활 시편이라고 할 수 있다. 물질적 상상력을 이용하여 낭만적 상상의 공간으로 나아가게 하고, 또 그 안에서의 생생한 움직임을 나타냄으로써 역설적으로 슬픈 현실을 떠올리게 한다.

다음의 시편들은 물의 상상력에 의해 쓰여진 것이다.

　　　　손 바닥을 올리는 소리
　　　　곱드랗게 건너 간다.

　　　　그 뒤로 흰게우가 미끄러진다.

　　　　　　　　　　　　　　　　　—「湖面」전문

---

16) 연세대학교 언어정보개발연구원 편, 앞의 책, 2099쪽.
17) 김신정, 「정지용 시 연구」, 69쪽.

이 시는 시적 자아가 배를 타고 호수를 건너는 상황을 묘사한 것이다. 일반적으로 호수의 이미지는 고요함, 맑고 깨끗함, 한가로움을 나타내기 때문에 흔들림의 이미지를 연상하기는 어렵다. 하지만 이 작품은 물의 흔들리는 성질인 유동성을 드러내 주고 있다. 수면의 흔들림을 보여주고 있고, 그 흔들림으로 인해 '손바닥이 울리는' 것 같은 착각을 불러일으키게 한다. 호면의 움직임은 작고 부드럽다. 2행에서 배가 '곱드랗게 건너가는' 것, 3행에서 '흰 게우'(거위)가 출렁거리는 물결을 따라 부드럽게 '미끄러지는' 것도 그 작고 부드러운 호면의 움직임에 따른 것이다. 이 시에서의 흔들림의 이미지는 그 어떤 리듬감을 형성한다. 그 단조로운 리듬감은 시적 자아를 몽상에 빠진 상태, 물결의 움직임에 몸을 맡기고 한가롭게 자연을 즐기고 있는 상태로 연상하게 한다.

「湖面」이 고요한 물, 수동적인 물의 이미지를 보여 준다면 「毘盧峯1」에서의 물은 보다 더 능동적이고 스스로 움직이려하는 이미지를 보여주고 있다.

> 東海는 푸른 揷畵처럼 옴직 않고
> 누뤼 알이 참벌처럼 옮겨 간다.
>
> —「毘盧峯1」 부분

누뤼알(우박)이 내리는 바다의 풍경을 보여주고 있는 이 시는 변화하는 물의 이미지를 유감없이 나타낸다. 물의 이미지는 흙이나 수정, 금속이나 보석에 의해서 제시되는 이미지의 불변성과 견고성을 갖고 있지 않다. 오히려 물에 의한 이미지는 그 형태가 완전해지려고 하기보다는 와해되고 변화하려는 속성을 갖고 있다. 그러므로 물의 이미지는 변화하는 또 다른 이미지를 끊임없이 불러일으킨다. 그래서 물에 의한 몽상은 자꾸만 다른 것으로 나아가 여러 방향으로 확산되기도 하고 또 심화되기도 한다. '푸른 삽화처럼' 움직이지 않는 '동해'는 언뜻 보아 정지된 화면으로 보인다. 그러나 그 물은 안으로 끊임없이 생성, 소멸, 변모하는 운동을 하고 있다.

이 시에서 '푸른 삽화처럼' 움직이지 않는다고 하는 것은 시적 자아의 위치가 멀리에 떨어져 있음을 확인시켜 주는 것일 뿐이다. 또 다음 행의 세밀한 움직임을 강조하기 위해 대비적으로 정체된 화면을 만들어 놓았던 것에 불과하다. '푸른 삽화처럼' 움직이지 않는 '동해'는 외부의 자극을 받아 생동감 있는 변모를 시도한다. 마치 콩을 튀기고 있는 후라이팬의 표면처럼 뜨겁게, '누릐알'(우박)을 만나서는 그 들끓음을 보여 준다. 이 표면의 들끓음과 만난 '누릐알'은 흡수되는 물의 이미지가 아니라 대상을 함께 변화시키는 능동적인 이미지를 갖고 있다. '누릐알'은 '동해'의 표면과 부딪치면서 끊임없이 튕겨져 나가는 모습을 연출한다. 그래서 그것은 마치 살아 움직이는 '참벌처럼' 느껴지는 것이다.

우박이 내리는 바다의 풍경을 제시하고 있는 이 시는 물의 이미지가 정체된 이미지가 아닌 무엇인가 생성, 변모하는 이미지, 고정되지 않고 와해되려는 이미지를 갖고 있음을 보여준다. 또 '누릐알이 참벌처럼 옮겨간다'는 표현에서 확인할 수 있는 바와 같이 작가는 역동적 상상력을 동원하여 대상을 자신의 의지대로 변모시킬 수 있음을 보여준다. 정지용은 이 작품 이외에도 물의 이미지를 '돌돌 구르는' 이미지(바다9), '오리 모가지'를 자꾸 '간지럽히는' 이미지(호수2), 쏟는, 뛰는, 허둥지둥하는, 쫑알거리는 이미지(비) 등으로 나타내고 있다. 물의 다양한 이미지를 보여주고 있는 정지용은 물의 작가라 할 수 있다.

참고문헌

이가림 역, 『물과 꿈』, 문예출판사, 1980.

곽광수 역, 『공간의 시학』, 민음사, 1990.

곽광수, 김현, 『바슐라르 연구』, 민음사, 1976.

김신정, 『정지용 시 연구』, 연세대학교 대학원, 1999.

Study on Jung, Ji-Yong's poems

Oh, Bong-Ok.

In this essay, I studied Jung, Ji-Yong's poems using the theory of Gaston Bachelard's materialistic imagination, which is categorized as a method to analyse artistic works in 20th century.

"Window" is a perfect poem, in which the poet expresses the sad mood without using such a word. We can feel the mystery mood to overcome the sad

mood connecting the light, air, and water each other. Active life is well described in "Taeguk ship(?) or line(?)" through the activity of the air. This poem becomes the romantic imagination space by the materialistic imagination of the air, and it makes the reader feel the sad reality paradoxically, expressing live actions in it. "The Surface of Lake" and "Biro-peak(1)" are poems written with water imagination. "The Surface of Lake" is a poem to express the image of silent and passive water, but "Biro-peak(1)" is a poem to express the active image.

Like this, Jung, Ji-Yong is expressing diverse images of water in his many poems. In this point, he is a writer of water.

일상성의 세계에서 드러나는 여성의 목소리

변신원*

1. 일상성과 여성적 일상성의 차이
—동일성의 논리와 타자성의 복원

현대세계를 설명할 때 일상성이란 용어를 사용하는 것은 단순히 일상적 반복만을 의미하는 것이 아니라 고도로 발달한 현대사회의 규범적이면서도 비휴머니즘적인, 권태로운 패턴의 특징을 반영하기 위한 것이다. 문학적 의미에서 일상성이란 세계를 관념적 태도로 바라보는 것이 아니라 개인의 구체적인 경험과 인간적 관계를 통해 직조해 나아가는 것이기도 한데, 현대 문명의 상징적 도상이라 할 수 있으며 일상적 경험을 하는 장이기도 한 도시는 인간의 체험과 느낌보다는 기능성을 우선적으로 고려하여 만든 이성적 사유의 집적체이다. 규격화된 도회의 삶 속에서 인간

---

* 연세대 강사

은 권태로워하고 만성화된 소외감에 시달리는데 이것이 바로 근대적 일상의 한 모습인 것이다. 도시는 합리적으로 구획된 편리한 공간이기는 하지만, 합리적 공간에서 배제되어버린 인간의 욕망이나 감각들은 무의식의 어두운 공간으로 밀쳐버리는 융통성 없는 공간이기도 하다. 근대적 인간은 이러한 도시의 삶 속에서 개별화된 독자성을 가질 수 없고 동일성의 논리를 억압받으면서 무력해 진다. 도시화된 세계에 사는 인간은 소통 불가능한 권태로운 현실에서 탈출하기 위해 다양한 방법을 모색하지만 그들의 주위를 둘러싼 일상의 두께는 가볍게 해체되지 않는다. 주인공들은 이제 가족, 친구, 직장의 한정된 공간 속에서 살아가는 일상의 영역을 중심화두로 삼는다. 플롯의 해체는 물론이고 그려지는 삶은 일회적으로 구성되기를 거부한 채 파편화 된다.

한편, 90년대 여성작가들을 논할 때, 그들의 문학은 종종 일상성의 영역에서 논의된다. 이 때, 여성작가들의 텍스트에서 일상의 문제가 중요한 화두로 등장하는 것은 근대 동일성의 논리의 연장선상에 있으면서 동시에 여성의 존재적 특성을 반영한다. 그런 의미에서 여성문학의 일상성은 근대문학의 일상성과는 구별해서 이해할 필요가 있다. 여성작가들의 문학에서도 여전히 권태와 소외감으로 파편화된 삶의 편린들이 주조를 이루지만 주인공을 억압하는 요인은 도회적 생활 시스템 에 더하여 특히 여성에게 더 억압적인 가부장적 의식구조이기도 하다. 물론 근대 사회는 가부장 사회를 분리할 수 없을 만큼 밀착되어 있는 것이기는 하지만 그러나 기기원과 역사, 존재 방식은 다르다.

이 때, 주인공들의 존재기반으로 나타나는 가족은 여성문학의 중요한 공간이다. 자본주의 사회의 공/사 영역 분리와 더불어 여성은 사적 영역의 전담자가 되었으며 가족의 일상적인 생활을 주관하는 담당자로 여성의 존재기반을 규정하고있기 때문이다. 그래서 현대 사회에서의 여성의 일상이란 가족이라는 사회단위를 구성하는 사랑이나 부부라는 사회적 단위에 무관하게 드러날 수 없는 것이다. 90년대 여성작가들의 작품이 유난히 낭만적 사랑이라는 문제에 골몰하는 것은 이러한 사회적 코드와 밀접한 관계가 있다.

여성의 존재기반이 가족임에 반해서 가족연구자들의 입장에서는 가족이 지닌 선기능만을 주목하지는 않는다. 가족이 인류의 존재기반이기는 하나 빈부 격차를 세습하는 원초적 단위이며 끊임없이 반복되는 가사노동에 여성을 묶어두는 근본적인 문제를 지니고 있다는 점도 부인할 수 없다. 플라톤이 꿈꾸었던 '이상국가' 토마스 모어가 구상하였던 '유토피아'와 같은 이상 사회에서는 공동육아나 공동의 가사노동을 통해 가족을 해체하려는 구상을 보여주고 있는 것은 이런 이유에서 주목할만하다. 가족이 지닌 이기적인 측면, 가족이라는 단위가 지닌 억압적 특성에 대한 현인들의 통찰이 가족이라는 사회적 단위를 부정하게 한 것이다. 우리나라의 경우 식민주의, 경제 우선주의라는 파행성을 동반한 근대화 과정으로 말미암아 가족에 대한 억압과 가부장 의식의 지배가 강화되었던 까닭에 가족 문제로부터 출발하는 여성작가들의 텍스트는 더욱 주의 깊은 독서를 요한다. 사적 영역, 즉 사생활의 영역이란 곧 공적 생활이 지닌 모순의 반영체가 아닌가.

문학이 허구와 상상력을 기반으로 하는 창조물이라고 해도 허구적 상상력을 촉발시키는 경험의 영역을 무시할 수는 없는 바, 끊임없는 가사노동으로 채워지는 일상에 처한 여성의 사회적 역할과 지위가 그들의 창작물에 일정한 영향을 끼치지 않을 수는 없다. 여성작가들이 그려낸 일상의 삶은 규정 불가능한 억압에 둘러 쌓여 있고, 혼미한 권태로부터 탈출하려는 여성들의 행위는 모호하거나 이해되지 않는다. 따라서 여성작가의 작품을 의식적으로 적극적으로 읽어내는 과정이 필요한 것이다. 이는 오랜 세월 동안 축적되어 왔던 가부장 사회의 이데올로기의 자동화의 두께를 생각해 보면 쉽게 이해할 수 있을 것이다.

일 예로 여성이 개체로서 자신의 존재에 대한 실존적 물음을 제기하고 존재감을 확인하고자 욕망할 때, 존재의 욕망을 표출하는 방식이 현사회의 이데올로기에 상치되는 현상에 관심을 기울여 보자. 실제로 여성작가들의 텍스트에 나타나는 목소리들과 이를 읽어내는 독자의 태도는 위의 언급들을 충분히 입증할 수 있는 수많은 예를 제시한다. 실제로 여성 교육 기회의 확산 및 경제적 독립을 통한 자기 성취의 가능성이 높아진 가운데도 여전히 생산되고 있는, 일탈로 촉발되는 여성의 존재탐색의 드라마가 이의 한 예가 되는데 이는 90년대 여성작가들이 주로 다루었던 대중적인 화두이기도 하다. 강석경의 「물속의 방」에서는 일상의 단조로운 삶에 회의하고 있는 화수가 친구와 대화하는 장면이 나온다.

> "주부이기 이전에 여자, 여자이기 전에 인간으로서 갈등하고 방황할 수 있는 거야. 그리고 말야, 부정을 다 쾌락이라고 생각하지만 그것은 자기주장의 한 방법일 수 있어."
> "자기 주장을 할 방법이 없어서 부정을 한단 말이야? 주간지 기사라면 읽을까 누가 그걸 믿겠니."
>
> ─강석경, 「물속의 방」 중에서

여기서 여성의 일탈에 대한 두 입장이 나타나고 있는데 하나는 "결혼한 여자니까 그 테두리 안에서 영원한 것을 가지려고 노력"해야한다는 생각과 다른 하나는 여성은 "세끼 밥짓는 빛 바랜 의무, 현실적인 책임이 입을 벌리고 있는 일상"의 삶을 살고 있으므로 주부로서의 제한된 역할을 넘어서는 자기 성취의 영역을 꿈꿀 수밖에 없고 그런 이유에서 여성의 바람기는 이해된다는 생각이다. 후자의 경우 여성의 일탈은 실존적인 자기 물음에 대한 진지한 고민으로부터 얻어지는 자기 정체성의 확인이다. 전자의 경우는 이유와 과정에 상관없이 결과에만 주목하는 태도로 다분히 중앙집권적 태도를 보여준다. 일반적인 여성, 독자는 전자와 같은 방식으로 사고하고 행위한다. 여성의 바람기가 여성의 존재감을 확인할 수 있는 유일한 코드인가 하는 점에는 의문의 여지가 있지만 공적, 경제적인 영역에서 제외된 여성의 미약한 터전을 고려한다면 이처럼 미숙한 일탈의 이유를 추론해 볼 수 있을 것이다. 기껏해야 담배피우기, 술 마시기, 낭만적 사랑 꿈꾸기 등으로 표현되는, 일탈의 미숙함이 곧 그들의 존재기반의 허약함을 드러내 주는 것이라면 오늘의 여성과 여성문학이 지닌 문제를 통하여 오히려 여성의 존재 기반이 심각한 결핍의 상태에 있다고 진단해야 하는 것이다. 1910년대 여성 작가 3인의 요구사항이 아직도 수렴되지 않는 것이다. 그러므로 여성주의적 입장에서의 텍스트 읽기는 객관적 해석학이기 보다 적극적이고도 정치적인 시선이 개입해야 할 이유가 있는 것이다.

결론적으로 여성의 일상은 근대의 일상과 상대적 자율성을 지닌 범주의 개념이다. 뿐만 아니라 시대나 작가에 따라 이를 인식하고 형상화하는 방법에 일정한 편차를 보여주고 있다는 것 역시 주목해 보기로 하자.

2. 일상적 존재로서의 여성의 사회학적 토대 – 배제의 원칙

기든스(Anthony Giddens)는 여성의 사적 영역 전담의 문제를 미래 사회의 대안으로 적극적으로 제시한다는 점에서 눈길을 끈다. 그에 의하면 근대 사회의 공/사 영역 분리와 더불어 여성은 사적 영역의 전문가가 되었고 그와 더불어 여성은 친밀성 영역의 전문가가 되었다고 한다.[1] 그래

---

1) 근대화와 더불어 비롯된 여성의 사적 영역 전담은 오늘날 우리 사회에 양식적으로 존재한다. 산업화시기의 경제부흥의 논리, 도시화, 산업화에 박차를 가하던 정책은 우리 민족의 사회 구도를 괄목할만하게 변화시켰는데, 그 대표적 변화가 농업중심의 경제가 도시 중심의 경제로 바뀐 것이다. 이와 더불어 가족구조의 대대적인 개편이 이루어졌던 바, 산업 사회의 최대 목표인 생산효율성을 위해서 소그룹 단위의 가족이 이상적인 형태로 부상하였다. 농경사회는 가족이 하나의 생산공동체였으나 자본주의 사회에서는 능률의 최대화를 위해 가족과 일터의 분리가 필연적인데, 그런 이유에서 가족의 단위는 작을수록 유리하다. 핵가족 운동, 가족계획운동 등은 이런 맥락에서 진행된다. 더불어 성역할 분업도 재편된다. 남성들이 대단위 생산시스템인 일터로 출근하기 시작하면서 가정은 여성의 영역, 생산은 남성영역이라는 구분이 생긴 것이다. 산업 사회에서 사적 영역의 전문가로서의 여성이란 위치는 이렇게 구성된 것이다. 여성은 효율적 생산을 위해 일터로 나가는 남성들의 뒷바라지를 위해 공

서 공학적 기술력보다 소통가능성을 중시하는 미래 사회에 여성성은 중요한 자원이 될 수 있다고 보았다. 기든스가 '친밀성의 영역'에 대해 갖는 집중적인 관심은 '공적 영역이나 제도화된 정치의 변화가 현대성의 가장 큰 생명력'이라고 보는 하버마스와는 달리 인간의 사적 영역에서 일어난 변화를 추적하고 민주주의를 개인적 영역으로 확장시키고자하는 출발의 차이에서 비롯된다. '친밀성의 구조변동'이란 개인간의 상호작용 영역이 전면적으로 민주화되는 것을 말한다. 지금 이 친밀성의 구조가 변화되고 있다고 진단을 하고 있고 정서적으로 만족을 추구하는 세상에 대한 혁명적인 소용돌이 가운데에 '섹슈얼리티'가 자리하고 있다고 말한다. 특히나 '친밀성의 구조변동'의 핵심은 그 동안 사적 영역의 전담자 역할을 하였던 "여성"이라고 생각하고 있다는 점에서 주목할만하다.[2] 그렇다면 여성작가들의 텍스트에 주로 나타나는 일상에 대한 관심은 거대서사가 사라진 뒤 나타난 일상성에의 함몰이 아니고 본질적인 변화를 추구하는 새로운 의미의 거대서사일 수 있다. 그러나 90년대 여성작가들의 소설이 보여준 소설적 전망이 기든스가 말한 바 사회의 근본적인 변화를 추진하는 추동력으로서의 기능을 충분히 하였다고 평가하기에는 아직 미흡한 여러 요소들이 있는 것은 사실이다. 그러나 마르크스주의적 구도 아래 사장되어왔던 인간의 다양한 측면들이 일상에 대한 긍정적 관심과 더불어 복원되고 있다는 점은 주목해둘 필요가 있을 것이다. 이러한 맥락에서 일상이란 가족 구성원 모두 각자의 의견을 존중받는 민주주의의 바탕을 세우는 일이 된다.

이러한 발상의 전환은 여성이 일상의 영역, 사적 영역의 전담자로써 존재해온 역사가 참으로 지속적이고 장구하다는 점에서도 역시 중요한 전환이라 환영할 수 있겠는데 근대화, 산업화 사회만이 여성의 영역을 사

적 영역으로부터 철저히 폐쇄 당하였다. 이와 더불어 남성에 대한 여성의 경제적 의존은 절대적인 것으로 구축되었다.

2) 『현대사회의 성. 사랑. 에로티시즘』

적 영역에 국한시키고 있는 것은 아니기 때문이다. 전통적인 유교중심사회에서 사회를 유지하던 조선시대 윤리의 근간은 충(忠)·효(孝)·열(烈)이라 할 수 있겠는데 이중 충은 공적 영역에 해당하는 이념으로 남성에게 해당하는 이념이고, 열은 사적 영역과 관련이 있는 이념으로 여성들에게 적용되었던 덕목이다. 조선후기 여류수필의 대가인 「규중칠우쟁론기」에 있는 "이른바 규중칠우(閨中七友)는 부인내 방 가운데 일곱 벗이니 글하는 선배는 필묵(筆墨)과 조희 벼루로 문방 사우(文房四友)를 삼았나니 규중 녀쟨들 홀로 어찌 벗이 없으리오."라는 서두는 남성이 문방사우를 벗삼아 글 - 문서 - 공식적 세계에 살았으나 여성은 방적침선(紡績針線)의 쉴 새 없는 노동 속에 가정내의 존재로 살아왔음을 말해주는 것이다. 그 시대의 주요한 여성행동 지침인 삼종지도(三從之道)와 칠거지악(七去之惡)은 조선사회 유지를 위한 유교사회의 가부장성을 유감없이 보여준다 할 것이다. 적서차별과 장자우대의 윤리로 조선 특권층인 양반의 수를 조절하고자하였던 조선후기의 사회에서 여성들에 가해진 유교적 윤리가 더욱 가혹하였다는 것은 익히 알려진 사실이다. 최근, 방송매체에서 인기 수위를 달리고 있는 「여인천하」와 같은 드라마는 이러한 사실이 역설적으로 드러나는 한 예이다. 드라마는 권력을 둘러싼 왕가 여성들의 암투를 그리고 있다. 이는 페미니즘운동의 여파로 초보적으로나마 여성의 권위 및 권력에 대한 관심이 긍정적으로 해석되기 시작한 사회의 바람을 타지 않은 것이라 할 수 없다. 역사를 심각하게 왜곡하고 있는 드라마로 이미 정평이 나있는 이 드라마는 그 왜곡의 정도나 음모와 모략으로 지속되는 플롯의 문제를 일단 접어 둔다면 권력욕과 기지와 담력으로 무장한 여성들이 등장하고 있다는 점에서 기존의 여성인물 유형을 조금은 벗어나 있는 듯하다. 그러나 그들의 욕망이 모두 자신이 낳은 아들을 중심으로 내세우면서 정공법으로 나아가지 못함은 아무리 뛰어난 여성이라 한들 공적 영역에 직접적인 영향력을 가질 수 없기 때문이 아니겠는가. 그런 사회에서라면 당연히 암탉이 울면 집안이 망할 수밖에 없는 것이 아닐까.

이러한 검토를 통해 확인할 수 있는 것은 '전체로서의' 사회가 발전하기 위해 여성은 늘 그 상태로 머물러야만 했다. 다시 말해 남성의 진보는 여성의 정체(停滯)를 필요로 했던 것이다.[3]

앞에서 살펴 본 바, 여성이 주변부적 존재로 소외되는 코드는 사회의 경제적 정치적 단계에 따라 다양한 형태로 변주되는 것을 알 수 있는데, 근대이후, 이성중심주의 사회에서는 여성을 반이성적, 감성적 존재로 위상지으면서 강화된다. 이성은 위대한 것이지만 여성은 반이성적이기 때문이다. 이러한 이분화는 근대의식에서 여성은 곧 타자임을 보여준다. 그래서 근대 여성작가의 목소리는 가부장 의식의 내면화가 곧 사회 이데올로기의 근간을 이루었고, 자기 인식 세계의 동일성을 가졌던[4] 조선시대 여성수필가의 목소리보다 더욱 분열되어있고 수심에 가득 차 있다. 비이성적, 유아적 존재이거나 영원한 타자, 공적영역에서 제외되어있다는 점에서 일상적인 존재가 바로 남편에게 비추어진 아내, 남성에게 비추어진 여성인 것이다. 그런 이유에서 근대적 사유틀은 남성과 여성을 나 - 너의 동등한 대화가 불가능한 사회를 양산한다. 근대 여성작가들이 끊임없이 소통부재의 문제를 고민하는 것은 바로 여성을 이성의 영역에서 추방한 타자화 문제와 밀접한 연관이 있다. 그런 점에서 근대의 사유는 남성 나르시소스의 독백이다.

다음 예문은 서로 사랑하여 결혼하였으나 결혼 후 일상의 남루함에 직면한 부부의 이야기인 「빈처」의 한 장면인데 남성이 여성에게 지닌 편견의 한 단면을 정확하게 보여주고 있다.

"그 정도도 안 힘들고 어떻게 살아요? 싫다고 그렇게 쉽게 떠나버리면 거기 가서는 뭐 주인 행세하고 살 수 있대요? 힘

---

3) Tickner, *The Spectacle of Women*, 186쪽.
4) 이덕화, 「타자성의 극복, 주체확립의 길」, 『타자비평』, 2001.9.

들어도 내 땅에서 사는 게 낫지."

이건 또 무슨 소리인가. 이럴 때 마누라들은 "어머, 좋겠다. 하거나 아니면 "외국에 가서 살면 외롭지 않을까, 몇 년 갔다오는 것은 몰라도" 식의, 여우와 신포도 우화 같은 반응을 보일 줄 알았더니 그녀답지 않게 웬 신랄함일까? 그녀가 언제부터 이렇게 자기 생각을 갖고 산다는 걸까. 좀 뜻밖이었다. 그녀는 아이를 키우고 집안 일을 하는데 소질이 있는 편이었다. 나는 그녀에 대해 그 정도로 알고 있었다.

― 은희경, 「빈처」 중에서

집안 일과 육아를 위한 육체적 존재로만 이해할 뿐, 명백히 사고하고 있는 주체로서의 인격을 무시하고있는 듯한 남성의 시선은 오정희의 「바람의 넋」에서 "남자들이 나간 집에서 여자들은 설거지, 청소, 빨래를 하고, 이런 일이 끝나면 (⋯중략⋯) 라디오의 여성프로를 듣고 저녁 찬거리를 생각하고 시장에 갈 것이라는 정도가 기껏 내가 생각할 수 있는 아내의 하루였다."라고 진술하는 남편의 태도와 완전히 일치한다. 아내들은 지루하고 일상적인 삶을 견디지 못하여 술을 마시거나 상상의 연애를 하며, 심지어 아이를 두고 가출을 하는 상황인데도 남성들은 그들에게 어떤 내면이 있으리라는 상상을 해보지 않는다. 그것이 아내들의 무력함에 직접적인 원인일 수 있음을 생각해 보지 않는다. 그녀들은 타자이기 때문에. 이성적 주체인 그들과 동종이 아니므로.

김채원의 「물 위에 어린 그림자」나 「공중에는 또 다른 방이」와 같은 작품은 이러한 상황을 더욱 극적인 방식으로 드러내 보여준다.

어쨌든 그는 머리 끝에서 발끝까지 전부 걸어 잠그고 자기 안에서만 사는 사람이다. 그의 안에는 깊은 골짜기가 있는 모양이다. 그래서 그 골짜기를 탐색하는 일만을 업으로 삼고 있는 모양이다.

― 김채원, 「물위에 어린 그림자」

위의 예문에서 볼 수 있듯이 '그'는 자기만의 공간에서 자족하며 사는 인물이다. 그는 바람을 막는다는 핑계로 방안에 비닐 장막을 꽁꽁 두른 채 독서와 사색을 한다. 심지어 아내가 잠든 시간에만 일어나 돈키호테에서 나오는 풍경묘사를 아내가 알아보지 못하는 외국어로 옮기는 일에 골몰한다. 그는 자신의 방은 장막을 치고 있으면서도 그녀가 생활하는 마루방에 물건을 함부로 쌓아두는 일을 서슴지 않는다. 이러한 행동은 그가 지닌 자기중심성의 한 형태를 보여주는 것이다. 여주인공은 남편과의 소통을 위해 노력하지만 언제나 실패로 끝난다. 그녀에게 현실은 소외감과 환멸에 가득 찬 공간일 뿐이다. 방안에 비현실적으로 커다란 책상을 들여놓고 자신의 학문에만 몰두하는 「공중에는 또 다른 방이」의 남편이나 밤에 일어나 돈키호테의 중요 장면을 외국어로 옮기는 데 골몰하는 남편이나 아내를 자신들의 지식체계에서 소외시키는 전형적 행동을 보여주는 것이다. 여성들은 근대의 사유체계에서 제외된 영원한 타자인 것이다. 그들의 삶은 목표가 상실된 가운데 환멸에 가득 차 있으며 텍스트의 스토리는 분열적으로 진행된다.

하지만 이성의 영역으로부터 추방당한, 비이성적 존재인 여성. 그리고 그러한 방식으로 내적 자질을 키워온 여성성은 근대적 이성이 지닌 권위적 속성에 본질적인 의문을 제기한다. 들뢰즈(Deleuze)와 과타리(Guattari)는 이러한 의문과 해체의 과정을 탈영토화라 이름하기도 하였던 바, 이것이 정체된 근대를 개혁할 힘이 되는 것이다.

근대의 추동력인 이성은 그 본질적 속성상 개별성을 보편화하는데 이 보편에의 적용과정이 억압의 권력기제로 작용된다.5) 그런 의미에서 이성

---

5) 일찍이 쇼펜하우에르도 이성이 사물의 현상적 본질을 인식하고 인간에게 목표를 설정해주는 데 무능하다는 사실을 강조하였다. 이성은 기껏해야 인간이 자기의 의지 자체에 의해서 설정한 목표에 도달하는 수단일 뿐인 것이다. 니체는 이러한 쇼펜하우에르의 반이성주의를 적극적으로 받아들였으며 초인사상을 역설하였다. 초인사상에 드러나는 이성해체 의식은 포스트모더니즘의 사유체계에서 적극적으로 해석되기

은 중앙집권적이라 할 수 있는데 후기구조주의자들은 이성의 이러한 특성에 주목하여 배제의 원리에 존속되는 이항대립적 언어를 해체한다.[6] 데리다는 중앙집권적 언어체계를 분석하고 세계의 중심에는 '유럽의 백인 남성'이 있다고 결론을 내린다. 비유럽계, 유색인, 여성은 주변부적 존재에 불과하다. 데리다는 이를 가리켜 '남근이성중심주의'라 하였던 바, 그는 이성과 남근을 한 통속이라 여겼고 이성중심주의의 해체는 남근중심의 세계를 해체하는 것과 같다고 생각했다. 이성과 남근을 해체하면 감성과 여성이 남는다. 후기구조주의자들의 인식틀은 그 이전의 사유 방식을 완전히 다른 것으로 바꾸어 놓았다. 여성주의는 근대성의 문맥에 일종의 삐딱하게 보는 시선의 한 축을 차지한다. 일상성은 그 이전 루카치적 서사의 관점에서 비본래성, 허위의식, 가짜 욕망 등의 경멸적 위상에서 벗어나 문학의 새로운 영역으로 대두되었다. 라깡의 사유방식에 의하면 총체성에의 회구가 오히려 환상이고, 인간의 존재의 기반은 결핍이다. 일상의 영역 속에서 끝없이 욕망을 추구하는 결핍된 개인은 인간 존재의 속성상 당연한 것이다. 들뢰즈 - 과타리에 의하면 우리가 흔히 개인적이고 사적인 것이라고 생각하는 욕망이 사실은 사회적인 것임을 지적한다. 욕망은 사회적 관계에 의해서 영향을 받고 또 그것에 영향을 준다. 사랑이나 욕망은 개인들을 자신 안에 갇히게도 하지만 세계와도 관계지어준다. 이들에게 가장 핵심적인 문제는 어떻게 하면 우리의 욕망이나 사랑이 개인을 넘어선 더 큰 세계 즉 대중이나 사회와 관계 맺을 수 있는 자유로운 에너지로 변화될 수 있는가 하는 문제이다. 들뢰즈 - 과타리는 욕망이

시작한다.

6) 이항대립적 사유 틀에서는 진리/비진리, 이성/감성, 남성/여성, 흑/백, 선/악, 오른쪽/왼쪽과 같은 무수한 이항대립 관계에서 오른쪽은 왼쪽에 비해 우수한 속성을 지닌 것으로 인정하고 왼쪽을 권력의 중심에서 배제해 왔다. 그러나 배제되는 왼쪽의 속성들이 오히려 오른 쪽의 속성을 결정지어주며 왼쪽의 속성들이 없으면 오른 쪽의 속성 역시 없다. 예를 들어 진리란 무수한 비진리들을 밟고 서서 홀연히 권력을 차지하고 있는 텅 빈 의미에 불과한 것이다. 남성다움이란 무수한 여성적인 것이 아닌 그 어떤 속성들의 통칭이다.

나 광기가 자기 안에 갇혀버릴 때 나타나는 위험을 경고하고, 그것이 사회와 접속하면서 만들어내는 새로운 가능성을 탐색한다.

3. 일상성의 여성적 반영

1) 일상에 스며든 자본주의

이러한 발상의 전환으로 말미암아 대의에 비해 비본질적이며 허위적이라는 비판을 받았던 일상을 다룬 여성작가들의 작품이 긍정적인 평가를 받게 되었다. 우리 문단의 70년대를 장식하였던 조세희의 「난장이가 쏘아올린 작은 공」, 황석영의 「객지」와 박완서의 작품을 비교해 보면 여성작가의 작품이 얼마나 일상의 감각에 근접해 있는지 알게된다. 위의 두 작가의 작품에 등장하는 인물들은 사회적 전형성을 확보하고 있으며 그들이 직면하는 사건들은 사회의 구조적 모순을 상기시키는 목적에 정확히 부합한다. 그러나 박완서나 오정희의 소설에 등장하는 인물들은 지극히 개별적인 체험들이 역사적 대의에 선행한다.

박완서의 「저문 날의 揷話」를 보면 역사적 대의라는 거대서사의 이데올로기가 일상의 삶에서는 얼마나 모순적으로 존재하는지 구체적으로 보여 준다. 민중운동가인 남편이 아내에게는 지나치게 이기적이며 가부장적인 태도를 보이는 데 대해 "…저는 남자의 기득권을 안 내놓으려 들면서 권력자의 기득권은 내놓으라고 외치는 것도 가짜답고, 도대체 제 계집을 종처럼 다루면서 일말의 연민도 없는 자가 민중을 사랑한다는 소리를 어떻게 믿냐."는 비판정신을 보여주는 것이다. 이러한 비판은 일상의 내부에 준거하는 모순에 대한 가차없는 비판이며 그런 맥락에서 이는 새로운 의미의 거대담론이라 할 수도 있을 것이다. 「지렁이의 울음소리」라는 작품에서도 행복한 일상의 뒤에 감추어진 중산층의 소시민적 이기주의를 예리하게 잡아내는 날카로운 시선이 보인다. 넉넉한 재산과 성실한 아들을 둔 누가 봐도 행복한 여성인 숙이는 "어느 때보다도 심하게 편한 것, 행복한 것"에 위화감을 느끼는데, 어느 날 그는 그 이유가 중산층의 이기적인 행복관과 물신주의를 비판할 수 있는 부정의 정신이 결핍되어있기 때문이라는 것을 어렴풋이 깨닫게 된다. 그는 미술대학을 가겠다던 아들이 생활안정이 제일이라는 이유로 서울 상대를 가라는 아버지의 말에 수긍하는 것에 대해 저항감을 느낀다. 생활안정을 최고의 가치로 삼고 살아가는 남편의 일상이란 일정한 수입, 이른 귀가, 조청을 먹으며 TV시청을 하며 하루를 마감하고, 정력제를 복용하는 정태적 삶의 반복을 의미하는 것으로 이러한 행복의 조건들에 공감할 수 없었기 때문이다. 박완서가 그리는 가족의 일상은 파행적 근대화의 징후를 잃고 있으며 소비주의 문화의 화려한 외양에 매혹되는 수동적인 존재들에 대한 비판적 고삐를 늦추지 않는다. 인본주의적인 미래를 위해서는 속물적이고 가부장적인 가족 구성원의 삶에 대한 성찰로부터 다시 시작해야한다는 작가의 입장이 드러나고 있는 것이다. 그러나 생활고에서 겨우 헤쳐 나온 70년대적 상황은 숙이로부터 더 이상의 급진적 행위를 할 수 없게 하는 현실적인 축이 된다. 관념보다는 현실에 균형을 맞추고 있는 결과인 것이다.

그렇다면 사회의 주변부에 있으면서 관찰자로 세상을 들여다보는 경험이 특정한 시공간 속에서 문학형식으로 전이되는 방법에 주의를 기울여보자. 오정희의 소설 세계에서 일상성과 권태의 문제는 집요한 탐구 대상이다. 그의 소설에 집중적으로 드러나 있는 것은 고립된 인물의 파괴 충동이다. 타인들과 더불어 화해로운 관계를 맺지 못하고 철저히 단절된 삶을 사는 인물들은 자신의 자폐적인 삶을 저주하지만 그로부터 벗어날 길이 없다. 그 억압된 충동이 자신과 타인들을 향한 파괴적인 힘으로 돌출하게 되는 데, 그러한 충동은 육체적 불구와, 왜곡된 관능, 불모의 성 등의 모티프로 표현된다. 이러한 불모성의 이면에는 일상의 무의미함이 자리하고 있다. 대부분 중년 여성들인 그의 주인공들은 이러한 상태로부터 벗어나려고 시도한다. 사회적으로 규정된 자신의 존재 조건을 벗어나 보다 본질적이고 진실한 존재의 모습을 찾아내고자 시도하는 것이다. 그것은 '깊은 암시와 은근한 풍자, 높은 상징으로 가득 차 보였던 인생이 보잘 것 없는 일상의 연속이고 통속적인 흐름'으로 바뀌는 것에 대한 의문이며 저항이다. 그의 여주인공들이 일상적인 삶에 묶어 있으되 거기에 안주하거나 함몰되어 있지 않다는 것을 의미한다.

<夜會>라는 작품에 실린 명혜의 삶에 주목해 보자. 그는 일간지 소설 현상공모를 통해 등단한 작가이다. 명혜는 부엌의 선반 위에 노트와 선반을 준비해 두고 무언가를 메모하는 습관을 가지고 있다.

> 명혜가 그 새를 발견한 것은 오래 전이었다. 그날 명혜는 흔히 요리책이나 마른 행주 다위를 얹어 놓는 부엌의 선반에 노트와 볼펜을 준비해 두는 버릇이 있었다. 가족들의 식사 준비를 하며 무심히 내다 보는 바깥 풍경이, 해가 지고 밤이 되기까지의 외로움과 적막감이 그녀의 내부에 무언가 불러일으키는 힘이 되리라는 기대로, 새는 아마 그보다 더 오래 전부터 강과 숲을 날아다녔음에 틀림없었다. 무심히 내다보는 눈길에 서리처럼 얹히던 흰빛의 잔상을 명혜는 기억할 수 있었다. 그 노트는 그 밖에도 여러 가지 조그만 느낌들로 채워져 있었다. 까마득히 높이 맨 한가닥 줄이 어느 광야보다도 드넓었던 곡예사를 어느 날 갑자기 줄에서 떨어뜨린 것은 무엇이었을까, 그 여자는 왜 눈에 보이지 않게 서서히 미쳐 갔던가 따위.
>
> — 오정희 「야회」

이처럼 작가인 명혜의 글쓰기란 일상의 버거움에서 탈피하고픈 욕망의 통로임이 분명한데, 작품을 관통하고있는 명혜의 정서는 소외와 부적응의 불안함이다. 이러한 부적응증은 남편 길모가 대학의 전임강사가 되자 김 원장의 야회파티에 초대되어서도 여전히 드러나게 되는데 그것은 이 파티가 나와 너의 만남을 위한 축제적인 공간이 아니라 돈과 지위가 있는 자들의 야합이라는 혐의가 짙게 드러나고 있기 때문이라 할 것이다. 그래서 그녀는 파티가 즐겁지 않다. 그리하여 세 아들을 둔 어머니와 이혼하고 젊은 간호사와 결혼한 김원장의 이기심에 견디다 못해 정신병원에 드나드는 아들이 갇혀있는 "홀로 켜져 있는 불빛"에 명혜는 오히려 정다움을 느끼는 것이다. 그러나 홀로 켜져 있는 불빛의 주인이 광적 정신의 소유자인 것처럼 사회의 주변에서 내부를 바라보며 상처받는 그들의 영혼 역시 건강한 것이 될 수 없는데 「破虜湖」에 등장하는 주인공의 고양이 죽이기는 여성 광기의 소름끼치는 한 예를 보여주는 것이다. 이민 1세인 그녀는 춥거나 배고프면 찾아오는 고양이를 유인해 피크닉 가방에 담아 나뭇가지에 매달아 놓고 육탈과정을 지켜본다. 그녀는 야생의 습성을 잃어버린 고양이의 비루한 모습에 분노한 것이며, 썩어 가는 고양이의 악취는 자신의 내면에서 붕괴되고 부패해 가는 그 무엇이라 느낀다. 이와 같은 혜순의 분열적 증세는 어디서 비롯되는가. 이는 근대 가부장 사회의 자기 동일성의 논리에서 비롯되는 것이라 할 수 있는 바, 그들은 소비와 야합을 근원적 자기 증식의 한 방편으로 삼고 있으며 주인공들은 이처럼 황폐한 현실에 간접적으로 접하면서 분열된 내면의 그로테스크함에 문득 놀라는 것이다.

이상, 박완서와 오정희처럼 페미니즘의 이론적 혜택을 거의 받지 못하고 청년기를 보낸 여성작가들은 이들에게 주어진 일상의 권태로움을 증오에 가깝도록 혐오하지만 결국 그 세계를 과감하게 벗어나지도 못한다. 오정희의 경우처럼 아예 미쳐버리거나 박완서의 경우처럼 비판만 할 뿐 어떤 대응도 하지 않은 채 현실과 쉽게 화해하거나 어렵게 공존하는 삶을 선택할 뿐인 것이다.그러나 그들의 삶은 사회적 지표 위에서 여전히 심각한데 이는 그녀들의 작품이 발표되던 1970 - 80년대의 문단 풍토와 무관하지 않은 것이다.

2) 낭만적 사랑은 없다.

90년대에 가장 주목받은 두 작가이자 낭만적 사랑에 대한 각기 다른 태도로 인하여 흔히 비교의 대상이 되는 신경숙과 은희경은 그러나 태도의 차이를 제외하면 두 작가는 같은 문제에 종속되어 있다고 할 수 있다. 획일성과 익명성을 특징으로 하는 산업사회에서 도시의 삶은 사랑과 결혼에 대한 기대를 과도하게 높인다. 최대의 이윤과 생산을 위해 유지되는 도구적 인간관계는 전인적 인간관계에 대한 기대를 높이는 바, 사랑과 결혼은 이러한 욕구를 실현할 수 있는 유일한 대안으로 보이기 때문이다. 허나 정신적 커뮤니케이션을 가정한 영혼의 만남을 가정하는 낭만적 사랑은 투사적 동일시에 의존하고 있는데 남녀간의 권력은 서로 비대칭적이기 때문에 여성의 꿈은 가정에의 종속으로 귀결된다. 이러한 이유들로 하여 일상의 세계에서 낭만적 사랑을 욕망하고, 그러한 욕망으로 인하여 훼손되는 욕망과 결핍의 서사가 텍스트에 자주 등장하게 되는 것이다. 두 작가의 이러한 특성은 데뷔 당시 고양되었던 페미니즘의 열기와 1990년대의 문단의 분위기와 밀접한 연관성을 지닌다고 하겠다. 한편 우리 문학사에서 1990년대는 거대 담론이 아닌 미시 담론, 역사가 아닌 일상의 세계에 대한 관심이 뚜렷했던 시기이다. 김병익은 90년대의 화제는 뇌가 내로 되고 내가 뇌가 될 정도로 80년대와는 다르다고 하였던 바, 실천은 욕망으로, 정치경제학은 문화 연구로, 진보주의는 다원주의로, 지배, 피지배의 논리는 탈중심주의와 해체주의로, 계급에의 논의는 기호에 대한 탐구로, 민중은 대중으로, 민족은 세계화로, 마르크스는 푸코와 보드리야르로 이야기가 옮겨간 것이다.[7] 이와 더불어 작가들이 현실에 접근하는 태도는 거대담론의 거추장스런 무게를 벗어버리고 상대적으로 가볍고 단순해진다. 여성 존재 탐색의 서사 역시 단순하고 가벼워진다. 그들에게 가족의 문제는 사랑과 결혼 패턴의 고민이라는 축소된 소재로 재등장하게 된다.

---

7) 김병익, 「신세대와 새로운 삶의 양식, 그리고 문학」, 『문학과 사회』, 1995, 여름, 665쪽.

신경숙의 텍스트는 낭만적 사랑에 대한 열망으로 가득 차 있다. 그것은 흔히 공동체 지향 혹은 소통가능성이라는 용어로 치환되기도 하는 바, 이는 신경숙 문학의 본질적 화두라 할 수 있다. 소설집『풍금이 있던 자리』이후, 최근 소설인『바이올렛』에 이르기까지 낭만적 사랑에 대한 탐구는 섬세한 묘사로 반복된다. 소설들 속에 등장하는 인물들은 소통되지 않는 사랑으로 결핍감을 안고 살아간다. 묘사의 아름다움과 정서의 진솔함, 언젠가 경험해 보았을 사랑에 대한 환상적 기억의 감미로운 재생은 독자들에게 일종의 폭넓은 공감대를 형성한다. 그녀의 소설「빈집」에 등장하는 귀머거리 여성의 기타리스트에 대한 사랑은 소통부재의 현실에 대합 절망적임, 답답함을 보여주는 적절한 상황설정이다. 기타리스트는 그녀에게 끊임없이 기타 연주를 해주었으나, 그녀는 그저 듣는 척만 했을 뿐 결코 들을 수 없었다는 사실이 알레고리하고 있는 것은 무엇일까.

> 그쪽에겐 기타줄 위에서 춤추듯 움직이는 그쪽 손가락을 보고 있으면, 내 귀에는 그 손가락들이 내는 소리가 들린다고 했지만 사실은 아니었어요. 나는 아무 소리도 들을 수 없습니다. 이제 나는 그 무슨 대가를 치러도 좋으니 단 한번만이라도 그쪽 손가락이 가는 자리에서 새어나오는 진짜 소리를 듣고 싶다는 지독한 욕망이 싹텄어요. 그 소리 속에 사랑하고 욕망하고 후회하며 살아가는 인간생활이 다 담겨있을 것만 같았어요. 나는 그날부터 두통에 시달렸어요. 그쪽의 손가락이 퉁기는 소리를 한번만, 한번만 내 귀로 듣고 싶어한 그 순간부터요. (…중략…)너무 아파서 이젠 사람이라고 할 수도 없어요. 어느 날 자다가 일어나 찬물에 머리를 담그고 있다가 나와 머플러로 침대와 내 머리를 묶어두고 배 위에 양손을 포개고서 한번만 그쪽 손가락이 내는 소리를 듣고자 했던 원을 놓았어요. 그러니 머리가 편안해졌습니다. 안녕, 내 사랑.
>
> — 신경숙 <빈집>

위의 상황에서 보이는 간절히 열망하는 소통 가능성의 문제는 어긋나는 사랑의 본질을 꿰고 있는 듯 하다. 이슬어지의 추억을 지닌 채, 어긋나는 사랑으로 고통받는 세 주인공이 등장하는 『깊은 슬픔』이나 말도 꺼내보지 못한 첫사랑의 고통스런 추억의 이야기인 『바이올렛』과 같은 소설도 역시 귀머거리와 기타리스트와의 사랑과 다르지 않다. 그러나 신경숙이 지닌 대중적 명성과 평단의 상찬에도 불구하고 소통의 문제를 탐색하는 작가의 태도는 자나치게 도취적이고 열정에 가득 차 있다. 그녀의 텍스트에서 현실의 문제는 지나치게 이면화되고 비현실적으로 아름답게 묘사된 사랑만이 서사의 앞으로 전경화된다. 그러한 환상이 결혼이나 이혼, 재혼, 등장만물들의 경제적 토대 등과는 무관하게 그려지는 이유는 무엇인가? 그것은 다만 현실에는 이룰 수 없는 절대적 사랑에만 급급한 작가의 소녀취향과 결부되는 것이다. 그런 점에서 흔히 소통의 문제를 고민하고 있다고 평가되는 그녀의 작품은 나 - 너의 소통이 부재할 뿐 아니라 그것을 오히려 멜러적으로 즐기기까지하는 유아적 속성이 드러나 보인다. 신경숙 문학은 아름다운 여인이 두른 레이스치마와 같은 성격을 지닌다. 신경숙 문체의 정교함, 사건을 구성하는 탁월한 능력, 세련된 심리 묘사, 한번쯤은 경험해 보았을 이루지 못한 사랑의 애절함 등이 엄청난 공감력을 확보하고 그 자체가 지닌 힘을 과소평가할 생각은 없지만 문학이 지닌 비판과 고발의 힘을 조금이라도 믿는다면, 그의 문학이 지닌 보수성에 실망을 금하지 못할 것이다. 그의 문학이 지닌 과거지향성, 고향지향성, 가부장 지향성은 그런 의미에서 조금더 변화된 모습을 보여야 할 것이다.

반면 은희경의 소설에도 사랑이라는 것이 등장하기는 하나 그것을 예찬하기보다는 이에 대한 정면의 공격을 목표로 삼는 모습을 보여준다. 이는 사랑의 감정 자체를 무시하는 것이 아니라 그것이 결혼이라는 제도를 통해 어떻게 변화 굴절되는가에 관심을 보여준다고 하겠다. 그녀는 이렇게 사랑을 부정하는 방식으로 여성이 독립할 수 있다고 주장하지만 강력한 부정의 방식을 통해 사랑에 대한 지대한 관심을 보여주고 있다는 점을 의심할 수는 없을 것이다. 「명백히 부도덕한 사랑」을 보자. 제기 발랄한 은희경답게 딸은 유부남을 사랑하는 '첩년'이고 어머니는 바람난 남편의 첩년을 욕하기 위해 딸에게 전화를 건다는 재미난 설정이 되어 있는 이 텍스트는 사랑과 결혼이 일대일의 대응관계일 수도 없지만, 가족이라는 단위가, 그리고 어머니라는 이름으로 가족들에게 희생되어온 여성의 삶이 권태라는 이름으로 손쉽게 무시될 수도 없다는 인식을 보여준다. 자기 이생을 담보로 일상의 삶에 헌신한 삶은 사랑이라는 감각적 유희로 무시될 수 없다. 이는 「빈처」에서 남편이 가장 역할을 위해 가정에 소원해진 상황을 적절히 제시하면서도 외로움 때문에 술을 마시고 상상의 연애를 하는 모습으로 나타나고 그러면서도 "똥"같은 일상을 자신의 것으로 받아들이는 상황과도 일치하는 것이다. 그러나 대부분의 영악한 여자들은 사랑이 결혼이라는 제도 속에서 별다른 힘을 발휘하지 못하고 일상의 삶 속에서 거칠게 휘발해 버린다는 것을 알고 있으며 적당히 즐기는 연애를 지속시키기에 총력을 기울인다. 결론적으로 사랑과 결혼의 결합이란 불가능한 것이라는 작가의 비판은 일말의 진실성이 없는 것은 아니나 일견 도식성을 보이고 있다는 점에서 이에 대한 더욱 정밀한 성찰이 요구된다고 하겠다.

은희경과 신경숙의 텍스트에서 집착하는 사랑의 결과는 하나같이 불행하다. 왜냐하면 그들에는 나 - 너의 공존은 없으며 따라서 소통할 수 없고 하나같이 소외된 모습으로 그려지고 있기 때문이다.

3) 신세대 작가 그리고 탈근대적 일상

똑같이 90년대에 활동한 작가이지만 젊은 신세대 작가로 주목받는 배수아나 송경아의 작품에는 포스트모더니즘적인 감각이 물신 묻어난다. 그들의 주변엔 소비의 욕망에 둘러 쌓인 후기자본주의의 징후가 있고, 정체성을 잃은 사람들은 내부에 있는 적을 끌어안은 채 생을 즐긴다. 지독한 허무주의가 이면에 깔려있음은 물론이다. 라깡이 말하고 있는 것처럼 소외는 존재의 기본 조건이다. 그들을 괴롭히는 적은 더 이상 외부에만 있지 않다. 그들은 혐오하면서 욕망한다. 이러한 세계에 대한 근본 입장은 이러한 작가들을 선배 작가들과 구분하는 중요한 경계선이 된다.

배수아의 소설의 특징은 성장의 고통이나 일탈된 행동에 대한 자기 정당화의 흔적을 조금도 찾아 볼 수가 없다는 점이다. 사건을 바라보는 태도는, 심지어 본인들이 그 사건에 개입되어 있는 순간조차도 상당히 쿨(!)하다. 배수아의 소설이 주는 낯설음은 등장인물의 행위가 이해불가하기 때문이 아니라 그 어떤 행동에도 인과론적 이유 혹은 자기 정당화의 제스츄어가 가 필요 없다는 점에 있다. 그는 무심하게 '과거'의 서사전개 방식을 부정하고 시종일관 이미지의 유희로서 스토리를 진행한다. 그렇다면, 이렇듯 기존 대중문화의 감각적 표상들을 자기식대로 재구성해 보이는 이미지의 덩어리들이 호소하는 이야기의 실체는 무엇일까.

이 소설들이 표면적으로 그려내보여 주는 것은 도시 사회의 건조한 '일상'이다. 주인공들은 화려한 이미지들이 둘러싼 일상의 하루하루를 보내지만 자신을 둘러싼 삶에 참을 수 없는 불안감을 느낀다. 「푸른 사과가 있는 국도」를 보자. 백화점 점원인 그녀는 명품들에 둘러 쌓인 채, 풍요로운 결혼 생활을 즐기는 여성들의 행복을 보지만 그렇게 살고 싶어하지 않는다. 그녀는 남자와 쉽게 육체적 관계를 맺고 헤어지는데 이는 성이 더 이상 가족 성립과 유지를 목적으로 이루어지지 않는 현대사회의 한 단면을 보여준다. 성은 더 이상 종교나 윤리의 영역에서 지배하지 않으며 쾌락과 충만을 위해서 존재하는 것이다. 그녀는 가족이나 물질이 삶의 본질적인 생기를 주지는 않는다고 생각하기 때문에 남다른 자신의 삶에 대해 성찰해 보고자 하지도 않는다. 섹스의 기쁨도 사랑의 감동도 모르는 주인공은 삶에 더 이상 기대를 품지 않은 극단의 허무주의를 보여준다.

'모든 이야기는 한 여름밤의 악몽과도 같다' 라는 배수아 소설의 외침은 다른 각도에서 송경아의 소설이 지닌 인식론적 허무주의와도 닮아있다. 배수아의 소설에는 영화나 팝 음악 등 생활 속에서 체화된 대중문화적 감수성이 고스란히 스며있는 반면, 송경아의 소설은 포스트모던 시대의 절망과 모호할 뿐 아니라 다양하게 확장되는 정체성의 문제를 다양한 기법을 통해 보여준다. 그런 점에서 송경아의 소설은 모호하다. 그녀의 두 번째 소설집인『책』은 가상적 허구물로서의 텍스트라는 성격을 부각시킴과 더불어 분열적으로 증식되는 모호한 정체성을 적극적으로 받아들이고 있다. 송경아 소설이 난해하게 읽히는 것은 이러한 세계관의 독특함에 기인한다. 「책」에 등장하는 어머니의 일상적인 삶과 너무도 초라한 죽음. 그리고 딸에 의해 발견되는 어머니의 일기장 - . 그 일기장에는 어머니의 사랑이야기가 스며있다. 딸은 그 일기장을 읽으며 어머니가 그저 집안 일을 하는 사물이 아니고 한 사람의 인간이며 여성이었음을 느끼는데 어머니의 일기가 쓰인 그 책은 날이 갈수록 부피가 커진다. 이처럼 「책」의 주제는 존재 양식과 현실의 관계를 묻는 것으로 압축된다. 그녀가 개인의 일상 속에 감추어진 풍성안 의미에 지대한 관심을 보이고 있는 반면에 그가 바라보는 세계는 아무런 전망없이 암울하다. "삶에는 전락만이, 거대한 지옥이 입을 벌리고 있는 곳으로 돌진하는 가속도만이 존재"한다. (「엘리베이터」) 작가는 인간 주체가 철저히 객체화되고 '가속도'만이 주인공이 되는 현실을 거듭 강조하고자 한다. 마치 장정일이 「아담이 눈 뜰 때」의 현재가 저항하고자 했던 현실이 그러했던 것처럼. 송경아의 소설이 보여주는 세기말적 인식은 「바리—길 위에서」와 같은 매혹적인 텍스트에서도 반복적으로 나타난다. 네트워크의 질병을 치유하기 위해 초인 '바리'가 길을 떠난다는 스토리를 통해 거대한 정보화사회의 비극성을 이야기하는 「바리 길 위에서」라는 작품은 기능화된 세계 속에서 탈출구는 존재하지 않으며, 아예 '체계'를 초월한 신적인 존재(바리는 버림받은 공주였으며 하나의 서브루틴이였던 것이다) 만이 이 세계를 구원할 수 있다는 것이 바리 설화 패러디의 또 다른 암시이기도 하다. 구원의 가능성은 시스템 내부에 있는 것이 아니라 외부에 있다. 이는 가속화되어가는 사회의 일상성에 대한 통찰을 지향하는 작가의 세계에 대한 인식과도 일정한 관계가 있는 것이다.

4. 요약, 그리고 미래에의 전망

일상성의 담론을 이끌어 낼 때 기든스의 다음과 같은 담론은 상당히 매혹적이다. "나는 생활정치의 출현이 현대의 내부준거적 체계들의 모순적 본질과 더불어 자아의 성찰적 기획의 중심성에서 비롯되는 것임을 주장해왔다. 탈전통적 질서가 낳은 한 근본적 이익인, 자유롭게 선택된 라이프스타일을 채택할 수 있는 능력은 해방을 가로막는 장벽과는 물론 다양한 도덕적 딜레마와도 긴장 속에 있다. 이들을 다루는 것이 얼마나 어려운 것인지, 또는 나아가 광범위한 합의를 이룰 수 있게끔 이들을 정식화하는 것이 얼마나 힘든 것인지 아무도 과소평가해서는 안된다. … 이 문제들에 응답하기 위해서는 분명 생활정치의 노력을 추구하는 것뿐만 아니라 해방정치를 크게 재구성하는 것이 필요할 것이다."[8]

그러나 이처럼 당당하고 매혹적인 선언에도 불구하고 소통을 추구하는 텍스트의 대부분은 목적하는 바를 달성하지 못한다. 물론 부재의 제시를 통해 새로운 가능성을 모색하는 것도 좋은 일이기는 하나 그러한 작업조차 텍스트들이 손쉽게 수행하고 있는 것 같지는 않다.

소통가능성을 추구하던 많은 여성작가들의 텍스트들은 동일성의 논리에 사장되는 타자의 목소리를 복원하는데 주력하였으나 그 비판의 틀이 이제는 너무나 좁고 상투적인 것으로 느껴진다. 이제는 고발이나 비판이 아닌 여성성의 번성자체를 구가하는 텍스트가 등장해야할 때인 것이다.

---

8) 앤소니 기든스, 『현대성과 자아정체성』

참고문헌

김병익, "신세대와 새로운 삶의 양식, 그리고 문학",『문학과 사회』, 1995, 여름, 665쪽.

김혜경 역, 미셸 바렛 외,『가족은 반사회적인가』, 여성사, 1994.박정오 역, 루이스 이리가레이,『나, 너, 우리』, 동문선, 1996.

이덕화, "타자성의 극복, 주체확립의 길",『타자비평』, 2001.9.

황정미 역, 안소니 기든스,『현대사회의 성. 사랑. 에로티시즘』, 새물결, 2001.

Women and mundane life

Byun, shin-won

When discussing women writer of the 90s their works of literature are often talked about under the context of ordinariness. The mundane life is an important topic of womens literature because it is an extension of modern homogeneity and at the same time reflects the uniqueness of womens existence in the world. It is necessary, therefore, to distinguish the ordinariness seen in women literature apart from that of contemporary literature. Women literature, too, is mostly made up of glimpses of lives shattered by bore and isolation but the forces that repress the protagonists, additional to the urban life structure, are the more oppressive patriarchal framework of consciousness.

This study examines the works of women writers Oh Jung-hee, Park Wan-suh, Shin Kyung-sook, Eun Hee-kyung, Bae Soo-ah and Song Kyung-ah with this perspective in mind. As private individuals, women are more close to the everyday life and they dream of establishing a communicative relationship. Thus, they concentrate on restoring the voice of the other that usually gets crushed under the theory of sameness. But despite added advantages of women literature, a plot that subverts the theory of the patriarchal and hetero-centric of the modern society is yet to be written.

권태로운 영웅

함태영*

---

1. 머리말
2. 이상과 김기림
3. 이상 문학에 나타난 근대, 모더니즘 초극의 양상 – '권태'
4. 결론

---

1. 머리말

이 글은 1930년대 한국 모더니즘 문학에서 가장 뚜렷한 족적을 남긴 이상과 김기림의 문학적 · 인간적 영향 관계에 대한 것이다. 보성고보 동문, 구인회 동인인 이상과 김기림은 대조적인 모습의 삶을 살았다. 전혀 어울릴 것 같지 않았던 두 사람은 '지적 레스비언'[1]이라 불릴 정도로 매우 가까웠으며 서로에 대해 깊은 영향을 남겼다. 서로 알고 지낸 기간이 햇수로 4년에 불과했지만 당대 어느 문인들보다도 깊은 우정과 신의가 있었다. 즉 문학적 · 인간적으로 서로를 인정했으며, 이것이 근대 및 모더니즘의 본질에 연결되어 있다는 점에서 중요성을 띤다. 특히 이상을 바라보는 김기림의 생각이 여기에 있었다. 김기림은 이상이 근대의 본질을 철저히 인식하고 있었으며 더 나아가 근대의 초극을 체현한 한 모습으로 평가했다.

---

* 연세대 박사과정

1) 고은, 『이상평전』, 민음사, 1974, 69쪽.

이 글에서는 이 두 사람의 문학적 영향관계에 대하여 살펴보려 한다. 이 두 문인이 서로 깊은 영향관계를 맺고 있었다는 사실은 널리 알려진 사실이다. 하지만 그것이 구체적으로 어떤 모습이었는지에 대해서는 대표적인 몇몇 언급 외에는 없는 것이 사실이다. 이상에 대한 김기림의 시각, 김기림에 대한 이상의 시각을 두 사람의 글을 통해 꼼꼼하게 실증하고자 한다. 그리고 김기림은 이상을 근대와 연결지으면서 '영웅'으로 인식하는데, 이상의 글 속에서 김기림이 생각한 '영웅'의 모습을 재구해 보려한다.

2. 이상과 김기림

이상은 1910년생, 김기림은 1908년생으로 나이는 김기림이 두 살 많고 둘다 보성고보 출신이다. 이상은 1학년부터 보성고보를 다닌 것은 아니었으며, 1924년 4학년으로 편입하여 1927년 3월에 보성을 졸업한다. 김기림은 1921년 보성고보에 입학하여 1923년 신병으로 휴학하고 이듬해 일본 유학의 길에 오른다.[2] 이렇게 볼 때 같은 보성출신이지만 이상과 김기림은 보성시절에 서로 만날 기회가 없었음을 알 수 있다.[3] 이 둘의 첫 만남은 1934년에 이루어진다. 이 때는 이상이 총독부 기사직을 그만두고 다방 '제비'를 경영하고 있을 때다. 김기림은 1934년 '제비'에서 구보 박태원의 소개로 처음 이상을 만났다. 김기림은 이상의 첫인상에 대해 '무슨 싸늘

---

[2] 이상과 김기림의 연보는 각각 다음의 책을 참고하였다. 김윤식, 『이상연구』, 문학사상사, 1997; 김유중, 『김기림』, 문학세계사, 1996.

[3] 설혹 이상과 김기림이 같이 보성을 다녔을 지라도 원용석의 '이상은 누구에게나 서먹서먹한 태도로 대하였으며, 어느 누구와도 사귀려 하지 않고 외롭게만 지냈다'(원용석, 「내가 마지막 본 이상」, 『문학사상』 1980년 11월, 222쪽)는 회고와 이헌구의 '해경은 첫째 말이 없었지…빈정거려주면 그 아이는 슬슬 입에 바람을 물고 교사 모퉁이로 달아나기도 했지요'(김승희 편, 「이상평전」, 『이상』, 문학세계사, 1993, 28쪽)라는 말을 볼 때, 이상은 보성시절 내성적 성격이었으며, 따라서 김기림과 우정을 나누었을 가능성은 적다.

한 물고기와도 같은 손길이었다. 대리석처럼 흰 피부, 유난히 긴 눈사부랭이와 짙은 눈썹, 헙수룩한 머리…(중략)…젊었을 적 'D. H. 로—렌쓰'의 사진 그대로인 사람'[4]이라고 쓰고 있다. 이상의 김기림에 대한 첫인상에 대한 것은 기록으로 남아 있지 않아 확인할 수는 없지만, 김기림의 이상에 대한 느낌은 처음부터 매우 강렬했음을 알 수 있다.

두 사람은 너무나 대조적이다. 그 출생지 및 성장환경도 이상은 서울 토박이로 철저한 '모던뽀이'이며, 김기림은 함경북도 성진의 바다가 보이는 작은 시골마을 출신이다. 이상은 누이동생 조차 '오빠의 빗질하는 것을 본'[5]적이 없었다. '밤낮 '노—캡'으로 덥수룩한 머리를 바람에 나부끼며, 크고 검은 심해같은 情적인 두눈으로 세상을 조소하는 듯이 멀리 시선을 주고 거리를 댕기는 가장 '서울적'인 데카단한 회색적 색조를 발견'[6]할 수 있는 사람이었다. 반면 김기림은 '북국적인 선이 굵고 축구감독같은 풍모를 가'[7]졌으며 '지각이나 조퇴를 보지 못'하는 '모범청년'[8]으로 인식되어 있었다. 이상과 헬멧모자에 반바지 스타킹 스타일로 '아프리카에 간 리빙스턴 박사'[9]같던 김기림[10]은 그 겉모습과 생활태도에서 매우 대조적이었다.

그러나 이러한 두 사람의 상반적인 모습은 그 겉모습에만 한정된다. 이

4) 김기림, 「이상의 모습과 예술」, 『이상선집』, 백양당, 1949, 1쪽·216쪽 참조.
5) 김옥희, 「오빠이상」, 『신동아』 1964년 12월, 316쪽.
6) 이석훈, 「속작가인상기」, 『중앙』 1936년 5월, 64쪽.
7) 이석훈, 앞의글, 60쪽.
8) 이선희, 「작가조선의 군상 上」, 『조광』 1936년 4월, 144쪽.
9) 김광균, 『김광균 문집 와우산』, 범양사, 1985, 171쪽.
10) 김기림의 이러한 생활태도는 그의 제자의 회고에서도 확인할 수 있다. 김기림은 일제의 압박이 점점 심해지자 1942년에서 1945년까지 함북 경성의 경성고보 영어교사로 부임한다. 이 때 김기림에게 배운 시인 김규동은 김기림에 대하여 '술과 담배를 전혀 하지 않'을 뿐만 아니라 '푹푹 찌는 복중이나 눈보라치는 관북의 엄동설한에도 열심히 체조를 하'는 '규칙적인 생활풍습을 그 어떤 때라도 저버린 일이 없'는 '깍듯한 모범생처럼 너무나 여유없고 허술한 데가 전혀 엿보이지 않'았다고 술회하고 있다. 김규동, 『시인의 빈 손』, 소담출판사, 1994, 79~123쪽 참조.

상이 김기림의 시집 『기상도』[11]를 편집한 점과 현재 남아 있는 편지 10개 중 7개가 김기림에게 보낸 것이라는 점, 그리고 그 편지의 내용을 살펴볼 때 당시 이상과 절친했던 다른 사람들과의 관계이상이라는 것을 알수 있다. 즉 고교동문, 구인회 동인으로서의 단순한 유대감 이상의 모습을쉽게 볼 수 있다. 마찬가지로 김기림의 이상 관련 부분을 볼 때도 그 위상이 매우 높은 것을 확인할 수 있다. 특히 김기림은 당시 이상과 그의 문학적 진가를 인정한 유일한 사람으로 이상에게 있어 '정신적 代父'의 역할이었다.[12]

(1) '정신적 代父' - 김기림

이상에게 있어 기림이란 존재는 '정신적 代父'였다.

이점은 김기림에게만 적용되는 것은 아니지만 먼저 이상의 발표지면의확보에서 그 의의를 찾을 수 있다. 이상이 구인회에 가입하는 1934년 이후 그의 발표지면은 『조광』『조선일보』(김기림), 『카톨릭청년』(정지용), 『조선중앙일보』(이태준), 『매일신보』(조용만) 등이다. 이 각각의 매체들에는 구인회 회원들이 관여하고 있었다. 특히 김기림이 기자로 재직하고있던 『조선일보』와 그 계열사인 『조광』에는 그의 최대의 걸작이라 평가받는 「날개」(『조광』 1936년 9월), 자신이 지상최대의 걸작[13]이라 자평한「종생기」(『조광』 1937년 5월), 그의 수필의 백미라 일컬어지는 「권태」(『조선일보』)가 실린다. 이 이외에도 소설, 시, 수필, 평론 등 많은 이상의

---

11) 『기상도』는 이상이 친구 구본웅의 아버지가 경영하는 출판사 '창문사'에서 1936년 편집 출판한 시집으로 김기림에 의한 자비출판이었다. 김기림, 『전집』6, 심설당, 1988, 149쪽.(이하 김기림, 『전집』권호, 쪽수만 표시할 것이다)

12) 이러한 김기림과 이상의 밀접한 관계에 대해서 고은은 '혈연적인 보호기능'(고은, 앞의책, 174쪽), '이상문학의 옹호자'(252쪽), '비평적 교부'(366쪽)라고 한다.

13) 이상, 『이상문학전집』 3, 문학사상사, 1998, 231쪽.(이하 『전집』권호, 쪽수만 표기할 것이다)

작품이 김기림의 『조선일보』 『조광』에 실리는 것을 볼 때 김기림의 역할을 주목하지 않을 수 없다. 즉 이상에 있어 김기림의 제일의(第一義)는 바로 발표지면의 확보에 있으며 이것은 그가 이상을 인정했기에 가능한 일이었다.[14]

현재 남아있는 이상의 김기림 관련 글로는 편지 7, 소설 1, 평론 1 등 모두 아홉개이다.

> 암만해도 성을 안낼 뿐만 아니라 누구를 對할 때든지 늘 좋은 낯으로 해야 쓰느니 하는 타입의 優秀한 見本이 金起林이라[15]

소설 「김유정」의 첫문장이다. 이상도 '모범청년'의 이미지로 김기림을 보고 있음을 알 수 있다. 김기림에 관한 이상의 아홉개의 글 중 이상에게 있어 김기림이 어떤 존재였는가를 알 수 있는 글은 무엇보다도 7개의 편지이다. 이 7개의 편지는 1936년 8월부터 1937년 1월까지 『여성』지에 발표된 것으로 1936년 7월에서 1937년 1월 사이에 쓰여진 것이다. 이 편지 글들에 나타난 김기림에 대한 이상의 감정은 이상 자신의 내적 고민 토로, 자신의 문학에 관한 보고, 구인회 동인들 근황 등 크게 세가지로 나눌 수 있다.

이상은 김기림에게만은 자신의 내적 고민을 솔직하게 토로하고 있다. 이것은 그가 친밀했던 박태원, 윤태영, 정인택 등으로부터는 볼 수 없는 점이다. 이것은 윤태영과 박태원이 이상이 자기의 '과거를 이야기하지 않'는다고 언급한 점, 『조선중앙일보』에 연재된 「오감도」가 문제가 되어 이

---

14) 이상 작품들의 발표지면 및 시기에 대해서는 "김주현, 『이상 소설 연구』, 소명출판, 1999, 423~429쪽"에 자세하다.
15) 『전집』 2, 236쪽.

두 사람이 찾아갔을 때에도 전혀 신경쓰지 않는 표정과 행동을 보인 일, '변동림과의 동거생활과 그 집을 알려주마 하면서도 알려주지 않은 일'[16] 등을 통해 알 수 있다. 그리고 보성학교 경성고공 동창인 원용석도 이상의 집에 찾아갔을 때에도 집에 한번도 들이지 않은 일, 신병 치료차 원용석이 있는 성천에 갔을 때 자신의 병에 대해 한마디 말도 없었던 일[17], 이상의 방에서 5년동안 이상의 방에서 '살다시피 한' 문종혁도 이상과의 대화는 모두 예술에 관한 것뿐이지 '신변에 대해서는 통 말이 없다'는 점, 그림에서 문학으로 전환할 때 막연하게 '나는 문학을 해야 할까봐'[18]라고만 한 점 등 이상과 매우 가까웠던 인물들의 회고를 살펴보았을 때 이상은 그의 내적·개인적 고민이나 생각을 전혀 이야기하지 않았음을 알 수 있다. 즉 이상은 '자기주위에 철조망을 둘러놓고 자기의 애인조차 그 울타리를 넘지 못하게 했'[19]으며, '그의 사상을 명백하게 안다고 나설 사람은 그의 많은 지우중에도 누구하나 없'[20]게 했음을 확인할 수 있다.

그런데 여기에 예외가 있으니 그가 바로 김기림이다.

> 膏肓을 든, 이 文學病을—이 溺愛의 이 陶醉의……이 굴레를 제발 좀 벗고 飄然할 수 있는 제법 斤量 나가는 人間이 되고 싶소. 여기서 같은 環境에서는 自己腐敗作用을 일으켜서 그대로 煙化할 것 같소. 東京이라는 곳에 오직 나를 매질할 貧苦가 있을 뿐인 것을 너무 잘 알고 있지만 컨디슌이 必要하단 말이오. 컨디슌, 師表, 視野, 아니 眼界, 拘束, 어째 敵薰한 語彙가 發見되지 않소만 그려!21)

---

16) 윤태영·송민호, 『절망은 기교를 낳고』, 교학사, 1968, 22~91쪽 참조.
17) 원용석, 앞의글, 223~226쪽 참조;「이상의 학창시절」, 『문학사상』 1981년 6월, 243쪽.
18) 문종혁, 「심심산천에 묻어주오」, 『여원』 1969년 4월, 228~239쪽 참조.
19) 정인택, 앞의글, 307쪽.
20) 박태원, 「이상의 편모」, 『조광』 1937년 6월, 305~306쪽.
21) 『전집』 3, 223쪽.

三月에는 부디 만납시다. 나는 지금 참 쩔쩔 매는 中이오. 生活보다도 大體 어떻게 했으면 좋을지를 모르겠소. 議論할 일이 한두 가지가 아니오. 만나서 결국 아무 이야기도 못하고 헤어지는 限이 있더라도 그저 만나기라도 합시다. 내가 서울을 떠날 때 생각한 것은 참 어림도 없는 桃源夢이었오. 이러다가는 정말 自殺할 것 같소.[22]

위의 인용문들만 보아도 앞의 윤태영, 박태원, 원용석, 문종혁, 정인택 등에게 한 이야기의 내용과는 그 차원이 다름을 알 수 있다. 자신의 가장 깊숙한 내면의 이야기를 토로하고 있다. 그동안 자기의 삶을 반성하면서 끊임없이 김기림에게 만나 줄 것을 간청하고 있으며, 그것이 안 될 경우 '틈있는 대로 편지나 좀 자주 줄'[23]것과 다만 '엽서라도 주'[24]기 바란다고까지 하고 있다.

이러한 이상의 김기림에 대한 내면 토로가 아주 겸손하고 공손한 태도를 보이고 있는 것이 또한 특징적이다. 평소 이상의 오만함과 우월감과는 대비되는 것이다. 이상이 오감도 작자의 말 '대체 우리는 남보다 수십년씩 떨어져도 마음놓고 지낼 작정이냐'고 큰소리치던 모습에 비해 '조광 2월호의 <동해>라는 졸작 보았오? 보았다면 게서 더 큰 불행이 없겠오. 등에서 땀이 펑펑 쏟아질 열작이오…그것을 가지고 지금의 나를 촌탁하지 말기 바라오'라는 말에서 알 수 있듯이 김기림 앞에서는 겸손한 모습을 보인다. D. H. 로렌스도 자기의 모방[25]이라고 하는 이상이 김기림에게 '형의 웅비를 목도하고 그렇게까지 내 자신이 미웠고 부끄러웠'[26]다 라는 것에서 볼 수 있듯이 김기림만을 인정하고 있음을 알 수 있다. 즉 이상에게 있어 김기림은 로렌스나 보들레르[27]보다 더 높게 보였으며, 어느 연구

22) 『전집』 3, 239쪽.
23) 『전집』 3, 236쪽.
24) 『전집』 3, 239쪽.
25) 윤태영·송민호, 앞의책, 36쪽.
26) 『전집』 3, 225쪽.

자의 지적대로 '일종의 고해승(告解僧)'[28]의 모습이라고 할 수 있다.

다음은 자신의 문학에 대한 보고이다. 이것도 김기림에게 보낸 편지에서 알 수 있다. 이는 일종의 자신의 내면고백이며, 문종혁에게 '나는 문학을 해야할까봐'라고 막연하게 말하던 것과는 그 차원이 다르다. 이상의 편지에서 볼 수 있는 문학적 계획에 관한 부분은 모두 세군데로 각각 「날개」, 「종생기」, 「동해」와 관련된다. 「날개」는 쓰기 전과 후, 「종생기」는 쓰는 도중, 「동해」는 쓴 후의 이야기이다. 「날개」에 대해서는 그 스스로 '졸작'으로 낮추고 있고, 김기림의 「날개」평에 대해 골수에 스민다고 하고 있으며, 「종생기」에 대해서는 '문학천년이 회진에 돌아갈 지상최대의 걸작'이라고 하면서 김기림에게 '이 억울한 내출혈을 알아주기 바'란다는 모순된 발언을 하고 있다. 이러한 자신의 문학에 관한 보고에서도 김기림에 대한 겸손한 태도를 볼 수 있다.

구인회 동인들의 근황은 실망으로 나타나 있다. 이상은 구인회 후기동인[29]으로 동인지 『시와소설』을 편집[30]했으며, 이태준과 더불어 실질적으로 구인회를 움직여나간 인물이다.[31] 이상은 자신이 '아당만세'[32]라고 외

---

27) 이상은 자신의 시 「오감도」에 대하여 보들레르의 「악의꽃」과 같은 기백의 작품이라고 했다고 한다. 윤태영・송민호, 앞의책, 25쪽 참조.

28) 김윤식, 『이상 문학 텍스트 연구』, 서울대학교 출판부, 1998, 239~240쪽.

29) 이상의 구인회 가입에 대해서는 다음의 조용만의 글들에 자세하다. "『구인회 만들 무렵』, 정음사, 1984, 36~91쪽";"『30년대의 문화예술인들』, 앞의책, 123~137쪽"

30) 이 때는 1936년으로 그가 구본웅의 아버지가 경영하는 출판사인 '창문사'에 근무할 때이다. 『시와소설』은 1936년 3월에 나온 동인지로 김기림 정지용 김상용 백석 이상 이태준 박태원 김유정 박팔양 김환태의 글이 실려 있다. 조용만에 의하면 이 『시와소설』은 '이상의 힘' 덕분이었다고 한다.(조용만, 앞의책, 139쪽.) 이 동인지의 발간은 그 계획보다 퍽 늦은것('구인회에서 문예잡지를 발간할 계획을 가졌다고 하며' -『신인문학』, 1934년 10월, 87쪽)이었으며, 발간된지 한 달 뒤 '양이 너무 빈한하여 내용전체가 빈약하게 된것에 대해 불만을 넘어 일종의 악감을 갖게 하'기 때문에 '실망'했다는 글이 발표(「구인회의 『시와소설』」, 『조선중앙일보』 1936년 4월 7일)된다. 따라서 당시 구인회의 『시와소설』에 대한 기대가 작지 않았음을 알 수 있다.

31) 이것은 조용만의 '이상이 동경에 간 뒤 구인회는 흐지부지 소멸되어 버렸다'라는 회고에서 확인할 수 있다. "조용만, 앞의책, 137~139쪽 참조";"조용만, 「이상과 김유정의 문학과 우정」, 『신동아』 1987년 5월, 561쪽" 구인회는 1935년 2월 18일 시

친 구인회의 근황을 당시 활동의 공백상태와 회원탈퇴에 대하여 실망의 감정으로 나타내고 있다. 이것에 대해 이상은 '구인회는 인간 최대의 태만에서 부침중이'며, '잡지 2호는 흐지부지'이고, '게을러서 다 틀려 먹은 것 같'[33]다고 하고 있다. 이상은 구인회에 대하여 '아당만세'라고 부를만큼 그 자부심이 대단했던 것을 알 수 있는데 바로 그 구인회를 비판하고 있다. 그리고 이러한 구인회 비판을 김기림에게 털어놓고 있다.

이렇게 이상은 김기림에게 정신적으로 크게 의지하고 있음을 볼 수 있다. 즉 이상에게 있어 김기림이란 존재는 든든한 산과 같은 일종의 정신적 '代父'임을 확인할 수 있다.

(2) 근대 초극의 영웅 - 이상

그러면 김기림에게 있어 이상은 어떤 존재인가? 이상의 진가를 알아준 사람은 김기림이 유일했다. 박태원도 자기의 소설 「소설가 구보씨의 일일」의 삽화까지 그려준 이상을 가리켜 '그의 재주와 교양에 경의를 표하게 되'었지만 '괴팍한 사람' '변태적'이어서 '그의 사상을 명백하게 안다고 나설 사람은 누구하나 없을 것'이라고 평하고 있다.[34] 『카톨릭청년』에 「꽃나무」 「이런 시」 등의 작품을 실어준 구인회 동인 정지용도 '이상씨를 처음 떠메고 나온 이유'를 묻는 기자의 질문에 '그저 진기했으니까 그랬'다는 대답[35]을 하고있다. 그리고 이상을 호평한 최재서[36]의 경우, 「날개」를 가리켜 '객관

내 청진동 경성보육대강당에서 '조선신문예강좌'를 개최하는데 이상은 '시와 형태'라는 주제로 강연했다는 기록(P기자, 「예술 뉴―스」, 『예술』 1935년 4월, 71쪽)을 볼 때 동인지 편집 출판뿐만 아니라 다른 구인회 활동에도 활발히 참여했음을 알 수 있다.

32) 『전집』 3, 232쪽.
33) 『전집』 3, 229쪽.
34) 박태원, 앞의글.
35) 정지용, 「시가 멸망을 하다니 그게 누구의 말이요」, 『동아일보』 1937년 6월 6일.

적 태도로 주관을 보았'기 때문에 '리얼리즘의 심화'를 보여주었지만 「날개」에는 '모랄'이라는 '중대한 일요소를 갖추지 못'했다고 비판한다.[37] 그리고 이상 사후 두달 뒤에 발표된 「고 이상의 예술」에서 '시대의 비난과 조소를 받는 인테리의 개성붕괴에 표현을 주었다는 것은 일개의 시대적 기록으로서 가치가 있을 뿐만 아니라 이 간난한 시대에 있어서 지식인이 살아나갈 방도에 대하여 간접적이나마 암시와 교훈을 주는 바 또한 적지 않다고 생각'한다고 하고 있으나 이 글의 성격이 고인에 대한 추도문이란 점을 생각할 필요가 있다. 이렇게 이상 주변 인물들의 평을 볼 때 이상의 보통 사람들과 다른 일종의 천재성을 막연하게만 인식했을뿐 그 진면목은 보지 못했음을 알 수 있다. 최재서의 경우 일정 부분 이상을 호평했지만 이상 자신이 최재서의 평을 부정적으로 보고 있음을 참고[38]할 필요가 있다.[39]

이같이 살펴보았을 때 다음의 김기림의 글은 그 시사하는 바가 매우 중요하다.

> 그는 현대라는 커다란 破船에서 떨어져 漂浪하던 너무나 처참한 船體조각이었다. 다방 N. 藤椅子에 기대 앉아 흐릿한 담배연기 저편에 반나마 취해서 몽롱한 箱의 얼굴에서 나는 언제고 「현대의 비극」을 느끼고 소름쳤다.…(중략)…오늘 와

---

36) 최재서는 이상을 1936년 9월 10일 태화관에서 열린 김기림 시집 『기상도』 출판기념회(『조선일보』 1936년 9월 4·10일)에서 처음 만났다.(최재서, 「고 이상의 예술」, 『문학과 지성』, 인문사, 1938, 114쪽) 참고로 최재서는 『기상도』 출판기념회에서 이상, 김복진 등과 더불어 발기인이었다. (『조선일보』 1936년 9월 4일)
37) 최재서, 「리얼리즘의 확대와 심화」, 앞의책, 98~113쪽 참조.
38) 『전집』 3, 235쪽;김기림, 『전집』 5, 417쪽.
39) 이 밖에 이상의 작품만을 놓고 벌어진 것은 아니지만 최재서가 「리얼리즘의 확대와 심화」에서 「날개」를 리얼리즘의 심화라 평한 것을 두고 임화, 유진오, 백철, 김문집 등이 참여한 리얼리즘 논쟁이 있다. 본 발표지에서는 김기림이 이 논쟁에 참여하지 않았다는 점과 이상에 대한 것이 아닌 리얼리즘에 관한 논쟁이라는 점에서 다루지 않는다. 이 리얼리즘 논쟁에 대해서는 "김윤식, 『한국근대문예비평사연구』, 일지사, 1997, 467~474쪽" 참조.

서 생각하면 箱은 실로 현대라는 커다란 모함에 빠져서 십자
가를 걸머지고 간 「골고다」의 시인이었다.40)

가장 우수한 최후의 「모더니스트」李箱은 「모더니즘」의 초
극이라는 이 심각한 운명을 한몸에 구현한 비극의 담당자였
다.41)

김기림의 이상에 관한 글은 이상의 경우와는 아주 대조적으로 그 수가
적지 않다. 김기림은 이상이 근대를 철저하게 인식했다고 보고 있다. 따라
서 이상을 '가장 우수한' 시인의 경지에 올려놓고 있으며 이것은 그를 서
구 최고의 신인 쥬피타에 비기고 있는 것에서 확인된다. 그러나 이상의
철저한 근대인식의 실상은 비참한 것으로 최고의 신인 쥬피타 마저도 추
방된 모습이었다. 이러한 김기림의 인식은 그 자신도 근대를 어느 정도
간파하고 있었기에 가능했다. 즉 김기림은 '근대화된다는 것은 우리에게
모함, 권력, 쾌락, 발전, 우리 자신의 변화 및 세계의 변화를 보장해 주는
동시에 우리가 가지고 있는 모든 것, 우리가 알고 있는 모든 것, 지금 우
리의 모든 모습을 파괴하도록 위협하는 환경 속에 자리잡고 있다는 것'과
'영원한 해체와 갱신, 투쟁과 대립, 애매모호성과 고용이라는 커다란 소용
돌이'42)라는 근대의 양면을 인식하고 있었다. 이상이 그러했다고 본 것이
다. 이상이 근대를 철저히 인식했다고 본 것은 그가 이상이 죽기 한달 전
에 만나 이상을 보고 '제우스'와 '골고다의 예수'를 생각하는 것43)에서 알
수 있다. 김기림이 생각한 근대는 '구라파적 의미'의 근대이다. 그 기원은
서구 정신사의 양대 축이라고 할 수 있는 제우스로 상징되는 헬레니즘과

---

40) 김기림, 『전집』 5, 416~417쪽.
41) 김기림, 『전집』 2, 58쪽.
42) 마샬 버만, 윤호병·이만식 옮김, 『현대성의 경험』, 현대미학사, 1998, 12쪽. 이 책
   본문에서는 '근대'라는 말 대신 '현대'라고 되어 있다. 그러나 이 말들은 모두
   'modernity'를 번역한 말들이므로 '근대'라도 써도 별 무리가 없다고 본다.
43) 김기림, 『전집』 5, 417쪽 참조.

예수로 상징되는 헤브라이즘이다. 김기림이 이상의 얼굴에서 제우스와 예수의 모습을 동시에 본 것은 이상이 서구의 정신사, 더 확장시키면 근대를 인식·체현했다고 본 것이다. 이상이 근대를 철저히 인식하고 있었을 뿐만 아니라 더 나아가 근대의 음각까지 꿰뚫은 것이라고 김기림은 본 것이다. 그러기에 파시즘에 대항키위해 '파리에서 문화옹호를 위한 작가대회가 있었을 때' 가장 흥분한 것이 이상이었으며, 바로 이것이 이상이 가진 '東에 드문 철저성'이었던 것이다. 이러한 철저성을 인식하고 시를 썼기에 이상의 시는 '잉크로 쓴 것'이 아니고 '혈관을 짜서' 쓴 '시대의 혈서'가 되는 것이다.

이상은 '그러한 불안 동요 속에서 「動하는 정신」을 재건하려고 해서 새 출발을 계획했으며'44), 그 새출발의 핵심은 '추한 현실과 「데카당」의 진흙탕을 넘어 애정과 인간성의 절대의 경지를 추구해 마지 않는 청교도적인 면'45)에 있다. 김기림은 이러한 이상의 새출발에 대해 '인간과 사회의 현실의 그늘을 손으로 눈을 가리며 지나칠 수 없'음에서 나온 것으로, 근대라는 '눈부신 옷을 벗겨 놓고 실사회의 정체를 들추어 내 보려는 것'이라고 한다.'오늘의 세대가 이상에게서 느끼는 매력은 이와같은 철저성에 있다'는 것이다.46) 바로 이 '새출발'이 김기림이 보는 '모더니즘의 초극'이다. '미적지근한 인습의 연장에 만족하지 않고 자기가 사는 세계와 그 속에 처한 자기의 위치와 또 자신의 의미에 대한 철저한 추궁 - 철저한 근대인식 - 을 거쳤'기에 '새로운 생활 - 모더니즘의 초극 - 을 헤쳐나갈 수 있'다. 그러나 철저히 근대를 인식하고 '현대의 진단서를 써'47)서 그 초극을 계획한 이상은 '불행히 자빠'졌고 그것은 '축쇄된 한 시대의 비극'

---

44) 김기림, 『전집』 5, 416쪽.
45) 김기림, 『전집』 3, 181쪽.
46) 김기림은 그의 수필 「여행」에서 이상이 그리워한 것은 '반드시 괴로운 꿈 많은 계절조의 날개가 아'니라 '천공을 마음대로 날아다니는 새 인류의 종족'이라고 하고 있다. 김기림, 『전집』 5, 173쪽.
47) 김기림, 『전집』 2, 33쪽.

이 되었다. 이러한 근대초극의 새출발을 계획한 '내일을 믿고 싶은 가장 큰 기대를 약속'[48]했던 이상의 죽음은 김기림에게 있어 '시단과 또 내 우정의 열석 가운데 채워질 수 없는 영구한 공석을 하나 만들어 놓'은 것이며, 우리 시단이 '반세기 뒤로 물러'[49]난 것이 되는 것이다.

따라서 근대라는 '시대의 비극'이 최고의 신인 쥬피타 마저도 추방될 수 밖에 없게 했으며, 김기림은 '이상의 영전에 바침'이라는 부제를 단 시 「쥬피타 추방」으로 그의 고혼을 달랜 것이다. 김기림은 「쥬피타 추방」[50]에서 자신의 이상에 대한 감정을 압축적으로 잘 보여주고 있으며, 그것은 또한 세계적 차원으로 확대하여 제시한다. 먼저 이상 즉 쥬피타는 '벌써 바다의 유혹도 말다툴 흥미도 잃어버'린 '주민'들이 있는 나라에 '파초 잎 파리처럼 축 느러진 중절모 아래 파이프를 빼어'물고 힘없이 앉아 있는 것으로 묘사된다.(1연) 쥬피타는 '근대'라는 '빚은지 하도 오래서 김이 다 빠'져 '구린 냄새를 피'는 '등록된 사상'은 그만 두라고 외치며, 이러한 근대를 낳은 서구의 영국, 미국, 스페인을 비꼰다.(2~7연) 쥬피타는 '푸랑코 씨의 직립부동자세에 현기증이 나'고(7연), '눈먼 팔레스타인의 살륙을 키질하는 대영제국의 태양'(8연)을 거부하기에 '구름, 장미, 별'도 믿지 않는 '세기의 아픈 상처'(8연)이다. 이러한 '형이상학의 체면과 거짓'이 횡행하며 '비둘기같은 천사들의 시체'(5연)가 쌓이는 근대 속에서 '병상'(8연)에 있던 쥬피타는 '파르테논으로 날아갔다'(9연) 하지만 쥬피타는 '세기의 아픈 상처'(8연)이며 '세속에 반항하는 악한 정령'[51]이었기에 '인생과 조국과 시대와 그리고 인류의 거룩한 순교자'[52]임에도 불구하고 쥬피타 – 이상이 '승천하는 날'(11연) '마리아의 찬양대도 분향도 없'이 '길잃은 별

---

48) 김기림, 『전집』 2, 365쪽.
49) 김기림, 『전집』 5, 416~417쪽.
50) 김기림, 『전집』 1, 207~209쪽.
51) 김기림, 『전집』 5, 416쪽.
52) 김기림, 「이상의 모습과 예술」, 앞의책, 8쪽.

들이 유목민처럼 허망한 바람을 숨쉬며 떠 당겼'(11연)을 뿐이다.

김기림은 이상을 최고의 신인 쥬피타의 반열에 올려놓은 동시에 랭보, 고갱과 같은 영웅의 반열에 올려놓고 있다. 이들은 '예외로 내 의지 아닌 것에 끌리지 않고 스스로의 생을 창조해 가려는 무모한 영웅'이며 '벗들이 가정, 예금, 田地로 번영할 때 영웅은 사장을 피로써 물들이고 자빠진다'53)는 것이다. 또한 이 영웅들의 생활태도는 '끝없이 새로운 것을 욕망하고 추구하고 돌진하고 대립하고 깨트리고 불타다가 생명의 마지막 불꽃마저 꺼진 뒤에야 그치'54)는 것이라고 한다. 이렇게 이상은 근대 – '내 의지 아닌 것에 끌리지 않고 근대의 초극 즉 '스스로의 생을 창조해 가'기 위해 돌진하고 대립하고 깨트리고 불타 생명의 마지막 불꽃마저 꺼'졌기에 '무모한 영웅'인 것이다.

그럼 좀 더 구체적으로 김기림이 본 영웅이란 무엇인가? 우선 벤야민이 보들레르를 논하면서 언급한 영웅hero을 살펴볼 필요가 있다. 벤야민은 보들레르를 가리켜 '넝마주이ragpicker'55)라고 한다. 그는 대도시에서 그 시대의 피난처를 수집해야 하는 한 인간이다. 이러한 넝마주이나 이러한 모습을 그리는 시인은 모두 대도시(사회) 곧 근대의 피난처로 거리를 인식하고 있으며, 일반 시민들이 잠에 빠져 있을 때 고독한 그의 사업을 시작한다. 벤야민의 이러한 넝마주이 시인 – 보들레르 – 들은 비틀거리는 걸음걸이jerky gait로 도시에서의 노획물을 시로 만들기위해 도시를 거닌다고 한다. 그 넝마주이 시인은 도시를 거니면서 그가 만나는 피난처를 수집하기 위해 그의 발걸음을 또한 끊임없이 멈추어야만 한다고 한다. 벤야민은 이러한 보들레르와 그의 시에서 영웅을 간취해내고 있다. 벤야민

---

53) 김기림, 『전집』 5, 176쪽.

54) 김기림, 『전집』 5, 234쪽.

55) Walter Benjamin, translated by Harry Zohn, 『Charles Baudelaire – A Lylic Poet in the Era of High Capitalism』, Verso London · New York, 1997, 79쪽;김유중, 앞의책, 182~187쪽 참조. 김유중의 책은 인용 페이지에 오류가 있다.

은 영웅이야말로 모더니즘의 '참주체true subject'라고 한다.56) 이 영웅은 고대 서사시의 세계나 낭만주의적 영웅이 아니며 근대 자본주의와 대도시가 낳은 산물이다. 이 영웅은 '건달 무뢰한apache'이라는 모습으로 나타난다. 영웅의 세계는 역사, 심리학, 고대사, 철학과는 관계가 없으며, 그 자신 바깥의 사회에 대해서도 흥미가 적은 것으로 나타난다. 영웅은 도덕과 법을 포기하며, 사회계약을 끝장내려 한다. 이렇게 그는 그 자신을 세계로부터 분리되었다고 인식하며, 다른 일반시민의 모습이 되기에는 틀렸다고 생각한다. 이렇게 보면 영웅이 피곤하게 자라나서 피난처로 죽음을 택하는 것은 충분히 이해할 수 있는 것이다. 즉 모더니즘, 근대는 영웅적 의지에 적대감을 가진 어떤 정신적인 것과 일체 타협을 불허하는 영웅적 의지력을 봉하는 행동으로서 '자살suicide'의 징후가 나타날 수 밖에 없게 한다. 따라서 자살은 영웅에게 있어 이 세계에 대한 단념resignation이 아니라 영웅적 열정heroic passion이 되는 것이다.57)

김기림이 이상을 가리켜 영웅이라 한 것은 바로 이러한 '영웅'이다. 하지만 벤야민의 '영웅' 개념이 그대로 이상의 경우에 들어맞는 것은 아니다. 벤야민과 이상은 모두 근대 자본주의의 부정적인 면과 깊이 관련이 있지만, 전자의 경우 (근대)세계로부터 분리'된' 것이지만 이상은 그 스스로가 (근대)세계와 분리한 것이기 때문이다. 즉 이상의 경우는 피동이 아닌 능동 개념이다. 김기림은 이상의 「날개」를 비롯한 그의 작품들에서 보이는 무기력한 룸펜 인텔리 즉 '건달apache'의 모습에서 영웅hero적 모습을 보았던 것이다. 이것은 근대 자본주의가 낳은 것임은 물론이다. 이렇게 보면 이상문학 곳곳에서 볼 수 있는 '자살'의 경우도 김기림은 영웅적 열정heroic passion으로 인식했던 것이다. 따라서 김기림은 이러한 근대를 철저히 인식하고 그 초극을 노래한 영웅이 추방되었기에 우리 시단이 반세

---

56) Walter Benjamin, 앞의책, 74쪽.
57) Walter Benjamin, 앞의책, 67~106쪽 참조.

기 뒤로 물러난 것으로 느꼈으며, '동경 떠날 때는 머리를 수그'58)릴 수
밖에 없었던 것이다.

3. 이상 문학에 나타난 근대, 모더니즘 초극의 양상 – '권태'

기림은 이상의 문학에서 무엇을 보고 '東에 드문 철저성'이라고 했을
까? 이상 문학의 어떤 점에서 근대의 철저한 인식과 그 초극을 간파해 낸
것일까? 그것은 이상문학 곳곳에서 볼 수 있는 '권태'이다.

이상의 '권태'는 근대 즉 자본주의와 도시화와 깊은 관련이 있다. 이상은
서울출신으로 '서울서 나서 서울과 함께 자랐고 또 함께 살아온 인물이었다
'.59) 따라서 이상의 권태는 1930년대 자본주의화된 경성이 가져다 준, 경성
속에서의 '권태'라고 할 수 있다. 짐멜은 도시문화를 근대성의 문화로 인식하
고 그 도시 거주자들의 특징에 대하여 다음과 같이 설명한다.

① '지성' 이를 통해 도시 거주자들은 "심장 대신에 머리로 반응한다"
② 도시 거주자들은 계산적이다. 모든 행동의 이익과 손해를 도구적으
　로 저울질한다.
③ 사람들은 지쳐(싫증나) 있다.
④ 도시 거주자들은 사람들에게 좀처럼 직접적으로 감정을 보이거나자
　신을 표현하지 않으며, 침묵의 보호막 뒤로 숨어버린다.60)

---

58) 김기림, 『전집』 6, 133쪽.
59) 윤태영 · 송민호, 앞의책, 65쪽.
60) 마이크 새비지 · 알랜 와드, 김왕배 · 박세훈 옮김, 『자본주의 도시와 근대성』, 한울,
　1996, 143~44쪽에서 재인용. 이 네 항목 중 김소운의 증언과 변동림의 증언(「헤프
　지도 인색하지도 않　았던 이상」, 『문학사상』 1986년 12월, 77쪽)을 고려해보면 ②
　도 이상에게 충분히 적용시킬 수 있다.

이 네 항목은 1930년대 조선 최대도시 경성에서 살았던 이상의 모습과 많은 부분 일치한다. 여기서 ③을 주목할 수 있다. 하지만 짐멜과 이상의 차이점은 짐멜은 자본주의화·도시화에 의해 지치고 싫증난 것임에 반해 이상의 경우는 이상 자신이 싫증낸 것이다. 다시 말해 근대를 철저히 인식하여 부정의 대상으로 파악한 후 초극의 한 양상으로 표현된 것이 '권태'이다. 이것은 이상이 '심장 대신에 머리로 반응'한 데서 기인하며, '근대 안에 내포된 역설적 가능성을 온몸으로 사는 자세, 극단까지 가는 철저하고 진지'[61]한 성찰이 있었기 때문에 가능한 것이었다.

이상이 인식한 근대란 1930년대 경성이다. 경성은 당시 조선의 수도로 교통과 상업의 중심지였을 뿐만 아니라 조선의 가장 근대화된 도시였다.[62]

1930년대는 일터를 구하여 돈을 벌어 시장에서 생필품을 사는, 시장교환에 바탕을 둔 현대적인 삶의 방식이 정착되던 시대이다. 현대사회를 산업화, 도시와 농촌의 격차증대, 인구의 도시집중, 도시에서의 각종 소비시설의 증가, 분배의 불균형과 계층분화, 사회의 물신주의적 분위기와 상대적 빈곤감과 소외, 이해타산적인 인간관계, 각종 범죄의 증가 등으로 이해할 때 그런 현대적인 징후가 본격적으로 나타나기 시작한 시대이다. 1930년대 경성은 정치 경제 사회 문화면에서 엄청난 도시화가 이루어진다. 이런 외형적인 도시화는 엄청난 희생과 불균형 속에서 타율적으로 감행된 것으로, 그 화려함의 이면에는 농촌 경제의 피폐화, 도시의 인간집중, 주택난 심화, 실업자의 증가와 경성상인의 파산과 전락, 도시 빈민의 증가, 매음과 마약 등의 도시화가 가져온 어두운 부산물들이 놓여있었

---

61) 진정석, 「모더니즘의 재인식」, 『창작과비평』 1997년 여름, 171쪽.
62) 1929년 당시 경성엔 전차 120여대, 종무원 660여명, 자동차(관청용, 자가용 제외) 215대, 버스 40대, 자동 자전거 92대, 인력거 1184대가 있었으며(「경성통계」, 『별건곤』 4권 6호, 138~139쪽), 인구는 1934년 당시 382491명(「통계실」, 『개벽』 1934년 11월, 120쪽)으로 조선 최대도시였다.

다.63) 이같은 경성의 타율적 도시화, 상업화와 팽창은 일제 식민통치의 강화와 인간 소외를 뜻하는 것이었음은 익히 아는 사실이다.

이상은 이러한 경성의 타율적 도시화를 몸소 느꼈던 것이다. 이것은 조선의 식민지적 근대성을 그 뿌리까지 인식하고 있다는 말과 통한다.

> 자유주의란 시민사회적인…(중략)…상품사회로서의, 원칙적으로는 물건과 물건의 교환적 等價率을 따지는 데에서 생긴 平等觀念이라는 것이 身分制인 봉건사회에 대해서 尖銳하게 대립된 데서 자유라는 것이 생긴 것이다.…(중략)…시민사회의 기본구조인 상품에 대한 等價率에서 생긴 평등과 자유의 관념인 것이다.…(중략)…자유라는 것은 본래부터 독립할 수 있는 개념이 아닌 것이다.…(중략)…非自由的인 통제나 억압에 가까운 개념64)

'자유주의' '시민사회'는 '근대'를 가리킨다. 그리고 근대 시민사회의 기본구조를 상품에 의한 등가율로 본 것은 교환가치가 지배하는 근대 자본주의의 상품화, 계량화적 속성을 가리킨 것이다. '근대'는 봉건사회와 대립한 것이며 그 결과로 '자유'를 낳았으나 '자유'는 도리어 '비자유적 통제나 억압'이라는 모순된 모습을 갖고 있는 것을 꿰뚫어 본 것이다. '자유'란 개념은 '근대'라는 말과 등가어로 볼 수 있는 동시에 '비자유적 통제나 억압'이라는 근대의 부정적인 측면이라고 할 수 있다. 즉 이상은 '계몽주의 정신'으로 대표되는 근대가 '해방자'가 되기를 원했으나 사실은 그렇지 못했다는 것을 인식한 것이다. 계몽정신은 이성의 지배로 관습의 지배를 대체하고, 전통적 권위를 합리적 법적 권위로 대체하였으나, 현대적 합리주의는 개인을 불신하는 대신 과학의 물질적 보편적 법칙을 선호한다. 사회적 질서에 있어서는 사회적 효용성이 선의 기준이 되어버렸기 때문에 교육으로 모든 인간들을 이타주의로 끌어올리고 잘 조절된 사회

---

63) 서준섭, 「1930년대의 서울」, 『감각의 뒤편』, 문학과지성사, 1995, 371~373쪽 참조.
64) 『전집』 3, 255~256쪽.

를 창조하는데 가장 적합하다고 여겨지는 규칙들을 지켜야 하며, 그렇지 못할 경우 キ벌로 억제당한다.65) 근대는 곧 자유이지만 그 자유를 유지하기 위해서는 자유를 억압할 수 밖에 없는 근대 관료제 조직에서 기율과 통제는 그 조직 전체의 특징66)이라는 근대사회의 본질을 이상은 깊이 인식했던 것이다. 이러한 근대의 억압은 1930년대 경성시민이었던 이상에게 있어 '도시계획국장각하 무슨 까닭에 당신은 우리들을 「콩크리 - 트」와 포석의 네모진 옥사 속에서 질식시키고 푸른 「네온싸인」으로 포박하려 합니까?'67)라고 절규하고 싶은 심정으로 다가왔던 것이다. 이상은 근대의 양면을 전부 파악했음을 알 수 있다.

'비자유적 통제나 억압'은 앞에서 밝힌 근대화의 이면이다. 따라서 "방' 덧문을 첩첩 닫고 있어도 잔인한 관계를 갖고 담벼락을 뚫고 스며드는' (「지주회시」) 근대의 실상을 간파한 이상은 다음과 같이 말한다.

> 세상사람들아왜모르느냐 도탄에묻힌현대도시의시민들이
> 완전히구조되기에는 그들이빠져있는불행의 깊이가너무나깊
> 어버리고만것이로구나 보산은가엾이여긴다68)

'도탄에 묻힌 현대 도시민들'을 동정하고 있다. 이상은 '불행의 깊이가 너무나 깊'은 것을 간파했으며, 그 결과 '여기는 어느 나라의 데드마스크'69)라고 한다. 당연히 그것은 부정의 대상이 될 수 밖에 없다. 이러한 '데드마스크'와 같은 근대화된 부정적 현실은 김기림에게까지 나타난다. 이것은 이상의 김기림에 관한 글 가운데 유일하게 김기림의 문학에 대해 비판하는 성격을 갖고 있는 글에 보인다. 이상은 김기림의 시와 시론에

---

65) 알랭 투렌, 정수복 · 이기현 옮김, 『현대성 비판』, 문예출판사, 1995, 319~323쪽 참조.
66) 안토니 기든스 · 울리히 벡 · 스콧 래쉬, 임현준 · 정현준 옮김, 『성찰적 근대화』, 한울, 1998, 127~131쪽 참조.
67) 김기림, 『전집』 1, 28쪽.
68) 『전집』 2, 155쪽.
69) 『전집』 1, 94쪽.

대해 '시보다 시론이 훨씬 더 진보적'이라고 하여 시와 시론의 불일치를 논한다.[70] 김기림의 시는 '아직도 기교주의란 것에 대한 미련을 버리지 못'해 '작시가 순수시라는 기교의 전당으로 만들어가는데 비해 시론은 훨씬 더 현실적인 관심을 고조'하고 있다는 것이다. 그러나 김기림의 이러한 한계는 김기림 개인에게서 기인하는 것이 아니다. 이상은 '시인에게 있어서 시와 시론의 보조가 맞지 아니할 때 거기에 대한 고민을 느끼지 않고 쌍방을 다 영위할 수 있다면 그것은 한 개 행복'[71]이라고 하여 그 한계를 '행복'을 영위할 수 없게 하는 시대 - 근대 - 에서 기인하는 것으로 보고 있다.

이러한 근대화된 부정적 현실의 문제는 비단 김기림에게만 적용되는 것은 아니다. 현실은 '재능없는 예술가가 제 빈고를 이용해 먹는다는 콕또우의 한마디 말은 말기 자연주의 문학을 업신여긴 듯도 싶으나 그렇다고 해서 성서를 팔아서 피리를 사도 칭찬 받던 그런 치외법권성 은전을 얻어 입기도 다 틀려버린' 처지이다. 오히려 이상은 '성서를 팔아서 고기를 사다 먹고 양말을 사는데 주저하지 아니할 줄 알게까지 된 오늘 이 향토의 작가가 작가 노릇 외에 아무것도 하는 일이 없이 혹은 하려도 할 수가 없다고 해서 작품 - 작가 내면생활의 고갈과 문단부진을 오직 작가 자빈곤과 고심만으로 트집잡을 수'[72] 없다고 주장한다. '성서를 팔아 고기를 사다 먹고 양말을 사는데 주저하지 않'게 되었으며 작가는 '헐랭이'[73]로 전락한 근대화된 부정적 현실을 비판하고 있는 것이다. 따라서 '현대

---

70) 김기림의 문학에 대한 비판은 구인회 내부에서 이미 논의가 있었다. 1933년 9월 5일 18시 아서원에서 열린 제1회 구인회 합평회에서 김기림의 작품에 대해 김유영은 '너무 비약적인 것이 결점'이며, 이태준도 '금방 조선이 나오다가 다음엔 노서아 다음엔 불란서'라고 김유영의 의견에 동의하고 있다. 이에 대해 김기림은 그런 경향이 있음을 시인하며 그러지 않도록 노력하고 있다고 답한다. 김인용, 「구인회 월평 방청기」, 『조선문학』 1933년 10월, 88쪽.
71) 『전집』 3, 256~257쪽.
72) 『전집』 3, 250쪽.
73) 『전집』 3, 259쪽.

라는 정세가 이러면서도 문학자 - 가장 유능한 - 의 양심을 건드리지 않아도 께름직한 일은 조곰도 없는 그런 적절한 시대는 불행히도 아닌 것'74)이라고 단언하고 있다.

> 文學者가 제 文學을 拒否하지 않으면서 제 生活을 忌避하였다는 當代의 悲劇이 있다.…(중략)…누구나 쉽사리 내 '惡趣味之極'을 指摘할 수 있으리라. 내가 懇望하는 바도 거기 있다.…(중략)…이 냄새나는 '惡趣味之極'을 나는 누구에게도 아첨하지 않고 어디까지든지 버틸 決心이다. 그러나 또 不遠間에 나와 똑같이 어리석기 짝이 없는 '讀者'는 이런 맹랑한 '포 - 즈'가 意外에도 '巧言令色之格'이라는 것을 看破할 줄 믿는다.75)

중요한 점은 이상이 '근대의 초극'의 의지를 피력하고 있다는 점이다. 이상은 자신의 '문학을 거부하지 않'지만 '생활을 기피'하겠다고 한다. 기피한 생활과 권태에 대하여 이상 스스로 '인간이 인간의 능력으로써 어느 정도 타태할 수 있느냐가 문제일까. 사실 이 목적도 없는 게으른 생활은 어쩐 일인가. 도대체 이것이 과연 생활이라고 이름할 수 있는가'76)라고 자문하고 있는 점과 이상의 작품들이 거의 이상 자신의 개인적 체험을 근거로 하여 씌여졌다는 점을 상기할 때, '생활기피'의 모양을 문학으로 담아내겠다는 뜻이다.

여기서 이상문학에 담긴 '생활기피'라는 것은 '현대인의 질환과 특질'77)이며 근대초극의 한 양상인 '권태'이다. 다시 말해 이상은 문학자가 '성서를 팔아 고기와 양말을 살' 수 밖에 없도록 '비자유적 통제나 억압'이 횡행하여, 자신이 그토록 존경해 마지않던 김기림마저 시와 시론의 불일치를 보이는 근대화된 식민지 조선 - 더 작게는 서울 - 의 양면적 현실을 철

---

74) 『전집』 3, 258쪽.
75) 『전집』 3, 259~260쪽.
76) 『전집』 3, 124쪽.
77) 『전집』 3, 146쪽.

저히 인식한 후 자신의 '냄새나는 악취미의 극'단인 문학을 절대 포기하지 않겠지만 일반인들과 같은 근대적인 '생활을 기피' 하겠다는 것이다. 이렇게 보았을 때 어느 연구자의 '현실의 진정한 고뇌가 '부정의 정신'으로서의 권태로 나타난 것이다'[78]라는 지적은 매우 적절한 것이라고 할 수 있다. 말하자면 '권태'는 근대 초극의 이상式 방법인 것이다. 김기림은 이상과 그의 문학의 이러한 '권태'에 대해 근대 초극의 한 양상(방법)으로 인식했던 것이다.

그러면 이상의 문학 속에 이 '권태'가 어떻게 나타나고 있는가를 살펴보아야 한다.

> 사람노릇을하는체대체어디얼마나기껏게으를수있나좀해보자—게으르자—그저한없이게으르자—시끄러워도그저모른체하고게으르기만하면다된다.   살고게으르고죽고—가로대사는것이라면떡먹기다[79]

> 나는 내가 행복되다고도 생각할 필요가 없었고 그렇다고 불행하다고도 생각할 필요가 없었다. 그냥 그날그날을 그저 까닭없이 펀둥펀둥 게으르고만 있으면 만사는 그만이었던 것이다.[80]

이상의 대표적인 작품 「지주회시」와 「날개」의 일절이다. 이 소설들을 포함한 「동해」 「종생기」 「환시기」 「실화」 등의 주인공은 모두 할일없이 빈둥거리는 '룸펜'이다. 이들 '룸펜'들은 식민지 조선의 근대화된 현실을 뼈저리게 인식한 사람들이다. 이들은 '공기가 제대로 썩어들어가는 쉬적지근한'(「지주회시」) 현실속에서 '어지간히 인생의 제행이 싱거워서 견딜 수가 없게끔 되고'(「날개」)말아, '닭이나 강아지처럼 말없이 주는 모이를

---

78) 유희석, 「이상과 식민지근대」, 『창작과비평』 2000년 봄, 263쪽.
79) 『전집』 2, 297쪽.
80) 『전집』 2, 321쪽.

넙죽넙죽 받아먹기'(「날개」)만 하면 된다. 또한 '자신의 존재를 인식하기조차 어려'(「날개」)워서 '계속해서 게으르'(「지주회시」)며 '사는 것도 죽는 것도 모두가 허무'(『12월 12일』)에 빠진 '형상없는 모던뽀이'(「동해」)들이다.

모두 '권태'에 빠진 '룸펜 인텔리'들이다. 이들의 생활은 모두 정상적 생활 즉 근대적 생활을 기피한 '세상에 맞지 않는 옷'과 같으며 '봉분보다도 의무가 적'[81]은 '냄새나는 악취미'적인 생활이다. '양팔을 자르고 나의 직무를 회피한 생활'이며 '나는 아무 때문에 보지는 않'는, '그렇기 때문에 나는 아무것에게도 또한 보이지 않'[82]기에 '권태'라는 '보이지 않는 묘혈속에 들어 앉'[83]을 수 밖에 없는 생활이다. 이렇게 식민지 근대가 낳은 '권태'를 철저히 체현한 이상이기에 김기림에게 '一切誓ふな(일절 맹세하지 마라)' '一切を信じない(아무것도 믿지 않는다고 맹세하라)' '一切の法則を嗤へ(모든 법칙을 비웃어라)' 'それも誓ふな(그것도 맹세하지 마라)'[84]라고 외치는 것이다. 이렇게 이상은 사회로부터 소외된 것이 아니라 자기가 생활을 기피함으로써 사회 즉 근대를 소외시킨 것임을 알 수 있다. 소외시켰다는 것 자체가 근대 초극의 한 양상(방법)이며, 이상은 '나는 완전히 비겁해지기에 성공한 셈'[85]이라고 역설적으로 드러내고 있다.

이러한 1930년대의 근대화된 식민지 조선의 현실에서 '권태'로운 '생활 아닌 생활'을 통해 당시 식민지 근대의 모습을 읽어낼 수 있다. 랭보 고갱 쥬피타 예수와 동급인 이상이 철저한 '권태'를 그렸다는 것 자체가 왜곡된 식민지적 근대성이라는 '눈부신 옷'을 벗겨 그 실체에 대하여 역설적으로 고발하고 있는 것이다.[86]

---

81) 『전집』 1, 244쪽.
82) 『전집』 1, 244쪽.
83) 『전집』 1, 80쪽.
84) 『전집』 3, 226쪽. 일본어 번역은 『전집』의 것이다.
85) 『전집』 1, 244쪽.

4. 결론

이상으로 1930년대 한국 모더니즘 문학의 두 거장인 이상과 김기림에 대해여 살펴보았다. 두 사람은 서로를 인정했으며 깊은 문학적 인간적 영향을 주고받았다. 특히 이상의 경우가 그러한데 김기림은 이상에게 있어 '정신적 代父'의 역할임을 확인할 수 있었다. 김기림은 이상의 진가를 인정한 유일한 사람이었으며, 이상을 근대와 그 초극을 체현한 '영웅'으로 인식했다. 그리고 김기림이 랭보 고갱과 같은 영웅의 반열에 올려놓게 한 근대 초극의 양상이 이상의 문학에 어떻게 나타나 있는지를 살펴보았다. 그것은 부정의 정신으로서의 '권태'였다.

이상의 문학을 모더니즘 문학이라 칭할 때, 모더니즘은 '우리의 혼란한 시대chaos에 대응하는 시나리오라고 할 수 있다. 이것은 하이젠베르그의 불확정성의 원리와 1차 세계대전으로 인한 시민사회와 이성의 파괴 destruction, 마르크스 프로이트 다윈에 의해 재해석되고 변화된 세계, 자본주의와 확고하게 가속화되는 산업화, 허무meaninglessness 또는 부조리 absurdity'87)의 예술이며, 그 초극까지 온몸으로 보여준 가장 뛰어난 모더니스트가 이상임을 알 수 있었다. 이상은 이를 '권태'라는 방법으로 역설적으로 제시했다. 이것을 유일하게 간파한 이가 김기림이었으며, 그랬기에 이상을 쥬피타와 예수의 반열에 정초할 수 있었다. 즉 김기림에게 있

---

86) 백낙청은 이점에 관해 이상을 만해 한용운의 진정한 후계자로 보면서 '이상만이 < 님>이 완전히 가버리고 가버렸다는 것조차 잊어버리도록 떨어진 황량한 시대를 정녕 참을 수 없는 시대로 파악'(백낙청, 『민족문학과 세계문학 I』, 창작과비평사, 1985, 35~57쪽 참조)했다고 하고 있으며, 최혜실은 이상 문학에 나타난 권태를 국가 상실에서 비롯된 에로틱한 것에 대한 병적인 열망과 그 결과 전통을 부정함으로써 생긴 의식의 진공상태로 규정(최혜실, 「1930년대 한국 모더니즘 소설 연구」, 서울대 박사논문, 1991, 2쪽)하고 있으나 이들 주장의 타당성 여부는 더 숙고되어야 한다.

87) Malcom Bradbury and James McFarlane, 「The Name and Nature of Modernism」, edited by Malcom Bradbury and James McFarlane, 『Modernism - A Guide to European Literature:1890~1930』, Penguin Books, 1991, 27쪽.

어 이상은 '권태로운 영웅'이었던 것이다.

1930년대 모더니즘 문인들의 근대(현실)인식과 그에 대한 그들 나름의 대응이 치열했음을 확인했다는 것이 이 글의 작은 의의라고 하겠다.

참고문헌

1. 1차자료

김기림 편,『이상선집』, 백양당, 1949.
『이상문학전집』, 문학사상사, 1998.
김기림,『김기림전집』, 심설당, 1988.

『조광』『중앙』『신동아』『예술』『시와소설』『조선중앙일보』『신인문
학』『동아일보』『조선일보』『여원』『별건곤』『개벽』『조선문학』『중
앙』『문학사상』『현대문학』

2. 논문 및 단행본

고 은,『이상평전』, 민음사, 1974.
김광균,『김광균 문집 와우산』, 범양사, 1985.
김소운,『하늘 끝에 살아도』, 동화출판공사, 1968.
김승희 편,『이상』, 문학세계사, 1993.
김유중,『김기림』, 문학세계사, 1996.
김윤식,『이상문학 텍스트 연구』, 서울대학교 출판부, 1998.
_____,『한국근대문예비평사연구』, 일지사, 1997.
김주현,『이상 소설 연구』, 소명출판, 1999.
마샬 버만, 윤호병 옮김,『현대성의 경험』, 현대미학사, 1998.
마이크 새비지·알렌 와드, 이왕배·박세훈 옮김,『자본주의 도시와 근
        대성』, 한울, 1996.
백낙청,『민족문학과 세계문학 I』, 창작과비평사, 1985.

서준섭,『감각의 뒤편』, 문학과지성사, 1995.

안토니 기든스 · 울리히 벡 · 스콧 래쉬, 임현준 · 정현준 옮김,『성찰적 근대화』, 한울, 1998.

알랭 투렌, 정수복 · 이기현 옮김,『현대성 비판』, 문예출판사, 1995.

유희석,「이상과 식민지근대」,『창작과 비평』2000년 봄.

윤태영 · 송민호,『절망은 기교를 낳고』, 교학사, 1968.

이경훈,『철천의 수사학』, 소명출판, 1999.

조용만,『30년대의 문화예술인들』, (주)범양사출판부, 1988.

_____,『구인회 만들무렵』, 정음사, 1984.

진정석,「모더니즘의 재인식」,『창작과 비평』1997년 여름.

최재서,『문학과 지성』, 인문사, 1938.

최혜실,「1930년대 한국 모더니즘 소설 연구」, 서울대 박사논문, 1991.

Malcom Bradbury and James McFarlane,「The Name and Nature of Modernism」, edited by Malcom Bradbury and James McFarlane, 『Modernism - A Guide to European Literature:1890~1930』, Penguin Books, 1991.

Walter Benjamin, translated by Harry Zohn,『Charles Baudelaire - A Lylic Poet in the Era of High Capitalism』, Verso London · New York, 1997.

ABSTRACT

Languorous hero
Lee Sang and Kim Ki Rim

Ham, Tae-young

   Lee Sang and Kim Ki Rim are the most important writers in the modernism literature in Korea in 1930s. Their lives are totally contrary to each other, but the humanistic and personal influence for each other are exceptional.

   They met in the café "Jeby" that Lee Sang ran through Gubo Park Tae Won in 1934 and kept company with each other only for four years until 1937, but they were on intimate terms with each other rather than other literary man and they recognized the humanistic and personal merit of each other. That is especially important because it is about the modernity, substance of the modern age. In addition, Kim Ki Rim was the only person who admitted the true merit of Lee Sang who lived in totally different way of life from him.

   Therefore, We can recognize that Kim Ki Rim shown on the above writings was the "spiritual godfather" for Lee Sang. We can also recognize with the fact that Lee Sang modestly revealed to Kim Ki Rim his unique arrogance and sense of superiority and the personal and internal problems that he did not tell to his family and he continued to beg Kim Ki Rim to meet him. Kim Ki Rim thoroughly understood even the negative side that Lee Sang was associated with the colonial modern age in his writing and as a result, he judged Lee Sang as the hero to conquest the modern age as Lee Sang recognized the modern reality as the object of negation. In addition, it is studied how the conquest of modern age of Lee Sang that Kim Ki Rim ranked among Jupiter and Jesus is expressed in Lee Sang's literature. It was "languor" as the denial that Lee Sang shunned after thorough consideration about the reality(Kyungsung) of Chosun, colonial modern age.

이상의 도시와 시공간 의식

이시은*

> 1. 근대 도시와 시공간
> 2. 팽창하는 넓이에 소멸로, 상승하는 높이에 추락으로
> 3. 밤의 도시와 비어 있는 시간
> 4. 모순의 체험과 드러냄

1. 근대 도시와 시공간

시간과 공간은 단순히 물리적이고 자연적인 것이 아니라 사회 제도의 산물이며 사회적 실천의 결과이다. 사회적 삶을 조직하고 관리하기 위한 수단으로서 시간과 공간은 제도화의 과정을 밟은 것이다. 시간과 공간을 인간 의지의 산물이자 사회적 관계의 산물로 생각할 수 있는 이유는 바로 여기에 있다. 그러나 인간 의식의 산물인 시간과 공간은 반대로 인간의 삶, 특히 인간의 사회적 삶을 규정하기도 한다. 인간은 자신을 둘러싼 공간에 맞추어 생활하며 사회적 약속인 시간체계에 맞춰 개인적 삶을 조율해 가는 것이다. 따라서 각 개인의 삶은 자신을 규정하며 둘러싸고 있는 시공간에 의존할 수밖에 없다.

---

* 연세대 강사

도시는 인간의 의지가 가장 강력하게 반영된 생활 공간이다. 주어진 조건에 순응하지 않는 인간의 의지가 인공의 지대를 만들어 놓은 곳이 바로 도시로, 도시 경관에는 다양한 의미가 담겨 있다. 우리는 도시 환경을 통해 그것을 건조해 놓은 인간의 의지를 읽어 낼 수 있다. 그러나 다른 한편으로 도시 속에서 살아가는 인간은 도시 공간이 제공하는 형태의 삶을 살아갈 수밖에 없다. 흔히 '콘크리트 정글'로 묘사되곤 하는 인공의 자연, 도시 속에서 인간은 생존을 위한 최선의 노력을 해 나가지 않으면 안 되는 것이다.

이상의 고향은 도시이며, 이상은 도시인이다. 이것은 이상이 서울 토박이라는 전기적인 사실만을 가리키는 것은 아니다. 오히려 그의 문학이 탄생할 수 있었던 배경이, 그의 문학을 낳아 준 모태가 바로 식민지의 '경성'이라는 도시 공간이라는 것을 의미한다. 문학작품이 작가의 삶과 정신의 산물이라는 점을 인정한다면, 이상의 문학을 가능하게 한 도시 공간을 이상의 삶과 정신의 고향이라고 명명하는 데 이의가 있을 수 없을 것이다. 이상의 수필은 이미 '한국화를 제대로 그려내지 못하는' '도시적 감수성'[1]이라고 표현된 바 있다. 이것은 매우 적확한 표현으로 실제로 그는 자연물을 묘사할 때조차 도시의 이미지를 그 보조관념으로 불러온다.[2] '벼쨍이'가 '마치 영어 티자를 쓰고 건너'는 것 같다는 묘사나, 그 소리가 '도회의 여차장이 차표 찍는 소리', 혹은 '이발소 가위 소리와도 같'다는 진술, 「실화」의 C양의 '참 고운 목소리'가 '십리나 먼—밖에서 들려오는—값비싼 시계소리처럼 부드럽고 정확하게 윤택이 있'다는 비유는 이상의 감각이 철저히 근대 문물과 도시의 이미지에 맞춰져 있음을 알 수 있게 한다. 그러나 도시적인 것만으로 비유가 가능하다는 것이 곧, 이상의

---

1) 김준오, 「도시적 감수성과 인간탐구」, 『문학사상』, 1993년 9월, 204쪽.
2) 김윤식, 「배천·성천·동경체험」, 『전집3』, 11쪽.
   이경훈, 앞의 책, 309~314쪽. 특히 310쪽과 314쪽에 열거된 예들은 이상에게 도시와 시골, 문명과 자연의 선후, 혹은 인과관계가 어떻게 드러나는지를 잘 보여주고 있다.

도시적 감수성이 생래적이라는 것을 의미하지는 않을 것이다. 그것은 이상의 체험 세계가 철저하게 도시였다는 것을 의미할 뿐이다. 그는 경성이라는 도시 체험과 그 결과 가능했던 도시적 감각을 가장 예민하게 드러낸 작가라고 할 수 있다.

이상이 체험한 1930년대의 경성은 성장하고 있는 근대 도시였다. 도시의 성장은 인구와 산업의 집중, 그에 따른 사회의 제반 시설 및 제도의 정비, 도시 문화의 형성 등을 의미할 것이다. 또한 도시화는 기업과 자본 그리고 산업시설의 도시집중을 의미한다. 그러나 이러한 관점은 주로 정치경제학적인 해석이다. 이상의 작품을 살피는 데 우리가 관심을 집중해야할 부분은 이러한 정치경제학적인 측면보다는 오히려 도시의 형성 과정에 필연적으로 따르게 되는 인구의 공간적 집중과 그에 따른 도시 공간구조의 형성 및 도시적인 가치와 인간 생활 양식의 변화이다. 이것은 흔히 도시화와 혼용되는 개념으로 사용되기도 하는 산업화나 근대화와는 어느 정도 구분되어야 한다. 산업화(혹은 공업화)가 기술적 변화를 강조한다면, 근대화는 합리성, 개인의 가치 체계와 사회 제도의 변천에 주목한다.3) 이 세 가지가 일정한 경향성을 가지고 한 곳을 향해 있으며 서로 분리될 수 없다는 것은 명백한 사실이지만, 이 글에서는 도시 공간이 이상과 그의 작품에 등장하는 인물들의 생활 영역에 어떤 영향을 미치는가에 관심을 한정함으로써, '경성'과 거기에서 살아가는 이상 및 그의 인물들의 삶의 양식과 사고를 살펴볼 것이다.

한편 경성은 식민 도시이다.4) 이것이야말로 당대 경성의 성격을 가장

---

3) 하성규 外, 『현대 도시와 사회』, 형성출판사, 2000, 제 1편 현대도시의 이해 참조.
4) 경성의 형성은 일본 식민지 통치와 밀접한 관련이 있다. 조선총독부는 강점 2년 후인 1912년 훈령으로 전국 주요 도시의 시가지 구획 개정에 인가를 받도록 하여, 가로의 길이, 너비 등의 통일을 기하는 작업에 착수하였다. 아울러 부령(府令) 11호 '시가지건축취제규칙'을 제정하여 용도지역지구 지정과 건축 규제를 실시하였다. 1930년 10월 1일에 실시한 인구조사 결과 부, 읍의 인구는 193만 3,062명으로 전국 인구 2,105만 명의 9.2%였다. 위의 책, 12~13쪽.

근본적으로 한정짓는 개념일 것이다. 물론 제3 세계의 도시들이 대부분 식민지 경험과 깊은 관계를 갖고 있다는 사실을 생각할 때 이것이 경성에 만 한정되는 고유한 경험이라고 주장할 수는 없다. 식민지의 도시들은 식 민지 권력의 경제, 정치, 행정, 사회 제도의 산물이며, 그 도시 공간은 식 민통치자들의 논리에 따라 계획되고 재편되었다.5) 그 결과 식민 도시의 발전은 필연적으로 왜곡과 불합리를 감당해야만 했다. 이상 문학의 배경 이 되는 경성 역시 예외일 수는 없다. 「날개」의 배경이 되는 18가구가 들 어 찬 주거 공간이나, 이상이 전전하던 창녀촌6), 카페에 '벽화'처럼 앉아 있던 인간 군상들의 초상은 일면 식민 도시로서의 '경성'의 한 단면을 강 하게 지시하고 있다.

　그러나 이상의 작품들이 도시를 배경으로 하며, 그 때문에 도시의 이미 지들을 간직하고 있다는 사실을 지적하는 것 자체는 이 글의 목적이 아니 다. 문제는 이상이 도시의 이미지를 어떻게 체험하고 있는가를 드러내 보 여야 할 것이다. 이상의 인물들이 도시를 어떻게 받아들이며, 그에 어떻게 감응하고 있었는가를 우선 살펴보기로 한다.

---

5) 식민지들의 주요 기능은 물론 광산물, 농산물, 원료의 생산이라는 경제기능이다. 그 러나 그 초점이 농촌적이었던 곳에서도 식민주의의 현시 방식은 도시적이었다. 즉 도시의 정치, 행정, 경제적 역할에 있어 통제와 잉여추출의 기능을 수행한다는 측면 에서, 그리고 시장, 소비의 중심, '축적의 무대'로서의 역할이 점점 중요해진다는 점 에서 도시적이었던 것이다. 따라서 식민지 국가의 공간조직과 도시체계를 마련함에 있어 식민 사회의 도시계층의 재조직화(혹은 조직화)와 식민 수도를 포함한 정치, 행 정, 군사 중심지의 구축은 중요한 과제가 된다. 앤소니 킹, 『도시문화와 세계체제』, 시각과 언어, 1999, 26~27쪽 참조.
6) 제 3세계의 도시화는 산업수준이 낮은 상태, 특히 제 2차 산업의 고용 기회가 낮음 에도 불구하고 도시로 몰려 든 인구 때문에 비공식 부문의 확대를 수반하게 된다. 농촌에서 이주한 많은 사람들이 비공식부문에 종사하며 생계를 유지하는 것이다. 또 한 이들은 낮은 소득 수준과 고용불안전 등으로 무허가 정착지 등의 '불량촌'을 형 성하게 된다. (위의 책, 11~12쪽 참조) 여기서 '불량촌'이라 지칭되는 공간은 도시 의 정비와 제도화 과정으로부터 소외된 공간이기도 하지만, 동시에 도시의 형성 과 정의 필연적 산물이기도 할 것이다. 이상이 「슬픈 이야기」에서 '그분들이 모르는 골 목길'이라고 했던 창녀촌과 「날개」의 관철동 33번지 18가구 역시 왜곡된 도시 공간 이기도 하지만, 식민도시 경성이 형성되는 과정의 필연적인 산물일 것이다.

2. 팽창하는 넓이에 소멸로, 상승하는 높이에 추락으로

2-1. 공간의 구획과 존재의 소멸

하나의 도시는 촌락에 비해 엄청나게 넓은 공간을 점유한다. 도시의 익명성이나 개인의 소외 등은 한 개인의 의식 안에 포괄될 수 없는 평면 공간의 결과이기도 한다. 특히 새로 조직화되는 도시는 그 공간적 넓이를 확장해 나가기 마련이며, 새로 마련된 공간에 그 용도에 맞는 의미를 부여한다. 정비된 도로가 뻗어 있는 곳이면서, 도시 내의 교통 수단이 운행되는 공간이 가시적인 도시공간이다. 이렇게 주어진 도시공간 안에서 도시인들은 하루를 소비하는데, 이때 누구나 어디에든지 갈 수 있다는 것이 바로 도시가 주는 '자유'의 다른 이름일 수 있을 것이다. 다시 말해서 도시의 확장된 넓이는 자유롭다는 감정과 밀접한 관계가 있다. 도시 공간은 표면적으로는 열린 공간이자 넓게 펼쳐져 있는 공간이다. 그리고 도시인들은 이렇게 넓게 펼쳐져 있는 공간을 활보하며 자유의 이미지를 느낀다.

이상의 이름 상(箱)이 '상자 상'이라는 것, 그가 총독부의 건축 기사였다는 데에서도 단적으로 드러나듯이 이상의 공간에 대한 감각은 남다르다. 그렇다면 이상의 인물들은 이러한 넓은 도시공간을 어떻게 체험하고 있는가. 그들은 자신의 공간을 어느 한 점에 고정하기를 좋아하며, 다른 공간과 분리된 공간으로 설정해 나간다. 가령 「날개」의 인물은 자신의 방을 관철동 33번지의 18가구 중의 일곱째 칸으로 위치지우며 좁혀 나간다. 그 일곱째 간의 문앞에는 '칼표딱지를 넷에다 낸 것만한' 아내의 명함이 붙어 있고, 그 안은 다시 '가운데 장지로 말미암아 두 칸으로' 나뉘어 있다. 그 중 해가 들지 않는 한 칸이 「날개」의 '나'가 소유한 공간으로 그곳은 열린 공간이 아니며, '나'라는 한 개인만이 거처할 수 있을 크기로 최소화된 공간이다.

그 33번지라는 것이 구조가 흡사 유곽이라는 느낌이 없지 않다.

　한 번지에 18가구가 죽—어깨를 맞대고 늘어서서 창호가
똑같고 아궁지 모양이 똑같다.[7]

　이 절대적인 내 방은 대문간에서 세어서 똑—일곱째 칸이
다. 럭키 세븐의 뜻이 없지 않다. 나는 이 일곱이라는 숫자를
훈장처럼 사랑하였다. 이런 이 방이 가운데 장지로 말미암아
두 칸으로 나뉘어 있었다는 그것이 내 운명의 상징이었던
것을 누가 알랴?[8]

　그는 한 번지에 방과 방이 '어깨를 맞대고' 있는 좁은 공간에 자신을 유
폐시키고 있다. 이것은 한편으로는 '감금'된 생활이기도 하다. 이에 대해
「날개」의 화자는 '아내는 나를 늘 감금하여 두다시피 하여 왔다'고 말한
다. 「날개」의 '아내'는 화자와 달리 바깥 출입을 하며, '나'와 '아내'의 생
계를 책임지는 인물이다. '나'는 '아내'로부터 동전을 받고 '아내'가 날라
다 주는 음식을 방안에서 받아먹는다. 즉 '아내'야말로 '나'가 관계하는
유일한 사회이다. 이러한 맥락에 비추어 볼 때 '나'의 '아내'에 의한 감금
은 곧 외부세계 전체로부터의 감금으로 해석될 수 있다. 그러나 '감금'이
라는 어휘가 주는 폭력성과는 달리 「날개」의 감금은 물리적인 폭력에 의
한 것이 아니다. 오히려 '나'는 이러한 감금된 세계에서 행복을 느끼며 그
안에서 자기만의 유희를 한바탕 즐기기도 한다.

　내 방은 나 하나를 위하여 요만한 정도를 꾸준히 지키는
것 같아 늘 내 방에 감사하였고 나는 또 이런 방을 위하여
이 세상에 태어난 것만 같아서 즐거웠다.[9]

---

7) 「날개」, 『이상문학전집2』, 문학사상사, 1991, 319쪽.

8) 『전집2』, 321쪽.

9) 『전집2』, 321쪽.

그렇다면 '나'의 이러한 <즐거운 감금>은 어떻게 가능한 것일까. 잠시 이상의 수필 『권태』의 한 장면을 보자.

어서—차라리—어둬 버리기나 했으면 좋겠는데—僻村의 여름—날은 지리해서 죽겠을 만치 길다.
東에 八峰山, 曲線은 왜 저리도 屈曲이 없이 單調로운고?
西를 보아도 벌판, 南을 보아도 벌판, 北을 보아도 벌판, 아—이 벌판은 어쩌자고 이렇게 限이 없이 늘어놓였을꼬? 어쩌자고 저렇게까지 똑같이 草綠色 하나로 되어먹었노?[10]

이상은 벽촌의 펼쳐진 평면 속에서 '지리해서 죽겠을 만치'의 권태를 느낀다. 그에게 정비되지 않은 농촌의 한적함은 견딜 수 없는 무료함이며, 인공의 건물이 없는 벌판은 무의미의 세계이다. 때문에 그는 성천에서 경성의 전신주를 그리워하며, 스스로를 '전기기관차의 미끈한 선, 강철과 유리, 건물구성, 예각, 이러한 데서 미를 발견할 줄 아는 세기의 인(人)'이라 칭할 수 있는 것이다. 결국 이상이 성천에서 체험하는 권태는 인공의 손이 가지 않은 채 펼쳐진 자연이 주는 권태이며, 그는 그 자연 앞에서 부자연스러움을 느낀다. 그에게는 오히려 도시의 인공물들이 자연스러움과 편안함, 심리적 안도감을 제공하는 원천이 되는 것이다. 그에게 견디기 힘든 것은 도시 공간에서의 감금이 아니라 오히려 자연의 자연스러움이다. 자연의 자연스러움은 그에게 오히려 부자연스러움으로 체험되며 불편을 안겨 주는 요소가 된다. 때문에 그는 도시라는 숲 속의 작은 공간에 유폐되기를 스스로 선택하고, 스스로 감금당한다.

한편 도시의 인공물들은 어떻게 구성되는가. 도시의 인공물은 모두 구획과 정비의 결과이다. 도시 공간을 구획하고, 그에 따라 도로를 배치·정비하며, 그 도로의 정비에 따라 건물이 들어선다. 건물 역시 그 공간의 쓸모에 따라, 가령 거주 인구수나 유동 인구수, 그 지역의 특성에 맞게 설

---

10) 『전집3』, 141쪽.

계된다. 일찍이 경성이 청계천을 기준으로 일본인들이 주로 사는 남촌과 조선인들이 주로 사는 북촌으로 나뉘어 있었다는 것11), 도로를 중심으로 한 도시공간의 재편 결과 19세기 말엽부터 공장지대와 상업지대들이 생겼다는 것12) 등을 통해 볼 수 있듯이 경성이 근대 도시의 면모를 갖추어 나가는 것은 공간을 구획하고 다른 공간들과 분리시키며 잘라 내는 데에서 시작되었다.

총독부의 건축 기사라는 직업을 가졌던 이상이 생각하는 도시 역시 이렇게 설계되어 짜여진 도시이며, 그에게 주어진 공간이란 설계와 건설을 요구하는 대상물일 수밖에 없다. 그런 그가 경성이라는 도시 속에서 자신에게 주어질 수 있는 공간을 계산해 낸 결과는 바로 「날개」의 반쪽짜리 방 하나였다. 경성의, 관철동의, 33번지의, 18가구 중의, 방 하나로 쪼개진 공간, 그 쪼개짐에 더하여 '아내'와 '나' 사이에도 장지문이 가로막는 공간이 바로 이상이 자신에게 부여한 공간인 것이다. 이것은 도시가 주는 확장과 자유의 이미지와는 상반되는 것이 아닐 수 없다.

「지주회시」에서 '그'는 '첩첩이닫어버린번지'에서 살며, 강박적으로 '덧문을닫'는다. 이것은 도시 공간의 구획과 잘라냄의 결과이다. 도시의 구획은 결국 존재를 감금하고 마는 것이다. 물론 인물들은 펼쳐진 도시의 거리를 활보하는 수평 운동13)을 마음껏 하기도 한다. 이러한 쏘다님은 자신에게 부여된 공간을 확장하기 위한 시도일 수는 있을 것이다. 그러나 이것이 이상의 인물들에게도 진정한 의미의 산책이라고 할 수 있을까. 동시대의 작가 박태원의 인물들과 이상의 인물들을 비교해 보면 사태는 명확해 진다. 박태원의 인물들은 도시의 관찰자로서 거리와 거리의 사람들을

---

11) 조용만, 『30년대의 문화예술인들』, 범양출판부, 1988, 66쪽.

12) 김진송, 『서울에 딴스홀을 許하라』, 현실문화연구, 1999, 249쪽.

13) 이경훈은 박태원의 도시 산책을 공간의 수평운동으로 설명하고 있다. (이경훈, 「이상과 박태원」, 『이상, 철천의 수사학』, 소명출판, 2000.) 이상 역시 밤의 도시를 거닐거나 '외출'하는 인물들을 등장시킨다는 점에서 형식적으로는 이러한 수평운동을 시도하고 있다고 생각한다.

주시하고 상세히 기록해 낸다. 「소설가 구보씨의 일일」의 구보는 경성을 관찰하기 위하여 걸어서 10분이면 갈 거리를 굳이 전차를 타고 먼 거리로 둘러 돌아가기도 한다. 반면 이상의 인물들은 그가 쏘다니는 곳에서 아무 것도 보지 않을 뿐 아니라, 아무런 의미도 찾고 있지 않다.

> 나는 그러나 그들의 아무와도 놀지 않는다. 놀지 않을 뿐 아니라 인사도 않는다. 나는 내 아내와 인사하는 외에 누구와도 인사하고 싶지 않았다.[14]

> 나는 아내의 밤 외출 틈을 타서 밖으로 나왔다. 나는 거리에서 잊어버리지 않고 가지고 나온 은화를 지폐로 바꾼다. 五원이나 된다. 그것을 주머니에 넣고 나는 목적을 잃어버리기 위하여 얼마든지 거리를 쏘다녔다. ....(중략)....그리고 밤이 이슥하도록 까닭을 잊어 버린 채 이 거리 저 거리로 지향없이 헤매었다.[15]

'나'는 방 밖의 세계인 18가구의 누구와도 인사조차 하지 않으며, '외출'하여 거리를 배회할 때에도 '목적을 잃어버리기 위하여', '까닭을 잊어 버린 채', '지향없이', '이 거리 저 거리'를 쏘다닐 뿐이다. 이 짧은 외출의 기록에서도 그는 어디서 누구에게서 은화를 지폐로 바꾸었는지 설명할 필요를 느끼지 않으며, 때문에 그에 대한 기록은 생략해 버린다. 이상의 인물들에게 의미 있는 장소, 사색이나 만남, 대화, 유희가 이루어질 수 있는 곳은 오직 방, 카페, 사무실, 빌딩 안, 음식점 등의 밀폐된 공간인 것이다.

이상이 선택한 밀폐된 공간들, 이 안에서는 어떤 일이 벌어지고 있는가. 이상의 인물들은 그 안에서 야위고 말라간다. '첩첩이닫어버린번지'에 사는 「지주회시」의 '나'와 '아내'는 서로가 서로의 피라도 빨아먹는 듯이 야위어 간다. 그들은 이미 '뭇앞에서나세상앞에서나그자신을첩첩이닫고

---

14) 『전집2』, 320쪽.
15) 『전집2』, 329쪽.

있'으며, '생명에뚜껑을덮었고 사람과사람사귀는버릇을닫았고 그자신을
닫았다'. 그리고 그 안에서 '연필처럼야위어가'고 '금긋듯이' '작아들어'가
는 것이다. 즉 그 좁은 공간 속에서 그들 자신의 존재는 소멸해 들어가는
것이다. '내의지가작용하지않는온갖것아, 없어져라. 닫자. 첩첩이 닫자'라
고 소리를 지르면 지를수록, 없어져 버리는 것은 결국 자신의 존재감일
뿐이다. 거대한 넓이로 다가오는 도시 공간 속에 자신의 의지가 관철될
수 있는 곳은 점점 줄어들 뿐이며, 존재의 위치지우기는 작아지고 좁아들
다 못해 자신의 존재감마저 유지할 수 없는 상태가 되고 만다.

> 나는 나의 親舊들의 머리에서 나의 番地數를 지워버렸다.
> 아니 나의 服裝까지도 말갛게 지워버렸다....(중략)....아무도 오
> 지 말아 안드릴 터이다. 내 이름을 부르지 말라. 七面鳥처럼
> 심술을 내이기 쉽다. 나는 이 속에서 전부를 살라 버릴 작
> 정이다.16)

친구들의 머리에서 자신의 '번지수'와 '복장'를 지우는 것은 결국 자신
의 존재 및 그 존재에 대한 기억마저를 지워버리는 행위가 된다. 이상의
인물들은 이렇게 자신을 한 곳에 몰아 넣고 그 안에서 존재의 소멸을 경
험한다. 이상의 작품들에서 밀폐와 감금은 결국 존재의 지우기, 즉 존재의
소멸을 향해 있는 것이다.

2-2. 인공의 높이와 추락

'직선의 직립'은 도시를 대표하는 이미지이다. 이상이 성천에서 산을 보
며 '곡선은 왜 저리도 굴곡이 없이 단조로운고?'라고 한탄했던 것은 그의
감수성이 철저히 도시적 시계(視界)에 맞춰져 있음을 말해 준다. 오늘날

---

16) 『전집2』, 202쪽.

우리가 떠올리는 고층 건물이 가득 들어찬 도시의 스카이라인이 굳이 아니더라도, 19세기 말부터 속속 들어서기 시작한 2, 3층의 학교와 관공서 건물, 1920~30년대 세워지기 시작한 백화점 등의 상업 건물은 당시 사람들에게 <높이>에 대한 새 눈을 열어 주었을 것임을 상상하기란 그리 어렵지 않다.

> 철근 콩크리―트, 연와(煉瓦) 등의 고층건물이 날 보아라 자랑하면서 그 위대한 형체를 하로하로 싸하올려, 서울 시내에는 도처에 '강철의 거리'를 이루고 잇는데 이제 조선사람 손으로 건축되는 것만 태평통의 조선일보사 오층....(중략)....종로 이정목 야소교 삘딍 엽헤 잇는 민규식씨의 영보삘딍 오층....(중략)....건설 중인 저축은행집은 벌서 칠층까지 철골이 다올나....(중략)....서울의 거리거리에는 갑자기 운소雲宵에 솟는 근대식 대건물이 명랑하게 가득 드러설 모양이라고.[17]

도시의 건물 뿐 아니라, 전신주나 가로등, 공장의 굴뚝, 굴뚝으로부터 솟아오르는 연기 등은 모두 상승의 이미지들로, 그 상승의 높이는 시간이 지날수록 더욱 높아간다. 2층 건물이 들어선 후에는 3층 건물, 5층 건물, 7층 건물, 갈수록 위로 올라가는 철골의 건물들이 표상하듯이 도시의 성장을 나타내는 지표는 바로 솟아오르는 높이이다. 그렇다면 이렇게 위로 올라가는 도시에 이상의 인물들은 어떻게 반응하고 있는가.

그의 인물들은 굴러 떨어지며, 추락한다. 「지주회시」의 층계는 굴러 떨어지기 위한 층계이다. 두 장으로 나누어진 「지주회시」의 1장은 '그날밤에그의안해가층계에서굴러떨어지고―'로, 2장은 '그날밤에아내는멋없이층계에서굴러떨어졌다'로 시작하여, 이 굴러떨어짐은 '아내는층계에서굴러떨어졌다', '그래서발길로채였고채여서는층계에서굴러떨어졌고굴러떨어졌으니분하고―'로 변주되다가, 결국 '전무는한번더아내를층계에서굴

---

17) 『삼천리』 1934년 11월호, 김진송, 앞의 책, 252~253쪽 재인용.

러떨어뜨려주려무나', '걷어차거든두말말고충계에서내리굴러라'로 소설의 끝을 맺는다. 충계는 올라가고 내려가는 이동의 수단이지만, 그 충계에서의 인간관계의 부딪힘이나 마찰, 혹은 실수, 실족은 떨어짐으로밖에는 나타나지 않는 것이다. 때문에 아내가 굴러 떨어진 것은 충계 앞에 선 아내가 전무의 면전에서 '양돼지'라고 한 행위의 필연적인 결과인 지도 모른다. 여기서 우리가 주목해야 할 것은 바로 이 굴러 떨어짐과 추락은 도시에서만 가능한 것으로 나타난다는 점이다.

> 도리는 막연하다. 나는 十年 긴— 歲月을 두고 세수할 때마다 自殺을 생각하여 왔다. 그러나 나는 決心하는 方法도 決行하는 方法도 아무 것도 모르는 채다.
> 나는 온갖 流行藥을 暗誦해 보았다.
> 그리고 나서는 人道橋, 變電所, 和信商會 屋上, 京元線. 이런 것들도 생각해 보았다.[18]

이상은 성천에서의 권태를 '자살의 단서조차 찾을 길이 없는 지금의 내 생활'이라고 표현한 바 있다. 그러나 위에 인용한 「실화」의 '나'는 자살의 구체적인 방법을 모른다고 말하면서도, 자살에 연상되는 인공물들을 나열하고 있다. 그가 나열하는 자살의 장소를 보면, 경원선을 제외하고는 모두 뛰어내릴 수 있는 곳, 즉 추락할 수 있는 곳이다. 이것은 곧 이상이 성천의 자연물, 즉 산이나 나무의 높이를 보고는 뛰어내림, 혹은 추락의 이미지를 떠올리지 못했다는 것을 의미한다. 이상에게 자연물은 추락이나 자살을 가능하게 하는 대상이 아닌 것이다. 결국 자살이라는 인공의 죽음을 위해서는 인공의 높이가 있어야만 한다. 인공의 높이에 대해서만 인공의 죽음을 떠올릴 수 있는 이상이 인공의 높이가 없는 성천에서 죽음을 생각할 수 없었던 것은 어찌보면 당연한 일인 것이다.

---

18) 『전집2』, 364쪽.

나는 불현듯이 겨드랑이가 가렵다. 아하, 그것은 내 인공의 날개가 돋았던 자국이다. 오늘은 없는 이 날개, 머릿속에서는 희망과 야심의 말소된 페이지가 딕셔내리 넘어가듯 번뜩였다.
　　나는 걷던 걸음을 멈추고 그리고 어디 한 번 이렇게 외쳐보고 싶었다.
　　날개야 다시 돋아라.
　　날자. 날자. 날자. 한번만 더 날자꾸나.
　　한번만 더 날아보잤꾸나.[19]

　「날개」의 마지막 구절이다. 정오의 대낮에 미스꼬시의 옥상에 올라간 '나'가 다시 한번 날아보려는 의지를 드러내는, 곧 다시 한번 삶으로의 복귀를, 혹은 왜곡된 삶으로부터의 일탈을 꿈꾸어 보는 장면이다. 그러나 그의 날개가 과연 펼쳐질 수 있을 것인가, 혹은 그는 날 수 있을 것인가. 물론 소설은 그의 날고 싶은 욕망 이후를 보여주고 있지 않다. 때문에 「날개」의 이 장면이 곧바로 추락, 혹은 죽음을 의미한다고 말할 수는 없다. 그러나 '나'의 상승 욕망이 정오의 사이렌 소리와 같이 순간적인 것이라면, 그리고 그 사이렌이 울리는 동안의 '현란을 극한' 상황에서만 분출 가능한 것이라면, 그것은 그리 오래 지속될 수 없는 것임은 분명하다. 그리고 그 상승이 지속될 수 없는 것이라면 '날아보잤꾸나'는 결국 추락을 향해 있다고 할 수 있을 것이다. 때문에 「날개」 날고 싶은 욕망을 <직선의 직립>에 대응하는 직선의 하강, 즉 추락으로 읽는 것이 지나친 비약만은 아닐 것이다. 발딪고 설 곳이 있어야만 추락이 가능하다면, 그 추락의 발판은 이상에게는 곧 도시가 된다. 인공의 도시에서 인공의 높이인 백화점 옥상에서 인공의 날개를 꿈꾸는 '나'는 인공의 죽음을 선택하려 하고 있다. 날개의 순간적인 상승 욕구는, 세계 합일에의 욕망은 그 찰나성 때문에 곧 이후의 추락을 강하게 지시하고 있는 것이다.

---

19) 『전집2』, 344쪽.

3. 밤의 도시와 비어 있는 시간

이상의 도시는 밤의 도시이다. 동경에서 그는 '낮의 銀座는 밤의 銀座를 위한 骸骨이기 때문에 적잖이 醜하다'고 말한다. 그에게는 밤의 네온사인과 화려한 불빛이야말로 도시의 진면목으로 비춰지는 것이다. 이상에게 밤은 곧 도시의 밤과 동의어로 시골의 밤은 밤이 아니다. 때문에 그는 성천의 밤을 '해저와 같은 밤'으로 묘사하며, '머리 위에서 그 무수한 별들이 야단이다. 저것은 또 어쩌라는 것인가. 내게는 별이 천문학의 대상될 수 없다. 그렇다고 시상(詩想)의 대상도 아니다'라고 고백한다. 그에게는 밤의 별빛은 의미의 대상이 아니었기 때문에 별빛의 반짝임은 오히려 그의 존재를 당혹스럽게 하고 있는 것이다. 도시의 전등, 가로등, 네온사인, 유곽의 불빛만이 밤에 마땅히 존재해야 할 것들이며, 밤을 밤답게 하는 사물들이다.

때문에 이상의 인물들은 주로 밤에 움직인다. 「날개」의 '전등불이 켜진 18가구는 낮보다 화려하'며, '나'의 외출은 밤의 외출이다. '아내'도 저녁에 하는 세수에 손이 많이 간다. 이렇게 그들의 활동 시간이 밤인 이유로 그들의 아침은 오후가 된다. '아침오후두시', '오후네시. 옮겨앉은아침', '밤이이슥히보산의한낮'과 같은 표현이 가능한 것은 인물들의 하루가 실제로 저녁이 가까워서야 시작되기 때문이다. '내일아침보다는너무이르고 그렇다고오늘아침보다는너무늦은아침밥'이지만, 경성에 사는 그들에게 저녁의 아침 역시 아침은 아침이다. 그렇게 하루가 시작된다.

반면 성천에서의 아침은 아침이다.

> 나는 아침을 먹었다. 할 일이 없다. 그러나 無限定 넓다란 白紙같은 '오늘'이라는 것이 내 앞에 펼쳐져 있으면서 무슨 記事라도 좋으니 強要한다. 나는 무엇이고 하지 않으면 안된다. 무엇을 해야 할 것인가. 研究해야 된다....(중략)....아하—내가 아침을 먹은 것은 열時나 지난 後니까 崔서방의 조카로서

는 낮잠 잘 時間에 틀림없다.[20]

시골 농가의 아침으로 10시면 늦은 편이겠으나, 오후 2시나 4시를 아침으로 생각하는 다른 작품 속 인물들의 경우에 비추어 볼 때는 아주 낯선 아침이다. 그러나 이상에게 농가에서 맞는 아침다운 아침은 신선하고 즐거운 것으로 그려지지 않는다. 오히려 아침에 시작되어 눈앞에 펼쳐져 있는 긴긴 하루는 그에게 권태를 안기는 또 다른 요인이 된다. 그는 아침에 일어났음에도 불구하고 성천의 '김서방', '최서방 조카', '신둥이', '검둥이'와는 달리 긴 낮을 견뎌낼 수 없기 때문이다. 그에게는 '할 일'이 주어져 있지 않은 것이다.

성천에서 그가 '무엇이고 하지 않으면 안된다'고 생각하듯이 낮은 곧 일하는 사람들의 시간이다. 도시의 낮에도 일터에서 일하는 사람들이 있을 것이다. 그러나 이상의 작품 속에서 낮에 일터에서 일하는 사람들을 찾아보기란 쉽지 않은 일이다. 오히려 무엇인가를 하는 인물들은 대부분 밤의 술집과 카페, 유곽에 자리한다. 「12월 12일」의 경우 ×는 일을 하지만, 결국 그의 모든 노력과 일이 죽음으로 끝난다는 점, 그의 이름인 복자 ×가 삭제된 기호로 무화된 존재를 가리키고 있다는 점을 생각한다면 이 작품 역시 건실한 낮의 일터를 보여주고 있다고는 할 수 없다. 오히려 「지주회시」와 「날개」의 아내와 같이 밤에 일하는 여성들이 더 생생하게 그려지는 것은 이상의 의식 속에 도시의 활동은 밤의 활동임이 강렬하게 각인되어 있다는 것을 나타낸다.

> 밤이이슥히보산의한낮이다달아와있었다. 얼마있으면보산
> 의오정이친다. 보산은고인의말대로 보산이얼마나음양에관한
> 이치를잘이해하여정신수양을하고있는것인가를 다른사람들은
> 하나도모르는것이섭섭하기도하였으며   또는통쾌하기도하였
> 다. 보산은보산의정신상태가 얼마나훌륭히수양되어있는것인

---

20) 『전집3』, 141~142쪽.

가 모른다는것을마음속에굳게 믿어오고있는것이었다. 양의
성한때를잠자며 음의성한때를깨어있어 학문하는것이얼마나
이치에맞는일인가 세상사람들아왜모르느냐 도탄에묻힌현대
도시의시민들이 완전히구조되기에는 그들이빠져있는불행의
깊이가너무나깊어버리고만것이로구나   보산은가엾이여긴
다.21)

　일견 희화화되어 있기도 한 「휴업과 사정」의 보산은 자신이 음양의 이
치를 따르며 정신수양을 하고 있기 때문에 밤낮의 생활을 거꾸로 하고 있
다고 설명한다. 그는 '학문하'는 사람이며, '학문'은 '음'의 기운이 성한
때에 해야 한다는 것이다. 실제로 소설 속의 보산은 어느 정도의 지식을
소유하고 있는 것 같다. 논리 자체를 희화화시키는 기법을 쓰고 있기는
하지만, 논리적인 과정을 밟아가며 SS가 자살을 해야 하는 이유나 SS부
인이 피임을 해야 하는 이유를 설명하고 있으며, SS의 침을 뱉어대는 행
위에 '위생' 관념을 근거로 비난을 하고 있다. 보산 뿐 아니라 이상의 인
물들은 대체로 인텔리 계층에 속하는 인물들로 1930년대 경성 인텔리들
의 한 부류를 대표하는 것으로 볼 수 있을 것이다. 이들은 '일'하지 않으
며 배회한다.

　여기에서 우리는 왜 낮이 인물들의 체험 영역의 밖에 위치하는가에 대한
힌트를 발견할 수 있다. 이상의 작품의 배경은 바로 산업이 없는 도시, 일터
가 없는 도시, 때문에 낮이 비어 있는 도시인 것이다. 이상의 주요 인물들로
등장하는 술집, 카페, 유곽에서 밤에 일하는 사람들은 소비에 종사할 뿐 생산
해 내지 못한다. 「지주회시」의 '아내'가 뭇로부터 돈을 받는 것과 같이 이상
의 작품에서 돈을 버는 행위에는 '일'이 매개되어 있지 않다.

　이렇게 '일'이 매개되지 못한 활동 때문에 이상의 작품에서 시간은 <비
어있는 시간>으로 나타날 수밖에 없다. 이상은 그의 작품에 시간을 상세
하게 기록하곤 한다. '밤중 세시나 네시 해서 변소에' 가고, '경성역 시계

---

21) 『전집2』, 155쪽.

가 확실히 자정을 지난 것을 본 뒤에' 집으로 향하며, '뚜—하고 정오 사이렌'이 울린다. 그러나 이러한 시간 구획이 '나'에게 의미하는 것은 무엇인가. '어느 시계보다도 정확하리라는' 경성역의 시계에 의지하여 움직이지만[22], 그 움직임에는 의미가 들어있지 않다. '나'의 움직임은 시계가 있고 사람들이 시간에 따라 움직인다는 것을 아는 '나'의 모방 행위에 불과하다. 모든 사람들이 공유하는 시간의 구획에 따라 움직이려 하는 것뿐이다.[23] 결국 그는 시각(時刻)을 기록하고는 있지만, 진정한 의미의 체험된 시간을 제시하지는 못한다.

실제로 도시는 시간표에 맞춰 움직이는 곳이다. 출근시간과 퇴근시간이 정해져 있으며, 시간표에 따라 차가 움직인다. 경성역의 시계가 가장 정확한 것도 기차의 출발과 도착 시간 때문일 것이다. 그밖에도 취침시간과 기상시간, 점심시간, 일하는 날과 노는 날, 즉 일해야만 하는 날과 놀아도 되는 날 등이 정해져 있는 것이 도시의 생활이며, (원칙적으로는) 노동 시간에 정확하게 의거하여 돈이 움직인다. 이렇게 도시의 생활에 가장 깊숙이 관여하는 것 중의 하나는 바로 시간표, 즉 시간의 구획이다. 그러나 '나'를 비롯한 이상의 인물들에게 이러한 시간 구획은 실제적인 의미를 갖지 못한다. 때문에 이상 소설의 인물들의 시간은 <비어있는 시간>이며, 구획되어있지만 텅 비어 있다.

---

22) 비잔틴풍 돔을 올린 르네상스식의 경성역이 당시 제국주의와 근대성의 위력을 과시하는 경관이 되었다는 사실은, 이상의 인물들이 시계를 끊임없이 쳐다 보지만 그 시간들을 의미로 채우지 못하는 의식의 괴리와 묘한 호응을 이루고 있다.

23) 실제로 선진 자본주의 국가가 그들의 시계를 맞추었던 것은 오래 전의 일이지만, 경선, 시간대, 전세계적인 주간의 시작에 대한 국제적인 동의를 향한 첫 움직임이 시작된 것은 1884년이었다. 1883년까지도 뉴욕과 필라델피아의 시간이 5분 달라 기차 체계에 혼란이 있었다. (데이비드 하비, 『도시의 정치경제학』, 한울, 1995, 221~222쪽.) 이상의 소설에 시간이 강박적으로 제시되는 것은 이러한 근대 사회의 전세계적 시간체계 정비와 무관하지 않을 것이다. 그러나 그러한 시간 체계가 경제적인 교환 체계의 확립을 위한 것이라는 점을 생각할 때 이상 소설의 시간은 여전히 '비어있는 시간'일 수밖에 없다.

날마다똑같은일이 똑같은정도로계속되는것은인생을심심하
게하는것이니까 나에게있어서 그보다도더무서운일은다시없
겠으니하루바삐 그것을 물리쳐야할것인데그러면나는SS의부
인에게 편지를쓰리라SS군에게[24]

꼭한시간만자고 일어날까그러면네시 또조금있다가는밥을
먹어야지아니다다섯시 왜그러냐하면 소화가안되니까한시간
은 앉았다가 네시에드러누우면아니지여섯시 왜그러냐하면
얼른잠이들지아니하고 적어도다섯시까지 한시간을끄을것이
니까 여섯시여섯시에일어나서야 전기불이모두들어와있을것
이고 해도져서도로밤이되어있을터이고 저녁밤끼도벌써지냈
을것이니 그래서야낮에일어났다는의의가어느곳에있는가[25]

텅 비어 있는 시간 때문에 이상의 인물들에게 매일매일의 생활은 지루
한 반복으로밖에 체험되지 않는다. '오늘다음에오늘이있는것'이며, '그저
얼마든지 오늘 오늘 오늘 오늘'이 계속된다. 따라서 그들에게는 '한개의
밤동안을잤는지 두개의밤동안을잤는지'를 따지는 것은 무의미할 뿐 아니
라 전혀 관심 밖의 일이기도 하다. 그러나 그러한 반복적인 일상은 인물
들이 갖는 두려움의 근원적인 대상이 된다. SS가 보산의 집 마당에 침을
뱉는 일이 날마다 반복되자, 그것은 어느덧 보산에게 공포로 다가온다. 보
산이 그 행위를 막아보려고 온갖 궁리를 다 해 보는 것이 바로 「휴업과
사정」의 내용이다. 여기서 오후 두시에 일어난 보산은 자신에게 주어진
짧은 낮 시간을 어떻게 쓸 것인가로 또다시 온갖 궁리를 다 해 본다. 그러
나 보산의 궁리가 표면적으로는 시간을 어떻게 쪼개어 쓸 것인가라는 모
양새를 하고 있지만, 그 내용은 무의미로 채워져있다. 더구나 그것이 보산
스스로가 그렇게나 두려워하는 '똑같은 일의 반복'의 한 양상이라는 것은
아이러니컬하다.

---

24) 『전집2』, 151쪽.
25) 『전집2』, 153쪽.

4. 모순의 체험과 드러냄

이상의 문학은 경성이라는 도시 위에서만 가능한 것이었다. 수필에 등장하는 시골 역시 경성 토박이로서의 이상이 바라본 시골과 시골 체험이었기에 의미를 가질 수 있었으며, 그가 그렇게도 동경으로의 '망명'을 소망한 이유도 그 자신은 어쩔 수 없는 경성인이었기 때문일 것이다. 그러나 그에게 주어진 유일한 공간인 경성은 이상의 인물들에게 모순의 공간으로 체험되고 있다. 그 안에서의 균형감각을 잃지 않으려고 안간힘을 써 보지만, 결국 '절름발이'의 자신을 인정할 수밖에 없는 것이다.

물론 인물들은 그 안에서 자신의 방식으로나마 '아내'와 만나고 있으며, 닫힌 공간 안에서 나름대로의 유희에 몰두하고 있다. 그러나 그들의 '방'은 그들만의 '황홀한 동굴'일 수밖에 없다. 팽창해 가는 공간 속에서 존재는 소멸을 경험하며, 상승해 가는 높이에서 추락을 감지한다. 이상의 예민한 감각은 이렇게 모순의 지점을 향해 있다. 그리고 그렇게 감지되는 모순에 존재의 내부는 텅 비어 버린다. 이런 상태에서 인물이 자존을 지키기 위하여 방법은 이런 모순을 더욱 첨예하게 드러내고 자발적으로 체험해 나가는 것이었다. 이상의 작품들이 경성이라는 공간의 모순을 첨예하게 감지한 결과라는 것은 바로 이런 이유에서이다.

참고문헌

데이비드 하비, 최의수 옮김, 『도시의 정치경제학』, 한울, 1995.

앤소니 킹, 이무용 옮김, 『도시문화와 세계체제』, 시각과 언어, 1999.

이-푸투안, 구동회·심승희 옮김, 『공간과 장소』, 도서출판 대윤, 1995.

김윤식 편, 『이상문학전집2』, 문학사상사, 1991.

김윤식 편, 『이상문학전집3』, 문학사상사, 1993.

김진송, 『서울에 딴스홀을 許하라』, 현실문화연구, 1999.

나병철, 『근대 서사와 탈식민주의』, 문예출판사, 2001.

손정목, 『일제강점기 도시사회상연구』, 일지사, 1996.

손정목, 『일제강점기 도시화과정연구』, 일지사, 1996.

역사문제연구소 편, 『한국의 근대와 근대성 비판』, 역사비평사, 1996.

이경훈, 『이상, 철천의 수사학』, 소명출판, 2000.

ABSTRACT

Lee Sang's Consciousness of the City and Time Space

Lee, Shi-eun

Time and space are not merely natural or physical elements, but the by-products of social institutions and the results of social realization. The works of Lee Sang are situated in the up and coming colonial city of 'Kyungsung,' and depict the consciousness of time and space of its city-dwellers.

The space of a city has an aspect of expansion to it. Well organized roads and means of transportation aid the city's expansion. Walking in this ever expanding city is closely related to the image of 'freedom.' However, the characters appearing in the works of Lee Sang close the door and confine themselves in narrow spaces despite the growing city. This image of 'imprisonment' is associated with the division and drawing of boundaries that take place in the modern cities. Within the continuous division and retrenchment of the city's space, the characters experience a loss of one's identity.

The 'vertical lines' is the representative image of the city. The towering merchant buildings of Kyungsung opened a new understanding of 'height' to the contemporaries of that time. However, the characters of Lee Sang react to climbing urban landscape but 'falling.' Lee Sang views the handiwork of man present in the city and sees the death of man's work. In other words, he sees suicide.

The city of Lee Sang is a city of night and his characters move during the night. For them, morning is '2 p.m.' or '4 p.m.' Moreover, his characters do not 'work.' Lee Sang portrays the city of Kyungsung as one where industry and the workplace does not exist. Therefore, it is a city where the day does not exist. The settings that he uses: pubs, cafes, and whore houses, show that the act of making money is in no way related to seemly 'day work.' Furthermore, time that is not linked to 'work' is illustrated as 'empty time'. Characters that appear in works such as Nalgae, are compelled to record time. However, this recorded time is irrelevant to any form of meaningful acts on the part of the character. They are nothing more than acts of imitation.

한국 반미시 연구

김춘선*

1. 서 론

1980년대 한국문학에서 새로운 문학적 흐름의 하나로서 주목되는 것은 반미문학의 활발한 창작이다. 그것은 시, 소설 등 각종 장르에서 다양하게 나타나는데 반외세 . 민족자주화 시선집 『아메리카똥바다』가 1988년에 공개 출판되었다는 것은 그 단적인 실례이다. 이 시집에는 총 89명 시인의 작품 141편이 수록되어 있으며 또 청탁에 참여한 시인은 150명에 이른다.[1]

그 중에서 반일시 18편을 제외하면 반미시는 123편에 달한다. 이는 반미. 민족자주화 문제에 문학인들이 얼마나 큰 관심을 돌리고 있는가를 보여준다. 6.25전쟁 이후 현실적으로 반미=좌경=용공이라는 사회분위기[2]가 형성되어 있는 한국에서의 이러한 움직임은 문학의 변화뿐만이 아닌 1980년대의 상황변화와 한국 국민들의 의식의 변화 등 많은 것을 시사하

---

* 중앙민족대학 부교수
1) 임헌영/현준만/김재용/강형철 특집좌담, 「반외세/민족자주화문학의 현황과 전망」(이하 '특집좌담'으로 약칭), 임헌영/이영진 편, 『아메리카똥바다』, 인동, 1988, 369쪽.
2) 박정수, 「'80년대 이후 한국 학생운동의 정치이념분석」, 서강대 석사논문, 1994.

는 중요한 문학적 현상이라고 생각된다. 따라서 민족문학으로서의 반미문학은 그 사적인 의미도 충분히 연구되어야 할 것이다. 그러나 아쉽게도 이에 대한 체계적인 연구를 찾아볼 수가 없었다. 실제로 한국에서의 반미문학은 1980년대에만 이루어진 것은 아니다. 오랜 세월로 거슬러 올라가지 않더라도 미국이 한국의 우방으로 군림한 해방 직후부터 있었으며 많지는 않았으나 그 형상화는 연면하게 그 맥을 이어왔다.

이 글은 임헌영, 이영진 편인 반외세/민족자주화 시선집 『아메리카똥바다』에 실린 작품을 중심으로 해방 이후 한국에서 창작된 반미시의 여러 면을 분석하고자 한다.

2. 민족적 자각과 반미의식의 성장

해방 이후 한국의 반미시를 분석함에 있어서 한국과 미국의 관계양상 및 시대상황을 살피지 않을 수 없다. 왜냐하면 "오늘날의 한국에서 미국의 존재는 정치/경제/문화의 구석구석까지"[3] 스며들었기 때문이며 따라서 반미시에 담긴 내용은 한미관계의 실상을 다루고 있기 때문이다. 즉 해방 이후 한국과 미국의 특수 관계 속에서 한국 특유의 사회현실이 초래되었으며 따라서 그 같은 현실을 토대로 반미문학이 형성되고 발전된 것이기 때문이다.

한국에서의 반미의식이 싹트게 된 계기는 1871년 아시아함대 (제네랄 셔먼호 사건)가 강화를 침입한 신미양요[4]까지 거슬러 올라갈 수 있을 것이다. 그러나 해방 이후 반미의식의 형상화는 직접적으로 해방 이후 한미 관계와 관련되므로 여기서는 해방 이후의 한미 관계의 양상을 살펴보려고 한다.

1945년 8월 15일, 조선은 일제 식민지의 통치하에서는 벗어났으나 38선

---

3) 백낙청, 「한국에 있어서의 미국의 의미」, 『민족문학과 세계문학Ⅱ』, 창작과비평사, 1985, 244쪽.

4) 최원식, 「민족문학과 반미문학」, 『창작과 비평』, 1988년 겨울, 39쪽.

을 경계로 남에는 미국군이, 북에는 소련군이 진주하게 되며, 따라서 남에서는 3년간의 미군정이 실시된다. 이 시기 미국에 대한 한국 "사회의 인식은 대체로 소박했다. 민족주의 좌파나, 사회주의자들은 물론 미국에 대한 경계심을 늦추지 않았지만 설마설마하는 낙관적 관측을 초기에는 포기하지 않았으니, 뒤늦게 식민지 권력의 신식민지적 재편성이 미국의 의도라는 점을 깨달았을 때 이미 대세는 기울었던 것이다."5)

해방 직후 당시 사람들의 미국에 대한 소박한 인식은 권환의 시작품에서도 확인할 수 있다.

> 그대들은 거룩한 원정들/ 팟쇼의 억센 가시나무를/ 국군주의의 모진 독초를/ 모조리 베어버리고 뿌리채 뽑아버린/ 승리의 원정!/ 세계에 민주주의의 씨를 뿌리고/ 세계의 민주주의 꽃에 물을 주는/ 민주주의 원정// 훌륭하게 복도다 주리라/ 조선의 꽃/ 민주주의의 꽃

> 문학가동맹의 일원인 권환은 위의 시 「고궁에 보내는 글」에서 미소공동위원회를 세계의 "민주주의 원정"으로 찬미하고 있으며 이 민주주의 원정(園丁)의 원조하에 조선의 "민주주의의 꽃"이 "아름답게 피리라"고 노래하고 있다.

이처럼 해방 직후 보다 많은 한국 사람들은 미군정의 실상을 깨달을 수 없었을 것이며 그로부터 한국에 진주한 미국의 문제를 근본적 관점에서 다룬 문학 작품도 나올 수가 없었을 것이다. 바로 이 같은 소박한 인식으로부터 해방기 김송의 「무기없는 민족」에서는 한반도에 진주한 소련군과 미군이 원군이자 해방군으로서 호의적으로 인식되고 있고 박노갑의 「사십년」에서는 미군이 조선의 해방과 독립을 위해 일본군을 몰아내려고 온 천사로 긍정적 이미지로 묘사6)되고 있다.

그렇다고 해방 직후 반미의식이 없었던 것은 아니다. 채만식의 단편 「미스

---

5) 최원식, 앞의 책, 86쪽.
6) 안한상, 「해방기의 혼란과 소설적 대응」, 『한국현대소설사』, 삼지원, 1999, 295쪽.

터 방」(1946년)에서 머슴이었던 방삼복은 일본 중국으로 떠돌아다니다가 귀국하여 용산 군포로 수용소에서 잠시 일하며 익힌 토막영어를 밑천으로 미국장교의 통역관이 되어 온갖 권세를 누린다. 그러나 양치질한 물을 미국장교의 얼굴에 뱉는 실수 때문에 모든 것이 수포로 돌아간다. 작가는 이 형상을 통해 미국 세력에 빌붙는 아첨배들을 풍자하고 있는데 여기에는 방삼복과 같은 통역에 의한 미군정의 정치에 대한 풍자가 그 저변에 깔려있다고 볼 수도 있다. 채만식의 다른 소설 「역로」에서는 미군이 한국 땅에서 한시 바삐 떠나보내야 할 마마와 같은 존재로 그려짐으로써 미소 양군은 더 이상 해방군으로서가 아니라 점령군의 모습으로 바뀌어 가고 있음을 보여주며 중편 『낙조』(1948년)에서는 외국 군대가 주둔해 있는 한 그것은 보호국이지 독립국이 될 수 없다는 점에서 미국이건 소련군이건 이 땅에서 한시 바삐 사라져야 한다면서 미군 철수를 주장하는 외세 배격의 논리로 이어진다. 염상섭의 「양과자갑」은 현실적 이익을 좇아 재빨리 외세와 야합하는 인물들의 타락된 삶의 양상과 미국 유학으로 영어에 능통하여 현실적 이익과 출세가 보장되어 있음에도 외세와의 야합에 노골적으로 거부함을 보이는 지식인의 자의식에 가득찬 행동양상을 대비시켜 기회주의적 처세와 현실적 이익을 위해 무분별하게 외세와 야합하는 타락한 세태를 비판하고 있다.

그러나 이러한 해방기 소설에서는 미국의 문제가 민족적 존엄과 주체적 시각에서 비판적으로 묘사되고 있으며 다분히 소박한 민족 감정적인 인식에 머물고 있다고 할 수 있다.

1948년 한국 단독 정부가 수립된 이후 냉전이념이 한국 땅에 공식화된다. 특히 6.25전쟁이 터지자 친미반공이데올로기는 설자리를 굳히고 미국은 한국의 '자유민주주의'를 지켜준 우방으로 '혈맹관계'로 미화되었다.

> 6.25, 그 날의 경악과 절망을 맛본 사람은
> 지구의 종언을 맞더라도 덜 당황하리라.

하룻만에 패잔병의 모습으로 변한
국군과 함께 후퇴라는 것을 하며
수원에서 UN군 참전의 소식을 듣고서야
「노아」의 방주를 탄 안도의 한숨을 내 쉬었다.

— 구상 「난중시초 1」 일부

위의 시에서 6.25전쟁으로 경악하고 절망했던 시적 화자가 유엔군의 참전
의 소식을 듣고 "「노아」의 방주를 탄 안도의 한숨을 내쉬었다."는 표현에서
보듯이 6.25 이후 미군은 한국의 절대적 구원자로서 인식되고 있다. 한국의
국민 대다수는 혈맹관계에 있는 미국에 대하여 고마운 은인의 나라라는 관
념이 항상 자리잡혀 있었으리라 짐작된다. 이 같은 상황에서 반미의식에의
접근은 불가능했을 것이다. 그러나 50년대 후반에 들어서 자유당 독재의 모
순이 격화되는 것과 함께 한국문학은 서서히 사회적 관심을 회복하게 되는
데 이에 따라 미군의 현실적 모습에 접근하는 문학적 형상화가 시작된다.
예컨대 주한미군과 양공주 문제를 다룬 송병수의 「쑈리 킴」(1957) 등 작품
이 그것이다. 그러나 이러한 종류의 소설은 근본적으로 미군의 한국 주둔에
서 파생되는 윤리 도덕적 파탄의 문제점을 벗어나지 못하고 있다.

1960년대에 이르러 한국에서는 자유당 이승만 정권의 부정선거에 저항
하여 4.19혁명이 폭발한다. 4.19혁명에 의해 자유당 영구집권체제를 만들
려던 이승만 정권은 몰락하고 장면 민주당 내각이 탄생된다. 이 과정에서
의 혁명의 주도세력이었던 학생들의 움직임은 민족의 운명에 대한 관심,
남북분단 극복의 의지, 민족적인 자각을 잘 보여준다.

① 민족통일운동이 가장 활발하게 전개되었던 1961년 상반
기에 들어와서 고려대학교 학생회는 "온갖 이데올로기를 초
월하여 민족적 주체세력을 총집결하고 내외사정이 허락하는
대로 적절한 시기에 서신왕래/인사교류 및 기술협정 등 단계
적 남북교류를 단행할 것"을 주장했고 서울대학교의 민족통
일 연맹도 남북간의 학술토론대회/체육대회/기자교류 등을

포함한 남북학도회담을 제안했으며, 전국 17개 대학생 대표 30여명이 모여 민족통일 전국학생 연맹을 결성하고 판문점에서 남북학생회담을 5월 이내에 열 것을 결의했다. (1961년 5월 5일)[7]

② 서울대 4.19 제2선언문에서 4월혁명의 종국적인 길이 "반봉건/반외세/반매판/민족통일"임을 제시하고 5월 5일 17개 대학이 참가한 민족통일전국학생연맹(이하 민통련)결성대회를 열고 "가자, 북으로! 오라, 남으로! 만나자, 판문점!" "이 땅이 뉘땅인데 오도가도 못하는가!"라는 구호아래 남북학생 회담 개최를 요구하는 데까지 발전함으로써 사회전체에 커다란 충격을 주었다.[8]

친미반공이데올로기가 지배했던 1950년대의 한국사회에서는 '민족'이나 '통일'이란 말조차 불온시되었던 것[9]인데 50년대를 마감하고 60년대를 시작하는 1960년대 벽두에 대학생들이 이처럼 공공연히 민족통일연맹을 결성하고 온갖 형태의 이데올로기를 초월한 민족적 주체세력의 총집결과 민족통일을 위한 남북교류를 주장하며 반외세를 공개적으로 선언한 것은 남북분단을 고착화함으로써 권력을 유지하며 기득권 이익을 고수하려는 보수 세력에게는 커다란 충격과 반동으로 다가왔을 것이다. 한편 4.19혁명과 대학생들의 움직임은 한국의 많은 사람들에게 남북분단의 고착상태에 안주할 수 없음을 일깨웠을 것이며 민족적 주체성을 자각시키는 촉매제 역할을 놓았을 것이라 짐작된다.

4.19혁명은 비록 5.16군사정권에 의해 좌절되었으나 4.19혁명과 더불어 뜨겁게 불타올랐던 민주화, 민족자주화, 민족통일의 열망은 강력한 독재정권 앞에서 인간들의 내면으로 잠복했을 뿐 영원히 사라진 것은 아니었다.

---

7) 강만길, 『한국현대사』, 창작과비평사, 210쪽,『비교어문연구』제11집, 285쪽에서 재인용.
8) 노민영, 「1980년대 한국학생운동에서 나타난 반미문제」, 연세대 교육대학원, 석사논문, 1989, 9쪽.
9) 최원식, 앞의 책, 89쪽.

한편 1965년은 한국 역사상 대일 굴욕외교 반대투쟁의 해이면서 동시에 한국전투부대 월남파병이 시작된 해이다. 미국의 베트남 내정간섭에 어이없이 한국의 젊은이들이 베트남전쟁마당에 투입되어 목숨을 내걸어야 하는 월남파병은 미국의 제국주의적 본질과 한국의 식민지적 종속관계를 폭로하고 인식시키는 하나의 계기로서 반미의식은 더한층 강화되었다.

그것은 1960년대에 치열하게 전개된 순수. 참여 문학논쟁과 함께 민족문학론이 대두되어 민족의식 및 민족동질성이 강조된 점에서 확인 할 수 있으며 반미의식과 통일지향을 담아낸 1960년대 남정현, 김수영, 신동엽, 이호철 등의 작품에서 나타난다. 이들의 작품들에서 한국에서의 반미의식은 민족의식의 성장과 정비례해서 고조됨을 알 수 있다. 이처럼 반미의식은 지속되어 왔지만 6,70년대 한국문학에서는 반미의식을 본격적으로 작품화한 작품은 많지 않다. 이는 5.16 군사혁명 이후 유신정권 및 군사정권이라는 시대적 상황과 직결된다고 생각된다. 특히 반미감정을 소설로 형상화한 것으로 말미암아 작가가 반공법 위반으로 구속되기까지 한 남정현의 「분지」 필화사건은 반미=용공으로 인식된 한국의 사회적 분위기를 단적으로 보여준다. 동시에 자유민주주의를 표방하는 한국에서 그것도 반미감정을 다룬 한편의 단편소설에 대해 당국에서 그처럼 민감하게 대응했다는 것은 한국에서의 미국의 영향력이 얼마나 컸으며 미국과 박정희 독재정권이 얼마나 밀착돼 있었는가 하는 것을 말해준다. 남정현의 「분지」파동사건만 보아도 반미문제를 다루는 것은 반미적=반공법위반이라는 낙인이 찍히게 되는 것이고 생사존망에까지 연관되는 일이니 한국문학에서 노골적으로 반미의식, 반미문제를 다루는 것은 위험한 장난으로 받아들여졌을 것이라 짐작된다. 그런 까닭에 미국의 정체를 깨달았다 하더라도 문학인들은 속으로는 분노에 끓음에도, 행동 상으로는 조심스러울 수밖에 없었을 것이고 따라서 그러한 문학작품은 활발히 창작될 수 없었던 것이다. 이러한 시대적 상황은 1972년 7월 4일 남북공동성명발표 이후에도 오랏줄에 묶여서 공안담당 검사 앞에 끌려간 문인들은 "평화적 통일을 논한 일이 있는가"라는 추궁을 당하는 일이 있었다10)는 사실은 6.70년대 친미 반공이데올로기의 지배가 얼마나 강경했었는가를 보여준다.

한국사회에서 반미감정이 표면적으로 당위성을 외치며 출현한 것은 1980년대 초반부터이며 후반부터는 첨예화 현상을 보이며 정치/군사/경제 분야 등에서 한/미 양국간에 상호 이해와 상충 요인 등이 복합적으로 작용한데 기인했던 것이다.11)

1980년대 한국 사회에서 대미인식 전환의 일차적인 계기는 80년 광주항쟁의 경험을 통해서이다. 1980년 5월 광주시민들의 항쟁은 70년대 유신체제의 정치적 압제와 분단 이후 한국 사회에서 장기간 누적되었던 첨예한 사회적 모순과 불만이 폭발한 것이었는데 전두환 군부세력은 이런 진보적인 민주화 운동을 반공의 논리로써 군대를 동원하여 총칼로 처참하게 압제했다. 한국의 현실 정치에 무시할 수 없는 비중을 차지한 한국의 군부가 현재까지도 미군의 작전지휘권의 통할 하에 들어있다는 사실12)은 광주민주화 운동에 대한 군부의 폭력을 미국이 용인했음을 의미한다. 광주항쟁의 비극은 한국에서 미국에 대한 환상을 깨뜨리는 반미의식을 일깨우는 시발점이 된다. 그 이후 한국 전역에서 미국에 대한 환상을 깨뜨리기 위한 일련의 움직임이 있게 된다. 1980년 12월 9일 광주 미문화원 방화사건에 이어 미문화원 및 대사관 등 미국을 상징하는 건물에 대한 투쟁은 80년대에 계속 이루어지는데 1980년대 학생운동권의 미문화원 습격 혹은 방화사건만 해도 25건13)에 달한다. 부산 미문화원 방화사건 (1982. 3. 18), 같은 해 강원대 성조기 소각사건, 서울 미문화원 점거농성사건 (1985. 5. 23)14) 등이 그 실례이다. 이처럼 반미의식은 지속적으로 확산 심

10) 김우종, 『한국현대소설사』, 성문각, 1995, 427쪽.
11) 김영식, 「반미감정의 정치, 경제적 현상과 전망」, 『국제정세』 통권 9호, 34쪽.
12) 임재경, 「한미관계론의 射程」, 『창작과 비평』 57호, 1985, 380쪽.
13) 김삼곤, 「한국반미감정에 관한 연구」, 단국대 석사논문, 1990, 20쪽.
14) 임헌영/이영진 편, 같은 책, 373쪽.

화되어 80년대 후반에는 한국사회에서 '제국주의 미국의 추출이 학생운동세력에게 변혁운동의 전략적인 일과제로 설정'[15]되는 이 시기에 이르러 반미운동에서는 미국을 '제국주의' 국가로 규정하기 시작한다. 아울러 '자주없이 민주없다', '독재조종 내정간섭 미국놈들 물러가라', '광주학살 책임지고 미국은 공개 사과하라'는 구호들이 일반 시민에까지 공감되게 되었다. 특히 80년대 중반에 이르러 한국에 대한 대미 무역수지 수출의 억제와 '농축산물수입개방 압력'은 현실적인 문제와 관련되면서 학생 및 기층 민중의 반미의식은 더욱 확산된다. 미국의 요구는 한국국민들이 부분적으로나마 갖고 있었는지도 모르는 '특수관계-특수배려'의 환상을 깨주었다는 점에서 더없이 귀중한 것이다.[16]

'소값피해 보상요구'를 둘러싼 농민들의 지속적인 '외국 농축산물 수입 반대운동'을 통해 한국 민중과 미국은 직접적으로 적대관계에 놓여있다는 사실을 체감할 수 있게 되었다.

이리하여 80년대에는 학생운동권세력에 의해 '분단책임론', '신식민지론', '제국주의론' 등 미국에 대한 인식이 새로워짐을 볼 수 있다. 따라서 핵기지 문제에 대해 강하게 거부한다.

한국의 반미시는 바로 이 같은 한미관계 양상을 바탕으로 이루어진 문학이다.

3. 반미시의 전개양상

한국에서의 반미시의 형상화는 위에서 살펴본 바와 같이 해방 이후 한국의 시대상황과 그리고 한국민중의 민족의식의 각성 과정과 직결된다고 할 수 있다. 이는 반미시의 전개양상을 분석해 보면 두드러지게 드러난다.

---

15) 박정수, 앞의 책, 51~52쪽.
16) 임재경, 앞의 책, 402쪽.

1) 친미반공이데올로기와 반미시

반외세/민족자주화 시선집인 『아메리카똥바다』를 살펴보면 몇가지 특이한 양상을 띤다. 즉 이 시집에 참여한 시인 89명 중에서 반일시를 쓴 시인 16명을 제외하면 반미시를 쓴 시인이 73명이 되는데 그들의 등단 년대를 살펴보면 대체로 1950년대 이전 2명, 1950년대 등단이 3명, 1960년대 등단이 2명, 1970년대 등단이 17명, 1980년대 등단이 49명으로 되어있다. 이로부터 반미시에서 주된 창작층을 형성하고 있는 것은 1980년대에 등단한, 그리고 대학교육을 받은 젊은이들임을 알 수 있다. 이는 한국에서 반미문제가 대학생운동세력에 의해 80년대에 본격적인 논쟁거리로 등장하게 되었고 또 민족적 각성을 위한 대학생들의 노력이 부단히 전개된 시대적 상황과 맞먹는다. 그리고 이 시집에 실린 141편의 시중에서 반일시 18편을 제외하면 반미시는 123편이 되는데 이 중에서 작품년대를 추정하기 어려운 작품을 제외하면 1960년대 작품은 3편이며 1980년대로 확인할 수 있는 작품은 114편이 된다. 이 같이 두드러진 수적 차이는 그대로 민족의식이 고조되고 반미의식이 심화되었던 1980년대의 시대적 상황 및 한국민의 의식과 맞먹는 것이다. 이로부터 한국의 반미시는 주로 1980년대에 등단한 젊은 세대들에 의해 80년대에 활발히 창작되었음을 알 수 있다. 바꾸어 말하면 1980년 5월의 광주 항쟁의 비극적 체험으로부터 시작하여 농축산물수입개방 등 일련의 사태가 한국민의 민족의식의 각성과 미국의 실상을 인식함에 중요한 계기가 되었다는 점이며 민족의식의 각성과 미국에 대한 새로운 인식은 반미시 창작에 활력을 불어 넣었다는 것이다. 다른 한편 반미시 창작층의 연령별 구성에 있어서 '한미 혈연관계'라는 6.25전쟁을 체험하지 않은 연령층의 비율이 압도적이라는 것이다. 이는 6.25를 체험하지 않았다 하더라도 냉전 이데올로기의 제도교육을 받았다는 점에서는 체험한 세대와 그렇지 않은 세대가 별반 다름이 없을지 모르나 현실타개와 관련된 의식형성에는 큰 차이가 있다고 보아야 할 것이다. 이 점은 1980년대 이전의 반미시와 그 이후의 반미시를 구체적으로 살펴보면 뚜렷이 나타난다.

> 굵다란 눈물방울 떨치는/ 존슨 너의 이야기 ……// 쇠사슬 늘이어/ 흑노(黑奴)의 아들로서 시장에 팔려온/ 이제는 고이 쉬는 할아버지는// 시카고에 활발한 인종선 (人種線)에/ 무지한 백인이 던지는 벽돌에/ 집앞에서 쓰러졌으며/ 이리하여/ 원수를 갚겠다는 미친 아버지마저/ 식칼에 찔리어/ 길바닥에 자빠져버렸다./ — 중략—// 인종선은 늬 곳에만 있는 줄 아느냐/ 동무들이 찬미하던 이 땅에서도/ 나라 있는 곳마다/ 온 세계에 전선은 펼쳐 있는 것이다.
>
> — 배인철 「인종선」

1946년에 창작된 위의 시에서 시인은 흑인문제를 통해서 조선민족 문제를 보고 있다. 그의 다른 시 「조 루이스에게」에서는 끝 연에서 "너와 함께/ 새로운 세계를 향하여/ BLACK AMERICA는 아니/ 온 세계 약소민족은 싸우고 있다."고 노래한다. 시인은 검은 아메리카의 투쟁이 인종적이면서 계급적이듯이 자주적인 통일민족국가를 건설하려는 조선민족의 투쟁 역시 바로 거기에 있음을 보여주었다.[17]

유진오의 시 「누구를 위한 벅차는 우리 젊음이냐?」는 격정적인 어조로 반외세를 보여준 작품이다.

> 외놈의 씨를 받어/ 소중히 기르는 무리들이/ 이제 또한 모양만이 달러진/ 새로운 000의 손님네들 앞에/ 머리를 숙여/ 생명과 재산과 명예의/ 적선을 빌고 있다./ — 중략 —/ 그러나 오늘날 또한/ 썩은 000에 배탈이 나고/ 뿌우연 밀가루에 부풀어 올르고도/ 삼천오백만 불의 빗을 질러지고/ 생각만하여도 이가 갈리는/ 무리들에게 짓밟혀/ 가난한 동족들이/ 여기 눈물과 함께 우리들 앞에 섰다.

---

17) 최원식, 앞의 책, 87쪽.

위에서 시인은 해방기 미군정하의 현실과 인민들을 못살게 만드는 외세에 대해 분노하며 그 적을 추방하고자 고취한다.

> 바람 부는 밤/ 만삭의 임부는/ 철조망 곁에 쓰러져 있었다. //그리고 눈이 갠 아침/ 그 화창하게 맑은 산과 들의/ 은빛 강산에서/ 열두 살짜리 소년들은/ 엊제 신문에서 읽은 동화얘길 재잘거리다/ 저격받았다./ ― 중략 ―/ 쏘지 마라/ 솔직히 얘기지만/ 그런 총 쏘라고/ 박첨지네 기름진 논밭/ 그리고 이 강산의 맑은 우물/ 그대들에게 빌려준 우리 아니야// 벌 주기도 싫다/ 머피 일등병이며 누구며 너희 고향으로/ 그냥 돌아가 주는 것이 좋겠어.
>
> ― 신동엽 「왜 쏘아」

위의 시는 미군의 총기난사 사건을 규탄한 신동엽의 1960년대 작품이다. 아기 밴 어머니가 배가 고파 애들을 재워놓고 먹을 것을 찾으려고 미군기지촌에 왔다가, 열두 살짜리 소년들이 "쓰레기통을 뒤져/ 깡통 꿀꿀이 죽을 찾아 먹"으려고 미군이 있는 경계선으로 왔다가 미군병정의 난사로 목숨을 빼앗겼다. 그리하여 시인은 "왜 쏘아./ 우리가 설혹/ 쓰레기통이 아니라/ 그대들의 판자안방을 침범했었다 해도/ 우리가 맨손인 이상/ 총은 못 쏜다." "그런 총 쏘라고 박첨지네 기름진 논밭/ 그리고 이 강산의 맑은 우물/ 그대들에게 빌려준 우리 아니야."라고 분노를 터뜨린다. "우리 어렸을 때만 해도/ 토끼몰이 하던 아우성으로/ 씨름놀이하던 함성으로/ 밤낮을 모르던 박첨지네 동산"에서 그것도 임신부와 어린이들이 먹을 것을 찾아왔다가 이 같은 비극이 벌어질 수 있는 것은 바로 "지금은 낯선 얼굴들이 얕보는 휘파람으로 왔다갔다 하"기 때문이다. 그러므로 시인은 "이곳은 우리들이 천년 이천 년/ 울타리 없이도 콧노래 부르며 잘 살아온/ 아름다운 강산"임을 알리면서 "머피 일등병이며 누구며 너희 고향으로/ 그냥 돌아가 주는 것이 좋겠어"라고 솔직히 얘기한다. 여기에서 시인은 미군이라는 외세에 의해 도저히 용납할 수 없는 민족의 비극이 빚어지고 있으며 그러한 미군이 이 땅에서 물러가야만 그런 비극이 사라질 수 있음을 분명히 인식하고 있다. 그것은 또한 분단 극복에 대한 지향이기도 하다. 그러나 억울한 죽음에 대한 분노에 비해 미군 처벌에 대해서는 "벌 주기도 싫다/ 머피 일등병이며 누구며 너희 고향으로/ 그냥 돌아가 주는 것이 좋겠어"로 그 어조는 너무도 너그럽고 차분하다는 느낌을 버릴 수가 없다. 물론 반미를 '빨갱이'로 몰아 부쳤던 그 시대적 상황을 감안하면 이 점은 쉽게 이해될 것 같다.

외세 의존에 대한 신동엽의 비판적 인식은 그의 장시 「금강」에서도 잘 나타난다. 금강은 민중혁명으로서의 동학과 1960년대의 사회. 역사적 상황을 병치 구조로 하여 시를 전개시키고 있다. 이러한 작품 구조는 금강이 직접적으로 다루고 있는 것은 동학혁명이지만 시인은 동학혁명이라는 근대사 최대의 한 사건을 통해서 지난 날 잘못된 역사를 되돌아 비판해 보고 현재의 여러 가지 모순과 문제점을 조명해 봄으로써 당대 한국사와 현실이 당면하고 있는 구조적 모순과 현실적 난관을 극복하고자 하는 의지를 강조한 것으로 이해된다.

> 신라 왕실이/ 백제, 고구려 칠 때/ 당나라 군사를 모셔왔지/ 옛 날 사람 욕할 건 없다.// 우리들은 끄덕하면 외세를/ 자랑처럼 모시고 들어오지./ 8.15후, 우리의 땅은/ 디딜 곳 하나 없이/지렁이 문자로 가득하다. / 모화관에서 개성 사이의 행길에 끌려나와/ 청나라 깃발 흔들던 눈먼 조상들처럼,// 오늘 또 화창한 코스모스 길 / 아스팔트가에 몰려나와,/ 불쌍한 장님들은, 대중도 없이 서양깃발만/ 흔들어댄다.

위에서 시인은 "우리들은 끄덕하면 외세를/ 자랑처럼 모시고 들어오"는 집권자들에 대해 청나라 깃발 흔들던 조상들을 "눈먼 조상"으로, 서양깃발만 흔들어대는 집권자들을 "불쌍한 장님들"로, "정치 거지"라고 지적한다. 이처럼 시인은 외세 의존을 비판하고 민족주체성을 강조하고 있다. 아울러 작품은 "갈라진 조국/ 강요된 분단선./ 우리끼리 익고 싶은 밥에/ 누군가 쇠가루를 뿌려 놓은 것 같구나./ 너와 나를 반목케 하고/ 개별적으로 뜯어가기 위해/ 누군가가 우리의 세상에/ 쇠가루 뿌려 놓은 것 같구나."처럼 조국의 분단은 강대국에 의해 "강요"된 것임을 지적하면서 그것은 남과 북을 반목케 하고 "개별적으로 뜯어가기 위해"서라는 그 본질을 우회적으로 밝히고 있다.

1960년대 반미의식은 김수영의 작품에서도 뚜렷이 나타난다. 시 「가다오 나가다오」, 「어느날 고궁을 나오면서」는 그 대표적인 예이다.

> 이유는 없다—
> 가다오 너희들의 고장으로 소박하게 가다오
> 너희들 미국인과 소련인은 하루바삐 가다오
> 미국인과 소련인은 '나가다오'와 '가다오'의 차이가 있을 뿐
> 말갛게 개인 글 모르는 백성들의 마음에는
> '미국인'과 '소련인'도 똑같은 놈들
> 가다오 가다오.
> — 중략 —
> 조용히 가다오 나가다오
> 서푼어치값도 안 되는 미.소인은
> 초콜렛, 커피, 페치코오트, 군복, 수류탄
> 따발총……을 가지고
> 적막이 오듯이
> 적막이 오듯이
> 소리없이 가다오 나가다오
> 다녀오는 사람처럼 아주 가다오!

미국인과 소련인이 저희들의 고장으로 돌아가기를 기대하는 시적 화자의 마음은 기다릴래야 더는 기다릴 수 없어 "하루 바삐 가다오"라고 간절히 호소하기에까지 이른다. 시인은 미군과 소련군이 남북 땅에서 나가야 할 이유를 충분히 알고 있다. 그러나 그 이유를 구체적으로 제시하는 것이 아니라 반어적으로 "이유는 없다"고 함으로써 그들이 남북 땅에서 물러가야 할 당위성을 강조하고 있다. 미국인은 한국땅에 달콤하고 구수한

"초콜렛, 커피"를 가져오기도 했지만 그 보다는 민족의 자유와 통일을 가로막는 "수류탄/따발총"을 가져왔다. 해방군, 우방의 자세로 나타난 미.소인에 대해 "서푼어치도 안되는 미.소인" "다녀오는 사람처럼 아주 가"달라는 표현은 실로 커다란 경멸과 조소가 아닐 수 없다. "미국인과 소련인도 똑 같은 놈들"이라는 표현은 조국의 분단을 강요한 외세에 대한 반발이며 따라서 소련에 대한 나쁜 인상이 미국에도 동일하게 적용됨으로 해서 미국에 대한 더 큰 반감을 획득하고 있다.18)

김수영의 「어느날 고궁을 나오면서」는 소시민의 옹졸함에 대한 자아비판의 시이다.

> 왜 나는 조그만한 일에만 분개하는가
> 저 왕궁 대신에 왕궁의 음탕 대신에
> 50원짜리 갈비가 기름덩어리만 나왔다고 분개하고
> 옹졸하게 분개하고 설렁탕집 돼지같은 주인년한테 욕을
> 하고
> 옹졸하게 욕을 하고
>
> 한번 정정당당하게
> 붙잡혀간 소설가를 위해서
> 언론의 자유를 요구하고 월남파병에 반대하는
> 자유를 이행하지 못하고
> 20원을 받으러 세번씩 네번씩
> 찾아오는 야경꾼들만 증오하고 있는가

위의 작품에서 시인은 '왕궁의 음탕', '소설가의 구속', '언론의 부자유', '월남파병'과 같은 큰 일에는 제대로 분개하지 못하면서 조그만 일로 분풀이 하는 소시민적 삶에 대해 자기 고발과 비판을 한다. 이 시에서 월남파병에

---

18) 조준형, 「김수영시 연구」, 한양대 석사논문, 1987, 27쪽.

대한 반대는 구체적으로 전개되지 않고 있지만 자신의 옹졸함에 대한 울분과 월남파병을 강요하는 미국에 대한 분노가 깔려있는 시라고 할 수 있다.

그렇다면 김수영은 왜 "옹졸하게 반항"할 수밖에 없었는가? 이에 대한 직접적인 해답은 그의 다른 시 「우선 그 놈의 사진을 떼어서 밑 씻개로 하자」에서 얻을 수 있다. 즉 "그 놈의 속을 모르는 바는 아니었지만/ 무서워서 편리해서 살기 위해서/ 빨갱이라고 할까보아 무서워서/ 돈을 벌기 위해서는 편리해서/ 가련한 목숨을 이어가기 위해서"였다고 할 수 있다. 이는 비단 김수영만이 아닌 대부분 한국인들에게 있어서 그 시대를 살아가면서 분노하고 반감을 가지면서도 솔직하게 표출할 수 없었던 것은 바로 편리한 삶을 위해서였을 것이라 짐작된다.

김수영과 신동엽이 모두 1960년대 대표적인 참여시인으로 평해진다는 사실을 감안하면 1960년대의 반미시에서는 1980년대 반미시에 나타나는 노골적이며 과격한 표현을 극히 자제하고 있으며 반미의식을 작품화하는 경우에도 조심스럽게, 차분한 어조로, 때로는 상징적으로 드러내고 있다고 할 수 있다. 물론 그러한 표현은 김수영의 시에서 본 바와 같이 60년대의 시대적 상황 및 그 같은 상황 속에서의 한국인의 심리와 직결된다고 생각된다. 아울러 60년대의 반미시에서의 반미의식은 대체로 분단극복으로서의 조국통일의 지향과 연결되고 있다. 대미인식에서 아직은 '제국주의'나 '신식민지' 등의 인식에까지는 미치지 않은 것으로 보인다.

2) 민족적 자각과 반미시의 활발한 창작

1980년대에 이르러 반미는 한국 시문학의 커다란 주제로 부각된다. 창작된 반미시도 많거니와 참여한 시인도 많으며 내용 면에서도 다양한 주제의 작품들이 창작되었다. 아래에 『아메리카똥바다』에 실린 작품들을 중심으로 1980년대에 반미문제가 어떻게 형상화되었는가를 살펴보려고 한다. 이 시선집에 실린 1980년대의 반미시는 주제에 따라 대체로 미국에 의한 경제?문화 침탈과 민중의 저항의식을 다룬 작품들, 반제 민중항쟁 등의 역사적 사건의 진상 복원 및 오늘의 반제, 민족자주 의지를 드러낸 작품, 민족해방 자주통일을 가로막는 미국의 실상과 자유민주주의의 허구성을 고발한 작품들, 신식민지적 현실을 폭로 비판한 작품들로 분류할 수 있다.

(1) 미국에 의한 경제수탈과 민중의 저항의식을 시화한 작품

1980년대 미국의 한국에 대한 수출의 억제와 농축산물시장의 개방에 대한 요구와 공개적인 압력으로 말미암아 미국으로부터 쇠고기를 비롯하여 농축산물이 많이 수입된다. 결과 한국 농축산물이 엄청난 가격하락으로 한국 민중계층의 생활상의 막대한 불이익을 초래하게 되었으며 이에 농민들은 미국대사관 앞에 모여 항의 시위를 하는 등 저항해 나섰다. 80년대 반미시에는 바로 이러한 시대적 상황을 바탕으로 미국에 의한 경제수탈과 민중의 저항의식을 시화한 작품들이 적지 않다. 박노해의 「소를 찌른다」, 홍일선의 「미국 소에게」, 「보리수매가 2% 인상」, 김용택의 「소」 등은 그 대표적인 예이다.

> 그런데 이게 웬 청천벽력이여
> 2년 동안 지성으로 키워온 우리 소가
> 복스럽게 살찌워온 우리 희망 누렁이가
> 본전치기도 안 된다니, 소값이 폭락하여 개값만도 못하다니
> 지난 세월 썩어 나뒹군 배추 양파 고구마가
> 악몽으로 어른거려 부드득 이 갈리게 몸서리치게 어른거려
> 동네사람들과 마을회관으로 모여들었다.
> 야무진 꿈으로 융자 얻어 스무 마리나 길러오던
> 영농후계자 서군은 끝내 농약 마신 채 자살을 하고
> 이웃마을 착한 김씨는 야반도주하고 말았다며
> 뭔가 대책을 세우자고 철수 아범이 울부짖고
> 소값이 폭락한 것은 미국소를 수입해온 놈들 때문이라며
>
> —박노해 「소를 찌른다」

위의 시는 수입소 파동시기에 농민들의 울분과 절망, 분노한 나머지 농민들이 집단 시위로까지 나아간 움직임을 구체적으로 생동하게 시화하고 있다. 2년 동안 지성으로 키워온 소가 미국소 수입으로 소값이 폭락한다. 2년 전에 80만원 주고 사다가 복스럽게 살찌워 놓았으나 소 값은 도리어 본전치기도 안 되는 42만원으로 폭락한다. 농민들은 절망한 나머지 자살하고 야반도주하고 울부짖고 핏발선 성토가 쏟아진다. 갈수록 적자농사로 빚더미에 눌려도 영리한 장남을 "어떻게든 서울 큰 대학교에 입학시켜 보자고" 아파도 약 한 첩 안 쓰고 '누렁이'를 지성으로 길러온 농민의 희망은 유일한 밑천으로 기대했던 황소의 값이 폭락함으로 하여 순식간에 물거품이 되어버린다. 분노한 농민들은 "단결된 힘으로 싸워 찾아 나서자고" "소값폭락 대책위원회를 구성"하여 남녀노소가 시위에 나서나 국가는 국민의 피해를 대변할 대신 경찰을 동원하여 항의에 나선 농민들을 처참하게 압제한다. 치밀어 오르는 울분과 분노를 참을 길 없는 농민은 "처참하게 날뛰는 누렁이를 끌어안고/ 시퍼렇게 미친 듯이 함께 날뛰며" "피눈물을 뿌리며" "유일한 희망"이었던 소를 사정없이 찌른다. 힘 약한 농민의 분노의 폭발이다. 이처럼 이 작품은 수입소 파동을 통해 미제에 의한 직접적인 민중수탈과 그에 대한 민중의 저항을 생동감 있게 보여주고 있다.

홍일선의 「미국소에게」는 한국에 수입되어온 「미국소」를 빗대어 미국의 본질을 밝히고 반미감정을 드러낸다. 미국소가 한국에 온 것은 "풍성한 탐욕"때문이며 "분단의 땅을 차지하기 위하여"서이다. "서로 이 땅을 차지하겠다고" 힘센 미국소의 주인들의 다툼으로 "이 땅에선 무서운 전쟁이 있었다" "우리들은 이제야 깨달았다" 그리하여 시적 화자는 미국소의 "자유를 경멸"하며 미국소의 넓은 초지도 경멸한다. "빨갱이만 적이 아니라/ 너희들의 광활한 초지도/ 이땅 농민들에게는 원수다"할 때 '빨갱이'에 대한 거부감이 똑같이 미국의 광활한 초지에도 적용됨으로써 미국에 대한 반감은 한층 더 강하게 안겨온다. 조진태의 「기름때를 파내며 조국을 얘기한다」에서는 노동자들의 저항의식을 보여준다. 시적 화자의 어린시절 그의 "조국은 성조기의 이상으로 아득하게 걸어가던 대통령의 나라"였다. 하루에 "12시간 14시간 철야작업 속에서" "온갖 놈의 명령과 내쫓김 속에서" 노동에 내몰리면서도 "40년이나 침묵 속에서 인내해왔다." 그러나 40년이 지난 지금 화자는 "갈라진 손바닥 들여다보며 조국을 얘기한다/ 반제 항전의 전통 속에서 꿈틀거리는 나라/ 기름 묻은 노동자의 손으로 지켜 나감/ 아아 조국 우리들의 반도"라고 노래한다. 이 같은 표현은 반제 항전의 전통 속에서 반제 민족자주화에로 민중이 바야흐로 각성하고 있음을 뜻하는 것이며 외세를 몰아내고 민족통일을 이룰 민족의 주체는 기름묻은 노동자― 민중임을 의미한다.

(2) 신식민지적 현실을 폭로 비판한 작품

한국의 신식민지적 모습은 정치, 경제적인 측면에서 나타날 뿐만아니라 일상 현실 속에서도 나타난다. 이러한 점들은 80년대 반미시에서 잘 그려지고 있다. 윤재철의 「아메리카 사운드 . 3」, 이누리의 「식민지 국어시간」, 김홍수의 「말의 역사」, 박노해의 「영어회화」, 김용락의 「다부동 전적비」, 이하석의 「처용의 딸」 등은 모두 이 부류의 작품들이다.

> 머언 먼 태고적
> 아니 삼국, 삼국시대는 물론
> 한글을 처음 만든 15세기까지만 해도
> 겨레 얼인 우리말이 주로 쓰이던 것이
> 어찌어찌하다 중국의 입김이 거세어지자
> 그때부터 우리의 언어는 변하기 시작했다
>
> 까까는 과자로 다시 미루꾸로 또 다시 캬라멜로
> 놀이는 유희로 다시 찜으로 또 다시 게임으로
> 하나 둘 셋은 일 이 삼으로 다시 이찌 니 상으로 또 다시 원 투 쓰리로
> 뫼는 산으로 다시 야마로 또 다시 마운틴으로

심지어 어머니 아버지까지도 모친 부친으로 다시 오까상 오도상
으로 또 다시 마더 파더로
더구나 말의 뿌리인 입과 말은 구강으로 음성으로 다시 구찌로
하나시로 또 다시 마우스로 보이스

위의 시 「말의 역사」는 겨레의 얼을 지닌 민족어가 외세의 힘에 의해
중국어로 다시 일본어로 다시 미국어로 바뀌면서 상실해가는 과정을 통
해 이 땅에서 식민지적 역사가 반복되고 있음을 보여주며 울분을 토로하
고 있다.

이누리의 「식민지 국어시간」역시 미국에 의한 문화침탈 현상을 폭로
비판하고 있다.

식민지 시대에는 우리말 시간이 없어
참된 우리말 가르치지 못했고
저들 일본놈들 쪽발이 말을 가르쳤다.
— 중략 —
해방 40년, 분단 40년
바뀐 것이 뭐 있는가
국어시간 옆에 다닥다닥 붙어있는 영어시간
국어보다 영어 단어외기에 열 올리고
모든 성적에 우선해서 영어점수가 더 중요하다 하니
과연 우리말 우리글을 되찾았다 할 수 있는가

일제식민지 시대에는 자기 민족어를 배울 권리조차 박탈당하고 일본어
를 배워야 했다. 해방 40년이 된 현재는 모국어 보다는 영어를 더 잘해야
하고 더 많이 배워야 한다. 식민지의 힘이 얼마나 막강한 힘으로 한국의
현실을 지배하고 있는가를 실감나게 보여준다.

윤재철의 「아메리카 사운드. 3」역시 몰주체적이며 가치관이 전도된 한
국의 현실을 풍자하고 있다. 이 시는 미국의 레이건 취임식 광경을 라디
오와 함께 위성으로 실황 중계하는 장면을 다루고 있다. AFKN에서

도 방영하지 않는 취임식을 한국의 ＫＢＳ에서 새벽 2시 반이 넘도록 방영한다. 작품은 이 땅이 식민지인지 아니면 식민지 본국인지를 착각케 하는 말하자면 주종이 뒤바뀐 한국의 현실을 통해 전도된 관념을 잘 나타내주고 있다.[19]

(3) 반제 민중항쟁 등의 역사적 사건의 진상 복원 및 오늘의 반제. 민족자주 의지를 드러낸 작품

반제. 민족자주 의지는 이 시집의 많은 작품들에서 강하게 드러난다. 그 중에서도 김남주의 「동시대인의 합창」, 이광웅의 「재생의 불길」, 고은의 「그대 숯 덩어리 썩지 않나니」, 이산하의 「한라산」 등은 그 대표적인 작품이다.

> 우리가 의를 들어 여기에 이르니
> 우리가 해방의 칼날을 세워 그 주위에 모이나
> 그 본의가 다른 데 있지 아니하고
> — 중략 —
> 조국을 이민족의 억압에서 해방시키고자 함이라
> — 중략 —
> 밖으로는 제국주의 신식민지 세력과 그 앞잡이들을 몰아내고자
> 함이라
>
> 　　　　　　　　　— 김남주 「동시대인의 합창」

위의 시에서 시인은 오늘의 한국의 현실을 이민족의 억압하에 허덕이는, 해방시켜야 할 '신식민지'로, 미국을 몰아내야 할 '제국주의로' 인식하고 주저치 말고 일어나 투쟁할 것을 호소한다.

고은의 「그대 숯덩어리 않나니」는 김세진 열사의 분신자결 백일을 맞이하여 쓴 작품이다.

---

19) 특집좌담, 388쪽.

1986년 4월 28일 오전 9시 반 / 신림동 네거리/ 한 건물 옥상에
서/ 반전반핵평화옹호투쟁위의 85학번 학우들 앞에서/ 수많은 학우
의 농성장 앞에서/ 그대는 이재호와 함께 처절하게 외쳤다/ 반제반
핵 양키는 꺼져라/ 그리고 선언문을 뿌렸다 전단이 널렸다/ 그리고
그대는 마지막으로/ 농성대렬 짓밟는 전경대에 경고했다/ 그대와/
이재호의 몸에/ 그대는 석유를 붓고 외쳤다/ — 중략 —/ 그 최후로
외쳤다/ 목숨 다하여 끝까지 외쳤다/ 양키는 꺼져라 양키는 가라고

민중의 가난한 삶의 현실과 광주항쟁의 비극과 도처에 휘날리는 성조
기 앞에서 "이 땅의 가난 분단 탄압의 원인이/ 바로 제국주의라는 것을/
군사팟쇼인 것을" 인식한 대학생들은 "이 땅의 평화와 민주주의를"위해 ,
자주통일을 위해, 민중의 권력을 쟁취하기 위해 투쟁에 일떠섰다. 그들은
농성을 벌이고 선언문을 뿌리며 "반제반핵 양키는 꺼져라"고 처절하게 외
친다. 그리고 농성대렬 짓밟는 전경대와 꿋꿋하게 맞받아 싸운다. "인간
의 해방/ 민중의 해방/ 민족의 해방"을 위해, "이 땅의 진정한 해방을 위
해 이 몸을 바치"려고 의지를 다진 김세일은 이재호와 함께 분신자결을
단행한다. 자기의 죽음으로써 이 땅에 평화와 민주주의를 실현하고 자주
통일을 이룩하고자 한다. 고은은 이 시에서 1980년대 한국 대학생들의 반
제. 민족자주화를 위한 투쟁의 현장을 시로 생생하게 떠올리고 있다. 그리
고 "산자여 귀 뚫어 들어라/ 이 소리를 살아 있는 이 성난 소리를 들어라/
듣고 일어서라 뭉쳐라/ 김세진 앞장세워 나아가라/ 이 땅의 반역 앞에서/
싸움 아니거든 무엇이겠느냐"고 김세진 열사의 정신을 이어받아 끝까지
싸울 것을 격정적으로 호소한다. 아울러 시의 끝 부분에서 "그대 숯 덩어
리 썩지 않는다/ 오 민족의 꽃 산화하여/ 민족의 썩지 않는 숯으로 파묻혀
있음이여 영령이여"라고 읊고 있다. 김세진 열사의 정신은 더욱 많은 사
람들을 일깨워 민족해방을 위한 투쟁의 불길로 타오를 것이라는 것을 확
신한다.

이산하의 장시 「한라산」은 제주도민중항쟁의 역사적 사건의 진상을 복

원한 작품이다.

> 1948년 4월 3일/ 미군정 압제에 반대하여/ 조국의 통일과
> 독립을 외치며/ 제주도 인민은 일제히 봉기했다./ — 중략 —
> / 미군의 지휘 아래/ 이승만 군경의 이 가공할 '게릴라토벌작
> 전'은/ 당시 인구의 4분의 1에 해당하는/ 7만 5천여 주민이
> 학살되고/ 전 촌락의 8할이 불에 타는/ 참화를 낳았다// 전후
> 아시아에서의 게릴라전에 대비하는/ 최초의 실험실이 되었던
> 제주도의 밤/ 미제의 근대적 병기로 무장된/ 수개 사단의 대
> 병력과 비행기, 구축함까지 동원되어/ 철저한 빨갱이사냥전
> 이 전개되었던/ 저 잔인한 4월의 밤

이산하는 "당시 일체의 공식적인 보도가 금지되었고/ 외부의 특파원이 현장에 들어가는 것조차/ 금지되었기 때문에/ 전혀 세계에 알려지지 않은 채/ 깜쪽같이 은폐되었"던 1948년의 제주도 '4,3사건'을 시로써 생생하게 복원하고 있다. 제주도 '4,3사건'과 관련하여 정부 양민학살, 또는 반공 진압 등 설이 있거니와 최근 제주도 '4,3사건'의 진상을 구명하기 위한 연구가 학계에서 진행되고 있는 줄로 안다. "미군에 의해 제주도민의 4분의 1인, 근 7만 여명이 학살된"[20]

이 엄청난 사건을 깜쪽같이 은폐하고 일체의 공식적인 보도가 금지된 그 하나의 사실만으로도 제주도민에 대한 대량 학살이 떳떳치 못하며 비정의적인 죄악임을 충분히 말해준다. 40년 간이나 역사에서 완전히 묻혀 있은 이 처절한 사건을 시를 통해 과감히 끄집어올린 그 사실 하나만으로도 「한라산」의 가치는 인정해 주어야 하리라 생각된다.

> 미군은 처음부터
> '해방군'이 아니라 '점령군'
> 그들은 반드시 한국인 동포를 이용해 싸웠다.

---

20) 특집좌담, 391쪽.

> 현지에 허수아비 파쇼정부를 세우고
> 그것에 경제, 군사 원조를 하면서
> 반공을 명분으로 서로 피 터지게 물어뜯도록 하는 것
> 그것이 바로 그들의 방법이었다
> —중략—
> 한 손에는 착취의 칼, 한 손에는 냉전의 칼, 그리고 한 몸
> 쯤 넉넉히 가릴 우산처럼 큰 해방군의 방패를 마구 휘두르
> 면서 마침내 그들은 왔다. 와서 북북 찢어버리고 계획대로
> 하나하나 접수해 갔다.

이처럼 이산하는 미군의 실체를 '해방군'이 아니라 '점령군'으로 낙인찍
고 있으며 '해방군'의 허울을 쓰고 들어와 계획대로 남북을 분단하고 경
제적 착취를 감행하는 '정복자'로 미군을 인식한다. 그러므로 시인은 오
늘의 한국의 현실을 두고 "총독부가 대사관으로 바뀌었을 뿐,/ '창살 없는
감옥' 식민지 산하는 조금도 변한 것이 없었다."고 노래하며 "바람 부는
대로 쓰러지는 풀잎이 아니라면/ 결코 그들의 노예가 아니라면/ 우리 어
찌 보고만 있을 것인가!!"라고 투쟁을 고취한다.

(4) 민족해방자주통일을 가로막는 미국의 실상과 자유민주주의의 허구성을 고발한 작품

8.15 이전 조선민족의 지상 과제는 일제의 식민지 지배로부터 독립된
민족국가를 건설하는 일이었다. 그것은 또한 조선민족 절대 다수의 한결같
은 염원이었다. 그러나 이러한 과제와 염원은 8.15 직후의 미군정에 의해서
도 이루어지지 않았고 광복 50여 년이 지난 오늘도 독립된 민족국가의 건
설은 여전히 역사적 과제로 남아있다. 1980년대에는 민족통일의 문제가 거
론되고 국제 정세의 변화와 함께 분단에 대한 인식이 새로워지면서 민족통
일을 지향하고 민족해방 자주통일을 가로막는 미국의 실상과 자유민주주
의의 허구성을 고발하고 투쟁을 고취하는 시들이 적지 않게 창작된다. 그

중에서도 김남주의 「고개 들어 조국의 하늘 아래」, 「학살 I 」, 박진관의 「임진강」, 하경의 「아직도 그는」, 「아메리카여」, 박공배의 「가야 한다」, 채광석의 「위대한 나라」, 문병란의 「미국개와 조선똥개의 대화」 등은 그 대표적인 작품들이다.

> 우방의 이름으로건
> 평화를 위한 유엔군의 이름이로건
> 보호다 뭐다 협력이다 뭐다
> 뭐다뭐다 흰수작 개수작 같은 이름으로건
> 이 땅에 허리꺾인 내 누이의 땅에
> 이방인의 군대가 들어와 있는 한
> 들어와 총을 메고 이 도시 저 거리를 활보하고 있는 한
> 나는 아니다 고개 들어 조국의 하늘 아래
> 직립보행의 독립이 아니다
>
> — 김남주 「고개 들어 조국의 하늘 아래」

> 정전위 판문점에서 너를 대표한 자 누구이며
> 도마 위에 너를 올려 놓고 초치고 장치고 포치고 차치고
> 내 조국의 운명을 요리하는 자 누구냐
> 입으로는 자유와 평화를 사랑하고
> 뒷전에서는 원격조종의 끄나풀로 꼭두각시를 앞장세워
> 제 조국의 해방과 독립을 위해 싸우는 민중들을
> 계획적으로 (너희들 표현으로는 전략적으로) 학살하는 아
> 메리카여!
>
> — 김남주 「학살 I」

위에서 시인은 조국이 분단되고 미군이 활보하고 있는 한 한국의 오늘을 해방이 되었다고 인정하지 않는다. 따라서 조국의 분단은 바로 미국의 개입에 의해 초래된 것으로 미국의 자유 민주주의의 허위성을 강력히 지적하며 강한 적개심을 보여준다. 위의 시들에서 8.15 이전에 독립된 민족

국가를 염원하던 조선민족의 염원은 이제 분단이 극복된 통일민족국가의 성립을 지향하는 것으로 나타나며 아울러 식민지시대의 숙원 그대로 외세의 간섭이 없는 당당한 독립국가가 되기를 염원한다.

> 노동자, 농민이라는/ 단어만 입에 올려도/ 빨갱이로 잡혀가던 시절이 있었다/ 하물며, 반미라는 말이야 —/ 분단된 땅에서/ 민족문제를 외면하는 사람이란/ 불구덩이 속에서/ 뜨거움을 잊어버리고자 하는 사람과/ 마찬가지라고 하며/ 결국/ 그 뜨거움 때문에/ 젊음 태우다 잡혀간 그// 그가 오지 않는 시절에도/ 조국은 여전히 자유민주의다
>
> — 하경 「아직도 그는」

위의 시에서 분단된 조국과 민족문제를 외면하지 않은 죄 아닌 죄로, 반미라는 말을 한 죄로 잡혀갔다. 그러나 그의 "조국은 여전히 자유민주주의다" 독재정권과 미국이 얼마나 밀착된 관계이며 그들이 표방하는 자유민주주의가 얼마나 허위적인 것인가를 신랄하게 풍자하고 비판한다.

> 무서움에 떨던 아이들은/ 이제 어른이 다 되었는데/ 너는 여전히 자유민주주의를 내세우며/ 자유 대신 감옥을/ 민주주의 대신 독재정권을 주었다
>
> — 하경 「아메리카여」

위의 시에서 시인은 미국이 자유민주주의의 이념을 가지고 도리어 독재를 지원하고 있음을 폭로하고 자유민주주의의 허구성을 비판하고 있다.

> 아메리카의 포성은 탱크는/ 자국의 이권을 위한 것일 뿐/ 아메리카의 초콜렛 달콤한 경제는/자국의 이익을 위한 것일 뿐
>
> — 박공배 「가야 한다」

위의 시는 민족분단의 비극을 다시 일깨워주며 분단은 누구에게 이익을 가져다주었느냐, 한미관계의 실상은 무엇인가에 관해서 생각케 한다.

채광석의 「위대한 나라」는 미국이란 나라가 자국의 이익을 위해서 그들은 얼마나 철저한가를 고발함으로써, 문병란 「미국개와 조선똥개의 대화」는 미국에서의 인종차별을 고발함으로써 미국이 부르짖는 '자유 평등' '민주주의'의 허위성을 야유 조소하고 있다.

4. 결론

위에서 시선집 『아메리카똥바다』를 중심으로 한국에서 창작된 반미시의 제반 양상을 살펴보았는바 다음과 같이 요약할 수 있다.

첫째, 한국에서의 반미시는 해방 직후부터 부분적으로 창작되었으며 1970년대까지는 대체로 민족통일, 민족주체의 측면에서 미국문제를 조심스럽게 다루고 있다. 이는 해방 직후 한국인들의 미국에 대한 소박한 인식, 6.25전쟁의 체험, 분단이 주는 제약, 냉전이데올로기의 영향, 독재정권의 암흑정치 등 제반 요소가 복합적으로 작용했다고 생각된다.

둘째, 한국에서의 반미시는 1980년 이후 본격적으로 활발하게 창작되었다. 이러한 문학적 현상은 1980년 광주항쟁의 잔인한 압제, 한/미 통상무역 마찰, 학생운동권의 지속적인 투쟁 등을 계기로 한국 사회에 날카롭게 고조된 반미, 자주화 투쟁의 시대적 상황과 직결됨을 볼 수 있다. 즉 1980년 이후 반미시의 본격적인 창작은 한국에서 1980년 이후 반미구호가 대중적으로 전면으로 드러난 시대적 상황과 맞먹으며 민족적 자각 정도와 정비례된다.

셋째, 1980년대의 반미시는 그 이전 시기에 창작된 반미시와 비해볼 때 미국에 대한 인식이 새로워졌음을 분명히 드러낸다. 즉 미군을 '해방군'으로서가 아니라 '점령군' '정복자'로, 조국을 분단시킨 '원흉'으로, '침략자'로, '제국주의'로 규정하고 있으며 미제를 몰아내야 만이 이 땅에서의 평화와 민주주의와 민족의 진정한 해방과 통일이 이루어 질 수 있음을 강조하고 있다.

넷째, 한국의 반미시에서 주된 창작층을 형성하고 있는 것은 대체로 1970~80년대에 등단한 대학교육을 받은 젊은이들이다. 이는 한국에서의 반미투쟁이 주로 이 땅의 지성인 계층인 대학생들에 의해 지속되어 왔다는 사실과 맞먹는 것이며 그들의 투쟁이 분단현실과 민족의 운명에 대한 문학인들의 적극적인 관심과 참여를 불러일으키는데 큰 역할을 했음을 말해준다.

다섯째, 1980년대 반미시는 대체로 미국의 제국주의로서의 실체, 한국에 대한 경제적 침략, 독재지원, 민주와 자주에 대한 압제 등을 고발하고 비판하는 모습을 보여줄 뿐만 아니라 격렬한 어조로써 강한 적개심을 보여준다.

반미시는 한국인이 처한 분단된 사회현실에 대한 시인들의 구체적인 인식으로부터 이루어진 형상화의 작업이다. 이러한 반미시는 한미관계의 실상을 깨우쳐주고 민족적 자각을 추진하며 분단된 조국의 아픔을 통하여 올바른 민족의 진로를 모색하게 한다는 점에서 커다란 의의를 가진다고 생각된다.

참고문헌

임헌영/이영진 편, 『아메리카동바다』, 인동, 1998.

강만길, 『한국현대사』, 창작과비평사, 1988.

김우종, 『한국현대소설사』, 성문각, 1995.

최원식, 「민족문학과 반미문학」, 『창작과 비평』 1988년 겨울.

안한상, 「해방기의 혼란과 소설적 대응」, 『한국현대소설사』, 삼지원, 1999.

백낙청, 「한국에 있어서의 미국의 의미」, 『민족문학과 세계문학Ⅱ』, 창작
과비평사, 1985.

김영식, 「반미감정의 정치, 경제적 현상과 전망」, 『국제정세』 통권 9호,
1990.

임재경, 「한미관계론의 射程」, 『창작과 비평』 57호, 1985.

조준형, 「김수영시연구」, 한양대 석사논문, 1987.

김삼곤, 「한국반미감정에 관한 연구」, 단국대 석사논문, 1990.

노민영, 「1980년대 한국학생운동에서 나타난 반미문제」, 연세대 석사논
문, 1989.

박정수, 「80년대 이후 한국 학생운동의 정치이념분석」, 서강대 석사논문,
1994.

다매체 시대의 한국문학 I

인쇄일 초판 1쇄 2002년 7월 12일
       2쇄 2015년 6월 26일
발행일 초판 1쇄 2002년 7월 22일
       2쇄 2015년 7월 02일

지은이 한국문학연구학회
발행인 정 찬 용
발행처 **국학자료원**
등록일 1987.12.21, 제17-270호

서울시 강동구 암사동 463-25 2층
Tel : 442-4623~4 Fax : 442-4625
www. kookhak.co.kr
E- mail : kookhak2001@hanmail.net
ISBN 978-89-8206-968-0 *93810
가 격 19,000원